# Das Zimtschneckenfiasko

Beate Ferchländer wurde 1961 in Scheibbs, Niederösterreich, geboren. Als Lehrerin verschlug es sie ins Weinviertel, wo sie bis heute mit ihrem Mann und dem Bio-Kater Tofu lebt. Da sich dort die spannenden Fragen ausschließlich um den Wein drehen, produziert sie seit einiger Zeit Leichen, die sie von biederen Heldinnen entsorgen lässt.

Dieses Buch ist ein Roman. Handlungen und Personen sind frei erfunden. Ähnlichkeiten mit lebenden oder toten Personen sind nicht gewollt und rein zufällig.

BEATE FERCHLÄNDER

# Das Zimtschnecken-fiasko

KRIMINALROMAN

emons:

**Bibliografische Information der Deutschen Nationalbibliothek**
Die Deutsche Nationalbibliothek verzeichnet diese Publikation
in der Deutschen Nationalbibliografie; detaillierte bibliografische
Daten sind im Internet über http://dnb.d-nb.de abrufbar.

© Emons Verlag GmbH
Alle Rechte vorbehalten
Umschlagmotiv: Gortincoiel/photocase.de
Umschlaggestaltung: Nina Schäfer, Tobias Doetsch
Gestaltung Innenteil: César Satz & Grafik GmbH, Köln
Lektorat: Uta Rupprecht
Druck und Bindung: CPI – Clausen & Bosse, Leck
Printed in Germany 2017
ISBN 978-3-7408-0172-4
Originalausgabe

Unser Newsletter informiert Sie
regelmäßig über Neues von emons:
Kostenlos bestellen unter
www.emons-verlag.de

Dieser Roman wurde vermittelt durch die
Verlagsagentur Lianne Kolf, München.

Für Werner, den tolerantesten aller Ehemänner

# Prolog

*Ich habe kein Gesicht. Wenn ich am Morgen in den Spiegel schaue, sehe ich ein verschwommenes Etwas mit Höhlen und Furchen. Dann nehme ich die Malwerkzeuge zur Hand und zeichne Konturen, bis mich eine Fratze ansieht, die mich an jemanden von früher erinnert. Ich will mit dieser Person nichts zu tun haben, muss mich aber dennoch um sie kümmern. Also gebe ich ihr zu essen und zu trinken. Das tue ich ganz automatisch und ohne Empathie.*

*Erst wenn ich meinen Hut aufgesetzt und die Grabesstille des großen Hauses hinter mir gelassen habe, beginnt das Blut in meinen Adern zu zirkulieren. Ich hole den Kalender aus dem Handschuhfach meines Geländewagens und gehe die Liste derer durch, die ich heute fertigmachen werde. Ein Lächeln huscht über mein Gesicht, das ich nun im Rückspiegel wiedererkenne.*

## Weihnachtsfeiern und andere Probleme

Hand aufs Herz! Haben Sie schon einmal davon geträumt, Ihren Vorgesetzten umzubringen? Ich kann Ihnen nur raten: Tun Sie's nicht! Lassen Sie bloß die Finger davon! Denken Sie nicht einmal daran! Aus eigener Erfahrung kann ich Ihnen versichern, es bringt keine Erleichterung, wenn man die Leiche dieser Person vor sich liegen sieht, so sehr man sich dies zuvor auch gewünscht haben mag. In meinem Fall war es eine Schulinspektorin, die mir da tot zu Füßen lag. Mit der Zehenspitze versuchte ich vorsichtig, ihren Kopf umzudrehen. Würde ich dem Teufel ins Auge blicken? Ich konnte es nicht fassen, dass sie wirklich nicht mehr lebte. Was hatte ich getan? Meine Schuldgefühle verflogen jedoch schnell, denn selbst im Tod war sie noch gehässig. Sie grinste diabolisch und blutete meine nagelneuen veganen Converse-Sneaker voll. Erschrocken trat ich ein Stück zurück. Die krieg ich nie wieder sauber, dachte ich unwillkürlich, doch sogleich traf mich wie ein mörderisches Geschoss die Erkenntnis, dass jetzt nicht nur meine Schuhe im Eimer, sondern auch Hunderte meiner Fingerabdrücke in einem Umkreis von einigen Metern hübsch gleichmäßig verteilt waren. Von den verwertbaren Genspuren an den Teetassen und der dubiosen Füllung in den Zimtschnecken ganz zu schweigen. Sie können sich meine Panik vorstellen. Die Gewissheit, dass mir diese Person als Tote noch viel mehr Schwierigkeiten bereiten würde als zu ihren Lebzeiten, ließ mich hyperventilieren. Nein, verbessert hatte sich meine Situation dadurch mitnichten. Bald würde ich noch ganz andere Inspektoren am Hals haben!

Schon bei ihrem ersten Auftritt an unserer Schule war ihr ein seltenes Kunststück gelungen, nämlich, den Lehrkörper zu einen. Was sich zunächst vielleicht positiv und nach außergewöhnlichen Führungsqualitäten anhören mag, war allein ihrem narzisstischen Gehabe zuzuschreiben. Sie schaffte es tatsächlich, ausnahmslos alle gegen sich einzunehmen, indem sie uns die Weihnachtsfeier versaute.

Dabei hätte sie dort eigentlich gar nichts zu suchen gehabt.

Aber was sollte man machen, wenn man einen Direktor hatte, der meinte, er könnte sich einen Teil der Ausgaben für seine Hofratsfeier sparen.

Kurz vor Weihnachten war er mit stolzgeschwellter Brust vor uns hingetreten und hatte verkündet: »Liebe Kollegen!« – wie immer vergaß er absichtlich auf die »Innen«, obwohl wir zwei Drittel des Lehrkörpers ausmachen – »Ich darf euch heute gleich zwei wunderbare Mitteilungen machen.« Pathetisch ließ er seinen Blick durchs Lehrerzimmer schweifen, um sicherzustellen, dass auch wirklich alle die Frohbotschaft vernehmen würden. Es dauerte eine Weile, bis das Geraschel und Gemurmel ein Ende fand, dann fuhr er fort: »Erstens haben wir endlich eine neue Anstaltsreferentin. Es ist Magister Vladtka Hartmanová, die neue Schulinspektorin für lebende Fremdsprachen und Geografie ...«

Das Getuschel setzte sogleich wieder ein, niemand empfand diese Mitteilung als »wunderbar«. Zum einen kam die Besetzung nicht überraschend. Posten im Landesschulrat werden nun mal nicht im Konklave ermittelt, es gibt immer informierte Kreise, die nicht nur wissen, wer sich bewerben wird, sondern auch, wer die besten Chancen hat – und das zumeist noch, bevor ein Posten überhaupt vakant wird. Zum anderen eilte der Hartmanová nicht gerade der Ruf voraus, besonders sympathisch oder kompetent zu sein.

»Na super, da dürfen wir uns ja auf einiges gefasst machen«, raunte mir Lore zu.

»Sch!«, zischte ich zurück. »Keine Vorurteile, Kollegin, wir wollen der Neuen doch eine Chance geben!« Außerdem war ich neugierig, was unser Herr Direktor noch so Dringendes mitteilen wollte, dass er dafür eigens aus seinem Reich zu uns herabgestiegen war. Das ist natürlich nur symbolisch gemeint, denn das Lehrerzimmer und seine Kanzlei sind nicht nur im selben Stockwerk, sondern auch über die Kaffeeküche miteinander verbunden, aber er vermittelte uns manchmal den Eindruck, dass es für ihn einen gewissen sozialen Abstieg bedeutete, wenn er sich unters gemeine Lehrervolk mischte.

»Und zweitens«, erhob er ungeduldig seine Bassstimme, »habe ich mir erlaubt, die Frau Inspektor und ein paar ihrer Kollegen zur diesjährigen Weihnachtsfeier einzuladen.«

Augenblicklich herrschte Grabesstille. Betretene Blicke wurden ausgetauscht. Unsere Weihnachtsfeier war uns heilig. Jetzt nicht unbedingt im religiösen Sinn, aber es war eine der wenigen Gelegenheiten, wo wir uns abseits des üblichen Schulstresses zusammensetzen und das Kalenderjahr gemütlich ausklingen lassen konnten.

Jeder trug etwas dazu bei, die Musiker studierten ein paar Lieder ein, Deutschlehrer lasen Andächtiges vor, der Rest kümmerte sich ums leibliche Wohl. Weihnachtsgebäck, Wein, Punsch, Aufstriche. Man kam sich näher. Auch ich hatte mir Wolfram letztlich bei so einer Weihnachtsfeier gekapert, aber das ist eine andere Geschichte.

Bevor noch jemand die im Raum schwebende Frage stellen konnte, was zum Teufel er sich dabei gedacht habe, erklärte der Direktor: »Ich werde nämlich zum Hofrat ernannt, und diese Freude möchte ich mit euch teilen!«

Wir applaudierten brav und verhalten – und etwas voreilig –, denn, wie sich kurz darauf herausstellte, wollte er nicht nur die Freude mit uns teilen, sondern auch die Finanzierung. Irrtümlich hatten wir zunächst angenommen, er würde uns anlässlich seiner Ernennung in ein Lokal einladen oder ein Catering organisieren, aber er bereinigte dieses Missverständnis umgehend: »Ich darf daher für die diesjährige Feier sämtliche Getränke übernehmen!« Sprach's und verschwand in sein Büro.

»So ein Geizkragen«, schimpfte Lore. »Man müsste die Feier ja direkt boykottieren!«

»Das kannst du doch nicht machen!«, entrüstete sich Klaudia, die wieder einmal nicht verstand, dass Lore diese Bemerkung sarkastisch gemeint hatte. Aber Klaudia kapierte sowieso nichts, die hatte seit ihrer Lehramtsprüfung wohl kein Buch mehr freiwillig in die Hand genommen. Zumindest nicht, um es zu lesen, höchstens, um es abzustauben.

Lucy stieß mich in die Seite. »Dann müssen wir heuer eben so viel trinken wie nur möglich.«

»Das ist eine Ansage!«, rief Günther, der auch ohne jemanden schädigen zu wollen bei jeder Weihnachtsfeier dem Alkohol im Übermaß zusprach. Ich bin ja selbst einem Gläschen ab und zu nicht abgeneigt, vor allem, wenn es einen Anlass gibt, aber es wäre mir nie im Leben eingefallen, so viel zu trinken, dass ich mich nicht mehr im Griff hatte.

Heiner war zum Computer gesprintet, hatte wie wild in die Tastatur gehauen und, als Vladtka Hartmanovás Bildnis auf dem Flatscreen erschien, »Sie ist es!« gerufen.
»Was hat er denn?«, fragte Lore, ohne sich umzudrehen.
»Kennst du sie etwa?«, wollte Lucy wissen.
»Nicht persönlich«, murmelte Heiner, der noch blasser geworden war als ohnehin schon, »aber ich hab schon allerhand über sie in Erfahrung gebracht.« Mehr ließ er sich nicht entlocken. Außerdem hatte die Glocke zur Stunde bereits geschrillt. Während die meisten keine Hektik aufkommen ließen, schnappte ich mir meine Tasche und machte mich zu meiner Klasse auf. Wenn ich fünfzig Minuten bezahlt bekomme, will ich auch fünfzig Minuten dafür arbeiten und nicht fünfundvierzig, das bin ich den Kindern schuldig. Schließlich können sie nur dann ein ordentliches Pflichtbewusstsein entwickeln, wenn man es ihnen auch vorlebt.

Wir mussten die Weihnachtsfeier dann natürlich adaptieren. Das Andächtige wurde gestrichen, zur musikalischen Umrahmung nötigte man Schülerensembles, zu streichen und zu flöten. Gerüchten nach erhielten sie vom Direktor als Dank jeweils einen hübschen Kugelschreiber geschenkt. Zum Ausgleich sollten wir uns bei der Tischdekoration ordentlich ins Zeug legen. Die Sekretärin durfte dafür tief in die Schulkasse greifen. Im Endeffekt mussten wir zugeben, dass alles wirklich sehr hübsch geworden war, und es kam auch so etwas wie weihnachtliche Stimmung auf, die allerdings im offiziellen Teil der Hofratsverleihung deutlich strapaziert wurde.

Wie befürchtet, waren eine Menge Leute gekommen, die wir nur vom Hörensagen kannten und auf die wir Lehrer auch gut und gerne hätten verzichten können. Als Dank für die Einladung sahen sich leider alle bemüßigt, dem »lieben Wilfried« wortreich zu huldigen. Im Prinzip sagte jeder Redner das Gleiche, wie wichtig solch ein Titel doch sei und wie verdienstvoll der zukünftige Träger desselben. Was für Verdienste das sein sollten, enthielt man uns allerdings vor. Wir waren schon einigermaßen zermürbt, als Wilfried Vladtka Hartmanová, Assessorin AFQM, was immer das bedeuten mochte, als offizielle Vertreterin des Landesschulrates zum Rednerpult bat.

Lautstark stelzte sie in ihren hochhackigen Schuhen über den Parkettboden bis zum Rednerpult. Glonck – glinck, glonck – glinck, glonck – glinck. Dicht gefolgt von einem niedlichen Chihuahua, der das gleiche Halstuch trug wie sein Frauchen. »Sitz, Igor!«, sagte sie ins Mikrofon und lachte liebevoll. Sie meinte wohl, wir würden uns alle auf der Stelle in die kleine Ratte verlieben.

Hinter dem Rednerpult fand ihre imposante Erscheinung kaum genug Platz. Wir mussten ihr aber trotz der Leibesfülle eine gewisse Eleganz zugestehen, wenn wir auch ihren Geschmack nicht guthießen. Vom Alter her schätzten wir sie auf mindestens Mitte fünfzig, das konnte auch der blondierte Pagenkopf nicht kaschieren. Seltsam mutete der schwarze Strohhut mitten im Winter an. Ihr rotes Designer-Kostüm und der schwarz-goldene Schal, der ihre doch in die Jahre gekommene Oberhalspartie verhüllte, deuteten aber eindeutig auf oberpreisige Markenlabels. Die Perlenkette tat ein Übriges. Wir nahmen uns damals vor, zu googeln, welches Beamtenschema einem Inspektorinnengehalt wohl zugrunde liegen mochte; natürlich haben wir es nicht gefunden.

Zugegeben, niemand hörte ihrer Rede zu. Wie nicht anders zu erwarten, bestand auch diese aus Clustern und brachte nichts Neues. Außerdem machte es Vladtkas slawischer Akzent nicht einfacher, ihren Worten zu folgen. Zu allem Überfluss kläffte das Hündchen unentwegt, was selbst das kollektive Magenknurren der Kollegenschaft übertönte.

Endlich war die Lobhudelei zu Ende, und alle stürzten zum Buffet. Das heißt, zunächst natürlich die wichtigen und gewichtigen Personen. Wir hatten, ehrlich gesagt, Angst, dass für uns Normallehrer nichts mehr übrig bleiben würde, so verhungert machten sich die Ehrengäste über Lachs und Aufschnittplatte her. Hartmanová war eine besonders fleißige Schauflerin. An ihrem Teller hätte man eine Pisa-Studie durchführen können, es grenzte an ein Wunder, dass sie den Turm heil bis zu ihrem Platz brachte.

Nach Kaffee und Kuchen verabschiedeten sich die Ehrengäste – bis auf Hartmanová. Sie fände es so »gämütlich« bei uns, als Anstaltsreferentin wolle sie noch ein wenig bleiben. »Gämütlich« fand sie augenscheinlich besonders das Kuchenbuffet. Allein von meinen hausgemachten Zimtschnecken, die ich alle Jahre zum Fest beisteuerte, verdrückte sie mindestens vier gleich vor Ort. Zugegeben, und ohne mich über Gebühr loben zu wollen, meine Schnecken sind wirklich eine Wucht, das einzige Zuckergebäck, bei dem auch ich ab und zu schwach werde. Das Rezept stammt von meiner Großmutter, die zu ihren Lebzeiten wegen ihrer hohen Backkunst gerne als Hochzeitsbäckerin engagiert worden war. Dem Rezept dieser besonderen Schnecken liegt nicht, wie üblich, ein Hefe- oder Blätterteig zugrunde, sondern ein buttriger Mürbteig. In die Fülle ließ Oma nur Zucker, Zimt und in Rum getränkte Rosinen. Obendrauf kam entweder eine Rum- oder, für die Kinder, eine Zitronenglasur. Die Hochzeitsbäckerinnen wetteiferten damals ja, wer die hübschesten und kleinsten Gebäckstücke zustande brachte. Laut meinem Vater konnte keine meiner Oma das Wasser reichen.

Ganz so klein und niedlich wie Omas berühmte Schnecken waren meine zwar nicht, geschmacklich standen sie ihnen allerdings um nichts nach. Vladtkas Entzückungskundgebungen bestätigten dies. »Das sind die bästen Schnäcken, die ich jä gegässän habä!«, rief sie.

Wolfram, dieser Schleimer, bot unvorsichtigerweise an, ihr welche einzupacken. Und, was soll ich sagen, sie nahm an! Ich schoss meinem Mann tadelnde Blicke zu, die Frau Inspektorin hingegen schenkte ihm ein huldvolles Lächeln.

Lucy wollte sich schnell noch eine Rumschnecke stibitzen, als Wolfram schon mit einer Pappschachtel zurückkam. »Ich hol mir schnell noch eine, bevor die restlichen Köstlichkeiten auch noch in ihr Doppelkinn wandern!«, raunte sie Heiner zu, der ihr die ganze Feier lang nicht von der Seite gewichen war.

Gerade als Wolfram Vladtka die Schachtel in die Hand drücken wollte, zwängte sich Lucy zwischen die beiden. Und da passierte das Missgeschick: Durch die Drängelei stieß Lucy Vladtka die Kuchenschachtel aus der Hand, und meine leckeren Zimtschnecken gingen zu Boden. Der kleine Igor machte sich sogleich erfreut über die Brösel her.

Vladtkas Gesicht hingegen verfärbte sich stufenlos von Weiß über Pink bis Puterrot. Dann schrie sie: »Sie impärtinäntä Pärson! Das habän Sie absichtlich gämacht!«

Schließlich versagte ihr die Stimme, sie schnaubte nur noch. Alle Gespräche im Saal verstummten, und siebzig Paar Lehreraugen richteten sich mehr gespannt als mitleidig auf die Inspektorin. Endlich hatte sie die Aufmerksamkeit, die ihr bei ihrer Rede versagt geblieben war.

Lucy warf mir einen erschrockenen Blick zu, aber niemand, nicht einmal Heiner, beachtete sie. Wir standen alle im Bann des ungewöhnlichen Spektakels.

Vladtkas Keuchen erfüllte inzwischen den ganzen Festsaal. Hektisch nestelte sie ein Spray aus ihrer Handtasche und inhalierte ein paar Mal kräftig, wobei sie das halbe Kuchenbuffet unbrauchbar machte.

Wilfried eilte ihr zu Hilfe, und Wolfram holte einen Stuhl. Als sie sich halbwegs beruhigt hatte, keuchte sie: »Jämand muss mich nach Hause bringän. In däm Zustand kann ich nicht sälbär fahrän.«

»Ich auch nicht«, nuschelte Günther und prostete sich selbst zu.

Zunächst meldete sich niemand, woraufhin Vladtkas Gesichtsfarbe wieder eine gefährliche Röte annahm. Wir schätzten eine Sechs auf einer zehnteiligen Skala.

»Ich mach es!«, erbarmte sich Lucy schließlich. »Immerhin bin ich schuld. Kommen Sie!«

»Das kommt gar nicht in Frage!«, warf Wolfram ein. »Zwei Frauen allein in der Finsternis!« Ich war stolz auf meinen ritterlichen Gatten.

»Dann machen wir es eben gemeinsam«, schlug Lucy vor. »Du fährst mit dem Auto der Frau Inspektorin, ich fahre euch hinterher und nehme dich dann mit zurück.«

Damit war der verbleibende Abend gerettet – zumindest für den Rest der Belegschaft –, und es wurde wirklich noch »gämütlich«. Wilfried, der frischgebackene Hofrat, fuhr nach Hause, wurde allerdings genötigt, seinen Wein dazulassen. Natürlich nahmen wir nun alle Honoratioren ordentlich aufs Korn, insbesondere Vladtka. Jetzt, wo sie weg war, hatte sie doch viel von ihrer angsteinflößenden Art eingebüßt.

## Fehlende Tiefe

Es war nicht die Weihnachtsfeier, die Vladtka ein paar Monate später veranlasste, entgegen allen Regeln unangekündigt bei uns aufzutauchen, aber das wusste ich damals noch nicht. Wahrscheinlich hätte es auch nichts am folgenden Geschehen geändert, denn ich war gerade so sehr mit einem völlig anders gearteten Problem beschäftigt, dass ich die wahren Zusammenhänge erst viel zu spät begriff.

Seit Wochen wartete ich schon auf eine Rückmeldung des Verlages, bei dem ich mein Krimimanuskript eingereicht hatte. In meinem Schreibratgeber stand, man sollte in so einem Fall am besten nach einer Weile telefonisch nachfragen, ob das Material auch tatsächlich eingetroffen und vielleicht sogar schon geprüft worden sei. Andernfalls könne man gleich in kompetenter Manier vortragen, worum es sich bei diesem außergewöhnlichen Werk handelte. Der Lektor – oder die Lektorin – würde beeindruckt sein von einer derartigen Professionalität, und dann wäre es bis zum gedruckten Buch nur noch eine Formsache. Alles Quatsch!

»Liebe Frau Klein-Bartel«, sagte der Lektor – seinen Namen hab ich schon verdrängt –, »ich muss Ihnen zugutehalten, dass Sie schreiben können, aber Ihrer Geschichte fehlt die Tiefe.«

»Was genau meinen Sie damit?«, stotterte ich. Ich kam mir reichlich unbedarft vor, weil ich so etwas offensichtlich Primitives nicht wusste, aber ich *musste* es wissen, damit ich meinem Manuskript die fehlende Tiefe verpassen konnte.

»Na ja, Sie haben ja brav recherchiert, aber halt nur sehr theoretisch. Man sieht dem Manuskript deutlich an, dass Sie von wirklicher Polizeiarbeit keine Ahnung haben. Sehen Sie, Sie beschreiben da in Ihrer Eingangsszene so eine wilde Verfolgungsjagd. Das haben Sie doch aus dem Fernsehen. Waren Sie denn schon einmal bei einem Polizeieinsatz dabei? Oder dieses Verhör. Das funktioniert so aber wirklich gar nicht.«

»Natürlich nicht, Sie etwa?«, erwiderte ich zornig.

»Ob ich funktioniere? Was soll die Frage!«

Freilich hatte ich nicht andeuten wollen, dass er in irgendeiner

Weise nicht funktionstüchtig wäre, ich kannte ihn ja gar nicht persönlich. Ich wollte bloß meinem Zweifel Ausdruck verleihen, dass er schon einmal auf Streife mitgefahren war und folglich genauso wenig Ahnung von »authentischer Polizeiarbeit« hatte wie ich.

»Verzeihung. So hab ich das nicht gemeint. Es ging um das mit dem Polizeieinsatz und dass Sie vermutlich selber auch noch nie auf Streife gewesen sind«, stammelte ich.

»Hören Sie, so kommen wir nicht weiter«, schnaufte er in sein vermutlich überteuertes Smartphone. »Falls Sie eine authentische Geschichte haben, dann melden Sie sich wieder. Außerdem, wenn ich Ihnen noch einen kleinen Tipp geben dürfte: Legen Sie sich ein ordentliches Pseudonym zu. Minerva können Sie höchstens heißen, wenn Sie historische Romane schreiben, und Klein-Bartel ist einfach lächerlich.«

»Erlauben Sie mal! Bartel hieß ich mit ledigem Namen, und Klein heißt mein Mann, was ist daran lächerlich?«

»Sie sind Lehrerin von Beruf, nicht wahr?«

»Was hat das jetzt wieder mit meinem Namen zu tun?«

»Gar nichts, aber durchaus damit, dass Sie anscheinend keine Ratschläge nötig haben. Wenn Sie diese Eigenschaft einmal abgelegt haben, dann wird es vielleicht etwas mit dem Autorendasein. Und nun halten Sie mich bitte nicht weiter von meiner Arbeit ab. Auf Wiederhören, Frau Klein-Bartel!«

Was für ein impertinenter Kerl! Bestimmt so ein Schulabbrecher. Ich steckte mein Handy ein, schnappte mir meine Sachen und spurtete wütend die Treppe hinauf. Stiegensteigen ist in puncto Herz-Kreislauf-Training und Stressabbau ja bekanntlich allererste Sahne. Der Gurt meiner Lederschultasche drückte schwer auf meine rechte Schulter. In meinen beiden Händen baumelten Jutesäcke mit je fünfundzwanzig DIN-A4-Hausübungsheften und schlugen mir abwechselnd auf die Oberschenkel. Endlich hatte ich – schon etwas außer Atem – das Lehrerzimmer erreicht. Mit dem linken Ellbogen drückte ich die Klinke nach unten, wuchtete meine Taschen hinein und knallte die Tür mit dem Fuß hinter mir zu. Leider hatte ich vor Wut völlig vergessen, dass ich nicht zu Hause war. Die Lehrerzimmertür war ja so manchen Fußtritt gewohnt, allerdings nicht von mir. Deshalb erntete ich erstaunte Blicke, selbstredend nicht von der Tür, sondern von den Kolleginnen, die sich gerade im Raum befanden.

»Na, was ist denn dir über die Leber gelaufen?«, fragte Lore, ohne ihre Korrekturarbeit zu unterbrechen. Ich habe einmal gelesen, dass es Leute gibt, die mit jedem Auge separat lesen können und daher mindestens das doppelte Lesepensum schaffen. Ich glaube, Lore gehört zu diesen Menschen. Mit einem Auge korrigiert sie, mit dem anderen nimmt sie ihre Umgebung wahr.

»Ach, nichts«, murmelte ich.

Heiner saß wie üblich am Lehrercomputer und spielte Solitär. Er hatte das Interesse an mir sofort verloren, als Lucy aufstand und »Kaffee?« fragte.

»Soll ich dir einen machen, Lucy?«, bot er übereifrig an.

»Bleib ruhig sitzen, Heiner«, flötete sie ihm zu. »Das Angebot galt Minnerl. Ich mache *ihr* Kaffee.«

»Ach so«, sagte er enttäuscht und spielte weiter, während Lucy und ich uns in die Kaffeeküche zurückzogen.

»Und jetzt sag schon, was hat dich denn aus deiner üblichen Ruhe gebracht? Doch nicht Wolfram?« Lucy zog sorgsam die Tür hinter sich zu.

»I wo«, erwiderte ich entrüstet. Wolfram und ich führten eine vorbildliche Ehe. Bei uns wurde alles sachlich ausdiskutiert, es gab keine schwelenden Konflikte.

Ich erzählte Lucy von dem unverschämten Verlagsmenschen. Sie war eine meiner Testleserinnen gewesen, die mich dazu gedrängt hatten, die Geschichte zu veröffentlichen.

»Du darfst dich von so einem Ignoranten nicht entmutigen lassen«, schimpfte Lucy. »Der hat anscheinend null Ahnung, was Leserwünsche angeht. Kein Mensch will etwas über echte polizeiliche Kleinarbeit lesen, das ist doch völlig uninteressant!«

»Ich glaube, darum geht es nicht«, wandte ich ein. »Wenigstens die Verhöre oder eben besagte Einsätze sollten so geschrieben sein, dass sie zumindest möglich wären. Dieser Lektoratsmensch hat dem Text wohl leider sofort angesehen, dass alles erfunden ist. Ich werde meinen schönen Schwedenofen mit dem Manuskript füttern«, seufzte ich, »damit wenigstens dem umweltfreundlichen Recycling-Papier eine gewisse Wertschöpfung zukommt!«

Lucy schlug sich mit der Hand an die Stirn. »Bist du wahnsinnig! So viel Arbeit! Ich hab die Geschichte spannend gefunden.«
»Und was soll ich deiner Meinung nach damit machen? Selfpublishing kam für mich nicht in Frage. Viel zu aufwendig neben der Schule. Das Schreiben allein nahm schon so viel Zeit in Anspruch.

»Hm«, überlegte Lucy, während sie sich in die Höhe reckte, um in den Untiefen des Oberschranks nach Kaffeekapseln zu suchen. Ihr hautenges Miniröckchen verrutschte dabei leicht und entblößte einen kleinen Teil ihres formvollendeten Pos, der nicht – so wie meiner – in einem ordentlichen Slip Halt finden durfte, sondern lediglich von ein paar roten Schnürchen umgarnt wurde. Gut, dass keine Herren anwesend waren! Ich würde niemals so einen Tanga tragen. Nicht, weil ich es mir figürlich nicht leisten konnte, sondern weil ich finde, man sollte die Männer nicht unnötig provozieren. Abgesehen davon muss so ein Schnurslip doch ordentlich zwischen den Backen zwicken! Gottlob brauche ich so etwas auch gar nicht, ich bevorzuge – im Gegensatz zu Lucy – ohnehin klassische Kleidung. Jeans und Blusen aus organisch und ethisch einwandfreier Produktion, damit kann man gar nichts falsch machen. Ein ordentlicher Baumwollslip zeichnet sich dann auch nirgends ab.

»Und man kann die Geschichte gar nicht mehr retten?« Lucy zupfte sich ihr Röckchen wieder zurecht. »Ristretto oder Volluto?«

»Volluto, what else!«, sagte ich. »Und nein, kann man nicht. Unauthentisch ist unauthentisch.«

»Vielleicht nimmt dich die Polizei wirklich einmal zu einem Einsatz mit, wenn du darum bittest? Das könnte doch auch sehr inspirierend sein.«

»Die werden ausgerechnet auf mich warten! Ich wäre doch nur im Weg.«

»Oder du lässt die Polizei aus dem Spiel und überträgst die Ermittlungen einem Privatdetektiv?«

»Das ändert genau gar nichts, von dieser Arbeit habe ich ebenso wenig Ahnung. Ich müsste schon selbst einmal jemanden beschatten, damit ich das authentisch hinkriege.« Ich ließ mich deprimiert in den alten Ikea-Wippstuhl fallen, der trotz meines Leichtgewichts bedrohlich zu schwingen begann.

»Jetzt hör aber auf!«, schimpfte Lucy. »Da müsste doch jeder Krimiautor seinen Mord persönlich begehen. Anschließend müsste er gegen sich selbst ermitteln, vorzugsweise im eigenen Umfeld, damit er sich in das Opfer oder die Hinterbliebenen besser einfühlen kann!«

Der Ikea-Poäng hatte sich endlich beruhigt und wippte nur noch sachte, während jetzt Lucy Dampf ablassen musste. Sie drückte die Kaffeekapsel in die Maschine und knallte den Hebel auf das Gerät, dass es erzitterte. Als die Kaffeemaschine fertig gebrummt hatte, sah sie mich prüfend an. »Muss es denn unbedingt eine Kriminalgeschichte sein? Warum schreibst du nicht einen Fantasyroman oder so einen Vampir-Liebesschinken? Ich liebe so was! Erstens kannst du dann alles erfinden und niemand wird sich daran stoßen, und zweitens verkaufen sich diese Bücher wie die warmen Semmeln.«

»Um Gottes willen, nur das nicht!«, rief ich. »Keine Elben und Trolle, bitte. Und schon gar keine Untoten!«

Ich teilte Lucys Faible für das Phantastische nicht. Für mich zählten Fakten, am besten streng wissenschaftlich untermauert oder zumindest durch empirische Untersuchungen belegt. Aber diesbezüglich waren wir eben grundverschieden. Ich war immer schon eine Anhängerin des Realismus gewesen, während Lucy sehr empfänglich für das Übernatürliche war. In ihren Bücherregalen wimmelte es nur so von Außerirdischen, Vampiren, Werwölfen und anderen mystischen Figuren. Sie war eben doch einige Jahre jünger als ich.

»Nimm erst mal einen Schluck!« Lucy reichte mir meine Queen Elizabeth mit dem dampfenden Espresso. Die Tasse war zwar schon an einigen Stellen etwas ausgeschlagen, ich liebte sie trotzdem. Bei den Royals waren wir zwei Anglistinnen uns einig, ohne sie würde Großbritannien untergehen!

Das Koffein tat seine Wirkung, und ich entspannte mich langsam. Poäng schaukelte mich sanft.

»Jetzt noch was Süßes für die Nerven«, seufzte Lucy und stöberte in den Nasch-Schubladen nach Brauchbarem.

»Alles weg!«, rief sie enttäuscht. »Anscheinend sind auch andere Kolleginnen hier frustriert.«

Das war wohl wahr. Würde man die Frustrationsrate eines

Berufsstandes anhand der verdrückten Süßigkeiten messen, dann würden wir Lehrer wahrscheinlich die Rangliste anführen.

Ich persönlich stolperte ja nur noch äußerst selten in die Zuckerfalle, raffinierter Zucker ist für mich seit Jahren tabu. Im besten Fall kommt mir neben Stevia vielleicht Honig oder Ahornsirup in den charmanten Darm, diese Süßstoffe haben wenigstens auch Vitamine zu bieten. Nicht, dass ich mir figürlich nicht ab und zu ein paar Extrakalorien gönnen könnte. Meine Schwiegermutter behauptet sogar hartnäckig, ich wäre zu dürr, aber mit ihren dreißig Kilo Übergewicht setzt sie natürlich andere Maßstäbe als ich. Ich schau lieber darauf, dass mein BMI sich in der Nähe von zwanzig bewegt, das Hüftgold kommt mit dem Wechsel ja ohnehin ungefragt.

»Naschereien können Frust sowieso nur kurzfristig lindern«, belehrte ich Lucy. »Süßes täuscht Wohlbefinden nur vor. Langfristig kann sogar das Gegenteil eintreten. Zu viel Zuckerkonsum kann zu Depressionen führen!«

»Ja, ja, Frau Lehrerin!«, lachte Lucy, die in der Zwischenzeit doch noch etwas hervorgekramt hatte. Nach dem weiß-gräulichen Film auf den Pralinen zu schließen, hatte die Bonbonniere schon mehrere Ferien hier verbracht.

»Du wirst das Zeug doch nicht essen wollen?«, fragte ich entsetzt.

»Wieso denn nicht?« Unbekümmert schob Lucy sich eine dieser antiken Pralinen in den Mund. »Dasch bischchen Weisch. Isch ja nur angelaufen.«

»Hast du denn auf das Ablaufdatum geachtet?«

»Natürlisch«, feixte sie. »Gerade mal drei Monate drüber. Wasch scholl da schon schein? Keine Motten, kein Schimmel.« Zur Demonstration führte sie sich gleich noch eine Kugel zu Gemüte. »Hervorschüglisch. Mit Schnaps!«

»Schnaps im Dienst, Frau Kollegin?«

Wir waren so mit uns beschäftigt gewesen, dass wir das Kommen unseres Direktors ganz überhört hatten. Dabei war er eigentlich ein Typ, den man nur schwer überhören und noch schwerer übersehen konnte. Eins neunzig groß und mit einem geschätzten BMI von vierzig bot er seiner Bassstimme einen gewaltigen Resonanzkörper. Wenn er im Erdgeschoss seine

Stimme erhob, konnte man ihn locker noch zwei Stockwerke darüber hören.

»Geistiges in homöopathischen Dosen, Wilfried!«, lächelte Lucy und hielt ihm die Schachtel hin. Ohne den verdächtigen Inhalt genauer zu prüfen, langte er zu und schenkte Lucy seinerseits ein joviales Lächeln. Dabei tropfte ihm bedauerlicherweise der Schnaps aus dem Mund und hinterließ eine hässliche braune Spur auf seiner lachsfarbenen Krawatte.

»Verdammt!«, entfuhr es ihm. »Ausgerechnet heute, wo doch die Hartmanová jeden Moment hier sein kann!«

»Was?«, riefen Lucy und ich unisono. »Und warum sagst du uns das erst jetzt, wenn sie schon im Anmarsch ist?« Mit seiner laschen Arbeitshaltung konnte Wilfried einen schon mal auf die Palme bringen.

»Das wollte ich euch ja gerade mitteilen«, verteidigte er sich ungehalten und riss sich die bekleckerte Krawatte vom Hals. Als ob wir schuld an seiner Fleckenmisere wären!

»Gib her«, bot ich ihm an. »Mit Seife geht das gut raus.«

Während ich vorsichtig an dem Fleck herumfummelte, erzählte er: »Sie ist zufällig in der Gegend und will uns einen Besuch abstatten. Ich soll ihr einen Stundenplan ausdrucken und jemanden organisieren, der mit ihrem Hündchen einstweilen Gassi geht.«

»Seit wann darf die denn unangekündigt erscheinen?« Ich war ehrlich entrüstet. Immerhin hatte man als Lehrer auch Rechte. Wolfram war seit Jahren Personalvertreter und Gewerkschaftsbeauftragter an unserem Gymnasium, als seiner Gattin konnte man mir so schnell nichts vormachen. Vor lauter Empörung hatte ich ein kleines Löchlein in Wilfrieds Seidenkrawatte gerubbelt.

Verstohlen strich ich die Stelle mit dem Daumennagel glatt. »Trocknen muss sie halt noch«, sagte ich und hängte ihm das Teil gleich selbst um, damit er es nicht näher betrachten konnte.

»Danke, Minerva«, brummte er. »Keine Ahnung, warum sie so plötzlich auftaucht, aber was soll ich machen? Sie wieder wegschicken? Immerhin ist sie unsere Anstaltsreferentin.« Er zupfte nervös an einem Ohrläppchen und strich sich das schüttere Haar glatt, beides untrügliche Zeichen, dass er etwas zu verbergen hatte. Mir konnte er nichts vormachen! Schließlich hatte ich für meinen

Krimi nicht umsonst ein Standardwerk über Verhörtechniken studiert.
»So what?«, fragte ich brüsk. »Deswegen muss sie sich auch an die Spielregeln halten!«
»Wenn du meine Meinung hören willst«, sagte er, »die will sich einfach zusätzliches Kilometergeld verdienen.« Wilfried zog seinen Krawattenknoten fest und verließ die Kaffeeküche so grußlos, wie er sie betreten hatte.
»Der verschweigt uns doch etwas!«, stieß ich verärgert hervor.
»Du musst mir helfen, Minnerl!«, stammelte Lucy. »Ich brauche unbedingt Konzepte für die nächsten drei Stunden. Ich war gestern ... Also, ich hatte einfach keine Zeit dafür. Bitte!« Ihr Blick suchte Trost. Schnell steckte ich die Bonbonniere in die Lade hinter mir und schob sie zu. Lucys Figur war, was sich aus den Reaktionen der männlichen Kollegen ablesen ließ, nachgerade perfekt – und so sollte es auch bleiben.
»Ich hab mir gedacht, ich zeige den Kids heute ein YouTube-Video, aber das geht ja jetzt wohl nicht«, murmelte sie verschämt.
»Ja, sicher«, erwiderte ich in beruhigendem Tonfall. Es war nicht das erste Mal, dass Lucy von mir Unterlagen wollte. In aller Eile ging ich meine sorgfältig zusammengestellten Jahrgangsmappen durch und suchte ihr drei Musterstunden heraus.
»Danke, Minnerl! Du hast mir das Leben gerettet!« Lucy war so erleichtert, dass sie mir um den Hals fiel. Leider war diese Erleichterung von kurzer Dauer.

Ein paar Stunden später holte ich eigenhändig die Pralinenschachtel wieder aus der Lade, um Lucy wenigstens mit irgendetwas Trost spenden zu können. Ein schluchzendes Häuflein Elend, rotzte sie eine volle Packung Kleenex vom Tisch und konnte sich einfach nicht beruhigen. Bald hatte sich eine Männertraube um sie gebildet. Alle wollten sie trösten, Ratschläge wurden geflüstert.
»Beruhige dich doch!«, polterte Wilfried, der immer noch die Krawatte mit dem hineingerubbelten Loch trug, aber Lucy warf ihm nur einen bitterbösen Blick zu, sodass er sich wieder in sein Büro zurückzog.
Nachdem man an Lucy im Moment ohnehin nicht herankam,

die Mauer der sympathiebekundenden Männer war zu dicht, holte ich mir die nötige Information bei Lore.
»Was ist passiert?«
»Soweit ich das mitbekommen habe, hat die liebe Frau Inspektorin Lucy zur Sau gemacht«, meinte sie trocken. »Sie sei die miserabelste Pädagogin, die ihr je begegnet sei.«
»Hör mal, ich hab ihr meine Stundenvorbereitungen gegeben. Mit so genauen Anweisungen hätte sogar Wilfried eine Eins-a-Stunde hingelegt«, sagte ich.
»Das war auch nur ein Vorwand, wenn du mich fragst. Ihr Lebensstil passt ihr nämlich auch nicht. Wenn ich Lucy richtig verstanden habe, dann wirft sie ihr vor, dass sie ihre Lebenspartner wechselt wie andere die Unterwäsche, dass sie unpünktlich zum Unterricht kommt, dass ihre Röcke zu kurz sind und mit ihren Tattoos sei sie auch ein schlechtes Vorbild für die Mädchen. Das Zungenpiercing musste sie sich angeblich sofort rausnehmen.«
»Und was geht sie das an, hallo?« Ich war mehr als entrüstet. »Abgesehen davon würde mich interessieren, woher die Frau Inspektorin das alles so genau weiß.«
Es stimmte wohl, dass Lucy es mit dem Stundenbeginn nicht so genau nahm. Ich hatte schon mehrmals versucht, diesbezüglich auf sie einzuwirken. »Steh doch einfach zehn Minuten früher auf, das muss doch machbar sein«, hatte ich ihr geraten – mit mäßigem Erfolg. Ohne Weiteres konnte ich mir auch vorstellen, dass die Männer bei Lucy Schlange standen, aber wer hatte der Hartmanová das gesteckt?
»Tja, diese Leute haben ihre Informanten«, seufzte Lore.
»Und was passiert jetzt mit Lucy?«
»Angeblich hängt sie ihr ein Disziplinarverfahren an.«
»Damit kommt sie doch nicht durch, oder? Nur weil Lucy manchmal unpünktlich ist oder die Stunden nicht so toll waren? Und das andere darf sie doch überhaupt nicht gegen Lucy anführen!«
»Sollte man meinen«, sagte Lore. »Angeblich geht sie über Leichen.« Sie nahm die Brille ab und polierte sie an ihrem Blusenärmel sauber. »Kennst du Birgit?«
»Die Kollegin von der Fortbildung?«
»Genau die. Wir haben zusammen studiert, deswegen hab ich

auch privat noch Kontakt zu ihr. Sie hat mir einmal erzählt, dass sie so eine nette neue Schulleiterin bekommen hätten, engagiert, freundlich, fleißig. Ein paar Monate darauf ruft sie mich an und erzählt mir ganz erschüttert, dass die Frau den Hut geworfen hat, weil sie von Vladtka – also der Hartmanová – so gemobbt worden ist. Angeblich war sie auch nicht die Einzige. Vladtka war ja auch eine Zeit lang Direktorin, da soll sie auch einige Kolleginnen so vergrault haben, dass man sie schließlich in ein Team gesetzt hat, das Lehrpläne für slawische Sprachen entwickeln sollte.«

Lore räusperte sich, denn Wilfried hatte wieder seinen Kopf in die Kaffeeküche gesteckt. »Ich geh dann mal«, sagte er. »Richtet Lucy aus, dass wir morgen darüber reden, wenn sie sich wieder beruhigt hat.«

»Der Kapitän verlässt das sinkende Schiff!«, schimpfte ich. Lore zuckte mit den Achseln. »Mir geht er nicht ab – und Lucy wahrscheinlich auch nicht. Um auf Vladtka zurückzukommen. Ihre Teamfähigkeit und Kompetenz sollen auch nicht gerade olympisch sein. Ich kenne eine Kollegin, die mit ihr in diesem Team war. Die waren mit der Zeit so sauer auf sie, dass sie im Ministerium darum baten, Vladtka wieder abzuberufen. Die Arbeitsteilung sah nämlich so aus, dass die Kolleginnen die Arbeit machten, und wenn es um die Präsentation ging, stellte Vladtka sich in die erste Reihe.«

»Wie kann sie dann bitte Inspektorin werden, wenn sie so inkompetent ist?«

»Sei doch nicht so naiv, Minnerl. Das eine hat doch mit dem anderen nichts zu tun. Nachdem sie nirgendwo erwünscht war, hat man sie eben hochgelobt – wie das in Österreich halt so üblich ist.«

»Sauerei!«, schimpfte ich. »Und da hat niemand etwas dagegen gesagt?«

»Sie wird eben sehr gute Beziehungen gehabt haben. Zu ihrem Glück ist damals nämlich gerade der Inspektorinnenposten für lebende Fremdsprachen frei geworden, und nachdem sie ein slowakisches Dolmetschdiplom hat, hat man ihr den Posten gegeben. Englisch kann sie auch leidlich, manche sagen ja, besser als Deutsch, und voilà!«

»Und Geografie? Warum Geografie?«

»Weil sie weit gereist ist? Keine Ahnung. Da musst du Wolfram fragen!«

Die Traube um Lucy war in der Zwischenzeit deutlich geschrumpft, nur Heiner trat noch schüchtern von einem Bein auf das andere und reichte Lucy bei Bedarf die Kleenex-Box. Lore bedeutete ihm, er solle sich zurückziehen, wir Frauen würden das schon machen. Enttäuscht drückte er mir die letzten Taschentücher in die Hand und ließ uns allein.

Lore öffnete eine Schranktür, zog eine Flasche Cognac aus einem Pappschuber und schenkte uns drei Gläser voll. Von dem Geheimversteck hatte ich bislang gar nichts gewusst.

»Gehört eigentlich dem Günther«, erklärte sie. »Er wird's verkraften!«

Nachdem wir alle drei einen Schluck genommen hatten, sah Lore Lucy scharf an.

»Und jetzt sagst du uns, was wirklich los ist. Da steckt doch mehr dahinter als moralisches Bedenken. Oder deine kurzen Röcke. Soweit ich weiß, sind deine Röcke bieder gegen das, was diese Frau trug, als sie sich den Hofrat geangelt hat.«

»Echt?« Lucy schnäuzte sich. »Erzähl!«

»Erst du!«, sagte Lore streng. Sie hatte Lucys Ablenkungsmanöver natürlich sofort durchschaut.

»Okay«, sagte diese gedehnt. »Es ist nämlich soooo. Vladtka hat erfahren, dass ich ein Verhältnis mit einem Kollegen hab – also, genau genommen einem verheirateten Kollegen. Sie sagt, es wäre schade um den Kollegen, und ich soll die Finger von ihm lassen. Daraufhin hab ich gemeint, dass sie das nichts angeht, und da ist sie dann ausfällig geworden. Was ich mir einbilde, ihre Autorität zu untergraben. Sie werde dafür sorgen, dass ich nichts mehr anstellen könne.«

»Das hat sie gesagt? Erlaube mal, wir leben schließlich im 21. Jahrhundert und nicht im Mittelalter!« Ich war schon wieder auf hundertachtzig. »Und Wilfried hat dazu gar nichts geäußert?«

»Den hat sie unter einem Vorwand hinausgeschickt.«

Lore hatte sich eine Zigarette angezündet. »Willst du auch eine, Lucy?«

Mich fragte sie erst gar nicht, sie wusste ja, dass ich ablehnen würde. Erstens war Rauchen im ganzen Schulhaus strengstens untersagt, zweitens würde ich doch meinen Körper nicht einem solchen Giftzeug aussetzen. Stress hin oder her, langfristig löste Nikotin das Problem auch nicht.

Es überraschte mich keineswegs, dass Lucy das Angebot einer Zigarette annahm, sie handelte selten vorausblickend, aber von Lore hätte ich schon etwas mehr Vernunft erwartet. Ich öffnete das Fenster, um den Rauch hinauszulassen, hatte aber nicht das Herz, die beiden zurechtzuweisen.

»Und, ist er es wenigstens wert?«, fragte Lore.

»Wer? Was?«

»Na, dein Lover!«

»Ach so. Wenn ich das nur so genau wüsste!«, seufzte Lucy.

»Das musst du doch wissen!«, warf ich erstaunt ein. »Ich meine, immerhin gefährdest du damit eine Ehe. Weiß die Frau denn von dir? Sind Kinder im Spiel?«

»Nein, das nicht. Ich hab mir anfänglich auch gar nicht so viel dabei gedacht. Einmal ist keinmal, quasi. Und er hat das genauso gesehen. Aber dann ist er immer öfter vorbeigekommen. Seine Frau vernachlässige ihn und so, wie das eben so geht.«

Ich hatte keine Ahnung, wie das eben so ging, und bemerkte das auch prompt.

»Was würdest denn du an meiner Stelle tun, Minnerl?«

Die Frage traf mich unerwartet. »Als gehörnte Ehefrau oder als Geliebte?«

»Na, als Geliebte natürlich, wo denkst du hin!«

»Dann ist die Antwort einfach«, erwiderte ich. »Ich hätte kein Verhältnis mit einem verheirateten Mann. Ich bin ein gebranntes Kind, Lucy. Meine Eltern haben sich scheiden lassen. Mama hat uns wegen eines anderen Kerls verlassen. Das war hart, glaub mir das!«

»Das wusste ich nicht, tut mir leid!«, flüsterte Lucy. »Du meinst also, ich sollte ihn aufgeben?«

Ich kannte den jungen Mann zwar nicht, aber bei Ehebrechern war natürlich Skepsis angebracht.

Warum hatte er überhaupt geheiratet? War ihm schon mal der Gedanke gekommen, dass er seine Frau tief verletzte? Und war Lucy vielleicht nur ein abwechslungsreiches Spielzeug für ihn, das sein Ego stärken sollte, eine Trophäe, mit der er am Stammtisch prahlte?

»Ich bin keine Eheberaterin, Lucy«, sagte ich. »Aber du bist jung. Warum suchst du dir nicht einen netten jungen Mann, der nur dich alleine liebt? Einen, der dich auf Händen trägt – wie Heiner zum Beispiel.«

»Heiner?«

Auch Lore sah mich erstaunt an.

»Na, dass er ein Auge auf dich geworfen hat, sieht ein Blinder.«

Es wunderte mich, dass sie das nicht bemerkt hatte.

»Nett ist er ja, da hast du recht«, überlegte Lucy. »Sieht auch ganz passabel aus, ein bisserl blass vielleicht. Bloß – verliebt bin ich nicht in ihn.«

»Ach was, das kann ja noch werden!«, sagte ich überzeugt. »Es käme halt auf einen Versuch an.«

»Wie soll ich denn wissen, ob er der Richtige ist? Wie hast du denn erkannt, dass es Wolfram sein muss und kein anderer?«

Ich lachte. »Es passte einfach alles. Wir wussten es beide.«

»Liebe auf den ersten Blick? Das wünschte ich mir auch«, seufzte Lucy.

Lore hob die Augenbrauen und sah mich fragend an.

»Und wie war das mit Vladtkas kurzen Röcken?«, fragte ich. Ein pures Ablenkungsmanöver, um diesem entwaffnenden Blick zu entgehen. Lore grinste. »Ich selbst kannte sie damals noch nicht, aber man sagt, sie wäre am Gürtelstrich nicht aufgefallen, was ich mir gut vorstellen kann. Kurze Röckchen und hochhackige Schlapfen hatten viele Ostbräute damals. Das ist manchen Damen sauer aufgestoßen, den Männern hat es aber offensichtlich gefallen.«

Lore steckte sich ihre Zigarettenpackung wieder ein. »Ich fahr jetzt, ich habe Hunger!«

»Meine Güte – Wolfram!« Ich hatte meinen Mann völlig vergessen. Wahrscheinlich wartete er schon seit einer halben Stunde im Auto auf mich.

»Der ist schon vor längerer Zeit wutentbrannt abgefahren«, informierte mich Lore trocken.

»Was? Ohne mir Bescheid zu geben?«

»Komm, ich fahr dich heim, dann erzähl ich dir, was ihn so verärgert hat.«

Auch Lucy hatte sich erhoben. »Danke für eure Hilfe!«, sagte sie.

»Lass erst einmal ein bisschen Gras über die Sache wachsen. Auch eine Vladtka muss sich an die Gesetze halten«, erklärte ich mit Nachdruck. Ganz überzeugt war ich allerdings selbst nicht davon.

# Untermenschen

*Was sind Lehrer doch für Untermenschen. Manipulierbar wie ihre unmündigen Schüler, nur dass sie glauben, es besser zu wissen. Ihre angestrebte Bildung versperrt ihnen wie verkehrte Scheuklappen die Sicht auf den geradlinigen Weg. Bilden sich allerhand ein und wissen doch nichts vom Leben. Wenn man mitleidig wäre, könnte man sagen, arme Würmer, müssen sie doch unsere zukünftigen Erhalter positiv prägen und erliegen dann selbst ihren lähmenden Doktrinen. Gehorsam. Anpassung. Ehre. Mit diesen überholten Werten wird es niemand weit bringen. Wer soll unsere Länder führen, wenn man ihre potenzielle Elite von Schwächlingen zu verzärtelten Weichlingen erziehen lässt?*

*In der Provinz ist es ja noch schlimmer als in der Stadt. Angefangen mit unterbemittelten Führungskräften. Durch eine riesige Portion Selbstbetrug schaffen es solche Typen immer wieder, sich einzureden, man habe sie wegen ihrer pädagogischen Qualitäten ernannt und nicht, weil man artige Buckelwale so schön gefügig machen kann. Wie der Kleine. Bildet sich wahrscheinlich ein, ich hab ein Auge auf ihn geworfen. Lachhaft. Dienen wird er mir müssen, jawohl. Er will was von mir, also soll er sich gefälligst ranhalten. Und wenn ich ihn einmal am Haken habe, wird er zappeln, wie all die erbärmlichen Kreaturen vor ihm. Ich werde auch ihn aussaugen und in meine Sammlung blutleerer Marionetten aufnehmen.*

**Kuppeleien**

»Also Liebe auf den ersten Blick?«, fragte Lore, kaum dass ich mich angeschnallt hatte.
»Na ja, auf den ersten oder zweiten Blick – darauf kommt es nun wirklich nicht an. Wer hat mir denn die Augen für den zweiten Blick geöffnet?«
Lore grinste.
Um die ganze Wahrheit zu sagen, Liebe auf den ersten Blick ist es weder bei Wolfram noch bei mir gewesen. Es hat mich auch einige Anstrengungen gekostet, Wolfram letztlich davon zu überzeugen, dass ich das Beste war, was ihm passieren konnte, aber selbst ich musste erst bekehrt werden.
Ich war ganz neu an der Schule, und wir waren auf einem Betriebsausflug in der Wachau unterwegs. Ich muss ihn offensichtlich etwas zu lange gemustert haben, wie er so dastand in seinen khakifarbenen Cargojeans und streberhaft mit dem Stadtführer diskutierte. Lore behauptete, ich hätte ihm auf den knackigen Po gestarrt, aber das war gewiss nicht der Fall. Vielleicht war mein Blick dort hängen geblieben, schon möglich, aber keinesfalls, weil ich Wolframs Kehrseite so sexy fand, sondern weil ich in Gedanken ganz woanders war. Mein Vater hatte mich gerade zum x-ten Mal angerufen, wo ich denn so lange bliebe, er sei allein und es könnte ihm ja alles Mögliche passieren und niemand würde es bemerken. Lore hatte mich nur aus meinen Grübeleien gerissen, als sie lächelnd »Gefällt dir der Kollege?« fragte.
Man hatte mir Lore als Betreuungslehrerin zugeteilt, was ein absoluter Glücksfall für mich war. Abgesehen von ihrer fachlichen Kompetenz wusste sie einfach über alles und jeden Bescheid und kümmerte sich aufopfernd um mich.
»Im Gegenteil!«, erwiderte ich schnell, um jegliches Gerücht im Keim zu ersticken. »Ich finde ihn eigentlich eher bescheuert.«
»Wieso denn das?« Lore wirkte nun doch etwas entrüstet, anscheinend mochte sie den jungen Mann.
Ich ruderte ein bisschen zurück. »Na ja, wie er so auf Brad Pitt macht. Der Bart, die Sonnenbrille. Er wirkt einfach nicht

authentisch, findest du nicht auch?« Weder wollte ich Lore vor den Kopf stoßen noch überheblich rüberkommen. »So was ist irgendwie nicht mein Fall.«

»Und, was ist dein Fall?« Lore musterte mich skeptisch. Ich hatte ziemlich genaue Vorstellungen davon, welche Charaktereigenschaften mein zukünftiger Gemahl haben sollte – aufrichtig, verlässlich, treu waren wohl die Hauptattribute, die ich forderte. Die optische Umsetzung war mir relativ egal. Klar, fettleibig oder abstoßend sollte er natürlich nicht sein. Abgesehen davon waren ein ausreichendes Gesundheits- und Hygienebewusstsein genauso Voraussetzung wie ein hoher IQ und ein entsprechender Bildungsstand, aber sonst?

»Keine Ahnung«, erwiderte ich. »Ich hoffe, ich werde das erkennen, wenn Mr. Right vor mir steht.«

»Er hat es nicht leicht, weißt du«, erklärte Lore. »Wolfram, meine ich. Seine Schwester war eine Musterschülerin, aber der kleine Wolfram musste in der Unterstufe einmal wiederholen, weil er Latein einfach nicht kapierte. Widerwillig hat ihn sein Vater dann in den realistischen Zweig gesteckt, ohne Latein. Er hätte eigentlich die Anwaltskanzlei übernehmen sollen – was dann seine Schwester getan hat, weil Jus ohne Latein bekanntlich nicht geht.«

»Bei uns zumindest, in Amerika wäre das kein Problem«, ergänzte ich.

»Wir sind aber nicht in Amerika, sondern in Österreich, und hier geht es halt nicht ohne. Für seinen Vater war Wolfram wohl ein Versager, er hat auch beim Studium etwas gebummelt, was ein weiterer Wermutstropfen für den erfolgsgewohnten Anwalt war.«

»Den Magister hat er aber abgeschlossen, und als Lehrer macht er seine Sache doch auch ganz gut, oder?« Ich hatte noch von keiner Seite Kritik über Wolfram gehört. So was spricht sich ja sehr schnell herum.

»Eben!«, sagte Lore. »Jeder muss seine individuellen Begabungen finden und nicht ausschließlich die Wünsche der Eltern erfüllen!«

»Und die Mutter? Hat die ihn wenigstens unterstützt?«

»Die ist wieder das genaue Gegenteil. Hat ihn immer zu sehr

in Schutz genommen. Sicherlich gut gemeint, aber er wäre halt auch einer gewesen, den man ab und zu hätte in den Hintern treten müssen!«

»Dann wäre er aber jetzt nicht so ansehnlich«, gluckste ich.

»Also doch!«, lachte Lore, und wir tranken ein Gläschen auf eindrucksvolle Männerhintern.

In den nächsten Wochen beobachtete ich Wolfram dann etwas genauer. Nicht den Hintern natürlich, sondern seine Persönlichkeit. Und es gefiel mir gut, was ich sah. Er war engagiert, bot sich auch für wenig dankbare Tätigkeiten an, murrte nicht, wenn er Supplierstunden machen musste, und unterstützte die Personalvertretung. Bei meiner ersten Weihnachtsfeier schlug ich dann zu, nicht zuletzt, weil Lore mich zur Eile antrieb. Während ich Wolfram beobachtet hatte, hatte sie zumindest mit einem ihrer Augen über mich gewacht und aus den Beobachtungen geschlossen, dass ich ihn vielleicht doch nicht mehr so doof fand. Stolz und Vorurteil überwunden, sozusagen.

»Falls du es dir anders überlegt hast«, sagte sie und stellte mir ein Glas Punsch vor die Nase. »Seine Mutter will ihn mit der Nachbarstochter verkuppeln, einer Krankenschwester, weil die angeblich die besten Hausfrauen abgeben.«

»Woher weißt du denn das?«

»Von Sylvia, Wolframs Schwester. Du weißt schon, das ist die Anwältin. Karrierefrau.«

»Bist du mit ihr befreundet?«

»Direkt befreundet nicht, aber wir spielen ab und zu Tennis miteinander. Und sie ist nicht begeistert über die Kuppelversuche ihrer Mutter. Das Mädchen ist sehr einfach gestrickt, wie sie es formulierte.«

»Und du hast ihr angedeutet, da gibt es eine überaus intelligente, interessierte Kollegin?«

»Aber wo denkst du hin!«, rief Lore und steckte ihre Nase tief in ihr Punschglas. Ich hatte sie also durchschaut.

»Mal angenommen, er gefällt mir wirklich. Woher willst du denn wissen, dass er sich für mich interessiert?«

»Das weiß ich auch nicht. Aber erstens kannst du das ja herausfinden, und zweitens lassen Männer sich sehr leicht überzeugen. Falls er es selbst noch nicht weiß, musst du ihm halt ein

Hölzchen werfen. Fängt er es, ist es gut. Wenn nicht, kannst du es dir ja noch einmal überlegen.«
»Lore! Soll ich vielleicht zu ihm hinübergehen und sagen ›He, Wolfi, ich bin die bessere Wahl!‹?«
»Die Wortwahl bleibt dir überlassen. Aber ... ja. Falls du ihn in Betracht ziehst, könntest du das tun.« Damit ließ sie mich mit dem Punsch und einem hochroten Kopf zurück.
Natürlich tat ich nichts dergleichen, sondern ließ mich stattdessen von Günther beschwatzen. Seine Frau hatte ihn verlassen, und er überschüttete mich zunächst mit depressiven Erzählungen, dann mit einem Glühwein. Da dieser noch ziemlich heiß war, stieß ich einen kurzen Schrei aus, und Wolfram, der in der Nähe stand, kam mir ritterlich zu Hilfe. Lore, die ebenfalls herbeigeeilt war, kehrte wieder um und überließ mich meinem Helden. Wir kamen ins Gespräch, es war sehr anregend. Während Günther reumütig immer wieder mein Glas nachfüllte, lehnte Wolfram jeglichen Alkohol ab, er müsse noch mit dem Auto fahren. Ein verantwortungsbewusster Mann also! Schließlich brachte er mich nach Hause, und da ich durch Günthers alkoholische Zuwendung schon leicht animiert war, kam es zum ersten Kuss. Ich hatte zwar nicht selbst das Hölzchen geworfen, sondern Günther in Form des Glühweins, aber das tat im Nachhinein nichts zur Sache. Wie Lore es mir geraten hatte, forcierte ich unsere Beziehung dezent, gerade so, dass Wolfram immer das Gefühl hatte, er wäre am Drücker und nicht ich. Ein Jahr später feierten wir Verlobung, im Sommer darauf wurde geheiratet.

»Im Übrigen halte ich es nicht für klug, Lucy und Heiner zu verkuppeln«, riss Lore mich aus meiner Erinnerungsseligkeit.
»Was heißt hier verkuppeln?«, wehrte ich mich. »Ich hab ihr bloß einen Tipp gegeben. Und der Arme ist doch wirklich verliebt.«
»Woher willst du wissen, dass die beiden zusammenpassen? So etwas kann ganz schön ins Auge gehen. Oder kennst du Heiner so gut?«
»So gut nicht. Aber ich finde nichts Verwerfliches daran, einem schüchternen jungen Mann ein wenig auf die Sprünge zu helfen. Wenn einer der beiden nicht will, wird sowieso nichts daraus.

Außerdem, du warst doch selbst schon eine erfolgreiche Ehestifterin, wenn ich mich richtig erinnere.«
»Apropos Wolfram«, meinte Lore grinsend. »Mach dich lieber auf dicke Luft gefasst.«
»Was ist passiert?« Was konnte meinen Mann so in Rage versetzt haben, dass er mich einfach ohne Auto sitzen gelassen hatte?
»Also, zuerst musste er mit Vladtkas Zwergpinscher Gassi gehen«, kicherte Lore.
»Chihuahua«, verbesserte ich.
»Jaja, der kleinen Ratte eben.«
»Und das hat er sich gefallen lassen?« Ich konnte vor Staunen nur den Kopf schütteln. Was war in Wolfram gefahren? Wo waren seine gewerkschaftlichen Prinzipien geblieben?
»Das war noch nicht alles«, setzte Lore ihren Bericht fort. »Er musste das Tier auch noch zu ihrem Wagen geleiten. Dort hätte er es in den Kofferraum setzen sollen. Dies wiederum wollte das Tierchen aber nicht. Die Hartmanová ist einfach in ihr Auto gestiegen und hat gewartet, was er mit der kläffenden Töle machen würde.« Lore senkte die Stimme, als wollte sie vermeiden, dass ein Unbefugter mithörte.
»Als er das Viecherl aufheben wollte, hat es ihm doch tatsächlich ans Bein gepinkelt – vor allen Schülern! Du kannst dir ja vorstellen, wie peinlich Wolfram die Sache gewesen sein muss«, raunte sie. Ich bildete mir ein, einen Hauch Schadenfreude in ihren Ausführungen durchzuhören.
»Autsch!« Wenn es eines gab, was Wolfram wirklich hasste, dann, wenn ihn jemand auslachte.
»Du meine Güte! Sein vorzeitiger Abgang sei ihm hiermit hochoffiziell verziehen!«, verkündete ich edelmütig. »Und Hund und Schüler haben das überlebt?«
»Ich hab die ganze Szene vom Fenster aus beobachtet«, erklärte Lore. »Übrigens nicht alleine«, fügte sie süffisant hinzu. »Büßen musste es nur der Hund. Wolfram hat ihn schließlich am Genick gepackt und in hohem Bogen in den Kofferraum geschmissen. Nicht sehr vorbildlich für das jugendliche Publikum, aber dafür effektiv. Und sein Gesicht war so rot wie ein vollreifer Paradeiser, von dort oben hatten wir schon Angst, dass ihm gleich der

Schädel platzt. Dann ist er schnurstracks zu seinem Auto. Hat die Frau Inspektorin grußlos sitzen lassen.«
»Sehr solidarisch fühle ich mich aber deswegen nicht mit ihr«, ätzte ich. Die Frau hatte wenigstens noch ihr Auto.

*Teilen? Niemals!*

Der Kleine wird doch nicht glauben, dass ich ihn mit irgendjemandem teile? Und da meine ich nicht seine farblose Frau. Im Prinzip ist er mir ja völlig egal, eine charakterlose Memme wie alle anderen. Aber die kleine Schlampe darf ihn nicht haben. Und wehe, ihr wehrt euch! An mir hat sich schon so mancher die Zähne ausgebissen. Schließlich habe ich einen Ruf zu verteidigen!

# Eheprobleme

»So, da wären wir!« Lore wendete den Wagen und ließ mich aussteigen. »Sei gnädig mit ihm, er hat genug mitgemacht!« Obwohl ich es nicht mehr sehen konnte, wusste ich, dass sie gemein grinste.

Ich ließ mir ordentlich Zeit bis zur Haustüre, wohl wissend, dass mich dahinter ein Problem erwartete. Wolfram war ja an und für sich kein schwieriger Mensch – solange alles nach seinen Vorstellungen lief. Und das tat es meistens, nicht zuletzt, weil ich dafür sorgte, wie es sich für eine gute Ehefrau gehört. Ich hatte mir deshalb auch vorgenommen, ihm keine Vorwürfe zu machen, weil er mich einfach in der Schule zurückgelassen hatte. Wen lässt es schon kalt, wenn ihm ans Bein gepinkelt wird, noch dazu in aller Öffentlichkeit?

»Spar dir deine Vorwürfe!«, kam es aus dem Wohnzimmer. Ich hatte mich noch nicht einmal meiner Schuhe entledigt.

Seufzend stellte ich die Schultasche im Flur ab, hängte meine Jacke an ihren Platz und schlüpfte in meine Birkenstock-Filz-Sandalen. Wolfram zu besänftigen würde schwieriger werden, als ich es befürchtet hatte.

»Ich hab doch gar nichts gesagt!«, verteidigte ich mich.

Ein erster Blick ins Wohnzimmer bestätigte meine schlimmsten Befürchtungen. Wolfram lag bereits in Jogginghosen auf dem Sofa, was per se nicht so schlimm gewesen wäre, hätte er nicht sein Schulhemd dazu getragen. Er wusste, dass mich das rasend machte, weil es so proletenhaft dämlich aussah. Hemd kombiniert mit Schlabberlook geht wirklich gar nicht! Bis zu einem gewissen Grad ist Bequemlichkeit zu Hause ja in Ordnung, aber es muss doch nicht völlig stillos sein. Ich bin der Meinung, dass auch der Partner ein Recht auf ein annehmbares Vis-à-vis hat.

In seiner rechten Hand hielt Wolfram die Fernbedienung, in seiner linken sein Handy. Als er mich erblickte, richtete er die beiden Dinger aggressiv auf mich, als wollte er mich erschießen.

»Wo warst du denn so lange?«, grollte er.

»Erlaube mal, ohne Auto ist man halt auf andere Leute angewiesen.« Nun war mir gegen mein ursprüngliches Ansinnen doch ein leichter Vorwurf entschlüpft.

Ich ärgerte mich mächtig, dass ich jetzt die Böse sein sollte, wo er sich doch eigentlich bei mir entschuldigen müsste. Angepisst hin oder her!

»Es gab ein Malheur«, sagte Wolfram grimmig. »Ich musste schnell nach Hause und konnte nicht auf dich warten. Du brauchst ja auch immer ewig!«

»Wolfram! Ich musste noch Lucy trösten.«

»Wieso Lucy trösten?« Wolframs Ton war mit einem Mal etwas milder. Tja, wenn Lucy Böses widerfuhr, wurden eben alle Kollegen schwach! Ich musste insgeheim lächeln, versteckte dies aber, um Wolfram nicht zu kränken.

»Wolfram, ich weiß von Lore, was dir passiert ist, und das ist schlimm«, erklärte ich daher. »Aber was diese Frau mit Lucy angestellt hat, das ist wirklich unter aller Kritik.«

Immerhin richtete Wolfram sich aus seiner Bedauere-mich-bitte-Stellung auf und legte die Fernbedienung aus der Hand.

»Organisier mir erst was zu essen«, sagte er. »Dann kannst du mir ja alles erzählen.«

»Du hast auch noch nichts gegessen?«, fragte ich erstaunt. Ein folgenschwerer Fehler! Ich erkannte ihn sofort, aber da war es bereits zu spät. »Der Kühlschrank ist leer!«, sagte er in diesem vorwurfsvollen Tonfall, der mir die Härchen aufstellte wie ein Magnet einen Haufen Stecknadeln.

»Und zum Supermarkt ist es mit dem Auto natürlich zu weit!«, zischte ich kaum hörbar. Meine Fürsorge war augenblicklich verschwunden, um dem sich ausbreitenden Zorn Platz zu machen. Allein, ich war ja eine wohlerzogene Ehefrau und schluckte den Ärger gleich wieder hinunter.

»Ich musste die Hose – du weißt ja, warum – in die Wäsche werfen, schon vergessen?«, murrte mein Angetrauter so patzig wie eine beleidigte Dreizehnjährige.

Gut, dass ich erst neulich diesen Eheratgeber gelesen hatte. Ich verkniff es mir, anzudeuten, dass es eventuell noch eine Zweithose im Schrank gab, und zählte langsam bis zehn. Wolfram ließ sich demonstrativ wieder aufs Sofa plumpsen und zappte von Kanal zu Kanal, weil er wusste, wie sehr ich das hasste. Ruhig nahm ich ihm die Fernbedienung aus der Hand und suchte den Blickkontakt, bevor ich fest sagte: »Hör zu, Wolfram. Ich weiß, du bist schlecht gelaunt, weil dir Böses widerfahren ist. Es ist mir bewusst, dass du dich bei mir nur abreagierst, aber es hilft uns beiden nicht, wenn wir über etwas streiten, was nichts mit uns zu tun hat.« Eigentlich wäre das jetzt der ideale Moment für unseren Ehekritzelblock gewesen, den ich im Internet bestellt hatte, aber Wolframs Blick verriet mir, dass ihm im Augenblick nicht danach zumute war.

»Ich mach uns jetzt ein gutes Omelett, und dann reden wir weiter, okay?«

Wolfram grummelte etwas vor sich hin, was ich als Zustimmung interpretierte. Vielleicht brauchte ich mir das »Handbuch für die gute Ehefrau«, das in meinem virtuellen Einkaufskorb der Aktivierung des Bestellbuttons harrte, doch nicht zu kaufen?

Ich schlug uns Bio-Freilandeier in die Pfanne und buk Amarant-Brötchen auf, die ich immer auf Vorrat im Gefrierschrank hatte. Etwas Parmesan über das Omelett, dazu ein Glas Rote-Rüben-Salat, selbst eingelegt, und in fünfzehn Minuten stand ein beinahe vollwertiges Gericht auf dem Tisch. Da soll Frau den Mann verstehen. Der wartet lieber stundenlang hungrig auf sein Essen, damit es ihm seine Angetraute in wenigen Minuten serviert, als dass er selbst zum Kochlöffel greift.

Okay. Wir waren uns gleich am Anfang unserer Beziehung darüber im Klaren gewesen, dass ich das Zepter in der Küche übernehmen würde. Wolframs Mutter hätte nicht extra betonen müssen, dass er nun wirklich zwei linke Hände hatte, er bewies es mir tagtäglich von Neuem. Mir geht es bei der Gleichberechtigung ja auch eher darum, dass die Wertschätzung hausfraulicher Tätigkeit gewahrt bleibt, als dass jeder dasselbe tut. Allerdings, ein Omelett oder Spaghetti mit Soße zuzubereiten, das konnte man doch wirklich von jedem Mann verlangen, oder etwa nicht?

Wolfram schlang das Essen kommentarlos und, wie mir schien, betont gleichgültig hinunter. Ich machte mir eine geistige Notiz, dies später in unserem Kritzelblock festzuhalten. Wo blieb die Wertschätzung meiner hingebungsvollen Küchentätigkeit?

Immerhin hatte ihm das Sättigungsgefühl die Aggression genommen, und er erkundigte sich schließlich nach Lucys Dilemma.

»Tja«, meinte er kopfschüttelnd, nachdem er geduldig meinen Ausführungen gelauscht hatte. »Da werden wir nicht viel tun können.«

»Wolfram, dieser Frau gehört das Handwerk gelegt. Das ist Amtsmissbrauch, was sie da betreibt!«, rief ich aufgebracht. »Die Gewerkschaft muss Lucy doch helfen.«

»Na ja, nur weil Lucy kurze Röcke trägt und ein Zungenpiercing hat, wird sie mit einem Disziplinarverfahren vermutlich ohnehin nicht durchkommen«, räumte Wolfram ein. »Aber in der Personalakte bleibt immer was hängen. Außerdem kenn ich die Hartmanová, die wird Lucy das Leben so schwer machen, bis sie freiwillig geht. An ihrer Stelle würde ich mich gleich nach Wien versetzen lassen, dann ist sie alle Probleme los, inklusive der Hartmanová.«

»Wolfram, das kann doch nicht dein Ernst sein!« Wo war die leidenschaftliche Gewerkschaftsseele meines Mannes geblieben? »Das hieße ja, diesem Drachen Tür und Tor für weitere willkürliche Entscheidungen zu öffnen. Nächstens komm dann ich dran, oder du?«

Wolfram rutschte nervös auf seinem Stuhl hin und her.

»Hör zu«, fuhr ich fort, »ich werde im Lehrerzimmer Unterschriften sammeln und sie an den Landesschulrat schicken. So kann man mit einer Kollegin nicht umgehen!«

»Du handelst dir damit nur Schwierigkeiten ein, Minnerl, glaub mir.« Wolfram stand auf und holte sich ein Bier aus dem Kühlschrank.

»Glas!«, erinnerte ich ihn, bevor er die Flasche direkt ansetzte. Es ging mir dabei weniger um das Proletenhafte – na ja, zumindest nicht ausschließlich –, sondern hauptsächlich um die Hygiene. Wer weiß, wer diese Flasche schon alles in der Hand hatte!

Wolfram verdrehte die Augen, goss sich das Bier jedoch immerhin in ein Glas.

»Wie steht es eigentlich mit der Geografiekompetenz von der Hartmanová?« Da wir schon beim Reden waren, wollte ich auch das noch erfahren.

»Was genau willst du jetzt wissen?« Wolfram nahm einen großen Schluck aus seinem Humpen und wischte sich den Schaum mit dem Ärmel seines Schulhemdes ab. So viel zum Proletariat.

Ich zählte bis fünf, aber dann musste ich nachhaken, weil Wolfram schon zur Zeitung griff.

»Lore hat so Andeutungen gemacht, du wüsstest da besser Bescheid.«

»Lore? Soso. Die weiß anscheinend alles«, knurrte er. »Aber ja, ich weiß eine Menge über die Geografiekenntnisse, oder vielmehr Unkenntnisse der Hartmanová, weil ich ihr schon eine Zeit lang bei der Überprüfung von Geografiearbeiten zur Hand gehe.«

»Du machst was? Womöglich auch noch unentgeltlich?« Es war schon das dritte Mal am heutigen Tag, dass ich mich über meinen seinen gewerkschaftlichen Maximen zuwiderhandelnden Mann wunderte.

»Minnerl«, sagte Wolfram eindringlich. Er legte die Zeitung wieder aus der Hand und sah mich beschwörend an. »Die Hartmanová hat ausgezeichnete Beziehungen. Sie hat mich bei einer Tagung einmal gebeten, ihr da ›kurz was anzusehen‹. Es ging um eine Berufung, und sie hatte von ein paar geografischen Fakten offensichtlich keine Ahnung und war zu bequem, sich das Wissen selbst anzueignen. Also hab ich ihr geholfen. Daraus ist dann mehr geworden, und ich schaue für sie eben öfter solche Sachen an. Dafür hat sie versprochen, mich zu unterstützen.«

»Unterstützen? Wobei?« Ich hatte keine Ahnung, worauf er anspielte.

»Überleg doch mal«, erklärte er. »Wilfried ist jetzt einundsechzig. Wie lange wird der wohl noch im Amt sein?«

Daher wehte der Wind! »Du willst Direktor werden?«

»Ist dagegen vielleicht etwas einzuwenden?«, schnappte Wolfram zurück.

»Höchstens, dass ich dann die Schule wechseln müsste. Aber was ist das schon gegen deine Karriere!«

»Wer sagt denn, dass du die Schule wechseln müsstest? Ich kenne einige Fälle, wo Ehepaare als Direktor und Kollegin zusammenarbeiten, und keiner stößt sich daran.«

»Das sagst du. Aber vielleicht will ich gar nicht deine Untergebene sein?«

Ich konnte mir gut vorstellen, wie jedes Mal, wenn ich das Lehrerzimmer betrat, die Gespräche verstummten, weil man sich ja nicht sicher sein konnte, was ich dem Direktor-Gemahl weiterleitete. Nein, danke! Ich wollte keine Außenseiterin unter den Kolleginnen werden.

»Wenn du dich dazu entschließen könntest, mir endlich den ersehnten Erben zu schenken, dann wäre das Problem wohl auch vom Tisch.«

»Sind wir jetzt Gott sei Dank wieder beim Thema?« Wolfram hatte die wunderbare Gabe, immer wieder vom eigentlichen Konflikt abzulenken.

Die Frage nach dem fehlenden Nachwuchs wurde für Wolfram – und damit für unsere Beziehung – langsam zur Obsession. Er drängte mich praktisch seit Beginn unserer Ehe, die Pille abzusetzen. Aber ich war damals so wenig bereit dazu wie heute. Ich war doch erst achtunddreißig – na ja, beinahe neununddreißig – Jahre alt! Ja, ich mochte Kinder natürlich und wollte vermutlich irgendwann auch welche haben, aber warum so eilig? Es gab genug Frauen, die jenseits der vierzig zum ersten Mal Mutter wurden. Und Männer konnten ohnehin bis ins hohe Alter Kinder zeugen. Wozu hatte ich so lange studiert, wenn ich jetzt für Familie und Haushalt alles hinwerfen sollte? Ich wollte doch noch im Beruf genügend Erfahrung sammeln und am Ball bleiben. Die Schule befand sich gerade im Umbruch, eine Neuerung jagte die andere, da durfte ich doch nicht ein paar Jahre aussetzen. Ich würde komplett den Anschluss verpassen.

Und dann war da ja auch noch mein zeitaufwendiges Hobby. Wolfram verstand nicht, wie ernst es mir damit war. Ich glaube, er betrachtete es als Hirngespinst einer unterforderten Ehefrau und ließ daher auch nichts unversucht, mich vom Schreiben abzuhalten. Immer, wenn ich mich an den Computer setzte, brauchte er mich plötzlich ganz dringend, wollte was mit mir unternehmen, forderte Streicheleinheiten ein. Ich schwindelte daher manchmal und behauptete, ich müsste korrigieren, damit er mich nicht störte. Inzwischen schrieb ich überhaupt nur noch, wenn er nicht zu Hause war.

»Eines Tages wirst du es noch bereuen. Wenn deine biologische Uhr tickt, dann ist es wahrscheinlich zu spät!« Wolfram donnerte seinen Bierkrug auf den Tisch, dass er wackelte. Der Tisch!

Ich musste dieses grässliche Plastikding, das ihm seine Mutter aufgedrängt hatte, endlich durch einen stabilen Vollholztisch ersetzen. Leider war das Modell, das ich für passend hielt, ein veganes Exemplar, also ohne Knochenleim und sonstige tierische Stoffe verarbeitet, und somit extrem teuer. Wolfram war dagegen, wir hätten genügend schadstofffreie, dafür händisch eingesäumte Tischdecken meiner Schwiegermutter in einer ausreichenden Farbpalette. Mit denen ließe sich die billig wirkende Plastikoberfläche tadellos kaschieren, meinte er. Einzig gegen ein durchsichtiges Plastiktischtuch, das die besagten Spitzendecken darunter schonen sollte, hatte ich mich erfolgreich gewehrt.

Eines dieser handgewirkten, wertvollen – und ungeschützten – Baumwolltischtücher erlitt eben das Schicksal, in Bier ertränkt zu werden, als Wolfram den Stuhl wütend zurückstieß und damit den Tisch gänzlich aus dem Gleichgewicht brachte.

»Wenn du schon wieder auf deinem Egotrip bist, fahr ich zum Stammtisch!«, brüllte er und knallte die Tür hinter sich zu. Das Bier verdunkelte derweilen seelenruhig die Unterlage, als ob ein Unfallopfer langsam verblutete.

Das hatte ich ja fabelhaft hingekriegt. Aus dem Besänftigungsversuch war ein böser Streit über unser neuralgisches Thema entstanden. Fast war mir, als würde Wolfram jedes Mal absichtlich darauf hinsteuern, so lange, bis er mich weichgeklopft hatte. War ich wirklich so egoistisch? War das Bücherschreiben eine Utopie, die mich von meiner eigentlichen Bestimmung zur Frau und Mutter abhielt? Seufzend räumte ich Wolframs Geschirr in die Spülmaschine, warf das nasse Tischtuch in die Wäsche und wischte den Plastiktisch sauber. Als ich die Haustüre ins Schloss fallen hörte, erlaubte ich mir ein paar Krokodilstränen. Was für ein Tag!

# Marionettentheater

*Schön, wenn man sie alle so zappeln sieht. Einen Schritt vor, einen Hopser zurück. Mit dem Köpfchen wackeln. Mit dem Po. Und alles im Scheinwerferlicht. Schnipp!*
  *Wird Zeit, dass auch der Kleine archiviert wird, bevor er die Fäden zu lösen versucht, der verliebte Trottel!*

## Trost und Rat

Irgendwie muss ich wohl erbarmungswürdig dreingeschaut haben, denn Lore lief mir nach der Schule extra bis zum Auto nach.
»Na, so verloren? Du siehst aus, als wüsstest du nicht, wohin.«
»Wohin, weiß ich schon, aber nicht, was tun«, seufzte ich.
»Wolfram?«
»Der hat Nachmittagsunterricht.«
»Das hab ich zwar nicht gemeint, aber umso besser. Magst du mit zu mir kommen? Ich bin heute allein. Für zwei kocht es sich eindeutig netter.«
Eigentlich hätte ich ja jede Menge zu tun gehabt, aber dieses Angebot durfte ich einfach nicht ausschlagen. Etwas Warmes konnte ich wahrhaftig gut vertragen.
»Pasta aus dem Topf ist okay?«
»Hört sich phantastisch an!«
Lores Küche war so, wie ich sie mir als Kind erträumt hätte. Meine Mutter werkte in einer sogenannten Arbeitsküche, einem fensterlosen Schlauch, wo man schon Platzangst bekam, wenn sich mehr als eine Person im Raum aufhielt. Nicht einmal an eine kleine Sitzgelegenheit zum Frühstücken hatte man gedacht. Mein Vater lobte die Küche über den grünen Klee, sie sei so praktisch und modern, dabei betrat er diesen Raum so gut wie nie. Als Mama auszog, stellte er eine Haushälterin an. Für die war es schlicht ein gut ausgestatteter Arbeitsraum, aber ich durfte ihr nicht beim Kochen assistieren, weil ich ihr im Weg gestanden hätte.
Davon unterschied sich Lores Refugium wie Legebatterien von einem Freilandhuhngehege. Licht aus großen Fenstern durchflutete den Raum und wärmte die weißen Wände. Der Boden war mit Terrakottafliesen ausgelegt. In der Mitte, dem eindeutigen Zentrum des Raumes, thronte eine mächtige Kochstelle, die von allen Seiten zugänglich war. Es gab wegen der vielen Fenster keine klassischen Küchenschränke, sondern offene Regale mit imposanten Töpfen aus Edelstahl oder Kupfer.
»Ich bin sowieso zu klein für Hängeschränke«, hatte mir Lore

erklärt. »Größere Sachen verstau ich in der Speisekammer, nur was ich öfter brauche, muss schnell zur Hand sein.«

Das Essgeschirr fand in einer altdeutschen, wunderschön restaurierten Kredenz Schutz vor Staub – und vermutlich vor Lores riesigem Kater. Dieser verspürte augenscheinlich sofort unbändigen Hunger, als sein Frauchen den Schlüssel ins Türschloss steckte. Mauzend umstrich er erst Lores, dann meine Beine in der Hoffnung, baldmöglichst vor dem Verhungern errettet zu werden. Seine Nervosität stieg, als Lore mit einem Säckchen Katzenfutter winkte. Ein wenig ließ sie ihn noch zappeln, bevor sie ihm den verlockenden Inhalt in sein Schüsselchen drückte.

»Langsam, dummer Ginger!«, schalt sie. »Du wirst noch einmal an deiner Gier ersticken!« Liebevoll strich sie ihm über das rotglänzende Fell. Er ließ es sich schnurrend gefallen, ohne allerdings seinen Futternapf aus den Augen zu lassen.

Am Esstisch stand noch das Frühstücksgeschirr. Was mich zu Hause gestört hätte, wirkte hier heimelig. Ich hätte mich sicherlich entschuldigt, wenn jemand mein Reich so unordentlich vorgefunden hätte. Lore stresste das gar nicht. Sie schob die Kaffeetassen einfach zur Seite, wuchtete ihren Einkaufskorb auf die Eckbank und legte ihre Schätze auf: Bandnudeln, Zucchini, Champignons, eine Chilischote, Obers und ein paar Kräuter. Dann griff sie in die Tischlade, zog ein Holzbrett und ein riesiges Messer heraus und bedeutete mir, mich zu setzen.

»Wenn du die Zucchini schnipselst, kann ich in der Zwischenzeit die Champignons putzen.«

Ich begann sorgfältig, das Gemüse zu würfeln. Die Tätigkeit hatte etwas Meditatives.

»Sie müssen nicht exakt gleich groß sein, Minnerl!«, lachte Lore. Die Pilze hatte sie bereits in mundgerechte Stücke gehackt und in einen großen Topf geworfen. Wir fügten die Zucchiniwürfel, die rohen Bandnudeln, Kräuter und Suppe hinzu, und Lore setzte den Deckel drauf. »In zwanzig Minuten können wir essen.« Dann räumte sie noch das Frühstücksgeschirr in die Spülmaschine, öffnete eine Flasche Rotwein und schenkte uns beiden ein Glas ein. »Bevor du noch Bedenken äußerst – ein Glas kann nicht schaden. Und jetzt sag, was los ist! Ich bin immerhin deine Trauzeugin und fühl mich für deine Eheprobleme mitverantwortlich.«

Obwohl mir eher zum Heulen war, musste ich über ihre strenge Miene schmunzeln. Lore hatte ihre Aufgabe als Trauzeugin stets sehr ernst genommen, und ich hätte meine Hochzeit wohl nicht so glimpflich überstanden, wenn sie nicht so aufopfernd hinter mir gestanden wäre. Einzig, dass ich meine Mutter nicht einladen wollte, konnte sie nicht verstehen. Erst als sie dann meinen Vater kennenlernte, begriff sie, dass das keine gute Idee gewesen wäre. Und so übernahm sie ohne viel zu fragen einfach auch kleine Aufgaben der Brautmutter. Begrüßte Wolframs Familie und kümmerte sich um deren Anliegen. Sprach mit dem Wirt und dem Pfarrer.

»Hübsch warst du in deinem orange-blauen Kostüm«, bemerkte ich.

»Vor allem neben deiner Schwiegermutter!« Lore lachte laut bei der Erinnerung. Wolframs Mutter war komplett in Pink erschienen, von Schuh bis Hut. Der Fotograf vollbrachte ein wahres Wunder, und zwar nicht nur, indem er ein vernünftiges Farbarrangement fürs Hochzeitsfoto zusammenbrachte, sondern auch, weil er meine Schwiegermutter überzeugen konnte, sie käme am Bildrand besser zur Geltung. Aber Lores Orange und ihr Rosa nebeneinander wären wirklich zum Heulen gewesen.

»Also, was ist los?« Lore rührte noch einmal die Pasta um, dann setzte sie sich zu mir. So in die Enge getrieben musste ich wohl oder übel Farbe bekennen.

»Wir haben gestritten«, seufzte ich.

»Das hab ich schon erraten. Worum ging's denn? Oder willst du nicht darüber reden?«

»Doch, doch!« Klar wollte ich mit Lore darüber reden, ich wusste ihre Freundschaft zu schätzen und war mir ihrer Diskretion sicher. Es fiel mir nur so unendlich schwer, die richtigen Worte zu finden.

»Wir haben da ein Grundsatzproblem. Wolfram drängt auf Nachwuchs. Er will, glaube ich, ein paar Vorzeigekinder, aber ich kann mich einfach nicht dazu entschließen.«

»Willst du denn überhaupt Kinder?« Lores Blick konnte einen wirklich durchbohren.

»Natürlich will ich!«

»Warum reagierst du dann so aggressiv?«

»Ich bin doch nicht aggressiv!«, rief ich, dabei schüttelte ich mein Rotweinglas so heftig, dass der Wein beinahe überschwappte, was ich nur durch einen kräftigen Schluck verhindern konnte.

Lore sah mich unbeeindruckt an. »Nicht aggressiv«, sagte sie und schwenkte betont langsam ihr Glas, nahm genussvoll einen Schluck. »MCS Weingut Frank, Herrnbaumgarten. Sollte man andächtig trinken, nicht gegen den Durst – dafür kannst du Wasser haben.«

»Entschuldige«, sagte ich zerknirscht. »Es ist der Druck, den er mir macht. Ich will einfach selbst entscheiden, wann für mich der richtige Zeitpunkt gekommen ist.«

Diesmal schwenkte ich mein Glas in einem großen Sechser, steckte die Nase hinein und sog den wunderbaren Duft ein, bevor ich den Wein über Zunge und Gaumen gleiten ließ. Sogleich stellte sich ein wohliges Gefühl ein.

»Frau ist nicht gleich schlecht, wenn sie keine Kinder will«, sagte Lore. »Wir haben uns auch ganz bewusst dagegen entschieden.«

»Du wolltest überhaupt keine Kinder?«, fragte ich erstaunt. »Ich dachte immer, ihr hättet Probleme, ... also, dass einer von euch beiden ...«, stotterte ich.

»Natürlich haben wir es nicht an die große Glocke gehängt. Martin hat mir schon sehr früh in unserer Beziehung reinen Wein eingeschenkt. In seiner Verwandtschaft gibt es etliche Fälle von schweren psychotischen Störungen, die vermutlich genetisch bedingt sind. Allein zwei seiner Geschwister mussten ständig Medikamente nehmen. Da habe ich verstanden, dass er das Risiko nicht eingehen wollte, dies an seine Kinder weiterzugeben.«

»Hast du deinen Entschluss jemals bereut?«

Lore erhob sich und deckte uns zwei Teller auf. »Bereut ist der falsche Ausdruck. Bedauert schon, in gewissen Situationen. Wenn meine Geschwister mit ihrer Brut antanzen, zum Beispiel, selbst wenn sie laut und anstrengend ist. Wir haben uns auch überlegt, ein Kind zu adoptieren, aber ich hätte – wenn überhaupt – mehrere Kinder gewollt, und das ist bei Adoptionen eher unwahrscheinlich. Es sei denn, man ist ein Hollywoodstar. Ich hab drei Patenkinder, verstreut in aller Welt. Die werde ich besuchen, wenn ich in Pension bin.«

Lore stellte den Topf auf den Tisch und rührte noch ein wenig Sahne in die Pasta, bevor sie uns zwei große Schöpfer auf die Teller klatschte. Es duftete herrlich und schmeckte mollig. Ein tröstendes Essen.

»Später haben wir beide dann versucht, das Defizit mit einem Karriereschub zu kompensieren«, fuhr sie fort. »Das ist Martin ganz gut gelungen, bei mir allerdings kläglich gescheitert.«

»Was wolltest du denn werden?«, fragte ich erstaunt.

»Na ja, als Lehrerin hast du ohnehin nicht viele Möglichkeiten, aber der Direktorenposten hätte mich schon interessiert. Mehr Herausforderung als vierzig Jahre zu unterrichten bedeutet es allemal.«

»Aber Wilfried hatte die besseren Schieber?«

»Definitiv!«, lachte Lore. »Allerdings muss da auch noch etwas anderes faul gelaufen sein, denn beim Hearing hab ich sie alle abgehängt, und laut Punktesystem hätte mir als Frau der Posten sowieso zugestanden. Aber was soll's, mir ist auch so nicht fad geworden.«

Andächtig wickelte Lore ein paar Nudeln auf die Gabel und steckte sie in den Mund. Das Obers, das in ihrem Mundwinkel hängen geblieben war, tupfte sie sorgfältig mit der Serviette ab.

»Seitdem koche ich.« Sie griff sich an ihre etwas zu üppige Hüfte und lachte. »Martin gefällt's!«

Eine Weile wickelten wir schweigend Pasta in uns hinein. Als Lore mir eine zweite Portion aufdrängen wollte, lehnte ich höflich ab, was sie nicht daran hinderte, sich selbst noch einen stattlichen Schöpfer zu genehmigen.

»Aber wegen der Figur ist es nicht, oder?« Sie sah mich prüfend an.

»Du meinst, dass ich deshalb nicht schwanger werden will? Das ist Blödsinn.«

»Du wärst nicht die Erste. Heutzutage ist das definitiv ein Thema.«

»Eigentlich ist es mir selbst nicht ganz klar«, gab ich ehrlich zu. »Vielleicht hat es ja auch mit meiner Schreiberei zu tun.«

»Ach ja, richtig«, sagte Lore. »Das wollte ich dich ohnehin schon längst fragen. Ist es denn was geworden mit deinem Buch? Hat der Verlag angebissen?«

»Leider nein!« Ich setzte abrupt mein Rotweinglas ab. »Der Lektor sagt, die Geschichte ist nicht authentisch. Er hat recht. Viel zu unglaubwürdig.«

»Das kann ich so nicht bestätigen«, sagte Lore. Sie war natürlich meine erste Wahl als Testleserin gewesen. »Der Plot ist gut, Minnerl. Du hast penibel recherchiert, die Story ist perfekt konstruiert, die Charaktere sind glaubhaft entwickelt, und sprachlich bist du sowieso souverän, das wissen wir ja. Aber weißt du, beim Lesen hab ich mir auch manchmal gedacht, dass da irgendetwas fehlt, ich konnte nur nicht ausmachen, was es war. Ich glaube fast, die Geschichte ist *zu* perfekt, wenn du verstehst, was ich meine.«

»Na ja, zu perfekt kann sie wohl kaum sein, sonst hätte der Verlag mir das Manuskript aus der Hand gerissen.« Ich zerknüllte meine Serviette und strich sie betreten wieder glatt, als ich mir der aggressiven Handlung bewusst wurde. Lore grinste.

Obwohl ich mich über den Typen vom Verlag zunächst sehr geärgert hatte, war mir in der Zwischenzeit klar geworden, dass er den Nagel auf den Kopf traf.

»Ich glaube, was mir fehlt, ist die persönliche Erfahrung«, gab ich kleinlaut zu. »Fehler, die dem Ermittler passieren könnten, hab ich völlig ausgeklammert. Ich wollte unbedingt realitätsferne Banalitäten vermeiden. Wenn ich einen ›Tatort‹ schau, ärgere ich mich zum Beispiel, wenn sie zufällig immer genau dort einen Parkplatz kriegen, wo sie ihn brauchen. Solche Sachen halt.«

»Verstehe«, meinte Lore. »Und dabei hast du dann Zufälle und Pannen völlig ausgeschlossen, was auch wieder unrealistisch ist.«

»Genau. Ich hab eben wirklich zu wenig Ahnung von der Praxis«, seufzte ich. »Aber ich war so nah dran, das weiß ich!« Die Leidenschaft, mit der ich das von mir gab, erstaunte mich selbst, auch die Serviette schwebte wieder in Lebensgefahr.

»Dann versuch es noch einmal, diesmal eben mit mehr persönlichem Engagement!« Lore war in der Zwischenzeit ebenfalls mit ihren Nudeln fertig geworden. »Kaffee?«

»Sehr gerne.«

Während sie die Küche sauber machte und die Kaffeemaschine in Betrieb setzte, reifte ein Gedanke in mir, den ich am Vortag noch verdrängt hatte.

»Sag mal, weißt du etwas Genaueres über Vladtkas Vergangenheit? Du weißt schon, diese Dinge, die du gestern angedeutet hast.«

»Ich persönlich nicht«, sagte Lore. »Solcher Klatsch interessiert mich nicht. Aber Birgit könnte dir da sicher weiterhelfen.«

»Die mit der gemobbten Direktorin? Sie kennt Vladtka auch persönlich?«, fragte ich verwundert. Dass diese Birgit anscheinend sowohl über Vladtkas amtsmissbrauchende Mobbingattacken als auch über ihre Vergangenheit im Bilde war, das war genauso ein Zufall, den ich in einem Roman unbedingt vermieden hätte.

»Vladtka nicht, aber die Ex vom Hofrat. Ihre Eltern waren mit den Hartmans befreundet, zumindest bis zu der skandalösen Scheidung. Birgit hat ›Tante‹ zur ersten Frau Hartman gesagt. Du kannst dir vorstellen, dass die damals über Vladtkas Auftauchen nicht sonderlich erfreut war. Später hat sie auch mit großer Bosheit diverse Gerüchte verbreitet. Ob es und wie viel davon tatsächlich gestimmt hat, kann ich nicht sagen.«

»Klingt aber verlockend. Stell dir vor, ich würde etwas herausfinden, was Vladtka kompromittieren könnte.«

»Was erwartest du dir? Nacktfotos?«

»Zum Beispiel. So ein kurzes Röckchen ist doch schnell heruntergezogen. Oder eine kriminelle Vergangenheit? Irgendetwas, von dem es ihr peinlich wäre, wenn es an die Öffentlichkeit gelangt.«

Ich stellte mir vor, wie ich Vladtka mit einer brisanten Angelegenheit aus ihrer Vergangenheit konfrontierte.

»Maine Gütä!«, würde sie rufen. »Wo habän Sie das ausgägrabän?«

»Das tut nichts zur Sache«, würde ich antworten. »Was ist es Ihnen wert, dass ich dieses Geheimnis wahre?«

»Was wollän Sie? Eine Bäfördärung odär Gäld?«

»Lassen Sie Lucy in Ruhe, und wir sind quitt!«

»Sei vorsichtig, Minnerl«, warnte Lore, als ob sie meine Gedanken lesen könnte. »Das klingt mir ein wenig nach Erpressung. Oder willst du gar einen Krimi über sie schreiben? Keks?«

»Nein, danke. Also zumindest, was den Keks betrifft.«

Lore schüttelte den Kopf. Ich war mir nicht sicher, ob wegen meiner Keksverweigerung oder wegen des möglichen Inspektorinnenkrimis. Ich fand beides gar nicht so dumm. Kekse sind grundsätzlich unnötig, ich war satt, außerdem tat mir raffinierter Zucker nicht gut. Und zur Krimiidee – Vladtka konnte ich mir als Antagonistin hervorragend vorstellen. Wenn sie außerdem noch wirklich Dreck am Stecken hatte, wäre die Sache noch dazu authentisch. Genau danach war ich ja auf der Suche, und das gab ich Lore auch zu verstehen.

»Na gut. Mal was anderes«, gab sie zu. »Ich freu mich jetzt schon darauf, zu lesen, was du über Vladtka herausfindest. Oder willst du sie gar umbringen?« Lore schmunzelte. Vielleicht dachte sie gerade über eine passende Mordmethode für die ungeliebte Inspektorin nach.

Jetzt musste ich herzlich lachen. »Also, als Opfer hab ich sie eigentlich nicht gesehen, aber wer weiß, was sich alles ergibt!« Ich nippte an meinem Cappuccino und sah Lore dabei zu, wie sie genüsslich ihren Keks in den Kaffee tunkte.

»Ich weiß, ich weiß«, sie grinste, »Altweibergewohnheit. Martin sagt dazu ›Pensionistenfondue‹, aber ich liebe das.«

»Das kann man sehen!«, erwiderte ich lachend.

»Meinst du, Birgit würde mir ein wenig über Vladtka erzählen?«, fragte ich vorsichtig.

Anstelle einer Antwort holte Lore ihr Handy und rief ihre Freundin gleich an. Fünf Minuten später hatte ich einen Termin mit ihr und der geschiedenen Frau Hofrat in einem Wiener Kaffeehaus.

»Danke vielmals, Lore! Du hast mir sehr geholfen. Vielleicht ergeben sich wirklich ein paar Fakten, die ich für einen authentischen Krimi oder gar einen Thriller verwenden kann«, sagte ich, als ich mich wenig später verabschiedete.

»Wie gesagt, sei vorsichtig, Minnerl! Erkundige dich vorher genau, was du verwerten darfst. Nicht, dass du noch wegen Persönlichkeitsverletzung oder gar Rufmord Probleme kriegst!«

»Nein, nein. Mach dir keine Sorgen!«, beruhigte ich die Freundin. Aber innerlich wusste ich: Genau das war meine Chance! Allein das Wort »Rufmord« brachte in mir eine Menge Saiten zum Klingen. Phantasie und Wahrheit würden eine wunderbar authentische Mischung ergeben.

»Wohin geht die Mama?«

Der kleine Junge ist ängstlich. Wenn die Erwachsenen miteinander tuscheln, gibt es immer Probleme. Dann kommt ein fremder Mann, oder die Mama geht wieder weg. Der Junge mag es nicht, wenn der Papa so schaut und die Mama sich den schönen Mantel anzieht.
»Sie muss eine Weile weg. Arbeiten.«
»Warum kann sie nicht hier arbeiten?«
»Dort, wo sie hinfährt, bekommt sie sehr viel Geld.«
»Bringt sie mir ein Geschenk mit, wenn sie wiederkommt?«
Die Erwachsenen sehen sich schon wieder so seltsam an.
»Sei brav, wenn ich nicht da bin!«, sagt seine Mama und geht hinaus. Der kleine Junge läuft zum Fenster. Er sieht, wie seine Mama zu einem Mann ins Auto steigt. So ein Auto hat der kleine Junge noch nie gesehen. Es hat ein rotes Kreuz auf der Seite. Er winkt, aber seine Mama schaut nicht zurück.
Der Junge erschrickt, weil sein Papa gegen einen Stuhl tritt. Ich bin der Nächste, weiß der kleine Junge.

## Etwas Licht ins Dunkel

Die Frau Hofrätin hatte natürlich ein Kaffeehaus mit Flair gewählt, kein Starbucks oder eine ähnliche Kette, wo man behauptet, auch Kaffee kochen zu können. Beinahe hätte man sagen können, sie passte zum Interieur. Ihre Frisur war hochgetürmt wie das Gewölbe, mit dem sich das berühmte Kaffeehaus schmückte. Das Licht, das durch die hohen Fenster flutete, gab ihrem gepflegten weißen Haar einen leicht violetten Schimmer. Ihr gelbes Kostüm war vielleicht schon ein wenig in die Jahre gekommen, aber man konnte ihm deutlich ansehen, dass es einmal viel Geld gekostet hatte. Möglicherweise trug es sogar Fred Adlmüllers Label. Mit einem Seidentuch hatte sie dezent die Spuren des Alters wegretuschiert, das man ihr sonst in keinster Weise ansah. Ihr Teint war weder ledergegerbt noch fahl oder grau. Ihre Falten behielt sie mit Make-up und nicht durch Schönheitsoperationen im Griff. Das Erstaunlichste an ihrem Äußeren war allerdings die Figur, an der sich viele jüngere Frauen ein Beispiel nehmen konnten. Immerhin war diese Frau bestimmt schon weit über siebzig, wenn nicht gar achtzig. Sie war eindeutig ihr Leben lang diszipliniert gewesen, sowohl beim Essen als auch beim Sport.

Dagegen wirkte Birgit wie aus einem anderen Film, ihre Leibesfülle hatte eine tiefe Mulde in das Kissen auf der Sitzbank gedrückt. Sie trug einen einfachen blauen Jerseyrock, und ein weißes T-Shirt schmiegte sich weich an ihren Körper. Mit einer weiten geblümten Bluse versuchte sie, von ihren Röllchen abzulenken. Ihr Oberarm wabbelte heftig, als sie mir zuwinkte.

Ich schüttelte den beiden Damen die Hand und ließ mich auf den gegenüberliegenden Sessel nieder. Eigentlich sitze ich ja lieber mit Blick in den Gastraum, man gewinnt dadurch einen besseren Überblick über das Kommen und Gehen der Leute. In diesem Fall war es natürlich egal, mich interessierte vor allem, was mir die beiden zu erzählen hatten, und nicht, was sich im Kaffeehaus abspielte.

»Was möchten Sie denn gerne wissen, Kind?«, leitete die Frau

Hofrätin das Gespräch ein. »Birgit hat mir angedeutet, Sie wären Schriftstellerin?«

»Gewissermaßen, ja.« Ich fühlte mich geschmeichelt, Schriftstellerin hatte mich noch nie jemand genannt.

»Erzählen Sie mir doch einfach, wie Vladtka den Hofrat kennengelernt hat – falls es Ihnen nichts ausmacht, darüber zu sprechen.« Ich zog mein ledergebundenes Notizheft aus meiner Tasche und zückte den Bleistift. »Sie haben doch nichts dagegen, wenn ich Aufzeichnungen mache?«

»Ach, Kind, das ist alles schon so lange her. Schreiben Sie nur, was Sie wollen. Wo fange ich am besten an?«

Der Ober war dezent an unseren Tisch getreten. Frau Ex-Hartman bestellte sich einen kleinen Mokka, ich eine Melange und Birgit eine heiße Schokolade und einen Mohr im Hemd, was ihr einen tadelnden Blick der Hofrätin einbrachte.

»Bei der ersten Begegnung war ich selbst dabei«, begann sie. »Wir spielten zusammen Tennis. Ein Bekannter meines Mannes, ehrenamtlicher Rotkreuzfahrer, hatte sie aus der Ukraine herausgeschleust. Der arme Mann war ein älterer Junggeselle, und es war uns allen klar, dass sie ihn nach Strich und Faden ausnutzte. Allein, wie sie daherkam! Dabei war sie angeblich amtliche Dolmetscherin bei Gericht und gab Deutschkurse für Ausländer an einer Uni. Na ja, wer's glaubt!« Frau Hartman verdrehte voller Verachtung die Augen.

»Wie kam sie denn daher?«

»Blondiert, wie alle Ostschlampen damals.«

Ts, ts, Frau Hartman! Wer wird denn gleich ausfällig werden.

»Der Minirock reichte ihr kaum über die Schamlippen, und den Beinen gab sie mit hochhackigen Schlapfen mehr Länge. Ich brauche wohl nicht zu erwähnen, dass ich ihre billige Schminke nicht einmal meinen Kindern im Fasching ins Gesicht geschmiert hätte.«

Birgit lachte. »Du übertreibst ein wenig, Tante Gerda. Du tust ja so, als ob Gerhard sie geradewegs aus dem Puff nach Österreich geholt hat. Immerhin war sie diplomierte Dolmetscherin, wie du sagst. Aber das mit den blonden Haaren und der Schminke, das kann ich unterschreiben. Wenn sie sich damals an den Gürtel gestellt hätte, wäre jedes zweite Auto stehen geblieben. Da hätte sie nicht einmal mit dem Täschchen winken müssen.«

»Du hast die Hartmanová damals auch schon gekannt?«

»Nur vom Sehen, privat haben wir uns nie getroffen.«

»Wir leider schon«, seufzte Gerda Hartman. »Mein Mann war plötzlich ganz versessen auf Tennis, das hätte mir gleich zu denken geben sollen. Aber wer zweifelt schon an der Treue des Gatten, wenn es dazu fünfundzwanzig Jahre keinen Anlass gab?« Sie machte eine wegwerfende Handbewegung und fuhr sich anschließend an ihr teures Ohrgehänge.

»Sie hat es Konrad auch nicht allzu schwer gemacht. Mein Mann war zwar noch etwas älter als Gerhard – das war der Rotkreuzfahrer –, aber wesentlich attraktiver, ein Mann im besten Alter eben. Außerdem sah man ihm natürlich an, dass er sich nur in höheren Kreisen bewegte. Das war für dieses Flittchen wohl auch die Motivation, die Fahnen zu wechseln.«

Frau Hartman rührte stoisch in ihrem Mokka, obwohl sie weder Zucker noch Milch zugesetzt hatte. Plötzlich packte sie mich beim Handgelenk. »Wissen Sie, was das Absurde ist? Er hatte überhaupt kein Geld. Oder zumindest nicht viel. Das hatte alles ich in die Ehe mitgebracht. Aber er war gerade dabei, einen weiteren Schritt auf der Karriereleiter zu tun – als ihm dieses Weib dazwischenkam.«

»Was hätte er denn werden sollen?«, fragte ich, weil ich sah, wie stolz die Frau noch immer auf ihren kompetenten Ex-Mann war.

»Einen Posten im Unterrichtsministerium hatte man ihm angeboten – mit Aufstiegschancen! Direktor einer renommierten Wiener Privatschule war er ja schon.«

»Und das hat er sich entgehen lassen?«

»Freiwillig natürlich nicht. Aber als er sich von mir scheiden ließ, hat man ihn zuerst aus seiner Burschenschaft rausgeschmissen, und dann sprang sein Gönner logischerweise auch ab.«

»Ehrlich? Nur wegen einer Scheidung hat man ihn quasi entburscht?«, fragte ich naiv.

»Und völlig zu Recht!«, wies mich die betrogene Ehefrau zurecht. »Damals hielt man sich eben noch an traditionelle Werte. Nicht so wie heute!«

»Natürlich«, sagte ich beschwichtigend. Ich wollte etwas über Vladtka erfahren und keine Grundsatzdiskussion entfachen.

»Bei der Scheidung ließ ich ihn durch meine Anwälte schröpfen bis aufs Blut. Dabei konnte er noch von Glück reden, dass unsere beiden Kinder schon ihr Studium abgeschlossen hatten. Die halbe Villa musste er uns ausbezahlen, die Wohnung in Wien gehörte sowieso mir. Aber er musste mir Unterhalt zahlen, weil ich ja zeit unserer Ehe seine Hausdame gespielt hatte. Da blieb nicht viel übrig für Luxus. Alles in allem hätte es sich für sie mehr gelohnt, bei Gerhard zu bleiben.«

Das war mal eine interessante Neuigkeit. Schön, dass auch eine Vladtka aufs falsche Pferd gesetzt hatte!

»Nicht einmal eine Putzfrau konnte sie sich leisten«, stänkerte Frau Hartman weiter. »Ich hab ja ein paar Mal meine Kinder zum Spionieren hingeschickt. Sie muss eine fürchterliche Schlampe gewesen sein – auch, was den Ordnungssinn betrifft. Das böhmische Flittchen war sich anscheinend zu gut zum Putzen.«

»Ich dachte, sie wäre Ukrainerin gewesen!«

»Das dachten wir zunächst auch. Bei der Hochzeit – meine Kinder ließen es sich nicht nehmen, hinzugehen – entpuppte sich das dann als Irrtum. Sie hatte tschechoslowakische Papiere, stammte aus einem Nest in der Nähe von Bratislava. Aber sie hatte in Kiew studiert und dort als Dolmetscherin und an der Uni gearbeitet. Möglich, dass sie dort auch Verwandtschaft hatte. Wenn Sie mich fragen ...«, sie beugte sich geheimnistuerisch zu mir herüber und flüsterte, »war sie eine Zigeunerin!«

Birgit grinste. Keine Ahnung, ob sie die Vorstellung von Vladtka als Zigeunerin oder die politisch unkorrekte Ausdrucksweise der Frau Hofrätin so amüsant fand.

»Vor der Hochzeit«, fuhr diese in verschwörerischem Ton fort, »tauchten ein paar seltsame Gestalten auf. Angeblich ein Onkel und ein paar Cousins, und eine fette Oma mit einem kleinen Buben. Angeblich der Sohn einer Schwester, die leider nicht kommen konnte, weil sie hochschwanger war. Laut meinen Kindern eine unmögliche Sippschaft!«

»Und die Leute waren Roma?«

»Der Onkel eher nicht. Der war blond und dürfte auch deutsch gesprochen haben. Die Cousins aber sicher. Die waren nach der Hochzeit auch gleich wieder weg. Über das dicke Frauenzimmer kann ich nicht viel sagen, ihre Haare waren grau und ungepflegt. Meinen Kindern hat vor ihren Zähnen so gegraust, die seien – so vorhanden – ganz schwarz gewesen. Ich hab sie selbst nie zu Gesicht bekommen. Gottlob!«

»Ist da eigentlich was dran an dem Gerücht, dass dieses Kind dann eine Zeit lang bei den beiden lebte, Tante? Damals wollte ich dich damit nicht belästigen, aber die Leute haben so was angedeutet«, fragte Birgit.

»Definitiv!«, erwiderte Frau Hartman scharf. »Ich erinnere mich deshalb so genau, weil ich wegen diesem Balg sogar mit meiner Eva gestritten hab. – Das ist meine Tochter«, fügte sie für mich erklärend hinzu.

»Mit Eva konnte man streiten? Die war doch so ein unkompliziertes, braves Mädchen«, wunderte sich Birgit.

»Natürlich war sie das. Aber sie war auch Papas Liebling und ist daher öfters zu ihm rausgefahren. Wir sind ja dann nach der Scheidung ganz nach Wien gezogen. Gut, dass ich die Wohnung in der Innenstadt nie verkauft habe. Konrad hätte sie gerne zu Geld gemacht, aber ich wollte das Erbe meiner Mutter nicht verschachern. Wo war ich stehen geblieben?«

»Beim Streit mit Eva«, erinnerte Birgit.

»Richtig. Sie ist also öfters an den Wochenenden zu ihrem Papa gefahren. Anfangs waren da noch diese fette Frau, also die Oma, und der Onkel, vermutlich der Vater des Kindes, die sich dort auf Konrads Kosten durchfüttern ließen. Schließlich hat er sie wohl doch rausgeschmissen, aber eigenartigerweise haben sie das Kind zurückgelassen. Jetzt konnte Konrad schon mit seinem eigenen Nachwuchs nichts anfangen und war gewiss alles andere als erfreut darüber. Der Kleine störte natürlich im Liebesnest, keine Frage. So hatte er sich sein neues Leben sicherlich nicht vorgestellt. Und da kam dieses impertinente Weib auf die Idee, Eva als kostenlose Babysitterin zu benutzen!«

Frau Hartman hatte sich nun doch ein wenig echauffiert und winkte den Ober herbei. »Seien Sie so gut und bringen Sie mir ein Glas Rotwein. Sie wissen schon, diesen Cuvée.«

»Carnuntum?«

»Genau diesen.«
»Möchten die anderen Damen auch noch etwas bestellen? Darf ich die Karte noch einmal bringen?«
»Für mich ein stilles Mineral, bitte.«
»Bringen Sie mir noch so einen Kakao«, sagte Birgit.
Der Ober zog die Brauen hoch, als er die Bestellung wiederholte: »Also ein Wasser, still, einen Carnuntum und eine heiße Schokolade.«
»Und wieso habt ihr euch gestritten, du und Eva?«, nahm Birgit den Faden wieder auf.
»Weil sie tatsächlich Babysitterin spielte. Sie liebte dieses Kind. Das konnte ich natürlich nicht zulassen. Der arme Kleine könne doch nichts dafür, meinte sie, niemand würde sich um ihn kümmern. Ich verbot ihr trotzdem eine Weile, hinzufahren. Als sie dann ein paar Wochen später dennoch ihren Papa wiedersehen wollte, war der Bub schon weg.«
Frau Hartman nippte gedankenverloren an ihrem Glas Rotwein, dabei hinterließ ihr Lippenstift einen deutlichen Abdruck.
»Konrad ist dann in Pension gegangen. Er hat sich total aus dem gesellschaftlichen Leben zurückgezogen, aber sie hat Karriere gemacht, dafür reichten seine Beziehungen wohl doch noch. Wenn Sie mich fragen, hat er sich so um ihre Karriere bemüht, damit er sie wenigstens ein paar Stunden aus dem Haus kriegt.«
Sie lachte lautlos in sich hinein, wobei sich um ihre Mundwinkel ein paar träge Falten kräuselten. »Leider war es dann umgekehrt«, fügte sie tonlos hinzu.
»Wie meinen Sie das?«
Birgit stieß mich unter dem Tisch an. Offensichtlich hatte ich etwas Falsches gefragt.
»Er hat sich das Leben genommen«, sagte Frau Hartman beinahe tonlos. Sie umklammerte ihr Glas mit beiden Händen, dass das Weiße der Knöchel hervortrat. Ich hatte schon Angst, sie würde das Glas zerbrechen.
»Diese Schlampe hat ihn auf dem Gewissen!«, zischte sie und leerte das Glas in einem Zug.
»Wenn Sie keine Fragen mehr haben, würde ich gerne gehen«, sagte sie dann. Sie wirkte etwas erschöpft, obwohl sie versuchte, diesen Umstand möglichst zu verbergen.

»Erlauben Sie mir nur noch eine letzte Frage«, bat ich. »Sie wissen nicht zufällig, wie Vladtka mit Mädchennamen hieß?«
»Ach, Kindchen! Namen sind eine schwierige Sache in meinem Alter. Nowacek oder Dolecek vielleicht? Horak? Nein, Horváth! Ja gewiss: Horváth«, sagte sie stolz.
»Vielen herzlichen Dank!« Ich stand auf und gab ihr die Hand. Birgit blieb sitzen. »Wir bleiben noch ein wenig, Tante Gerda. Ich melde mich wieder!«
Frau Hartman bezahlte ihre Zeche, dann stolzierte sie auf etwas wackeligen Beinen nach draußen.
»Und, warum hat sich der Herr Hofrat umgebracht? Weiß man das?«, fragte ich, sobald die alte Frau Hofrätin außer Sichtweite war.
»Gerüchte gab es genug«, meinte Birgit. »Immerhin wurde er ja von seinen Freunden geschnitten, das zehrt schon an der Psyche. Es gab auch so manche Verschwörungstheorie, dass es gar kein Suizid war. Aber wer hätte Interesse an seinem Tod haben können? Die Vladtka tat sowieso, was sie wollte, und die Hofrätin war finanziell versorgt. Angeblich gaben sich die Männer bei Vladtka die Klinke in die Hand, das wird ihn wohl geknickt haben.«
»Ich bin ja kein Mann«, sagte ich, »aber ich könnte mir vorstellen, dass es die Schande war, die ihn ins Grab getrieben hat.«
»Oder einfach die Tatsache, dass er, der Herr Hofrat, so dumm gewesen war, auf so eine Schlampe hereinzufallen? Verletzter männlicher Stolz halt.«
»Das ist jetzt aber schon sehr sexistisch, Birgit«, schalt ich sie. Sie lachte, dass sogar der Sitznachbar auf der Bank noch zu schwingen begann.
»Warum interessiert dich die Frau eigentlich so? Willst du Rache an ihr nehmen? Hat sie dich etwa auch gemobbt?«
»Um ehrlich zu sein, mich persönlich nicht, aber eine Kollegin von mir. Außerdem – aber das bleibt jetzt bitte unter uns – suche ich eine Anti-Sympathiefigur für meinen neuen Roman.«
»Richtig, das hat Lore mir ja eh gesagt, dass du da Ambitionen hast. Für diesen Zweck eignet sie sich allerdings hervorragend.«
»Diese Mobbingsache, die du da angedeutet hast ... Lore sagt, du weißt mehr darüber?«

»Klar, das hat schließlich unsere Schule betroffen. Wir waren alle so begeistert, als mit Inge unsere Wunschkandidatin die provisorische Leitung gekriegt hat. Normal wird das politisch entschieden, der Lehrkörper hat gar nichts zu melden. Inge hat neuen Schwung reingebracht, sie hat wirklich was bewegen wollen. Aber irgendwie hat sie sich dann den Unmut von Vladtka zugezogen, keiner weiß genau, warum. Und sie selbst hat sich nie dazu geäußert. Aber es war schlimm, mitanzusehen, wie die arme Frau von Monat zu Monat mehr verfallen ist. Ständig musste sie irgendwelche sinnlosen Arbeiten machen, musste Berichte schreiben, die niemand las, und Stundentafeln nach Gutdünken der Frau Inspektorin ändern. Im Schulgemeinschaftsausschuss machte sie sich schon unbeliebt, weil sie andauernd irgendwelche Beschlüsse abändern musste. Vladtka hat sie sogar vor den Schülern herabgekanzelt, das musst du dir mal vor Augen führen. Du unterhältst dich mit Schülern, da kommt die Frau Inspektorin daher und wirft dir Unfähigkeit an den Kopf, und du darfst dich nicht einmal verteidigen. So untergräbt man jede Autorität.«

»Und sie hat sich nicht dagegen wehren können?«

»Versucht hat sie es wohl. Bis zum Präsidenten – oder zumindest seiner Sekretärin – ist sie angeblich vorgedrungen, aber es ist nie etwas passiert.«

»Diese Inge ist also nie zur Direktorin ernannt worden?«

»Schlimmer noch. Vladtka hat sie auch dann noch sekkiert, als sie wieder normale Lehrerin war. Schon am ersten Tag ist sie zur Inspektion gekommen. Dass sie da kein gutes Haar an ihr gelassen hat, kannst du dir vorstellen.«

»Das ist ja schrecklich! Die arme Frau.«

»Nach ein paar Monaten hatte sie einen Nervenzusammenbruch. Seitdem ist sie im Krankenstand. Burn-out. Dabei war sie so eine lebensbejahende, fröhliche Erscheinung.«

Da hatte sich Lucy wirklich eine mächtige Feindin geschaffen.

»Ich glaube, mit einem guten Anwalt an der Seite könnte man ihr schon das Handwerk legen, aber wer kann sich das schon leisten?«, meinte Birgit. »Also kuschen halt alle. So schlimm das auch ist.«

»Oder man hetzt ihr einen Enthüllungsjournalisten auf den Hals«, schlug ich vor.

»Oder eine Krimiautorin?« Birgit lächelte verschmitzt. »Wenn ich du wäre, würde ich versuchen, etwas über Vladtkas Finanzen herauszufinden. Du hast doch von Tante Gerda gehört, dass sie weit über ihre Verhältnisse leben muss, vom Hofrat hat sie nichts geerbt.«
»Danke dir auf jeden Fall für die Information. Solltest du wieder einmal was über sie hören, ich geb dir meine Nummer.«
Für den Anfang hatte ich genug Material zusammen. Meine Idee, Vladtka auf den Zahn zu fühlen, war goldrichtig. Nicht alles, was verborgen wird, bleibt unentdeckt. Ganz besonders nicht, wenn jemand systematisch sucht, so wie ich das nun zu tun gedachte.

Zuerst musste ich sie beschatten, ihren Tagesablauf kennenlernen, schauen, welchen Umgang sie privat pflegte. Was hatte Birgit gesagt? Die Männer hätten sich bei ihr die Klinke in die Hand gegeben? Das konnte ich mir heute zwar absolut nicht mehr vorstellen, aber vielleicht tat sich die eine oder andere Spur auf. Eines Tages würde sich die Gelegenheit ergeben, an ihren Computer zu gelangen, und dann war sie endgültig dran!

Ich konnte es gar nicht erwarten, erste Beschattungspläne zu erstellen. Ich wollte für alle Fälle vorbereitet sein.

## Die Mama bringt ihn weg

Der kleine Junge blickt ängstlich zu seiner Mutter auf. »Du gehst zu schnell!«, jammert er. Sie zieht weiter fest an seiner Hand. Der Onkel drängt zur Eile. Der Junge kann kaum Schritt halten. Vor einem Gebäude bleiben sie endlich stehen.
»Ich warte auf dich«, sagt der Onkel.
Seine Mutter sagt nichts und zieht den Jungen durch die Glastüre. Das Gebäude ist groß und kalt. In den Stiegenaufgängen hallt es. Die Frau hinter dem großen Tisch sieht ihn freundlich an. Mama zerquetscht ihm fast die Finger, dann lässt sie ihn plötzlich los. »Setz dich dorthin!«, sagt sie. Die Frau lächelt den kleinen Jungen an. Das ist ihm egal. Er will, dass seine Mama ihn anlächelt. Die kritzelt mit einem Stift auf einem Papier herum.
»Wollen Sie ihm einen Brief hinterlassen?«, fragt die Frau.
»Nein«, sagt seine Mama.
»Bedenken Sie, vielleicht möchte er Sie gerne einmal kontaktieren.«
»Das ersparen wir ihm«, sagt seine Mutter. »Wäre besser gewesen, ich hätte ihn abgetrieben.«
Der kleine Junge versteht nicht, was das alles bedeuten soll.
Sie geht hinaus und dreht sich nicht um.
Der kleine Junge springt auf.
»Bleib sitzen. Gleich holt dich deine neue Mama!«, sagt die freundliche Frau. Der kleine Junge versteht nicht, warum die freundliche Frau weint. Mama kommt doch gleich wieder, oder?

**Watson**

Mein Rechercheinterview mit Frau Hartman hatte doch etwas länger gedauert als geplant. Als ich endlich auf der Nordautobahn war, wurde es schon dunkel, und es begann leicht zu nieseln. Ich fahre grundsätzlich ungern bei Dunkelheit; wenn es dann auch noch nass ist und der Gegenverkehr einen dadurch doppelt blendet, wird es für mich ungemütlich. Zu allem Überfluss leuchtete auch noch das Kontrolllämpchen für den Spritverbrauch auf. Ich musste also so schnell wie möglich von der Autobahn runter, um zu tanken. Warum zehn Prozent mehr zahlen für denselben Sprit?

Gut, dass mein Navi die nächste Tankstelle ganz automatisch findet. Es war sogar eine mit Shop, also beschloss ich, gleich noch Milch und Brot mitzunehmen. Wer weiß, ob Wolfram an die Befüllung des Kühlschranks gedacht hatte, und ich hasste es, wenn ich in der Früh meinen Kaffee ohne Milch zu mir nehmen musste. Beim Öffnen der Ladentür bimmelte eine altmodische Schelle.

»Komme gleich!«, ertönte eine heisere Stimme aus dem hinteren Teil des Geschäfts. Die Theke war verwaist, ebenso die Plastiktische, die entlang der Glasfront aufgereiht waren. Es roch nach kaltem Rauch und Frittieröl. Aus dem Hinterzimmer drang Stimmengemurmel. Nach einer Weile löste sich eine schwarzweiße Gestalt aus dem Dunkel.

»Bitte schön?« Die rauchige Stimme passte zu ihrer Besitzerin. Sie mochte so um die dreißig Jahre alt sein, durch die dicke Schminke und das verlebte Gesicht war das Alter schwer zu schätzen. Die Frau war in jedem Fall eine Sehenswürdigkeit, um nicht zu sagen, ein Kunstwerk. Überall dort, wo man blanke Haut erwartet hätte, bedeckten Tattoos ihren hageren Körper. Ihr Gesicht war mit Piercings vollgenagelt, das pechschwarz gefärbte Haar hing wie ein Wischmopp an ihr herunter, und sie wirkte trotz ihrer bleichen Gesichtsfarbe und der schwarzen Kleidung leicht animiert. Ob die Belebung auf Alkoholkonsum oder anderes zurückging, war nicht eindeutig erkennbar.

»Nummer 3«, sagte ich unnötigerweise, denn sie hatte den

Betrag schon auf ihrer Registrierkasse sichtbar gemacht. »Dreiundfünfzig Euro siebzig. Alles?«

»Einen Liter Milch und ein Vollkornbrot, wenn es möglich ist.«

»Milch, ja. Vollkorn, nein. Mischbrot oder Semmeln.«

»Mischbrot«, sagte ich. Das war wenigstens in Plastik gepackt. Falls die Semmeln hier schon einige Stunden lagen – was dem Anschein nach der Fall war –, hätte ich beim Genuss einer davon wahrscheinlich so viel Nikotin konsumiert wie mit einem Päckchen Zigaretten.

Ich wollte gerade gehen, als ein junger Mann aus dem Hinterzimmer wankte und die Toiletten anpeilte.

»Minnerl!«, rief er. »Was machst denn du hier?«

»Heiner! Das könnt ich dich auch fragen. Ich habe getankt. Du offensichtlich auch?«

Heiner wurde rot. Offenbar war es ihm peinlich, dass ich ihn beim Trinken erwischt hatte. »Ich muss noch schnell da rein. Wartest du auf mich?«

Ich ließ mich zu einer Tasse Tee überreden, Heiner nahm einen Ausnüchterungskaffee. »Ich wohn gleich hier in der Nähe«, sagte er. »Ab und zu komm ich auf ein Bierchen her – oder ein Schnäpschen.«

»Oder zwei?«, grinste ich.

»Minnerl, weischt – weißt du eigentlich, – hicks – was genau die Hartmanová Lucy vorwirft?« Heiner hatte Schluckauf – wie süß. Unbeholfen versuchte er, ein Zuckersäckchen mit den Zähnen aufzukriegen. Als er es endlich geschafft hatte, stob der Zucker in alle Richtungen. »Scheiße!«, schimpfte er.

Ich blieb sehr vage. »Vladtka sprach von irgendwelchen pädagogischen Bedenken«, sagte ich. Ich konnte ihm ja nicht die Wahrheit auf die Nase binden, damit würde ich nicht nur Lucys Vertrauen missbrauchen, sondern auch jegliche romantische Annäherung zwischen den beiden im Keim ersticken.

»Kann man ihr irgendwie helfen?« Heiners Mitleid war rührend.

»Darüber hab ich ausgiebig nachgedacht«, sagte ich. »Und ich hab auch schon einen Plan.«

»Wirklich?«, sagte er hoffnungsvoll. Sein Schluckauf hatte

sich gelegt. Mit dem Löffelchen war es ihm gelungen, ein wenig Zucker vom Tisch in seine Tasse zu schaufeln.

»Hör zu«, sagte ich und rückte etwas näher an ihn heran. Die gepiercte Dame musste ja nicht alles mithören. »Ich werde Vladtka beschatten und ausspionieren!«

»Was?« Heiner war so platt, dass er seinen Kaffee wieder absetzte, ohne davon getrunken zu haben.

»Du musst wissen, dass ich seit einiger Zeit auch schriftstellerische Ambitionen habe«, gestand ich.

Heiner zeigte sich wenig beeindruckt. Ich war mir sicher, wäre er nicht beschwipst gewesen, dann hätte er wenigstens Anerkennung geheuchelt.

»Und was hoffst du, zu finden? Ich meine, inwieweit wird das Lucy helfen?«

»Doch, doch, wird es. Es gibt da nämlich ein paar dunkle Geheimnisse in Vladtkas Vergangenheit, deutliche Lücken in ihrer Biografie. Also vertuscht sie etwas. Wenn ich da was finden würde, könnte man sie vielleicht sanft erpressen, dass sie das Verfahren gegen Lucy zurücknimmt, meinst du nicht?«

Heiner sah mich mit großen Augen an. Er dachte angestrengt nach, wobei er unaufhörlich seinen Mokkalöffel auf den Boden der Tasse klopfte. Ich hoffte, dass die Tasse nicht nachgab.

Da fiel mir ein, wie emotional Heiner reagiert hatte, als Wilfried uns Vladtka als neue Anstaltsreferentin angekündigt hatte.

»Du weißt doch etwas über Vladtka, habe ich recht?«

Heiner erwachte aus seiner Starre und ließ die arme Tasse in Ruhe. Er schien langsam wieder nüchtern zu werden. »Du hast recht, Minnerl. Das mit dem Beschatten ist eine ausgezeichnete Idee. Und es stimmt, ich hab auch schon Gerüchte über sie gehört, aber Genaueres weiß ich leider auch nicht. Wie willst du die Sache denn angehen?«

»Zuerst muss ich wohl herausfinden, wo Vladtka wohnt.«

»Damit kann ich dienen«, sagte Heiner.

»Du kennst ihre Adresse?« Ich war einigermaßen überrascht.

»Im Internet rausfinden kann ich sie«, erklärte er. »In so etwas bin ich ganz gut. Überhaupt, wenn du technische Unterstützung brauchst, wie man ein Handy ortet oder so …« Heiner lief rot an, ich fand ihn süß. Lucy musste ihn doch ganz einfach mögen.

»So was geht?«

»Ist nicht einmal so schwierig. Man muss nur eine kleine App auf dem fremden Handy installieren – geht mitunter auch einfach mit einer SMS, wenn man Handytyp und Nummer hat. Auf jeden Fall weißt du dann jederzeit, wo sich die Zielperson befindet. Du kannst sogar mitfilmen, wenn nötig.«

»Ist nicht wahr!« So hilfreich so etwas natürlich bei meiner zukünftigen Spionagetätigkeit sein mochte, so erschreckend war die Tatsache, wie leicht so etwas offensichtlich ging. Genauso gut könnte jemand mich selbst abhören. »Und ich – beziehungsweise die Person, die abgehört oder gefilmt wird – würde es nicht merken?«, fragte ich entsetzt.

»Nein. Angeschaltet muss das Handy natürlich schon sein. Aber es vibriert nicht, kein Signalton, gar nichts!« Heiner war selbst offensichtlich fasziniert von den technischen Möglichkeiten. »Internetverbindung muss auch vorhanden sein«, ergänzte er. »Dann kann man live mithören, die Gespräche auf den eigenen Computer oder das Smartphone schicken und dort speichern.« Ich schüttelte fassungslos den Kopf, während Heiner diese Tatsache keineswegs zu beunruhigen schien.

»Okay«, sagte ich nach längerer Überlegung. »Genau so etwas brauche ich doch für meinen authentischen Krimi. Orten, abhören. Das eröffnet dem Ermittler auch Zugang zu Informationen, die er sonst nicht bekommen würde. Wir werden ein phantastisches Team sein. Ich bin geduldig und habe eine kriminelle Phantasie, du das technische Know-how. Ich lese mir noch so einiges Wissen über Detektivarbeit im Allgemeinen an, und dann kann's losgehen. Wir werden uns prima ergänzen!«

»Fein«, erwiderte Heiner lächelnd, »wenn wir damit auch noch Lucy behilflich sein können.«

»Du magst sie sehr, oder?« Ich wagte einen Versuch. Es drängte sich geradezu auf.

Heiner wurde rot, aber er gab es unumwunden zu. »Sie bemerkt mich leider überhaupt nicht. Sie hat nicht deine Antennen!«, seufzte er.

Angestrengt überlegte ich, wie Heiner unauffällig mehr Zeit mit Lucy verbringen könnte. »Habt ihr denn eine gemeinsame Klasse?«, fragte ich schließlich.

»Ich hab die vierten Klassen in EDV, ich glaub, sie hat zumindest eine oder sogar zwei Vierte in Englisch, warum?«
»Organisier eine Exkursion und bitte sie, dich zu begleiten. Was hältst du davon?«
»Das ist eine phantastische Idee, Minnerl!« Heiner sah aus, als wollte er mich jeden Moment umarmen.
»Und noch was. Sie hat ein Faible für so Fantasy-Sachen. Du weißt schon, Vampire, Werwölfe. Romantisches Zeugs halt.«
»Cool. Dann werde ich mich da ein bisschen einlesen. Gothic ist eh irgendwie auch meins. Gräber und so!« Heiner lächelte. In seinem Schwips war er wirklich zum Knuddeln.
»Schon gut. Wir sind jetzt schließlich ein Team!«, sagte ich erfreut. Heiner lud mich auf den Tee ein und versprach, mir hilfreiche Daten über Vladtka zu beschaffen. Und ich machte mich motiviert auf den Weg nach Hause.

*Die neue Familie*

*Der kleine Junge mag nicht in seiner neuen Familie sein. Keiner ist böse zu ihm. Keiner tritt ihn. Aber er braucht sie nicht. Er hat ja seine Mama. Wenn sie mit der Arbeit fertig ist, wird sie ihn holen, und er bekommt ein Geschenk. Er ist auch immer ganz brav.*

**Die Ausrüstung**

Mit großem Eifer machte ich mich an die Arbeit. Ich brühte mir noch eine große Tasse Gute-Laune-Kräutertee auf, dazu gönnte ich mir ein Säckchen Bio-Heldenfutter Nuss-Fruchtmischung für meine grauen Zellen, bevor ich den Laptop hochfuhr.
Schnell hatte ich passende Seiten für Detektivarbeit im Allgemeinen und Observationstechniken im Speziellen gefunden. »Ein Detektiv ist nur so gut wie seine Ausrüstung«, stand dort geschrieben, mit jeweils passenden Links zu Fachgeschäften, in denen ich auch fündig wurde.
Die Detektivschule, die mir am professionellsten vorkam, empfahl zunächst ein Observationskit, zu dem so Dinge wie Feldstecher, Lupe, ein Dietrichset, eine möglichst kleine und unauffällige Videokamera, Abhörgeräte nach Bedarf, Feuerzeug, Pfefferspray und eine Wendejacke Platz finden sollten. Die Kaufempfehlung für ein Starterkit lag nur einen Button entfernt, aber ich surfte natürlich noch eine Weile und verglich Produkte unterschiedlichster Firmen und Qualitäten, bevor ich mich endgültig entschied.
Ein Fernglas für die Handtasche hatte ich zu Hause, Wolfram hatte es als Werbegeschenk von der Gewerkschaft erhalten. Hundertvierundsiebzig Gramm leicht und kompakt zusammenlegbar, mit praktischem Halstrageriemen und einer Gummiummantelung, die vor Stößen und Regen schützte. Was wollte man mehr? Ebenso im Hausrat vorhanden waren die Lupe und das Feuerzeug. Pfeffersprays waren bei Amazon schon ab fünf Euro zu haben, so etwas sollte Frau ohnehin immer bei sich tragen. Das leuchtete auch ein, schließlich war man als Detektivin ja auch nach Sonnenuntergang im Einsatz. Schwierig fand ich die Entscheidung für eine Kamera. Der Fachversand für Spionagekameras und Aufsperrwerkzeuge hatte ein ungeheuer breites Angebot für private Überwachungsgeräte. Ich hatte bis dato keine Ahnung gehabt, dass es dafür überhaupt einen Markt gab. Wer hätte gedacht, dass man mittels einer Taschentücherbox, einer Coladose oder einer Kaugummipackung seine Liebsten – oder Nicht-mehr-Liebsten – ausspionieren konnte wie der KGB?

Besonders abschreckend fand ich die Version Schminkspiegel. Man stelle sich vor, man drückt sich einen Pickel aus, und die Nachbarin, von der man das Spieglein zu Weihnachten geschenkt bekam, guckt dabei zu! Igitt!

Gut, ich hatte nicht vor, Vladtka beim Abschminken zu beobachten, noch wollte ich ihr überhaupt dauerhaft über die Schulter blicken. Deshalb entschied ich mich für den Kauf einer Minikamera in Kugelschreiberform – für eine Lehrerin ein absolut unauffälliges Utensil. War auch schon ab zwanzig Euro in angeblich guter Qualität zu haben. Das uneingeschränkte Highlight jedoch leistete ich mir nach gründlicher Überlegung, nämlich eine Brillenkamera um stolze dreihundertachtzig Euro, dafür mit austauschbaren Nasenpads und einem Reserveakku mit siebzig Minuten Laufzeit. Todschick und auch als USB-Stick und Sonnenbrille verwendbar. Einfach genial! Das Schicksal leitete mich zudem auf eine Seite, die zufällig eine in Stil und Farbe zur Brille passende Wendejacke anbot, mit der man im Nu von unauffälligem Braun auf Camouflage-Orange wechseln konnte. Extra viel Stauraum in den Arm- und Brusttaschen, obendrein noch ein atmungsaktives, wasserabweisendes Material, feminin geschnitten, rundeten das Angebot ab.

Blieb nur noch der Posten »Abhörgeräte nach Bedarf«.

Ich wollte ja keinen Spionagethriller schreiben, aber wenn die Detektivschule so etwas empfahl, hatte sie sicherlich ihre Gründe. Also machte ich mich schlau, was der Online-Handel hier zu bieten hatte.

Wahnsinn, was für ein Geschäft mit der Untreue von Ehepartnern getrieben wird! Praktisch in jedem USB-Stick, jedem unauffälligen Netzteil konnte eine Wanze lauern. Es gab sogar eigene Wecker, in die das Abhörgerät gleich integriert war! So ein eheliches Schlafzimmer war also nicht nur dem herkömmlichen Elektrosmog ausgeliefert, sondern auch der Überwachung durch den Partner. Und das hatte seinen Preis, unter drei- bis vierhundert Euro war gar nichts zu haben. Ich war schon drauf und dran, ganz auf so ein Ding zu verzichten, als mir diese süße Miniwanze ins Auge stach. Gerade mal eins Komma vier mal zwei Komma acht mal vier Zentimeter groß, zweiundzwanzig Gramm inklusive Akku. Und sie funktionierte wie ein normales Handy!

Damit konnte sogar ich umgehen. Und das für nur vierundsiebzig Euro neunzig. Das würde ich mir gerade noch leisten können. Nachdem ich alle virtuellen Einkaufskörbe erfolgreich durch die Kassen geschoben hatte, atmete nicht nur ich erleichtert auf, sondern auch meine Kreditkarte. Gut, dass Wolfram und ich getrennte Konten hatten, so würde ich mir unangenehme Fragen ersparen, wenn die Rechnungen von diversen Spionageausrüstungsfirmen eintrafen.

Nun war ich zwar um einige hundert Euro ärmer, dafür würde ich topausgerüstet an meine Recherchearbeit gehen können.

Am nächsten Morgen überfiel mich Heiner bereits, während ich noch am Kopierer stand und ein paar Arbeitsblätter ablichtete. Heimlich steckte er mir einen Zettel zu. »Da steht alles drauf, was du für den Anfang brauchst. Adresse, irgendwas mit Föhren, steht eh auf dem Zettel, und GPS-Daten fürs Navi sind auch dabei. Du hast doch eines?«

»Klar«, erwiderte ich. »Mein Mokka ist eins a ausgestattet!«

»Deine Handynummer gibst du mir besser auch«, sagte er. »Für den Fall, dass du was brauchst oder umgekehrt! Oder gib gleich dein Handy her, ich speicher dir meine Nummer drauf. Ich leg dir das Handy dann auf den Platz.«

»Ja, auf jeden Fall! Es ist angeschaltet, brauchst kein Passwort.« Ich gab Heiner das Handy und wollte ihm noch schnell über meine Internetrecherchen berichten.

»Ich war gestern übrigens auch noch fleißig, hab ein paar Sachen im Internet ...«

»Na, ihr beiden Turteltauben!« Wolfram war zu uns getreten. Sein Lachen klang ein wenig aufgesetzt. »Was hast du im Internet, Schatz?« So hatte er mich schon seit ewigen Zeiten nicht mehr genannt – zumindest nicht in der Öffentlichkeit.

»Ach, wir haben gestern wegen einer Exkursion gesprochen, dazu wollte ich Heiner was suchen«, stotterte ich. Nicht sehr glaubwürdig, wie mir schien.

Heiner nickte betreten. Plötzlich kam Lucy ums Eck geraucht. »Hab ich da was von einer Exkursion gehört? Ich war schon ewig nicht mehr auf so was! Hallo, Heiner, hallo, Wolfram!«, sagte sie, scheinbar ohne Luft zu holen. »Minnerl! Gut, dass du schon da bist. Hast du zufällig was über Dickens bei der Hand? Hab ganz vergessen, dass mir der Administrator eine Stunde auf heute vorverlegt hat. Sechste-Klasse-Niveau?«

»Sofort!« Ich raffte meine Arbeitsblätter zusammen und folgte Lucy ins Lehrerzimmer. Dabei zwinkerte ich Heiner noch aufmunternd zu, während ich das Wort »Exkursion« mit den Lippen artikulierte. Er lächelte glücklich.

»Alles drauf!«, sagte Heiner drei Stunden später, als er mir in der großen Pause das Handy auf meinen Platz legte.

»Danke, Heiner, du bist ein Schatz!« Ich hatte den Eindruck, dass er mir noch etwas sagen wollte, aber Klaudia hatte sich zu uns gesellt, und er zog es vor, wieder an seinen Computerplatz zurückzukehren.

»Seit wann ist Heiner dein Schatz?«, bemerkte Klaudia schnippisch. Ihre Nase reckte sie in die Luft wie Uderzos Kleopatra, wenn Caesar sie beleidigte. Ich hoffte, dass sie unser Gespräch nicht vollständig belauscht hatte. Gottlob hatte Heiner extra leise gesprochen, außerdem war Klaudia ohnehin schwer von Begriff. Trotzdem, im Lehrerzimmer musste ich auf der Hut sein.

»Eifersüchtig?« Das konnte ich mir einfach nicht verkneifen.

Ihre Nase spitzte noch weiter nach oben. »Wieso sollte ich eifersüchtig sein? Höchstens doch wohl der arme Wolfram!«

Erschrocken blickte ich zu ihm hinüber. Er war in seine Unterlagen vertieft, ich war überzeugt, dass er nichts von dem Gespräch mitbekommen hatte.

»Mein Wolfram ist nicht arm!«, zischte ich zurück. »Und im Übrigen wüsste ich nicht, was dich das angeht!« Ich wollte mich gerade zum Gehen wenden, als Wilfried an mich herantrat. Heute ließ man mich aber auch gar nicht in Ruhe.

»Minnerl, darf ich dich darauf aufmerksam machen, dass du gerade Pausenaufsicht hättest?« Ich lief rot an. Ich glaube, es war das erste Mal in meiner ganzen Schullaufbahn, dass ich auf meine Pflichten vergessen hatte. Und Klaudias triumphierender Blick machte die Sache nicht besser.

»Es tut mir leid, ich bin aufgehalten worden!«, sagte ich mit bösem Blick in Richtung Kleopatra. »Ich wollte soeben gehen!« So schnell ich konnte, hastete ich auf den Gang. Warum musste

Wilfried auch ausgerechnet heute die Aufsichten kontrollieren? Manche Kollegen schwänzten praktisch jeden Dienst, und just mich musste er erwischen. Oder war ich verpetzt worden? Wenn ja, von wem? Klaudia? Ich machte mir eine gedankliche Notiz, Lore danach zu fragen. Wenn jemand eine Idee dazu hatte, dann sie.

Natürlich vergaß ich das im Sog der folgenden Ereignisse komplett, ein direktoraler Rüffel wäre dann aber ohnehin mein geringstes Problem gewesen.

*Schuld?*

*Der Junge ist traurig. Hat seine Mama ihn vergessen? Hat er etwas falsch gemacht? Er war doch immer ganz brav? Der neue Papa ist auch nicht zufrieden mit ihm. Und die neue Mama will immer reden oder kuscheln. Warum lassen sie ihn nicht einfach in Ruhe?*

## Die Observationsphase

»Sie haben Ihr Ziel erreicht«, gratulierte mir das Navi. Im Schritttempo bog ich in die Föhrengasse ein. Kies knirschte leise unter den Reifen. Ich ließ den Wagen ausrollen und brachte ihn schließlich kurz vor der Einfahrt zum Haus mit der Nummer 14 zum Stehen. Dann setzte ich meine getönte Spionagebrille auf und stieg aus dem Wagen. Langsam umrundete ich ihn, trat scheinbar prüfend gegen die Reifen und versuchte auf diese Weise, die Einsichtsmöglichkeiten zum Haus unauffällig zu erkunden.

Es sah schlecht aus. Sehr schlecht. Das Haus stand etwas nach hinten versetzt, und vor die Einfahrt hatte man noch eine potthässliche Containergarage hingestellt. Da nützte das ganze Grünzeugs, das darum herumgepflanzt war, wenig, hässlich war hässlich. Mir half es noch viel weniger, denn ich konnte nicht einmal bis zur Eingangstür sehen. Okay, einen Erker konnte ich erkennen, und dass dahinter ein Fernseher lief, aber sonst war nichts Privates zu erblicken. Das nächste Problem war, dass das Haus ausgerechnet am Ende einer Sackgasse stand, was sowohl zum Observieren als auch für eine eventuelle Flucht völlig ungeeignet war. Verdammt, hier konnte ich nie und nimmer stundenlang unauffällig parken!

»Kann ich Ihnen behilflich sein, gnädige Frau?«

Ich zuckte zusammen wie ein Schulkind, das beim Rauchen ertappt wird. Hinter mir stand ein eleganter älterer Herr in grauen Flanellhosen und blauem V-Pulli. Er hatte einen Bio-Abfallbeutel in der Hand, aus dem es nach vermoderten Erdäpfeln roch. Ohne mich aus den Augen zu lassen, wuchtete er den Sack umständlich in einen Müllcontainer. Der Dunst, der aus der Tonne kroch, war atemberaubend ländlich. Hier hätte man problemlos eine Leiche zwischenlagern können, der Gestank wäre niemandem aufgefallen.

Nachdem der Deckel wieder ordentlich zugeklappt war, klopfte der Herr seine Hände gegeneinander, als ob das den modrigen Geruch entfernen könnte.

»Danke, ich glaube nicht«, stotterte ich. »Oder, nein, vielleicht doch?«

»Hübscher Wagen«, sagte er lächelnd. »Probleme?«
»Ich bilde mir ein, dass ein Reifen etwas unwucht ist«, flunkerte ich. »Ich wollte eigentlich zur nächsten Werkstatt, aber das Navi hat sich wohl geirrt.«
Was ich zunächst für eine tolle Ausrede hielt, entpuppte sich sofort als Niete. Mit ein paar zwar etwas unklaren Anweisungen, dafür aber umso ausführlicher beschrieb mir Vladtkas netter Nachbar den Weg zur nächsten Tankstelle. Werkstatt gab es nämlich im Umkreis von zig Kilometern keine in diesem Kaff. So musste ich meinen Beobachtungsposten wohl oder übel umgehend verlassen. In den ersten paar Kurven folgte ich den Direktiven des netten Herrn, nur für den Fall, dass er mir nachschaute. Dann drehte ich wieder um und checkte etwaige Seitengassen. Auch hier sah es nicht gut aus. Enge Kieswege, die gerade mal Platz für einen Pkw ließen. Ein paar Autos standen halb auf dem Gehsteig geparkt, bei Gegenverkehr musste auf jeden Fall einer der Fahrer zurückstoßen. Und wo immer ich langsam vorbeifuhr, konnte ich Vorhangbewegungen in den Fenstern erahnen. Ob Hausfrauen oder Pensionisten, allesamt lebende Alarmanlagen! Ich getraute mich nicht einmal, ein paar Handyfotos zu machen, und es war mir bald klar, dass ich meine Kreise deutlich weiter ziehen musste.

Schließlich landete ich auf einem Feldweg, der noch etwas schmäler war als die Kieswege durch die Föhrensiedlung und zudem auch noch unbefestigt. Hinter einem Hollerbusch fand ich endlich halbwegs Deckung. Ich legte meine Brille wieder ab, sie war trotz der teuren Pads doch etwas schwer auf der Nase, dafür kramte ich Wolframs Gewerkschafts-Feldstecher aus meinem Rucksack.

Endlich konnte ich ein paar Eindrücke von der Hinterseite des Hauses gewinnen.

Über dem seitlichen Erker, der mir vorhin schon aufgefallen war, thronte ein Balkon, von dem aus man durch eine dreiteilige Flügeltüre ins Innere des Hauses gelangte. Dort hätte ich mein Schlafzimmer – oder Arbeitszimmer – untergebracht. Unter dem Balkon vermutete ich eine Terrasse oder zumindest einen Ausgang in den Garten. Leider verhinderten diverse rund geschnittene Hecken den offenen Blick auf das Gelände. Das Haus selbst war ein unaufgeregter, kubischer Bau aus den fünfziger Jahren, dem man an der rechten Seite einen Anbau verpasst hatte. Im Stil wohlabgestimmt, aber doch deutlich jüngeren Datums, was zeigte, dass er nicht original war. Außerdem hatte man im alten Trakt die Fenster nicht erneuert. Sie waren zwar hübscher als ihre moderneren Imitate, hätten aber, wie auch das Balkongeländer, längst einen Anstrich benötigt.

Wie es mein Detektivratgeber empfohlen hatte, machte ich es mir auf der Rückbank bequem. Ich ließ das Radio leise laufen, hier würde es niemand hören. Mit den Ellbogen stützte ich mich an den beiden Vordersitzen ab, damit das Fernglas nicht zu sehr zitterte, und beobachtete so die mir einsichtigen Fenster. Kaum eine Stunde später spürte ich ein leichtes Ziehen im Nacken. Ich wechselte die Position, zog meine Beine an. Setzte mich abwechselnd auf das linke, dann das rechte Bein, dann in den Schneidersitz. Danach probierte ich es mit Knien. Nach einer weiteren Stunde zwickte es mich auch an den Seiten, und die Hüftgelenke schmerzten. Ich musste endlich einmal raus, mir die Beine vertreten und mich etwas durchstrecken. Es dämmerte bereits leicht, in den meisten der umliegenden Häuser brannte schon Licht, während sich im Hause Hartman nichts bewegte.

Mühsam schälte ich meine Glieder aus dem Fond und machte ein paar Dehnungsübungen, als der erste Tropfen auf meinen Kopf klatschte. Holla! In der Dämmerung waren ein paar schwarze Wolken aufgezogen. Ich war so auf das Haus fixiert gewesen, dass ich den Wetterumschwung gar nicht bemerkt hatte. Schnell brachte ich mich im Wagen in Sicherheit. Der Wind rüttelte bereits heftig daran, aber mein Mokka war ein stabiles Gefährt.

Autos sind ja bekanntlich faradaysche Käfige, was mich jedoch nur theoretisch beruhigte, denn heftiges Donnergrollen begleitete den immer stärker werdenden Sturm. Plötzlich konnten die Wolken ihre schwere Last nicht mehr tragen und ließen ihr Wasser in einem einzigen Schwall los. Zu allem Überfluss schlug ein Blitz ganz in der Nähe ein, und mit einem Schlag fiel in der kompletten Siedlung das Licht aus, Straßenbeleuchtung inklusive. Gut, dass ich meine Taschenlampe dabeihatte. Ich durchsuchte den Beutel und fand zur Beruhigung auch noch ein paar

Hildegard-von-Bingen-Nervenkekse. In manchen der Häuser konnte man Kerzenschein erkennen, insgesamt war das aber viel zu wenig Licht, um die Gegend zu erhellen. Bei Vladtka blieb es finster.

Das viele Wasser regte auch meine Nieren an, und die Blase machte sich unangenehm bemerkbar. Unterdessen prasselte der Regen weiterhin heftig aufs Dach. Es wäre sinnlos gewesen, jetzt wegzufahren, ich konnte nicht einmal den Weg vor mir erkennen. Meine Gliedmaßen wurden nicht nur immer steifer, es wurde ihnen, wie sie mir durch Zittern glaubhaft mitteilten, auch verdammt kalt.

Ich rieb mir die Hände, schlug sie mir um die Schultern. Dachte nach, aber ohne Ergebnis. Die Standheizung getraute ich mich nicht aufzudrehen, das würde zu viel Batterie verbrauchen.

Wenigstens ging nach einer Weile die Straßenbeleuchtung wieder an, und auch in den Häusern regte sich wieder das Leben. Nach einer gefühlten Ewigkeit ließ der Regen allmählich nach, und so beschlossen meine Blase und ich, dass die Zeit für den Rückzug gekommen war.

Der Motor sprang auch brav an, die Scheinwerfer gaben genug Licht, ich musste nur noch den Wagen wenden. Gut, dass ich bei der Ausstattung des Mokka nicht gespart hatte, die Parkhilfe würde mich unterstützen, denn Rückwärtsfahren gehört nicht gerade zu meinen Stärken. Ich stieß also etwas zurück. Kein Problem, kein Piepston. Noch ein Stückchen. Noch immer nichts, es ging hinten schon leicht bergab, das konnte ich spüren. Wenn ich noch ein ganz klein wenig zurückfuhr, würde ich bei dem tollen Wendekreis des Autos mit einer Drehung raus sein.

Was soll ich sagen, mehrfaches Reversieren wäre wohl doch die bessere Option gewesen. Das Heck sank plötzlich ein, der rechte Hinterreifen grub sich in die vom Regen völlig aufgeweichte Erde. Mir war auf einmal überhaupt nicht mehr kalt, im Gegenteil.

Auch half es mir wenig, dass mein Mokka über eine Allradautomatik verfügte, die im Notfall die Vorderräder zuschaltete. In meinem konkreten Fall drehte leider eines der Hinterräder durch. Diese Möglichkeit hatten die Techniker wohl übersehen.

Sollte ich vielleicht die Feuerwehr rufen? Abgesehen davon,

dass das eine teure Sache wäre, wie sollte ich begründen, dass ich bei dem Sauwetter mitten auf einem Feldweg hängen geblieben war? Also checkte ich auf YouTube, wie ich am besten wieder aus dem Schlamm herauskam.

Der erste Herr, den ich anklickte, machte mir große Hoffnung, alles kein Problem, alles easy, versicherte er. Er hatte natürlich einen Klappspaten dabei und Gummistiefel an. Alles easy, klar!

Das zweite Video zeigte mir, wie ich flugs mit Hilfe eines Seils und einer mitgeführten Holzplanke eine Konstruktion bauen konnte, die mich mühelos da rausholte. Hallo? Mal abgesehen davon, dass nicht nur das Auto, sondern auch der Kerl am Ende von oben bis unten mit Schlamm bespritzt war – wer führt bitte eine Holzplanke mit? Ich meinte ja sehr gut ausgerüstet zu sein, aber das?

Frustriert schaltete ich mein Handy ab. Einmal wollte ich dem Allrad noch eine Chance geben und drehte vorsichtig den Startschlüssel, drückte ganz sanft das Gaspedal nach unten. Der rechte Hinterreifen drehte wie gehabt durch.

»Scheiß-Allrad!« Zornig gab ich gegen jegliche Vernunft Vollgas, dass der Morast nur so spritzte. Mokka jaulte auf, aber Herr Allrad besann sich endlich seiner Aufgabe, und der linke Reifen schleuderte das Auto mit einer deftigen Drehung aus dem Schlamm. Ich konnte gerade noch rechtzeitig gegensteuern, sonst wäre ich auf der anderen Seite im Feld gelandet. Selbst finnische Rallyefahrer hätten den Hut vor mir gezogen!

Mit noch etwas wackeligen Knien steuerte ich meinen Boliden in befahrbarere Gefilde. Wie mir ein Blick in den Rückspiegel zeigte, zog ich eine mächtige Dreckspur hinter mir her. Meine Blase schickte indes Botschaften an mein Großhirn, die mir nicht gefielen. Da erinnerte ich mich an die Tankstelle, die mir der nette Herr vor mehreren Stunden empfohlen hatte. Die Wegbeschreibung hatte ich natürlich längst vergessen, aber mein Navi fand ja allein zur nächsten Futterstelle.

Ich stieg aus und betrachtete mein Auto etwas näher. Am rechten Hinterreifen klebten noch deutliche Feldspuren, und die komplette linke Seite sah tatsächlich aus, als käme ich frisch aus Dakar.

»Na, der g'hert oba g'woschn. So kennan S' net weida foan!«

Mit Missfallen beäugte der Tankstellenwart die Dreckspur, die ich in seine Einfahrt gezogen hatte.
»Haben Sie denn eine Waschstraße?«, fragte ich. In Orten, wo es nicht einmal eine Werkstatt gab, war das ja nicht selbstverständlich.
»Na, wos vü bessas. Hondwesch! Foan S' eina do!« Er deutete mit dem Kopf an, dass ich hinter das Geschäft fahren sollte. Ich parkte in einer werkstattähnlichen Garage ein.
»Außenreinigung, is eh kloa. Woin S' innen a glei? Mitanond kamat Ihna billiga wia anzeln.«
»Warum nicht?« Würde dem Auto nicht schaden, dachte ich.
»Untabodn und Schbezialfögnreinigung tat i Ihna a empföh'n, des hoit donn wieda ewig!«
»Wissen Sie was«, sagte ich schon etwas ungeduldig. »Da haben Sie den Schlüssel, machen Sie das Auto einfach wieder sauber, okay?«
»Wia S' mahnan!« Er nahm den Schlüssel, und ich lief ins Geschäft und endlich aufs Klo. Dann genehmigte ich mir einen Kaffee aus dem Automaten und setzte mich an einen kleinen Plastiktisch vor dem Süßigkeitenregal. Beim Anblick von Essbarem knurrte mein Magen heftig, aber es war Abend, und Zucker ist da ja besonders giftig. Tapfer widerstand ich den Verlockungen, schnappte mir stattdessen mein Smartphone und wischte lustlos ein wenig darauf herum, quizduellierte mich mit Lore, die schon wieder gewann. Keine Ahnung, woher die ihr enormes Allgemeinwissen bezog. Sie behauptete immer, sie rate nur geschickter. Wie auch immer, nach einer Weile war der Handy-Saft alle. Zu viel Quizduell und zu viele Videos. Ich musste mir unbedingt so ein Ladegerät fürs Auto zulegen, nicht auszudenken, wenn ich wieder einmal irgendwo im Schlamm steckte und niemanden erreichen konnte!

Nach einer Stunde ging ich mal nachschauen, wie es denn meinem Auto ging. Der Tankwart polierte gerade meine Alufelgen, das ganze Auto blitzte wie frisch vom Fließband.
»Is eh glei fertig«, gab er mir zu verstehen. »Fünf Minuten!«
Aus den fünf Minuten wurden dann zwanzig, aber endlich stand mein Mokka wieder perfekt gepflegt vor der Tür.
»Des mocht hundatneinafufzg fufzig«, sagte der blau bekleidete Herr.

»Hundertneunundfünfzig Euro fünfzig?« Ich schluckte einmal kräftig. Meine Güte, da bezahlte ich ja beim Frisör einen Bruchteil davon!

»Kann ich mit Bankomatkarte bezahlen?«, stotterte ich, nachdem ich feststellen musste, dass ich nicht so viel Bargeld bei mir hatte.

»Ob Sie kennen, waas i net«, scherzte der Tankwart. »Oba freili homma an Automat, der steht direkt voa Ihnara Nosn. Mia san jo net im Urwoid do!«, fügte er beleidigt hinzu.

Ich belastete zähneknirschend meine Kreditkarte.

»Firma dankt!«, sagte der Unterbodenreiniger mit einem breiten Grinsen.

*Bedürfnisse*

*Der Junge ist nun schon größer. Seine neue Mama kocht ihm ständig etwas. Aber der kleine Junge ist nicht hungrig. Er ist oft krank. Er ist gerne krank, dann streicht ihm die neue Mama durchs Haar. Dem neuen Papa gefällt das nicht, aber er lässt sie in Ruhe. Die neue Mama und auch ihn. Wenn er in der Schule brav ist, klopft er ihm sogar auf die Schulter. Dann lächelt der Junge.*

## Eifersucht

Bereits im Flur strömte mir ein angenehm molliger Duft nach frisch gekochtem Gemüse und Huhn entgegen. Mein mit zwei linken Händen gestrafter Mann hatte gekocht? Die Vorfreude auf warmes Futter trieb mich in die Küche. Wolfram war nicht da, aber auf dem Herd stand ein großer Topf, aus dem es wunderbar dampfte. Ich schnappte mir einen Topflappen, hob den Deckel an und riskierte einen Blick. Hühnersuppe mit Wurzelgemüse und Bröselknöderl. Genau, was ich jetzt brauchte! Ein Klacken hinter mir verriet mir, dass Wolfram eingetreten war.

»Das duftet ja köstlich!«, lobte ich ihn. »Hast du das gekocht?« Ich drehte mich um und strahlte ihn an. An seinem kalten Blick zerbarsten meine Gute-Laune-Strahlen wie mutwillig zerschlagenes Porzellan.

»Mit besten Grüßen von Mama, für meine kranke Frau«, sagte Wolfram. Der Sarkasmus tropfte ihm nur so aus dem Mund.

»Wieso krank? Wieso glaubt sie, dass ich krank bin?« Ich zog meine Wendejacke aus und hängte sie über den Küchenstuhl, den Rucksack stellte ich darauf ab.

»Weil ich ihr das gesagt habe. Oder hätte ich zugeben sollen, dass ich nicht weiß, wo meine Frau sich herumtreibt?« Wolframs vorwurfsvolles Gesicht ging mir an die Nieren. »Du hast unseren Kartenabend vergessen!«, fügte er hinzu, als ich ihn immer noch völlig perplex anstarrte.

»Scheiße!« Ich mochte diese gezwungenen Kartenabende bei meinen Schwiegereltern ganz und gar nicht, aber Wolfram und seinen Eltern waren sie sehr wichtig. »Man muss nicht nur Freundschaften, sondern auch die Familie pflegen«, betonte mein Schwiegervater immer wieder. Seit wir verheiratet waren, hatten wir keinen einzigen Termin verpasst. Regelmäßig jeden zweiten Freitag im Monat fanden wir uns bei den Schwiegereltern zum Abendessen mit anschließendem Gesellschaftsspiel ein.

»Das tut mir leid. Oh mein Gott. Sorry, Wolfram!« Ich legte ihm beschwichtigend die Hand auf den Arm.

Er schüttelte sie ab wie eine lästige Fliege, zog sich einen Stuhl an den Tisch und sah mich beleidigt an. »Was hattest du so Wichtiges zu tun, dass du darauf vergessen hast?«

»Warum hast du mich nicht angerufen?«, fragte ich, ohne ihm eine Antwort zu geben.

»Hab ich doch, aber du gehst ja nicht an dein Handy!«

»Scheiße!« Schon wieder hatte ich das böse Wort verwendet, was war nur los mit mir?

»Stimmt, jetzt fällt es mir wieder ein, es ist abgestürzt, als ich ...«

»Als du was?« Wolfram sah mich fordernd an. »Red nicht blöd herum, bitte. Falls du einen Geliebten haben solltest, dann sag es mir gleich. Die Lügerei macht es nicht besser!«

»Bist du verrückt? Wolfram, das musst du doch wissen, dass ich so etwas nie tun würde!« Ich zwang ihn, mich anzusehen. »Bitte, Lieber, das musst du mir glauben.«

»Du wärst nicht die Erste in der Familie, die so was tut«, meinte er sarkastisch.

Das gab mir einen heftigen Stich. »Wie kannst du mich mit meiner Mutter vergleichen. Das ist unfair!«

»Dann erklär mir bitte, wo du stundenlang warst. Es sieht dir nicht ähnlich, Minnerl, dass du so etwas Wichtiges vergisst.«

Ich musste mit der Wahrheit rausrücken.

»Okay, Wolfram.« Ich setzte mich, um mich zu beruhigen. »Es kränkt mich zwar, dass du so von mir denkst, aber ja, es stimmt, ich hab dir etwas verschwiegen. Aber nur, weil ich weiß, dass du ablehnend darauf reagiert hättest.«

»Du verschweigst mir wichtige Dinge, und dann bin natürlich ich schuld, wenn ich deine Geheimnistuerei falsch interpretiere!« Wolfram nahm sich ein Bier aus dem Kühlschrank, öffnete die Flasche mit einem gekonnten Schlag an der Tischkante, sodass der Kronenkorken laut zu Boden kullerte, und setzte sie gleich an. Ich schluckte meinen aufkeimenden Zorn hinunter und enthielt mich einer abfälligen Äußerung. Er hatte es wohl darauf angelegt, dass ich sein proletenhaftes Benehmen thematisierte, damit er wutschnaubend weglaufen konnte. Aber ich wollte die Sache jetzt klären, ein für alle Mal. Einen solchen Abgang erlaubte ich ihm nicht.

»Ich hab schon lange nicht mehr darüber gesprochen, weil

du von meiner Schreiberei nichts hältst, Wolfram«, erklärte ich frustriert. »Aber ich recherchiere gerade für einen Kriminalroman und musste ein paar Beobachtungen machen, und das dauert halt seine Zeit.«

Wolfram erwiderte nichts, er starrte beleidigt auf das Bieretikett. Ich nahm seine Hand und zwang ihn, mich anzusehen. »Nur noch dieses eine Buch, Wolfram. Ich spüre, dass es diesmal etwas wird. Wenn nicht, lass ich es ein für alle Mal bleiben, das versprech ich dir!«

Wolfram entspannte sich etwas. »Dieses neue Buch, das hat doch nichts mit der Hartmanová zu tun, Minnerl? Lass die Finger von ihr. Du willst es mir nicht glauben, aber die ist gefährlich.«

»Danke, aber ich kann gut auf mich aufpassen«, erwiderte ich patzig. »Du kennst mich, wenn ich eine Sache angehe, bin ich gut vorbereitet.«

»Wie du meinst«, seufzte er. Er leerte den Rest des Bieres in ein Glas, spülte die Flasche aus und stellte sie in die leere Kiste. Dann hob er noch die Kapsel auf und warf sie in den entsprechenden Müllbehälter. Immerhin.

»Dann iss jetzt wenigstens Mamas Suppe, damit du weißt, wie sie schmeckt. Sie wird dich am Sonntag sicher danach fragen.«

»Sonntag?«

»Ja, ich habe mir erlaubt, ohne deine Zustimmung zuzusagen. Mama hat uns eingeladen, nachdem du ja ›krank‹ bist.« Seine Stimme klang schon wieder merklich gereizt, deshalb sagte ich schnell: »Kein Problem, super, ja! Dann können wir das Kartenspielen ja nachholen.« Es fiel mir allerdings schwer, meinen Frust zu verbergen. Wieder ein ganzer Sonntag im Eimer! Ich hatte gedacht, ihn für schulische Arbeiten zu nutzen, die ganze kommende Woche hätte ich vorplanen können, damit ich für ein paar Tage Beschattung Zeit fand. Ich würde meine Zeitplanung revidieren und meine Schulsachen wohl zur Observation mitnehmen müssen.

Wenigstens die Suppe war ausgezeichnet.

*Schule*

*Der kleine Junge geht nicht so gerne in die Schule. Die anderen Kinder sind grob und hänseln ihn, wenn er wieder einmal krank ist. Am liebsten wäre er dauernd krank, aber der Papa will das nicht. Ein Indianer kennt keinen Schmerz, sagt er. Aber der Junge weiß, dass er kein Indianer ist.*

## Die liebe Familie

Es gelang mir tatsächlich, zumindest bei der Begrüßung einen fröhlichen Eindruck zu erwecken.

»Wieder auf dem Damm, wie's scheint?« Das war eher eine Feststellung meines Schwiegervaters als eine besorgte Erkundigung nach meinem Wohlbefinden.

»Ja, danke, es geht mir wieder ausgezeichnet«, bestätigte ich. »Nur eine kleine Erkältung. Mutters Hühnersuppe hat mich auf der Stelle kuriert!«

Meine Schwiegermutter strahlte. »Altes Hausmittel von meiner Großmutter. Hat schon Wolfram geholfen, er war sehr oft erkältet als Bub!«

»Der Hühnersuppe spricht man ja allgemein eine heilende Wirkung zu«, bestätigte ich höflich. »Ihr Eiweißstoff Cystein wirkt entzündungshemmend.«

»Das kann schon sein«, sagte sie leicht beleidigt.

Schnell fügte ich hinzu: »Und wenn sie dann auch noch so exzellent schmeckt! Du gibst mir doch sicher das Rezept, oder? Falls Wolfram auch einmal erkältet sein sollte.« Mit nichts konnte man meiner Schwiegermutter mehr Freude bereiten, als sie um ein Rezept zu bitten.

»Natürlich, mein Kind. Wie du weißt, ist es sehr wichtig, dass solche Dinge in einer Familie weitergereicht werden«, sagte sie salbungsvoll. »So, wie ich das Rezept von meiner Mutter erhalten habe, die es wiederum von ihrer Mutter bekommen hat – so wirst auch du das Rezept aufheben, um es einst an deine Tochter weiterzugeben!«

Wolframs Blick sprach Bände, nun würde es nicht mehr lange dauern, bis Mutter die Nachwuchsfrage aufs Tapet bringen würde. Deshalb war ich meinem Schwiegervater sehr dankbar, dass er wissen wollte, welcher Wein zum Essen zu servieren sei.

Es gab Kaninchen in Wurzelsoße mit Knödeln und Rotkraut, also kam ohnehin nur Rotwein in Frage. Die beiden Männer diskutierten dann noch über das passende Alter des Weines, beziehungsweise ob mit Barriqueausbau oder eher klassisch, während ich meiner Schwiegermutter beim Auftragen der Speisen unter die Arme griff.

Schon der Blick in die Kasserolle ließ meinen Magen krampfen. Riesengroße ölige Fettaugen umlagerten das tote Tier, zu dem wenigstens eine mollige Sauerrahmsoße serviert wurde. Ich würde mich an Knödel und Kraut halten und sehen, ob ich ein knochiges Stück ergatterte, an dem nur sehr wenig Fleisch war. Da konnte ich lange genug daran herumwerken, und es würde nicht auffallen, dass ich nicht viel davon aß. Meine Schwiegermutter reagierte stets beleidigt, wenn ich ihrem Essen nicht im Übermaß zusprach.

Den Verdauungsschnaps hinterher verweigerte ich mit dem Hinweis auf meine Chauffeurdienste. Es ist ja bekanntlich eine Mär, dass Schnaps der Verdauung förderlich ist. Im Gegenteil. Wissenschaftlich ist erwiesen, dass Alkohol den Magen noch zusätzlich belastet, einzig das Wärmegefühl gaukelt dem schnapstrinkenden Menschen Wohlbefinden vor, heißt es. Den kleinen Mokka nahm ich hingegen dankend an. Als ich mich erbot, beim Geschirrspülen behilflich zu sein – erstens, um wenigstens einmal aufstehen zu können, und zweitens, um die gute Schwiegertochter zu geben –, überraschte mich mein Mann: »Bleib sitzen, Minnerl, das übernehm heut ich.«

Den Gesichtsausdruck meiner Schwiegermutter konnte ich nicht deuten. Einerseits schien sie erfreut, dass sie ihren Sohn ein paar Minuten für sich haben würde, andererseits war das nun wirklich keine Arbeit für einen Mann.

Auch mein Schwiegervater ersparte mir dann jegliche Konversation, indem er entschuldigend erklärte, er würde sich gern den Formel-1-Start ansehen, falls es mir nichts ausmache, und ins Wohnzimmer wechselte.

Erst genoss ich die Ruhe und streifte etwas im Speisezimmer umher, konnte aber nichts Neues entdecken. Das Muster der Siebziger-Jahre-Vorhänge hatte mich immer schon genervt. Das Orange-Braun der konzentrischen Kreise war ja noch halbwegs erträglich, aber wenn man länger hinsah, verschwammen die Konturen und man wurde leicht schwindelig. Im Aquarium gab es auch nichts Aufregendes zu beobachten, also beschloss ich kurzerhand, doch einmal in der Küche nach dem Rechten zu sehen, ob man vielleicht trotz alledem ein zusätzliches Händchen gebrauchen könne.

Auf halbem Weg blieb ich stehen.

»Minnerl scheint es ja wieder gut zu gehen. War das vielleicht nur eine vorübergehende Übelkeit? Ist sie womöglich schwanger?«

Mein Puls verdoppelte sich in Sekundenschnelle.

»Ich hab dich das letzte Mal angeflunkert, Mama«, erwiderte Wolfram. »Sie war gar nicht krank.«

Ich hielt den Atem an. Würde Wolfram bei der Wahrheit bleiben oder seiner Mutter eine haarsträubende Geschichte auftischen? Ich schlich näher und öffnete die Tür einen Spalt. Das wollte ich jetzt genauer wissen.

»Das dachte ich mir. Ist es wieder diese Schreiberei? Oder malt sie jetzt vielleicht?« Mutter stülpte sich zwei riesige Topfhandschuhe mit Tulpenmuster über und zog einen duftenden Gugelhupf aus dem Ofen. »Achtung, heiß!«, rief sie und schubste ihren Sohn zur Seite wie einen kleinen Jungen.

»Du hast es erraten, Mama. Sie schreibt einen Kriminalroman!« Wolfram setzte sich erwartungsvoll an den Küchentisch und strich liebevoll das bestickte Tischtuch glatt, das seine Mutter wohl extra für ihn frisch aufgelegt hatte.

»Wie lange seid ihr jetzt verheiratet?« Mit professionellen Schnitten zerlegte sie den Kuchen in zwölf exakt gleich große Teile. Ein Stück legte sie Wolfram auf den Teller, eines nahm sie sich selbst, und vier Stücke deponierte sie in einer Plastikbox. »Die nimmst du dir mit. Deine Schriftstellerin wird ja für so etwas keine Zeit haben!« Mit säuerlichem Lächeln schob sie ihm die Tupperware hin.

Wolfram bedankte sich herzlich, während er genüsslich sein erstes Stück Gugelhupf mampfte. »Elf Jahre werden es im Sommer«, seufzte er, wobei nicht klar war, ob der Seufzer der schieren Länge seines Ehestandes galt oder der Tatsache, dass sein Kuchenteller bereits leer war.

»Und noch immer kein Kind!«

Wolfram hatte sich erhoben. Ich hingegen verharrte in meinem Schockzustand wie eine Eidechse, die von einer Katze bedroht wird. Ich konnte die beiden hören und sehen, hoffte aber innigst, keiner von ihnen würde sich nach der Tür umdrehen und mich beim Lauschen ertappen.

Wolfram zuckte mit den Achseln. »Heute bekommen die Frauen ihre Kinder erst später, Mama, das ist ganz natürlich«, antwortete er mit wenig Überzeugung.

»Schlaft ihr nicht miteinander, oder habt ihr andere Probleme?« Meine Schwiegermutter blickte ihren Sohn an, als hätte er absichtlich ihr schönstes Tischtuch zerschnitten und wollte es nun nicht zugeben.

»Mama!«, rief Wolfram entrüstet. »Weder bin ich impotent, noch haben wir sonstige biologische Probleme!«

»Du brauchst gar nicht so aufzubrausen. Ich dachte nur, weil sie doch so dürr ist, kein Busen, kein Becken. Vielleicht *kann* sie ja keine Kinder kriegen! Wart ihr schon beim Arzt?«

»Minnerl will noch kein Kind, sie nimmt die Pille!«, rief Wolfram, jetzt auch schon offensichtlich entnervt.

Seine Mutter hätte entsetzter nicht dreinschauen können. »Ich red mal mit ihr. So von Frau zu Frau!«, verkündete sie.

»Um Gottes willen, nein! Halt dich da bitte raus, Mama.«

So leise wie möglich lehnte ich die Türe wieder an und schlich mich ins Badezimmer, wo ich mir kaltes Wasser ins Gesicht spritzte. Nach einer Weile hatte ich das Gefühl, jetzt nicht mehr wie eine Tomate auszusehen, was ein Blick in den Spiegel bestätigte. Aber das, was ich sah, wollte mir dennoch nicht gefallen: Das Bild einer blassen, nicht mehr ganz jungen Frau, deren langes Haar kraftlos an ihr herunterhing. Eigentlich stand schon lange ein Frisörbesuch an. Ich persönlich hätte sowieso einen Kurzhaarschnitt bevorzugt, nicht nur, weil es viel praktischer gewesen wäre. Allein das Haarewaschen stellte ich mir weitaus angenehmer vor als die stundenlange Tortur, die ich alle zwei Tage auf mich nehmen musste. Aber Wolfram wollte es so, er fand, dass langes Haar Weiblichkeit symbolisierte. Wie konnte ich ihm diesen Wunsch abschlagen? Er hätte es vielleicht als Provokation aufgefasst.

Wenigstens die Farbe, dieses Mausgraubraun, passte zu mir, fand ich, und zu meiner Stimmung. Ich trat einen Schritt zurück, um mich ganz im Spiegel sehen zu können. Rundungen waren tatsächlich an keiner Stelle meines Körpers zu finden. Selbst wenn ich welche gehabt hätte, man hätte sie nicht gesehen. Mein

T-Shirt war weit geschnitten und reichte über die Hüftknochen. Die Jeans hatte eine geradlinige Fasson, um nichts zu betonen. Was hätte ich auch betonen sollen? Meine Schwiegermutter hatte recht. Ich verkörperte das Gegenteil der Venus von Willendorf. Ich repräsentierte ein Anti-Fruchtbarkeitssymbol! Ob man wohl auch anderswo bereits mutmaßte, dass ich einfach keine Kinder kriegen konnte? Im Geiste hörte ich die Nachbarin meiner Schwiegereltern, wie sie ihrem Mann erklärte, dass das arme Mädchen offensichtlich unfruchtbar sei und der noch ärmere Wolfram doch lieber ihre Kerstin hätte nehmen sollen.

Am liebsten wäre ich auf der Stelle nach Hause gefahren, aber aus dem Esszimmer tönten wieder Lebensgeräusche, die nicht von den Fischen herrührten. Ich musste zurück.

Geschlagene zweieinhalb Stunden nötigte man mich zum Bauernschnapsen. Ich war unkonzentriert, und Wolfram warf mir einige Male böse Blicke zu, wenn ich etwas Falsches ausspielte. Meine Schwiegermutter tat es ihm gleich, allerdings deshalb, weil ich den Gugelhupf verschmähte. »Siehst du, wenn sie mehr essen würde, wäre es auch mit dem Nachwuchs kein Problem«, sagten ihre Augen.

Als wir endlich wieder zu Hause waren, konnte ich nur noch ermattet vor dem Fernseher liegen und mich von etwas Anspruchslosem berieseln lassen. Wir sahen uns zusammen einen ziemlich langweiligen »Tatort« an, dann wollte ich einfach nur ins Bett.

»Ich check mal meine E-Mails«, sagte Wolfram. Er musste viele bekommen haben, denn als ich eine Stunde später mein Buch zuschlug und das Licht ausmachte, war von ihm weit und breit nichts zu sehen oder zu hören.

»Schlaft ihr nicht miteinander?«, dröhnte es an mein inneres Ohr.

*Schöne neue Welt*

*Der Junge ist glücklich. Sein Papa hat ihm einen Computer gekauft, weil er sich in der Schule angestrengt hat. Jetzt hat er einen Ort gefunden, wo er allein sein kann und trotzdem nicht einsam ist. Völlig neue Welten tun sich ihm auf. Endlich lebt er.*

## Kleine Fortschritte

»Lucy begleitet mich ins Technische Museum!« Heiner kam mir schon am Parkplatz strahlend entgegen.

»Ich bin dann ja wohl überflüssig«, motzte Wolfram und ließ mich mit meinen drei Taschen stehen, ohne mir auch nur anzubieten, mir eine abzunehmen. Auch Heiner bemerkte nicht, dass ich mich ziemlich abschleppte. Während meine Arme immer länger wurden, erläuterte er mir den ganzen langen Weg über den Parkplatz bis zur Lehrergarderobe, wie klug er es angestellt hatte, um mit Lucy ins Gespräch zu kommen. Ich war froh, die schweren Taschen kurz einmal abstellen zu können, als die Besagte zur Tür hereinsegelte. Ohne ihre Umhängetasche und den Laptop aus der Hand zu legen, schleuderte sie ihre Schühchen in die Ecke und schlüpfte in ihre hübschen Pantöffelchen.

»Soll ich dir eine Tasche abnehmen?«, bot Heiner höflich an.

»Du bist ein Schatz!«, sagte Lucy, hängte ihm sowohl die Schultasche als auch ihren Laptop um und lief uns leichtfüßig davon. Heiner plagte sich etwas mit den Umhängesachen, Taschen zu schultern war er anscheinend nicht gewohnt, außerdem musste er ja auch seine eigene Ledertasche tragen. Ich schulterte meine Leinentaschen gekonnt, was nicht hieß, dass sie nicht ordentlich drückten und mir ins Fleisch schnitten. Langsam fragte ich mich, wie gebrechlich ich wohl werden musste, bis mir die Herren wieder anbieten würden, mir beim Tragen zu helfen.

Ich schob die düsteren Gedanken beiseite und freute mich, dass Heiner und Lucy einander bereits nähergekommen waren.

»Jetzt hätte ich beinahe das Wichtigste vergessen. Wie ist es dir denn bei der Beschattung ergangen?«, fragte Heiner, als ich leicht außer Atem an meinem Platz angekommen war.

Ich wuchtete die Taschen auf meinen ergonomisch geformten Drehstuhl, den ich mir nach zwei Schuljahren um teures Geld selbst erstanden hatte. Meinem Dienstgeber, dem Staat, waren die Wirbelsäulen seiner Angestellten offensichtlich nichts wert.

»Später, Heiner«, keuchte ich. »Jetzt sollte ich noch was kopieren, und noch vor dem Läuten muss ich in die 5B – Geld einsammeln.«

»Kein Problem«, meinte er. »Ich hätte da ein paar Sachen für dich, die du vielleicht gut brauchen könntest.«

»In der vierten Stunde hätte ich frei.«

»Prima! Dann komm zu mir in den EDV-Saal. Und bring deinen Laptop mit!«

Raumklimatisch ist der EDV-Saal – vielleicht mit Ausnahme der Garderobe im Knabenturnsaal – sicherlich der schlimmste Ort in der Schule. Eine Wolke Elektrosmog schwebte mir entgegen, als ich die Tür öffnete. Darüber hinaus lag ein stetiger Brummton in unangenehmer Frequenzhöhe in der Luft. Das andauernde Tippen und Rascheln von Kinderhänden und dazu flackernde Bildschirme trugen zur nervösen Grundstimmung bei.

Heiner schien dies alles nicht zu berühren. Er stand in der Mitte des Saales wie ein schmaler Fels und erklärte seinen Schülern via Powerpoint, was sie zu tun hatten. Mit einer leichten Kopfbewegung bedeutete er mir, einstweilen am Lehrerpult Platz zu nehmen. Nach wenigen Minuten begannen seine Schüler zu arbeiten, und er setzte sich zu mir.

»Erzähl. Wie war's?«

»Och, nicht so prickelnd«, sagte ich wahrheitsgemäß.

Ich konnte ihm ansehen, dass er ein wenig enttäuscht war, als ich ihm erzählte, das mit dem Observieren von Vladtkas Haus werde nicht so einfach sein. Ich gab ihm einen kurzen Einblick in meine Erlebnisse – wobei ich meine Schlammschlacht allerdings stark verniedlichte.

»Hm«, meinte er und zog dabei die Augenbrauen zusammen, dass sie beinahe ein V bildeten, dann hämmerte er in die Tastatur seines Lehrercomputers und öffnete Google Earth. »Hm«, sagte er erneut. »Schau mal, das ist Vladtkas Villa!« Er hatte so nahe herangezoomt, dass man sogar die Gartenstühle erkennen konnte. Nachdem er den Bildausschnitt wieder etwas verkleinert hatte, markierte er die Stelle, wo ich vermutlich mit dem Morast gekämpft hatte. »War es da?«

»Gut möglich!«, bestätigte ich ihm seine Vermutung.

»Und jetzt schau her!« Er zeigte an eine Stelle am Ende der Sackgasse. »Da könntest du wenden und dich in Lauerposition stellen. Du hättest zwar nicht das ganze Haus im Visier, aber dafür wärst du umgekehrt auch halbwegs verdeckt. Hier würdest du niemandem auffallen und könntest auch gleich wegsprinten, falls du jemanden verfolgen willst.«

»Cool!«, sagte ich, wobei ich gestehen musste, dass ich selbst noch gar nicht auf die Idee gekommen war, jemanden verfolgen zu wollen. Aber klar, jetzt, wo Heiner es aussprach, machte es natürlich Sinn. Ja, auch Detektiv spielen wollte gelernt sein!

»Hast du deinen Laptop mit?«

Ich wollte ihn gerade hochfahren, als Heiner »Warte mal!« rief. Er zog eine CD aus der Tasche. Ohne weitere Erklärung schob er sie in das Laufwerk meines Laptops und drückte auf Enter. Der Bildschirm blieb zunächst schwarz, dann erschien eine grüne Schrift, die ich nicht genau entziffern konnte, darunter eine E-Mail-Adresse, irgendetwas Kryptisches. Anschließend jagten diverse mir völlig sinnlos erscheinende Zeilen in verschiedensten Farben über den Bildschirm. »Welche Windows-Version hast du?«

»Äh – 7, glaub ich!«

»Okay, Windows 7, siehst du?« Er klickte die entsprechende Zeile an, bevor ich noch etwas entziffern konnte, wie diese Computerfreaks es ja alle tun. Ich fragte mich immer, wie sie das schaffen, in Sekundenschnelle zu lesen, zu scrollen und dann gleich noch zwei Seiten weiter zu klicken. Ob die ihre Bücher auch so schnell lasen? Ich musste jedes Wort eines Textes inhalieren, ich könnte ja etwas übersehen. Außerdem ist es schade um jedes nicht gelesene Wort, das dem Autor so viel Mühe abverlangt hat. Während ich diesem kurzen Gedanken nachhing, war Heiner mit seinem Werk auch schon fertig.

»Funktioniert!«, rief er triumphierend.

Ich konnte seine Euphorie nicht begreifen. Meine Benutzeroberfläche sah aus wie immer, keine neuen Programme auf dem Desktop, nichts Ungewöhnliches zu erkennen.

»Willst du mir auch erklären, was genau du jetzt gemacht hast? In Dummie-Sprache, wenn es geht?«

Heiner sah mich verdattert an. »Das Passwort, Minnerl!«

Ich kapierte immer noch nicht.

»Ich hab deinen Computer gehackt. Dein Passwort umgangen. Klingelt's jetzt?«

Du meine Güte, ja! Nicht, dass ich ein Hochsicherheitspasswort gehabt hätte, aber mit Heiners Wunder-CD konnte man es offensichtlich umgehen.

»Ist das legal?«, fragte ich naiv.

Heiner lächelte. »Wenn du es mit Einverständnis des Computerbesitzers machst, ja«, erklärte er. »Solche Programme sind für Leute, die es schaffen, ihr Passwort zu vergessen!« Er taxierte mich unverschämt, und ich fühlte mich einigermaßen ertappt. Ich vergaß gerne mal ein Passwort, das ich länger nicht in Verwendung hatte.

Heiner ließ die CD aus dem Computer auswerfen und steckte sie in die Hülle zurück. »Die kannst du haben«, sagte er. »Ich hab zu Hause noch eine Kopie.«

»Soll ich damit etwa Vladtkas Computer hacken?«, flüsterte ich mit besorgtem Blick in die Klasse. Von dort war zwar keine Gefahr zu erwarten – die Schüler arbeiteten verbissen an ihren Computern –, aber in mir machte sich leichte Panik breit. Worauf hatte ich mich da eingelassen?

»Wie hast du dir sonst vorgestellt, an geheime Informationen zu kommen?« Heiner schüttelte den Kopf.

»Ja, klar! An so etwas hab ich natürlich auch gedacht«, log ich. In Wirklichkeit hatte ich mir noch keinerlei Vorstellungen gemacht, in welche gesetzliche Grauzone ich mich bei meiner Recherchearbeit begeben würde.

»Dann hab ich noch was für dich. Ich dachte mir schon, dass du daran nicht denken würdest.« Er drückte mir ein kleines schwarzes Ding in die Hand, das aussah wie ein winziger Metallkoffer, fast wie ein Playmobil-Spielzeug. Es hatte an der Unterseite kleine münzenartige Füßchen. »Was ist das?«

Im Saal war es inzwischen etwas unruhig geworden, offenbar hatten einige Schüler ihre Arbeit erledigt, und Heiner musste sich wieder eine Weile um sie kümmern. Schließlich erlaubte er allen, die ihre Aufgabe erfüllt hatten, sich ins Internet zu begeben. Es wurde dadurch zwar etwas lauter im Saal, aber das störte uns nicht, so konnte man auch nicht hören, was wir beide zu besprechen hatten.

»Das ist ein Peilsender«, erklärte mir Heiner schließlich. »Die Füßchen hier sind starke Magneten, damit kannst du ihn zum Beispiel an der Stoßstange oder am Unterboden eines Autos befestigen.« Er schraubte das Gerät auf und legte eine SIM-Karte und eine Batterie ein. »Ich geb dir jetzt noch einen Code, mit dem kannst du den Sender jederzeit per SMS aktivieren. Er ruft dich dann quasi zurück und schickt dir über eine App seine Position.«

»Wie – Position? Krieg ich dann GPS-Daten oder was?«

»Nein, mit der App kriegst du den Link zu einer Karte, und darauf siehst du dann einen blinkenden Punkt – das ist der Sender.«

»Wow! James Bond ist ein Brösel dagegen!«

»Heute wohl nicht mehr«, lachte Heiner. »Aber in früheren Filmen hat er so etwas Ähnliches verwendet, allerdings noch ohne GPS. Es ist ein bisschen kompliziert, den Peilsender zu programmieren. Man kann verschiedene Modi aktivieren, aber ich hab alles voreingestellt, und so solltest du eigentlich keine Probleme kriegen. Bloß – aktivier den Sender nicht zu oft, das kostet unnötig Batterie und Guthaben.«

»Und wie aktiviere ich den Sender noch mal?«

»Per SMS. Der funktioniert wie ein Handy, aber wie gesagt mit einem teuren Prepaid-Tarif.«

Ich steckte den Zettel mit dem Code ein.

»Das funktioniert also so ähnlich wie meine Wanze«, sagte ich. Schließlich wollte ich Heiner beweisen, dass auch ich ein Profi war.

»Du hast eine Wanze besorgt?« Sein Blick verriet Anerkennung.

Daher erzählte ich Heiner stolz, welche Ausrüstungsstücke ich mir noch so im Internet bestellt hatte.

Er lächelte. »Du bist ja wirklich topausgerüstet. Solltest du trotzdem jemanden zum herkömmlichen Schmierestehen brauchen – auf mich kannst du zählen! Und vergiss nicht, mich auf dem Laufenden zu halten. WhatsApp, E-Mail, SMS, du weißt schon.«

»Vielen Dank, Watson! Dem Schnüffeln steht jetzt nichts mehr im Wege«, verkündete ich selbstbewusst.

Es hatte in der Zwischenzeit geläutet, und die Schüler liefen lärmend zur Tür hinaus.

»Ist schon gut, Minnerl.« Heiner lächelte. »Vielleicht brauch ich ja auch einmal was von dir!« In dem Moment hoffte ich sehr,

Lucy würde mir keinen Strich durch die Rechnung machen, denn jetzt war ich Heiner schon einiges schuldig!

Nach zwei Stunden hatte ich endlich meinen Unterricht hinter mich gebracht. Wolfram wollte mit der Personalvertretung ein Häppchen essen gehen und etwas besprechen. Mir sollte es recht sein. Es kribbelte mir ohnehin schon in den Fingern. Diesmal würde ich die Beschattung schon wesentlich professioneller angehen. Auch diesen Peilsender musste ich unbedingt ausprobieren.

Ich wuchtete meine Schultasche in den Kofferraum und schlug den Deckel zu. Wo hatte Heiner gesagt, musste man diesen Sender anbringen? Ich bückte mich hinunter, um dies zu überprüfen, da nahm ich im Augenwinkel Klaudias beigebraunen Meriva wahr. Sollte ich den Sender vielleicht gleich an einem fremden Wagen ausprobieren? Warum denn nicht, sagte ich mir. Nicht, dass ich glaubte, dass Klaudia etwas Spannendes unternehmen würde, dafür war sie viel zu stupide. Aber es war einfach ein prickelnder Gedanke, die eingebildete Kuh zu überwachen, ohne dass sie davon etwas ahnte. Schlimmstenfalls würde ihr Auto den ganzen Tag vor ihrem Haus stehen, als Test für den Sender war das allemal gut genug. Ruckzuck klebte das Ding felsenfest am Unterboden des Meriva. Aufgeregt setzte ich mich ins Auto und tippte Heiners SMS-Code in mein Handy. Nach wenigen Klicks hatte ich die Karte auf dem Display. Der Sender blinkte genau am Schulparkplatz. Ich parkte aus und winkte Klaudia vergnügt zu, die gerade ihr Auto ansteuerte.

Zu Hause checkte ich den Sender-Standort erneut. Klaudias Auto parkte, wie nicht anders zu erwarten, vor ihrem Haus. Ich genehmigte mir noch einen Snack, und dann machte ich mich voll motiviert auf den Weg zu Vladtkas Villa.

Die Stelle, die Heiner mir auf der Karte gezeigt hatte, war einfach zu finden, und ich brachte meinen Wagen sofort in Position. Nachdem ich ja nun wusste, dass Observation auch sehr viel mit Zeit totschlagen zu tun hatte, hatte ich mich heute mit einiger Arbeit eingedeckt.

Ich nahm auf dem mittleren Sitz der Rückbank Platz und deponierte einen Stoß unkorrigierter Hefte auf meiner rechten Seite. Mein Spionagerucksack war zu meinen Füßen geparkt, sodass ich alles so schnell wie möglich zur Hand hatte. Ich war stolz auf ihn. Nicht nur der Inhalt, auch der Jack-Wolfskin-Rucksack mit dem hübschen Namen ›Royal Oak‹ und in der Farbe ›Dried Tomato‹ war perfekt. Ich hatte ihn im Sportfachhandel zu einem günstigen Preis erstanden. Er war geräumig genug, um meine Schätze nicht nur optimal zu verstauen, sondern sie auch noch vor Wettereinflüssen zu schützen. Zudem punktete er mit extra breiten Schultergurten und einem patentierten Snuggle-up-System für besseren Tragekomfort. Zusätzlich hatte ich mir noch ein Ladegerät fürs Handy und eine Reisetoilette besorgt. Zugegeben, ein wenig gruselte ich mich vor dem Ding, es sah sehr nach Intensivstation aus. Eine ergonomisch geformte Öffnung garantierte tropffreies Urinieren bis zu einem Dreiviertelliter, ein Gel würde sämtliche Gerüche und Keime ersticken. Anschließend könnte man das Ganze einfach in den Restmüll werfen.

Angewidert schob ich die Gedanken an eine mögliche Notdurft von mir, nahm motiviert den Rotstift zur Hand, legte mir das erste Heft auf die Knie und begann zu korrigieren. Ergonomisch war es natürlich katastrophal, ich würde eine Menge Rückengymnastik machen müssen, um dies auszugleichen, aber ansonsten ging mir die Korrektur recht flott von der Hand. Nach eineinhalb Stunden hatte ich einen Stoß durch, im Hause Hartman hatte sich nichts gerührt.

Ich wollte gerade aussteigen, um mich ein wenig zu strecken und meine Muskeln zu dehnen, als die Gartentüre aufging und Vladtka mit Igor auf die Straße trat. Schnell duckte ich mich, aber sie gingen in die andere Richtung, geradewegs den Feldweg entlang, den ich noch sehr unliebsam in Erinnerung hatte. Mit dem Auto wollte ich da natürlich nicht wieder hin, wer weiß, ob es seit gestern genug aufgetrocknet hatte. Eine weitere Autowäsche konnte ich mir wirklich nicht leisten. Also stieg ich kurzerhand aus, schnallte mir meinen Rucksack um und verfolgte die beiden, was weder besonders schwierig noch aufregend war. Ab und zu blieben sie stehen, weil Igor sein Beinchen heben musste, dann schlüpfte ich schnell hinter einen Busch – davon gab es ja genügend. Schließlich gelangten wir ins sogenannte Zentrum, wo sich eine Bank und eine kleine Spar-Filiale befanden. Vladtka band Igor vor dem Geschäft an und ging hinein. Ich wartete vor der

Bank, bis sie wieder herauskam. Igor bekam ein Leckerli, woraufhin er noch an die Laterne pinkelte, und dann marschierten sie wieder zurück zur Villa – ich in gebotenem Abstand hinterher. Was mich amüsierte, war, dass Vladtka die meiste Zeit auf das arme Tier einredete, als wäre es ein echter Partner. Er ignorierte sie auch entsprechend.

Alles war gut gegangen, das erfüllte mich mit Stolz. Bevor ich mich auf den Heimweg machte, checkte ich noch einmal, wo sich Klaudias Auto befand. Siehe da, sie war nach Mistelbach gefahren. Shoppen? Wenn die wüsste, dass ich sie quasi unter Beobachtung hatte! Kichernd machte ich mich auf den Heimweg. Unterwegs blieb ich beim Supermarkt stehen und kaufte fürs Abendessen ein: ein Bio-Henderl, dazu Basmatireis und Brokkoliröschen mit Mandelblättchen. Da konnte Wolfram nicht meckern, und es kochte sich beinahe von alleine.

*Geständnis*

*Heute ist der Junge erwachsen geworden. Die Eltern haben ihm erzählt, dass er von ihnen adoptiert wurde. Er schweigt. Seine Mutter weint, sie glaubt, er ist gekränkt. Wofür halten sie ihn? Er hat keine einzige Sekunde in seinem Leben vergessen, dass irgendwo da draußen in der Welt eine Frau lebt, die seine echte Mutter ist.*

## Kleine Rückschläge

Wolfram lag auf der Wohnzimmercouch und schlief vor laufendem Fernseher, was mir die gute Laune heute nicht verderben konnte. Ich drehte das Gerät ab, aber nicht einmal das weckte ihn auf. Mir war in letzter Zeit schon aufgefallen, wie müde er oft war. Machte ich ihm so viel Stress?

Eine Welle der Zuneigung und des schlechten Gewissens überrollte mich, als ich ihn so in Embryonalstellung vor mir liegen sah. Ich vernachlässigte den Armen wirklich schon zu lange. Sanft strich ich ihm den Rücken entlang und freute mich, dass er sich sichtlich entspannte. Ich begann, ihn sanft zu massieren, und er grunzte zufrieden, als meine warmen Hände langsam in heißere Gebiete wanderten. Genüsslich rollte er zur Seite und öffnete erst die Arme, dann die Augen. Ich wollte mich gerade an ihn kuscheln, damit er mich von meinem T-Shirt befreien konnte, als er mit einem Ruck hochfuhr. »Minnerl!«, rief er. »Hast du mich aber erschreckt!«

»Den Eindruck hatte ich aber nicht gerade!«, schnurrte ich.

»Wie spät ist es eigentlich?« Wolfram wartete meine Antwort erst gar nicht ab, ein Blick auf die Uhr ließ ihn hochfahren. »Schon fast fünf!«, rief er vorwurfsvoll. »Ich bin doch heute zum Tennis verabredet. Warum hast du mich nicht eher geweckt?«

Meine gute Laune war mit einem Schlag den Bach hinunter. »Woher hätte ich wissen sollen, dass du einen Termin hast?«

Wolfram verschwand wortlos im Badezimmer, ich in der Küche. Verärgert packte ich meinen Einkauf in den Kühlschrank. Die Lust auf Bio-Huhn war mir vergangen.

Eine Viertelstunde später erschien Wolfram mit gereckter Brust in der Küche. Offenbar hatte er sich ein neues Tennisoutfit geleistet. Zu dumm nur, dass er mich nicht ins Geschäft mitgenommen hatte. Der Verkäufer hatte ihm anscheinend das Trendigste eingeredet, was es derzeit am Markt gab, dabei aber vergessen, dass Wolfram schließlich schon vierzig war. Die schwarzen Shorts wären schon okay gewesen, hätten darunter nicht diese seltsam anmutenden Radler-Leggins – in Pink! –

hervorgeguckt. Das Shirt war knapp geschnitten, es sollte wohl Brustkorb und Bizeps seines Trägers besser zur Geltung bringen. Bloß hatte Wolfram von beidem nicht gerade üppig. Die rosa Querstreifen hätte es auch nicht unbedingt gebraucht, aber ein absolutes No-Go waren das pinkfarbene Stirnband und die weißen Söckchen mit rosa Puma darauf.

»Neu?«, fragte ich schwach. Ich hielt natürlich die Klappe, Kritik an seiner Kleiderwahl vertrug Wolfram nur schlecht. Es kostete mich normalerweise auch einiges an Diplomatie, dafür Sorge zu tragen, dass er im Modegeschäft geschmacklose Teile erst gar nicht mit in die Ankleidekabine nahm. So hatte er zum Schluss immer das gute Gefühl, seine Kleidungsstücke selbst gewählt zu haben.

»Passt etwas nicht?«, fragte er entsprechend gereizt. Er konnte nach elfjähriger Ehe meinen Gesichtsausdruck natürlich auch lesen.

»Doch, doch. Der neueste Schrei, nehm ich an?«

»Die Underwear ist aus einem ganz neuen Material, Mikro – oder waren es Nano-Partikel? Egal, auf jeden Fall halten sie die Muskeltemperatur konstant und verhindern somit Zerrungen und so weiter.« Er strich sich stolz über die glänzenden Beine.

»Das Stirnband auch?« Aus der Optik zu schließen, konnte es nicht bequem sein. Es zurrte seine schulterlangen Strähnchen – von Mähne konnte schon länger nicht mehr die Rede sein – kurz über den Ohren zusammen, die es ungünstig zur Seite drückte, während das Haar darüber wie ein schütterer Kakadu-Pinsel nach oben ragte.

»Im Prinzip ja«, erwiderte Wolfram. »Nur etwas saugfähiger.«

Na, wenigstens würde ihm der Schweiß nicht in die Augen tropfen. Ich hoffte für ihn, dass der Dress seinen Gegner ablenkte. Wolfram war kein guter Verlierer. So hätte das teure Outfit zumindest einen guten Zweck erfüllt.

»Warte mit dem Essen nicht auf mich«, sagte er. »Kann später werden!«

Wieder allein gelassen, checkte ich lustlos noch einmal die Position des Peilsenders und wunderte mich, dass Klaudia offenbar immer noch in Mistelbach weilte. Na ja, vielleicht war sie ins Kino gegangen oder zu einer anderen Veranstaltung? War zwar nicht üblich unter der Woche, aber, bitte, das ging mich nichts an. Dafür hatte auch ich jetzt Lust auf Kino bekommen. Meine Hefte lagen ja schon korrigiert im Auto, die Stundenvorbereitung war auch schnell erledigt. Warum nicht einmal den Tag im Patschenkino ausklingen lassen?

Ich wählte eine meiner Lieblings-DVDs, Jane Austens »Emma«, und schmachtete mit der Heldin mit. So eine kleine Dumpfbacke. In ihrem gut gemeinten Kuppelwahn missdeutet sie praktisch alle männlichen Charaktere und übersieht so beinahe, wo die wahre Liebe wohnt.

Mein Mann kam wie angekündigt spät und ziemlich verschwitzt heim. Das rosarote Stirnband hatte sich dunkel gefärbt und zeigte an manchen Stellen Salzränder. Die Leggins klebten an seinen Beinen wie ein wasserdichter Neoprenanzug, er würde sie sich unter Schmerzen von den behaarten Beinen rollen müssen.

»Was gibt's zu essen?«, fragte er im Vorbeisausen. Ich wunderte mich, woher er noch so viel Energie nahm, das Tennis musste ihm doch gehörig zugesetzt haben.

»Es gibt nur was Kaltes.«

»Wieso denn das?« Wolfram zeigte sich sichtlich enttäuscht.

»Tut mir leid, ich habe zuerst Wäsche gewaschen und dann Hefte korrigiert«, log ich. Schließlich konnte ich nicht zugeben, dass er mir durch seinen unsensiblen Abgang die Lust auf Kochen ausgetrieben hatte. Das natürliche Hühnchen hätte freilich auch ohne mein Zutun im Rohr schmoren können, während ich vor dem Fernseher lag. Wolfram verdrehte nur die Augen, anstatt meine vermeintlich aufopfernde Haushaltstätigkeit lobend zu kommentieren. Ich zog den Kritzelblock aus der Lade, notierte meinen Unwillen über seine Missachtung und versah die Notiz mit dem entsprechenden Datum.

»Ich mach uns schnell etwas«, seufzte ich. Mittlerweile hatte ich doch auch Hunger bekommen.

Während er duschte, richtete ich eine Antipastiplatte. Ich schichtete Rohschinken vom Mangalitzaschwein sowie Mozzarella und Tomaten auf die hübsche Platte, die Wolfram mir in unserem Sardinienurlaub gekauft hatte, beträufelte alles mit wertvollem Olivenöl und garnierte es mit Rucolablättern aus der

Kräuterspirale im Garten. Zuletzt öffnete ich ein Glas getrocknete Tomaten und kippte den Inhalt in ein Porzellanschüsselchen. In der Zwischenzeit hatte ich ein paar Ciabattabrötchen aufgebacken, sodass alles fix und fertig auf dem Tisch stand, als Wolfram vom Duschen zurückkam.

Das Essen wurde ein Desaster. Zwei seiner Bemerkungen sind mir noch heute in Erinnerung, obwohl ich sie gar nicht notiert hatte.

»Die Tischdecke war offenbar nicht dabei!«, sagte er, sobald er sich zum Tisch gesetzt hatte.

»Wobei?« Ich hatte keine Ahnung, wovon er sprach.

»Na, bei der Wäsche. Du hast doch gewaschen, oder?« Dabei deutete er auf ein paar Fettflecken. Ich hatte anscheinend ein paar Tropfen Olivenöl auf die Decke gepatzt.

»Oliven haben wir keine im Haus?«, war die nächste Frage, die mich einigermaßen irritierte.

»Tut mir leid, vergessen.« Mehr wollte mir nicht über die Lippen.

»Mozzarella ohne Oliven ist wie Schnitzel ohne Erdäpfelsalat«, murrte er. Nichtsdestotrotz räumte er in Windeseile die ganze Käseplatte ab.

Das restliche Essen verlief mehr oder minder schweigend. Was hätte ich auch sagen sollen? Mich nach der Wirksamkeit des neuen Nano-Outfits erkundigen?

Nachdem er auch das Schwein beinahe im Alleingang verputzt hatte, legte er die Serviette auf den Tisch und wollte sich in sein Arbeitszimmer verziehen, aber diesmal war ich schneller. »Du bist dran mit Wegräumen und Abwasch!«, schrie ich und knallte die Tür zu. Es dauerte mindestens eine Stunde, bis mein Adrenalin wieder auf einigermaßen normalem Level war.

Wenigstens erheiterte mich die Tatsache, dass Klaudia immer noch in Mistelbach weilte. Sämtliche Veranstaltungen waren sicherlich vorbei. Das konnte nur bedeuten, dass sie einen Lover hatte, bei dem sie nächtigte. Oh, oh! Frau Moralapostel hatte zugeschlagen? Frau Detektivin würde das herausfinden!

Es war logischerweise das Erste, was ich in der Früh checkte. Klaudias Auto stand nach wie vor am selben Ort. Ja! Ich hatte es gewusst. Ich ignorierte Wolfram gekonnt beim Frühstück, ließ mir aber ansonsten nicht die gute Laune verderben.

Klaudia segelte mit einem verklärten Lächeln ins Lehrerzimmer.

»Na, war das Christkind da?«, fragte ich.

»Noch vieeeel besser!«, trällerte sie, dabei machte sie eine Kreisdrehung wie Julie Andrews in »Sound of Music«, wenn sie die Welt umarmt. Ich fürchtete schon, sie würde »Edelweiß« anstimmen. Stattdessen verkündete sie: »Endlich! Ich hab meinen Neuen!«

Na, dass sie geradewegs damit herausrückte, wunderte mich jetzt schon.

»Und, zufrieden damit?«, fragte Günther.

»Und wie!«, rief Klaudia verzückt. »Ich bin ganz verliebt! Hat zwar ein wenig gedauert, aber das Warten hat sich gelohnt. Dafür spielt er alle Stückerl.«

»Was ist es denn für ein Modell?«, fragte Günther.

Was war das für eine seltsame Frage!

»Ein Ford Ka. Hellgrün! Mein Papa sagt dazu Östrogen auf Rädern, aber er ist wirklich so süß!«

»Och, und dein Meriva? Was machst du denn damit?«, fragte ich betreten.

»Steht beim Händler. Den hab ich ja seinerzeit von meinem Papa übernommen. Aber der Wagen ist wirklich mehr was für ältere Menschen.«

Na, wunderbar. Stand also beim Händler. Und wie sollte ich jetzt wieder an meinen – oder vielmehr Heiners – Peilsender kommen? Verstohlen sah ich zu ihm hinüber. Er stand bei Lucy und plauderte mit ihr. Sie lächelte. Na, immerhin!

*Der Brief*

*Der Junge ist jetzt schon erwachsen, aber manchmal wäre er gerne noch ein Kind. Er ist von zu Hause ausgezogen. Seine neue Mama ist traurig, aber er braucht ihr Essen nicht und ist nicht mehr krank. Er sucht lieber seine richtige Mutter. Sie soll ihm über das Haar streichen, wenn er krank ist.*

*Er findet die freundliche Frau von damals wieder. Sie gibt ihm den Brief seiner Mutter. Ich liebe dich, hat sie geschrieben. Das macht ihn zum glücklichsten Menschen der Welt.*

## Beschattung mit Folgen

Ich hätte nicht gedacht, dass Observationsarbeit so zermürbend sein konnte. Abgesehen von meinen immer schlimmer werdenden Verspannungen wegen der ungünstigen Sitzposition beim Korrigieren diverser Schularbeiten, ging mir die Warterei auch mental langsam an die Nieren. Draußen zwitscherten die Vögel, und ich saß in meinem heißen Auto und starrte auf ein Haus, das lange Zeit komplett leblos schien. Die anfängliche Aufgeregtheit, Vladtka per pedes zu verfolgen, wenn sie mit ihrem »klainen Liebling« einkaufen und Gassi ging, hatte sich längst verloren. Nicht ein einziges Mal nahm sie einen anderen Weg, selbst Igor erleichterte sich immer an ein und denselben Plätzen. Einmal parkte ich gleich vor dem Supermarkt und checkte die Zeit, als die beiden um die Kurve bogen – beinahe auf die Minute!

Heiner meinte, das sei geradewegs ideal, denn dann könnte ich darauf setzen, dass sie genau zu dieser Zeit nicht im Haus sein würde.

»Du wirst doch nicht glauben, ich brech bei ihr ein!«, hatte ich entrüstet gerufen.

»Nicht? Wie willst du dann an ihren Computer herankommen?«

»Ach, es wird sich schon noch was ergeben, da bin ich mir sicher«, verteidigte ich mich. »Detektivarbeit ist eben mühsame Kleinarbeit, die viel Durchhaltevermögen erfordert. Dem Geduldigen winkt am Ende immer eine Belohnung.« Leider hatte ich keine Vorstellung, in welcher Form sie sich mir bieten würde.

Ich parke mich also wieder einmal an meiner gewohnten Position ein, ohne viel Hoffnung, dass sich etwas Lohnendes ereignen würde. Meine komplette Hinterseite zwickte schon, bevor ich meinen »Dienst« antrat. Ich begann mit ein paar Beckenbodenübungen, die allerdings bestenfalls ein paar Tropfen auf den heißen Bewegungsapparat bedeuteten. Es war unerträglich schwül im Auto, der Schweiß suchte sich jede Furche an meinem Körper, um daran hinunterzulaufen. Meine Wasserflasche hatte ich binnen einer halben Stunde leer getrunken, am Horizont zogen die ersten Gewitterwolken auf. Spontan beschloss ich, Vladtka heute in Ruhe zu lassen. Stattdessen wollte ich endlich wieder einmal eine ausgiebigere Abendmahlzeit zubereiten. Die Schnellkosternährung der letzten Wochen schlug sich schon auf mein Gemüt. Geschmacksverstärker und andere Zusatzstoffe beeinträchtigen bekanntlich die Gehirnarbeit und machen schlapp, Glutamat soll ja auch ursächlich an Alzheimer beteiligt sein.

Sicherheitshalber wartete ich noch, bis Frauchen und Hund von ihrem täglichen Routinegang zurück waren, dann verstaute ich meine Unterlagen in der Schultasche und kramte nach meinem Handy.

Noch bevor ich mich aus meiner Beobachtungsposition im Fond des Wagens begeben hatte, heulte ein Motor auf und ein Porsche parkte direkt hinter mir ein. Schnell duckte ich mich, damit mich der Fahrer nicht sehen konnte, und verharrte in dieser Stellung, bis die Autotür hinter mir zuschlug und die Schritte sich entfernten.

Vorsichtig zog ich mich hoch. Mein Rücken schmerzte. Durch das Fenster sah ich, wie ein Mann zielstrebig auf Vladtkas Villa zuging. Kurz vor dem Gartentor blickte er sich um, dann drückte er es auf. Etwas unsicher verließ ich den Wagen. Da ich vom Auto aus zwar das Gartentor, nicht aber den Eingangsbereich einsehen konnte, hatte ich keine andere Wahl, als dem Mann zu folgen.

Und dann der Schock: Dieser Mensch versuchte es erst gar nicht an der Haustüre, sondern schlich zur Rückseite des Gartens, wobei er sich zuvor scharf umsah. Mit klopfendem Herzen schob ich die Gartentüre auf. Ein leises Quietschen ließ mich den Atem anhalten. Keine Reaktion. Ich ging so leise, wie ich nur konnte, aber geräuschloses Schreiten ist auf Kieswegen ein Ding der Unmöglichkeit. Ich war erleichtert, als ich endlich am Rasen angelangt war. Im Schatten des Buchsbaums wagte ich mich auch an die Hinterseite des Hauses, wo ich gerade noch wahrnahm, wie sich der Mann athletisch auf den Balkon schwang und durch die offene Glastüre im Haus verschwand.

Mit gemischten Gefühlen schlich ich zum Wagen zurück. Einerseits war ich aufgeregt, dass endlich etwas passierte, andererseits wäre es ja meine Pflicht gewesen, die Polizei zu alarmieren. Aber was sollte ich denen erzählen? Dass ich die liebe Frau Inspektorin besuchen wollte und deswegen in ihren Garten eingedrungen sei? Plötzlich kam mir die Erkenntnis, dass Vladtka sich womöglich in Gefahr befand. Was, wenn der Einbrecher bewaffnet war? In seiner Panik, entdeckt worden zu sein, würde er sich vielleicht wehren? Ich konnte nicht länger untätig bleiben.

Kurz entschlossen lief ich zur Haustüre und klingelte. Igor bellte, aber sonst passierte nichts. Panik ergriff mich. War Vladtka schon tot? Nervös trabte ich zum Auto zurück. Was würde ein professioneller Detektiv an meiner Stelle tun? In meiner Ratlosigkeit rief ich Heiner an.

»Was sagst du, ein Einbrecher?«

»Ja, er ist über den Balkon rein. Vladtka muss die Tür offen gelassen haben.«

»Und sie macht nicht auf, sagst du?«

»Ja. Also, nein, sie macht nicht auf. Was meinst du, soll ich die Polizei rufen?«

»Hm. Rein kannst du auf gar keinen Fall, du bringst dich ja selbst in Gefahr.«

»Daran hab ich auch nicht gedacht, wir sind ja nicht im Film!«

»Nicht im Film! Das ist gut«, spöttelte Heiner. Der hatte gut lachen, er saß wahrscheinlich vor dem Computer und spielte Solitär.

»Dann brech ich die Observation jetzt ab und fahr nach Hause«, meinte ich hoffnungsvoll. Die Sache wurde mir in jeder Hinsicht zu heiß, aber Heiner teilte meine Meinung nicht.

»Was? Willst du jetzt kneifen, Minnerl? Das ist deine Chance! Viel authentischer geht's ja gar nicht mehr. Du hast doch den Peilsender bei dir, oder?«

»Ja, klar. Immer das volle Equipment dabei«, log ich. Aber wie hätte ich Heiner in dieser Situation auch beichten sollen, dass der Sender sich nach wie vor an Klaudias altem Meriva beim Autohändler in Mistelbach befand?

»Wenn du den angebracht hast, wartest du am besten, bis der Mann wieder rauskommt, und verfolgst ihn. Wenn du herausfindest, wo er das Diebesgut hinbringt, kannst du immer noch entscheiden, ob du die Polizei einschalten willst – aber dann am besten anonym.«

»Okay, ich werd's versuchen«, versprach ich. »Aber was machen wir wegen Vladtka? Ich meine, wenn ihr etwas passiert ist, und wir haben nicht eingegriffen, dann mach ich mir ewig Vorwürfe.«

»Hör mal, Minnerl! Wenn der Typ ein Mörder ist, ist es ohnehin schon zu spät, dann ist sie mit hoher Wahrscheinlichkeit ...« Heiner stockte. Anscheinend war ihm die Bedeutung seiner Worte erst jetzt richtig zu Bewusstsein gekommen. »Es sei denn, der Typ kommt in Panik aus dem Haus gestürmt, dann ist er überrascht worden«, fügte er zögernd hinzu.

»Das heißt, wenn er es eilig hat, läute ich noch einmal bei Vladtka und sehe nach dem Rechten, ansonsten verfolge ich ihn?«, fragte ich knapp. Ich muss zugeben, dass keine der beiden Aussichten verlockend klang.

»Genau. Du hast es erfasst.«

»In Ordnung«, sagte ich schwach. »Ich halt dich dann auf dem Laufenden.«

# Tödliche Erkenntnis

*Das Glück des jungen Mannes ist nur von kurzer Dauer. Immer wieder liest er den Brief seiner Mutter. Er spürt, dass damit etwas nicht stimmt. Die freundliche Frau verrät sich und gesteht: Der Brief ist gar nicht von seiner Mutter. Der junge Mann rast vor Wut.*
*Es fällt ihm wieder ein, was seine Mutter damals gesagt hat.*
*»Wäre besser gewesen, ich hätte ihn abgetrieben«, hat sie gesagt. Heute versteht er, was das bedeutet. Leider.*
*Der junge Mann verlangt die Adresse. Die Frau ist nicht mehr freundlich, nur noch hysterisch. Sie hat kein Dokument, sagt sie, aber einen Namen kann er ihr abringen.*
*Jetzt müssen zwei Frauen sterben. Die eine ist schon tot. Hätte sie nicht gelogen! Der junge Mann hasst es, wenn man ihn anlügt.*

**Verfolgung 1**

Schweren Herzens legte ich mich wieder auf die Lauer. Wolfram schickte ich eine SMS, dass ich später heimkommen würde, er möge sich etwas Kaltes nehmen. Mein schlechtes Gewissen drückte beinahe so heftig wie meine Blase. Beiden konnte ich im Moment keine Erleichterung verschaffen. Zwar lag meine Neuerwerbung, die Reisetoilette, griffbereit im Handschuhfach, da ich aber jede Minute damit rechnen musste, dass der Einbrecher aus dem Haus stürmte, konnte ich mir für einen Austritt nicht die Zeit nehmen. Was hätte ich alles darum gegeben, den Peilsender nicht so unüberlegt verschwendet zu haben! Aber so hatte ich keine andere Wahl, ich musste den Typen persönlich verfolgen, wenn ich ihm das Handwerk legen wollte.

Endlich, nach beinahe zwei Stunden, ging die Gartentüre auf, und der Mann kam auf mich zu. Weder hatte er etwas in der Hand noch schien er es eilig zu haben. Also lag Variante zwei nahe. Vladtka war laut Heiners Theorie unbeschadet oder ohnehin schon tot, daher war unverzüglich die Verfolgung aufzunehmen. Schnell ging ich in Deckung, als der Einbrecher näher kam. Unglücklicherweise duckte ich mich so heftig, dass ich mit dem Kopf gegen das Lenkrad schlug. Ich hatte ganz vergessen, dass ich ja nicht auf der Rückbank saß wie sonst. Wenigstens hatte ich die Hupe nicht erwischt!

Der Mann war natürlich nicht auf mich zugegangen, sondern auf den Porsche hinter mir. Ich wartete, bis er ausgeparkt hatte, dann machte ich den Motor an und fuhr ihm langsam hinterher.

»Verfolgen will gelernt sein«, hatte ich in meinem Detektivratgeber gelesen. Aber die nächsten Stunden lehrten mich, dass ebenso eine riesige Portion Glück dazugehörte.

Bereits bei der Ausfahrt auf die Hauptstraße hätte ich den Wagen beinahe aus den Augen verloren. Kein einziges Mal, seit ich diese Ausfahrt nahm, hatte ich stehen bleiben müssen. Ausgerechnet heute musste ich gleich drei Autos den Vorrang lassen. Aber der Einbrecher klemmte hinter einem Linienbus, ohne Chance, ihn zu überholen. Das war mein Glück. Als der Bus an einer Haltestelle hielt, konnte ich gerade noch erkennen, dass der Porsche sich in die linke Abbiegespur eingereiht hatte. Die Pkws vor mir zogen geradeaus weiter, also kam ich ihm wieder näher.

Warum erachten es manche Leute nicht für notwendig, ihren Blinker rechtzeitig zu setzen? Selbst wenn man rechts abbiegt, erwartet der nachfolgende Verkehrsteilnehmer doch ein Zeichen. Der Typ riss seinen Wagen so schnell nach rechts, dass ich die Kurve verpasste und gerade weiterfuhr. Gottlob konnte ich wenige Meter später in einem Feldweg wenden und die Verfolgung wieder aufnehmen. Ich war dann auch froh, dass kein Gesetzeshüter unterwegs war, als ich mit fünfundsiebzig Stundenkilometern durch den Ort brauste, aber am Ende hatte ich den Porsche wieder eingeholt.

Die nächsten paar Kilometer ging es problemlos dahin, niemand überholte, kein Auto drängelte sich zwischen uns. Schließlich bog er bei einem großen Supermarkt ein, diesmal blinkte er sogar rechtzeitig.

Der Parkplatz war gerammelt voll. Ich hoffte, eine Lücke mit Blick auf das Auto zu ergattern, doch der Mann hatte es sich offenbar anders überlegt, denn er drehte eine komplette Runde auf dem Parkplatz und verließ ihn am Ende doch wieder.

Einmal wurde die Situation abermals kritisch, als der Porsche links einbog, diesmal aber in eine stark frequentierte Straße.

Ich hätte nicht gedacht, dass mich eine rote Ampel jemals erfreuen würde. Sie ermöglichte es mir, dass ich an der nächsten Kreuzung erneut zu ihm aufschließen konnte. Als er dann auf die Autobahn in Richtung Wien auffuhr, war alles easy. Bloß seine Auffassung von Tempolimits machte mir schwer zu schaffen. Von hundertdreißig auf Autobahnen hatte er wohl noch nie was gehört, und die Geschwindigkeitsbegrenzungen an neuralgischen Punkten oder vor Tunnels galten für Porschefahrer anscheinend auch nicht. Nicht, dass mein Mokka da nicht mit ihm mitgekommen wäre, mein Rechtsbewusstsein war der Hemmschuh, den ich immer wieder mal überzeugen musste, doch noch fester auf das Gaspedal zu treten. Ich betete, dass diverse Blitzgewitter, die ich aus den Augenwinkeln wahrnahm, von entfernten Unwettern herrührten und nicht von nahe gelegenen Radarboxen.

Die Antwort darauf würde ich spätestens in ein paar Wochen per Post erhalten.

Das Ziel sollte dann doch nicht die Hauptstadt sein, denn der Einbrecher nahm kurz davor die Ausfahrt und steuerte seinen Wagen ins G3, ein beliebtes Einkaufszentrum nördlich von Wien.

Ich war erleichtert über den Zwischenstopp. Erstens fahre ich in Wien ungerne, zumal auch die abendliche Stoßzeit schon begonnen hatte und die Verfolgung sicherlich enorm schwierig geworden wäre. Man bedenke nur die vielen Fahrspuren und Ampeln! Zum andern musste ich jetzt wirklich so dringend aufs Klo, dass ich die Verfolgung ohne Austritt sowieso nicht mehr sehr lange hätte fortsetzen können.

Eine Reihe hinter dem Porsche fand ich tatsächlich einen Parkplatz. So etwas passiert also nicht nur in »Tatort«-Folgen. Ich notierte mir noch die Autonummer des Wagens, dann schnappte ich meinen Rucksack und schlenderte gelassen meinem »Zielobjekt« hinterher.

Als der Mann die Rolltreppe zum Elektromarkt nahm, blickte ich ihm noch ein wenig nach. Seine Jeans lag gerade eng genug an den Beinen, um den trainierten Körper zu verraten. Das T-Shirt schmiegte sich ebenso gekonnt an seinen Oberkörper und ließ an Oberarmen und Nacken Ausläufer von großflächigeren Tattoos erahnen. Was im ersten Moment von hinten etwas eigenartig wirkte, war der kahle Kopf. Krebs? Krank sah der Typ eigentlich nicht aus. Er war durchtrainiert, konnte es garantiert mit einer Menge Gegnern aufnehmen. Ob er wohl Vladtka ungeschoren gelassen hatte? Beim Gedanken an die Frau Inspektorin erfasste mich eine innere Unruhe, die sich auf meinen ganzen Körper übertrug.

Wenn ich nervös bin, verspüre ich auch ohne Druck einen Harndrang. Diesmal hatte sich dieser Druck jedoch schon über Stunden hinweg aufgebaut. Getrunken hatte ich zwar nichts mehr, aber irgendwie produzierten die Nieren trotzdem noch Abwässer, woher auch immer die kommen mochten. Mit letzter Kraft rettete ich mich auf das nächstgelegene Klo. Die Erleichterung tat beinahe weh. Ob der Lektor auch solche Situationen als »authentisch« eingestuft hätte?

Wie auch immer. Mein Spannungszustand wich einer wohligen Ruhe, und ich konnte den Fokus wieder auf meine Aufgabe richten.

Gegenüber der Rolltreppe zum Elektromarkt lud ein Kaffeehaus zum Verweilen ein. Der Duft des geliebten Getränks setzte sich in meiner Nase fest, und die Sucht gewann ohne langes Ringen. Ich hatte einen guten Blick auf die Rolltreppe, meinen Kaffee würde ich sofort bezahlen, also ließ ich mir eine Melange und ein großes Glas Leitungswasser bringen. Jetzt konnte ich meinen Wasserhaushalt ja getrost wieder in Ordnung bringen. Zur Tarnung nahm ich noch eine Tageszeitung zur Hand und blätterte scheinbar interessiert darin.

Plötzlich tupfte mich jemand von hinten auf die Schulter. Mein Gott, bitte jetzt nicht irgendwelche Bekannten, Schüler oder Muttis!

Diese Angst hätte ich mir sparen können.

Der Porschefahrer packte mich unsanft am Oberarm, während er sich einen Stuhl heranzog.

»Ich hab ja keine Ahnung, was Sie von mir wollen«, zischte er. Auf seiner Glatze pulsierte eine Ader vor Wut. Ängstlich versuchte ich, seinem Blick auszuweichen, aber sein kräftiger Druck auf meinen Arm ließ dies nicht zu. Seine Augen hatten sich zu schmalen Schlitzen verengt, was noch sichtbar war, war tiefschwarz. So finster musste es in der Hölle sein!

»Vielleicht gilt Ihr Interesse auch Frau Hartman. Egal. Ich kann Ihnen nur eines sagen: Wenn ich Sie oder Ihr Auto je wieder in ihrer Nähe sehe – oder in meiner –, dann kriegen Sie es mit mir zu tun, ist Ihnen das klar!«

»Aber«, stotterte ich, »was hab ich denn ...?«

»Halten Sie mich nicht für blöd! Das Auto ist mir sofort aufgefallen. Ich würde mir zu Beschattungszwecken eventuell auch ein unauffälligeres Modell nehmen. Egal. Dass Sie mir absichtlich gefolgt sind, können Sie nicht abstreiten. Ich hab mehrmals versucht, Sie abzuhängen.«

»Okay, okay! Ich geb's ja zu«, sagte ich schnell. Die Herrschaften vom Nebentisch warfen uns schon seltsame Blicke zu. »Ich hab Sie verfolgt, ja. Schließlich hab ich Sie dabei beobachtet, wie Sie in die Villa eingebrochen sind. Bei dieser Frau Hartman. Heißt sie so?«

Ich fand mein Vorpreschen unheimlich mutig. Seine Augen

wurden immer schwärzer, aber zumindest lockerte er den Griff um meinen Arm. Ich rieb ihn sanft. Das würde einen ordentlichen blauen Fleck geben!

»Es ist nicht so, wie es scheint«, stieß er hervor. Er hatte sich so weit über den Tisch gebeugt, dass das Silberkettchen, das er um den Hals trug, gefährlich über meiner Kaffeetasse pendelte.

»So, wie ist es dann wirklich?«, fragte ich beherzt.

»Ich hab es im Auftrag von Frau Hartman getan.« Er feixte. »Die Polizei kann das gerne überprüfen, falls Sie sich einbilden, Sie müssten sie informieren. Dann würde ich Sie wegen Stalkings anzeigen!«

Der Kaffee blieb zwar ungeschoren, als der Typ den Stuhl zurückstieß und sich brüsk aufrichtete, allerdings schlug die Kette durch den Ruck heftig an mein Wasserglas und brachte es zum Klingen, als ob er eine Rede halten wollte. Irritiert griff er sich erst an die Kette, dann an sein gedehntes Ohrläppchen. Schließlich wandte er sich abrupt ab und verschwand.

Zitternd nahm ich einen Schluck Wasser.

»Alles in Ordnung?«, fragte die Kellnerin besorgt.

»Alles bestens, danke«, stammelte ich, stand auf und ließ meine Melange unangetastet stehen. Allein daran hätten meine Freunde deutlich erkannt, dass mit mir etwas ganz und gar nicht in Ordnung war.

Zerknirscht fuhr ich nach Hause. Während der Fahrt achtete ich peinlichst auf jegliche Geschwindigkeitsbegrenzung, setzte bei jedem Überholmanöver den Blinker. Meine Gedanken ließen sich allerdings nicht in die Schranken weisen, sie rasten durch mein Hirn wie wild gewordene Teilchen und erzeugten ein Chaos, wie es im Lehrbuch der Quantentheorie stand.

In meinem ganzen Leben war mir noch nie so etwas Peinliches passiert. Als ich in die heimatliche Einfahrt einbog, fiel der Rucksack vom Beifahrersitz auf den Boden und brachte wie zum Hohn all die dämlichen Spielsachen zum Vorschein, die ich für mein Experiment besorgt hatte. Und wofür? Für ein pubertäres Hirngespinst?

Ich stopfte alles zurück und schlich mich ins Haus. Es war finster, Wolfram war anscheinend noch einmal ausgegangen. Müde machte ich Licht in der Küche.

»Bin essen gegangen«, stand auf dem Kritzelblock. »War ja nichts im Kühlschrank!« Ohne weiteren Gruß oder eine Ankündigung, wann er wieder zu Hause sein wollte.

Ich zog mich aus und ließ mir ein Bad ein. Der Duft von Ylang-Ylang entspannte meine weibliche Seele. Allmählich legte sich die Anarchie in meinem Hirn, und ein Gedanke kristallisierte sich als der einzig richtige heraus: Ende des Experiments Schriftstellerin. Anfang vom Familienglück.

Ich entstieg der Wanne innerlich und äußerlich gereinigt. Der weiche Frotteebademantel schmiegte sich um meinen Körper wie eine himmlische Decke. So eingelullt ging ich zunächst ins Arbeitszimmer und ließ mein Manuskript durch den Papierwolf. Das Geräusch des Aktenvernichters schmerzte wie ein Zahnarztbohrer, aber als das letzte Blatt geschreddert war, verspürte ich eine enorme Erleichterung. Nur noch ein kleiner Schritt fehlte zu meiner endgültigen Seelenreinigung.

Ich machte mich auf ins Schlafzimmer, öffnete meine Nachttischlade und nahm sämtliche Pillenschachteln heraus. Einzeln entsorgte ich Pille für Pille im Klo, in der Hoffnung, dabei nicht im Nebeneffekt Fische zu sterilisieren. Erst als alle Tabletten aus ihren Blistern herausgedrückt und weggespült waren, war ich zufrieden. Mein neues, gereinigtes Leben konnte beginnen.

*Wie konnte er mich finden?*

*Ich könnte rasen vor Wut! Diese Frau vom Amt muss es ihm verraten haben, die werde ich mir vorknöpfen! Ich kann es mir nicht leisten, Schwäche zu zeigen. Seine Drohungen können mich nicht erschüttern. Der Tod kann mir nichts anhaben. Gestorben bin ich schon vor Jahren.*

## Die Tollwut und ihre Folgen

Den nächsten Tag begann ich fröhlich. Die Entscheidung, mich auf das Wesentliche in meinem Leben zu konzentrieren, hatte mir eine schwere Last von den Schultern genommen. Von nun an würde mein Blick klar auf eine konkrete Familienzukunft gerichtet sein.

Es sollte nicht sein. Wenige Stunden später brachen meine korrigierten Zukunftspläne erneut in sich zusammen.

Ich spürte sofort, dass etwas Arges im Busch war, als ich nach der sechsten Stunde ins Lehrerzimmer trat.

»Hallo, Minnerl«, sagte Lore. Ihre Miene verriet Unheil.

Lucy saß auf Heiners Tisch und schubste seinen Bürostuhl mit den Beinen nervös hin und her. Einen Schuh hatte sie bereits verloren, der andere baumelte ihr gerade noch an den Zehen, aber mit jedem Hin und Her näherte er sich dem Schicksal seines Bruders. Durch das stete Pendeln war ich beinahe in eine Hypnosetrance gefallen, als endlich auch der zweite Schuh zu Boden ging und ich den Blick wieder auf Lucys Befindlichkeit richten konnte.

Obwohl sie heulte und ihre Augen rot waren wie nach drei Stunden Chlorwassertauchen, sah sie extrem sexy aus. Ihr kurzes Latzhöschen bot seitlich einen ziemlich weiten Einblick, zumal auch das Top etwas nach oben verrutscht war und daher jede Menge nackte Haut prima zu sehen war. Ich staunte, dass ich augenscheinlich die Einzige war, der dies überhaupt auffiel, nicht einmal die Männer schielten nach den unerlaubten Einblicken. Wolfram und Günther tuschelten aufgebracht. Heiner stand neben seinem Stuhl und suchte hilflos meinen Blick. Ich konnte ihm nicht helfen, ich hatte ja keine Ahnung, was diese Katastrophenstimmung ausgelöst hatte.

Lore stand auf und winkte mich zu sich: »Wilfried hat Lucy soeben mitgeteilt, dass ihr Vertrag für das nächste Schuljahr in ganz Niederösterreich definitiv nicht mehr verlängert wird.«

Ich verspürte das dringende Bedürfnis, zum Direktor zu laufen, um ihm meine Meinung zu sagen. Lore schüttelte warnend den

Kopf. »Sinnlos«, sagte sie, »der ist ja auch nur ein Befehlsempfänger.«

»Wir werden Unterschriften sammeln und ans Ministerium schicken!«, rief ich. Irgendjemand musste doch mal einen Vorschlag machen. Zustimmendes Gemurmel im Lehrerzimmer.

»Früher hätte man in so einem Fall gesagt, die Frau gehört an die Wand gestellt!«, wetterte Günther. Ich hatte ihn nie zuvor so emotional gesehen.

»Aber Günther!«, ermahnte ich ihn. »Seien wir doch froh, dass nicht mehr ›früher‹ ist!«

»Tyrannenmord ist, soweit ich weiß, nach wie vor erlaubt. Sogar von der katholischen Kirche, hochoffiziell!«, kommentierte Lore trocken.

»Ehrlich?« Klaudia hatte sich von hinten angepirscht und sich zwischen Wolfram und Heiner gezwängt, um einen Logenplatz zu ergattern.

»Was wolltest du mit dem Dolche? Sprich! Entgegnet ihm finster der Wüterich. Die Schul von der Tyrannin befreien!« Günther fuchtelte mit einem imaginären Dolch in der Luft herum.

»Heißt es nicht *der* Tyrann?«, fragte Klaudia.

Lore warf mir einen vielsagenden Blick zu.

»Er hat es etwas umgedichtet«, erklärte Wolfram geduldig.

»Ach so«, sagte sie und schenkte ihm einen eingeübten Augenaufschlag, bevor sie den schicksalsträchtigen Satz sagte: »Diese Inspektorin gehört eindeutig zu den Vampiren.«

Kurz wurde es ganz still, einige Blicke trafen sich verstohlen. Wir hatten gar nicht gewusst, dass Klaudia auch sarkastisch sein konnte. Vladtka Hartmanová, die Blutsaugerin, das war nachgerade originell!

Prompt missdeutete Klaudia die verdutzten Gesichter, denn sie erklärte: »Ich meine natürlich *Energie*vampire. Echte gibt es doch gar nicht!«

»Aber Energievampire schon?« Lores Augenbrauen wanderten spitz nach oben.

»Na sicher«, antwortete Klaudia beleidigt. »Ich hab da mal was im Internet gelesen.«

Immerhin *konnte* sie lesen! Klaudia zog ihr iPhone aus der Tasche und wischte ein paar Mal andächtig darauf herum. »Hier hab ich es!«, rief sie glücklich. »*Wer sich nicht bemüht, Licht zu verbreiten, verdunkelt sich zunehmend selbst*«, zitierte sie.

Aha, das hätte ich mir denken können! »*Es geht um Lebensenergie, auch Prana, Chi oder auf Deutsch Orgon genannt, die für geistig-sensitive Menschen in unerschöpflicher Fülle vorhanden zu sein scheint.*«
Klaudia atmete kurz durch, der Satz war auch wirklich lang gewesen.

»*Jede Energieform lässt sich in eine andere umwandeln: Wasserenergie oder Windenergie in elektrische oder Wärmeenergie, usw.* Und – jetzt kommt's!« Theatralisch räusperte sie sich. »*Genauso lässt sich geistige Energie als sexuelle oder kriminelle Energie entladen.*«
Wir waren alle beeindruckt, beinahe hätten wir applaudiert.

Unbeirrt las sie weiter: »*Zwischen diesen extremen Schwankungen gibt es eine große Grauzone, die unser aller Leben bestimmt. Ständig wird uns Energie entzogen, ständig bekommen wir aber Energie aus dem Kosmos oder wir entziehen anderen Menschen Lebensenergie. Dieser Entzug wird Energievampirismus genannt.* Na bitte!« Triumphierend schob sie ihr Handy zurück in seine grässlich pinkfarbene Hülle.

Um ehrlich zu sein, so doof das Ganze auch klang, ein Körnchen Wahrheit steckte natürlich schon darin. Es gibt tatsächlich Leute, die einem jede Energie rauben, angefangen von kleinen frechen Schülerkröten über nervende Helikoptermuttis oder ebenso nervende Vorgesetzte. Und die Frau Inspektorin gehörte definitiv dazu. Freilich konnte ich das vor Klaudia nicht zugeben, die hätte sich wer weiß was darauf eingebildet.

»Und, was hilft mir das jetzt?« Kurzfristig hatten wir Lucy völlig vergessen. Wenigstens hatten Klaudias Ausführungen sie ein wenig von ihrem Schmerz abgelenkt, aber jetzt forderte sie zu Recht wieder die Aufmerksamkeit der Runde. »Außerdem, Klaudia, wer sagt denn, dass es keine echten Vampire gibt?«

»Und Vladtka ist so ein Vampir?«, fragte Günther amüsiert, dabei fletschte er die Zähne. Er hatte sich in der Zwischenzeit seinen Cognac geholt und ein paar Plastikstamperl ausgeteilt.

»Optisch vertuscht sie das aber ganz gut«, wandte ich ein. »Als ausgemergelt oder gar anämisch würd ich sie gerade nicht bezeichnen!«

»Das waren die ursprünglichen Vampire auch nicht«, behauptete Lore. »Die ersten Vampire – beziehungsweise diejenigen, die von den Menschen des 18. Jahrhunderts für solche gehalten wurden – waren ja auch gar nicht blass, im Gegenteil!« Lore schnitt eine verächtliche Grimasse. »Es waren vermutlich Männer, die mit dem Tollwutvirus infiziert waren.«

Klaudia zückte sofort wieder ihr smartes Telefon.

»Lass stecken!«, sagte Lore. »Ich hatte eine Schülerin, die über Vampire in der Literatur ihre vorwissenschaftliche Arbeit geschrieben hat. Deshalb habe ich einiges dazu gelesen, und mein Gedächtnis ist noch halbwegs intakt!« Ich zwinkerte ihr zu. Klaudia hatte den Hinweis ohnehin nicht verstanden.

»Interessiert euch das?«, fragte Lore in die Runde.

»Na, aber sicher!«, sagte Günther und schenkte sich ein weiteres Stamperl ein. Nachdem niemand sonst ein zweites Glas wollte, bedachte er sich eben selbst reichlicher.

»Cool«, sagte Lucy. »Ich werd mir bei deinen Ausführungen immer vorstellen, dass du von Vladtka sprichst!«

»Na ja, meistens waren es zwar Männer, wahrscheinlich Jäger, die von tollwütigen Hunden gebissen worden waren, aber es gab auch einige berühmte Frauen, wie zum Beispiel Eleonore von Schwarzenberg, die Vampirprinzessin. Das war eine österreichische Fürstin, die auf Schloss Krumau in Böhmen lebte. Dort war der Vampir-Aberglaube besonders stark. Angeblich war sie ursprünglich die Vorlage für Bram Stokers Dracula. Warum er dann auf einen transsilvanischen Grafen umgeschwenkt ist, weiß man nicht so genau.«

»Wenn es schon eine Vampirprinzessin gegeben hat, warum sollte es dann nicht auch eine Vampirinspektorin geben?« Lucy genoss diese Vorstellung sichtlich.

»Aber zu deinem Einwand, Minnerl, dass Vladtka nicht blass ist. Die Infizierten waren oft recht rot im Gesicht, das war sozusagen das erste Symptom der Krankheit. Wenn weitere Indikatoren auftauchten, waren diese Menschen bereits dem Tod geweiht, das Virus löst nämlich das Gehirn auf!«

»Ist ja ekelig«, wagte ich zu bemerken und stellte mir dabei vor, wie sich Vladtkas Hirn auflöste. »Sah man den Menschen das denn an?«

»Klar«, grinste Lore. »Zunächst erstarrte ihre Mimik durch

eine Lähmung. So wie bei einer Überdosis Botulin. Ich sage nur: Nicole Kidman!«

»Ist ja noch ekliger«, sagte ich.

»Die Kidman hat die Tollwut?«, fragte Klaudia.

»Wusstest du das nicht?«, erwiderte ich. Wolfram, der sich bis jetzt aus der Diskussion herausgehalten hatte, sagte nur »Minnerl, bitte!«, und sah mich streng an. Ich zuckte mit den Schultern. Sollte er doch denken, was er wollte. Klaudia war so doof, die verdiente es nicht besser.

»Sie konnten dann nicht mehr schlucken und bleckten die Zähne, manchmal rann ihnen auch Blut aus den Mundwinkeln, wenn sie sich in Zunge oder Lippen gebissen hatten, ohne es zu bemerken«, fuhr Lore unbeirrt fort.

»Oh ja, super, das Bild hab ich vor Augen!« Lucy war begeistert. »Und wie ging's weiter?«

»Krämpfe und Anfälle«, sagte Lore genüsslich, »ausgelöst vor allem durch helles Licht, das eigene Spiegelbild oder strenge Gerüche. Daher kommt auch dieser Aberglaube, dass Vampire Licht und Spiegel meiden. Und natürlich Knoblauch!«

»An Vladtkas Stelle würde ich auch einen Anfall kriegen, wenn ich mich im Spiegel betrachte«, bemerkte Günther lachend.

»Ist ja krass!«, sagte Lucy. »Ich les schon seit Ewigkeiten Vampirgeschichten, aber dass die auf Fakten basieren, das ist mir neu.«

»Nun, die heutigen Vampire sind ja eher zivilisiert, kochen vegetarisch und heiraten ihre Liebsten, soviel ich weiß. Die im 19. Jahrhundert waren da schon andere Kaliber!«, meinte Lore. »Erstens waren tollwutinfizierte Männer angeblich sexuell sehr aktiv ...«

»Was ist daran schlecht?« Lucy kicherte. Es freute mich, dass sie ihren Humor wiedergefunden hatte. Lore spürte das auch, denn sie setzte noch eins drauf.

»... und zweitens bissen sie andere Menschen!«

»Uhhhh!«, sagte Lucy und stieß Heiner an. Klar wurde der rot, aber immerhin beteiligte er sich nun auch am Gespräch.

»Warum hält man sie denn eigentlich für untot?«, fragte er.

»Das hat wieder einen anderen Hintergrund. Dazu gibt es mehrere Theorien«, erläuterte Lore. »Eine andere Krankheit, die man mit dem Vampir-Hysterismus in Verbindung bringt, ist zum Beispiel Milzbrand.«

»Nie gehört«, sagte Klaudia. Warum mussten unwissende Menschen eigentlich ihre Defizite auch noch andauernd hervorkehren?

»Schon mal was von Anthrax gehört?«, fragte ich. Sie sah mich an wie ein Erstklässler, dem ich den Unterschied zwischen Adjektiv und Adverb erklären wollte. »Chemische Waffen? Das sagt dir aber schon was, oder?«

»Warum sollte ich mich mit chemischen Waffen auskennen?«, antwortete Klaudia beleidigt.

»Jetzt haltet doch mal die Klappe, es wird doch gerade richtig interessant«, sagte Günther ungehalten. Ich nahm ihm die Cognacflasche ab, bevor er noch einen trinken konnte. Er musste schließlich noch mit dem Auto nach Hause fahren. Unwirsch riss er sie mir wieder aus der Hand, aber immerhin stellte er sie in den Pappschuber zurück.

»Wenn Leichen zu faulen beginnen, bilden sich diverse Gase«, sagte Lore. »Das gilt übrigens für alle, nicht nur für Milzbrandtote. Dabei erzeugen sie manchmal schmatzende Geräusche, die man dann aus den Gräbern wirklich hören kann. Wenn die Leute also solche Schmatzgeräusche hörten, vermuteten sie einen Vampir im Grab und exhumierten die Leiche. Milzbrandtote haben ein ungewöhnlich dünnes, oft grünliches Blut, was natürlich die Vampir-Theorie erhärtet hat. Außerdem ...«, jetzt musste sogar die ehrwürdige Lore kichern wie ein Teenager, »oft hatten die toten Burschen, auch durch Gase, einen gewaltigen Ständer!«

»Du liebe Güte!«, rief ich. »Kein Wunder, dass man sie dann gepfählt hat, damit sie nicht wieder rauskommen.«

»Womit wir wieder beim Dolch wären«, meinte Günther selbstzufrieden.

»Na ja, Pfählen allein genügte den Leuten meistens nicht«, erklärte Lore. »Man schnitt ihnen das Herz heraus, trennte den Kopf ab und legte ihn zwischen die Beine, damit sie ihn sich nicht wieder aufsetzen konnten. Und in den Mund steckte man ihnen Knoblauch.«

»Schön!«, rief Lucy. »Man stelle sich vor, Vladtka mit Knoblauch im Mund, den Kopf zwischen den Beinen ...«

»Bloß Ständer hätte sie keinen«, sagte Günther. Selbst Wolfram musste grinsen.

»Und diesen Graf Dracula aus Transsilvanien, den du vorher erwähnt hast, den gab's also auch wirklich?«, fragte Heiner.

»Ja sicher, Vlad III. Dracul, ein grausamer Herrscher. Seinen Vampirruf erwarb er sich, weil er seine Feinde pfählte oder ihre Köpfe auf Pfählen zur Schau stellte.«

»Der hieß Vlad? Wirklich Vlad?« Heiner war plötzlich ganz aufgeregt.

»Ja, vielleicht ist das eine Kurzform von Vladimir, keine Ahnung. Warum wundert dich das?«, fragte Lore erstaunt.

»Na, seht ihr das denn nicht? Vlad! Vladt-ka!« Heiner zog Lucy den nunmehr ruhenden Drehstuhl unter den Beinen weg und setzte sich so kraftvoll, dass der Stuhl eine komplette Drehung vollführte. »Der Name, der Name!«, rief er eindringlich, bis sogar Klaudia mit einem Nicken andeutete, dass sie verstanden hatte.

»Heiner, du bist ein Genie!«, rief Lucy. Sie sprang vom Tisch und umarmte ihn. »Das ist der Beweis! Jetzt können wir sie ruhigen Gewissens köpfen und pfählen!«

Alle lachten, nur Heiner und Wolfram stimmten nicht mit ein. Heiner war mit seinen Emotionen beschäftigt, und mein Mann hatte offensichtlich seinen Humor verloren.

»Na, hallo! Ich würde sie zuerst noch von einem tollwütigen Hund beißen lassen, damit sie auch alle Vampirstadien durchmacht. Die Hirnerweichung hätte ich gerne miterlebt«, schlug Günther vor.

»Bloß müsste man in ihrer Umgebung höllisch aufpassen. Man bedenke, sie würde womöglich beißen!«, bemerkte ich.

»Bissig ist sie auch so schon. Vielleicht hat sie ja bereits Tollwutsymptome im ersten Stadium?«, meinte Lore. »Zugefügt durch den wilden Igorrrr!« Jetzt lachte sogar Wolfram laut auf.

Beinahe hätte ich erwähnt, dass Tollwut durch Hunde*bisse* und nicht durch Hunde*pisse* übertragen wird, verkniff mir die Bemerkung aber. Ich fragte mich allerdings, ob es tatsächlich noch andere Möglichkeiten gab, sich mit dem Virus zu infizieren. Man stelle sich vor, man spritzte jemandem zum Beispiel im Schlaf das Virus und erst Wochen später würde dieser Mensch dann die ersten Symptome zeigen. Bis ein Arzt die richtige Diagnose stellte, wäre es schon lange zu spät. Und wer könnte zu diesem Zeitpunkt noch feststellen, wie das Virus in den Körper des Patienten gelangt ist?

Einige Stunden später stellte ich erstaunt fest, dass ich überraschenderweise nicht die Einzige war, die sich über die Durchführbarkeit eines Tollwutmordes den Kopf zerbrach. Es war ausgerechnet mein Mann, der mich um meine Expertise zu dem Thema bat, wo er doch sonst meine kriminelle Ader so verachtete.

Wir saßen gerade zusammen beim Nachmittagskaffee; Wolfram blätterte im Kurier, während ich meine Mails und Facebook-News checkte.

»Du bist doch in solchen Sachen die Expertin«, eröffnete er die ungewöhnliche Konversation. Ich legte überrascht das Handy zur Seite. Dass ich eine Expertin auf irgendeinem Gebiet sein könnte, hatte er mir noch nie attestiert.

»Wofür?« Ich war mir nicht sicher, ob die Bemerkung nicht vielleicht sarkastischer Natur war.

»Na, in Mord-Angelegenheiten«, verdeutlichte er. »Was Günther da in der Schule angedeutet hat, dass man Vladtka – oder überhaupt irgendwen – absichtlich mit Tollwut infizieren könnte. Meinst du, so etwas würde klappen?«

»Das hab ich mich auch schon gefragt«, gab ich zu. »Ich denke, dass es möglich sein müsste. Genau weiß ich es natürlich nicht, aber wir können ja schnell einmal nachforschen.«

Ich verabschiedete mich von Facebook und googelte »Tollwut«. Auf der Seite vom Tropeninstitut fand ich eine leicht verständliche Übersicht, in welchen Ländern man Tollwut befürchten musste und für welche sie vor einer Reise daher unbedingt eine prophylaktische Impfung empfahlen. Ebenso sollten Jäger, Tierpfleger und Reiseleiter generell Vorsorgeimpfungen erhalten und sie alle fünf Jahre auffrischen.

»Ich hatte einen Onkel Ewald«, murmelte ich mehr zu mir selbst als zu Wolfram, »der war Jäger, durfte aber gar nicht geimpft werden, weil er ein starker Asthmatiker war.«

»Das ist ja interessant. Weißt du auch, warum?«

»Keine Ahnung, ich war damals noch zu jung, um das zu

durchschauen«, entschuldigte ich mich. »Aber ich kann mich genau erinnern, dass Tante Poldi immer eine Heidenangst hatte, wenn er Impfköder auslegen ging. Früher haben die Jäger das händisch gemacht, damit die Füchse diese Köder fraßen und dadurch gegen die Tollwut immun wurden. Heute wirft man die Dinger einfach aus Flugzeugen in den verseuchten Gebieten ab, damit niemand damit in Kontakt kommt.«

»Ist denn das nicht grundsätzlich gefährlich für Jäger oder andere Tiere? Oder schlimmer noch, für Kinder, die im Wald spielen, zum Beispiel? Oder ist so eine Bemerkung einfach nur eine Schutzbehauptung der Pharmafirma – wie diese vielen Nebenwirkungen auf Beipackzetteln?«, überlegte Wolfram. Er sah mir über die Schulter zu, wie ich mich durch ein paar Seiten zu Tollwutködern zappte.

»Schau mal, anscheinend nicht. Hier steht, Haustiere sollte man von den Ködern fernhalten. Außerdem soll man sich umgehend impfen lassen, wenn man so einen Köder berührt hat und die Haut kleine Verletzungen aufweist. Eine Kratzwunde genügt schon, damit das Virus in den Körper eindringen kann.«

»Na servus!«, sagte Wolfram.

»Arg, nicht wahr«, bestätigte ich sein Entsetzen. »Im Nachhinein wird mir auch klar, warum Tante Poldi so hysterisch war. Onkel Ewald hätte wegen seines Asthmas keine Tollwutimpfung bekommen dürfen.«

»Und warum genau ist das so schlimm?«

»Weil bei vielen Allergikern durch die Behandlung mit Cortison das Immunsystem praktisch außer Kraft gesetzt wird. Das heißt, dass der Stoff vom Impfköder, wenn er erst durch die Wunde in den Körper gelangt ist, tatsächlich die Tollwut auslöst und nicht, wie bei einer Impfung vorgesehen, nur Antikörper bildet. Na, klingelt's?«

Ich war von meinen eigenen Ausführungen richtiggehend aufgewühlt. Wolfram sah mich immer noch fragend an. »Du meinst deinen Onkel Ewald?«

»Ja, den natürlich auch. Aber vor allem Vladtka! Die ist doch auch schwere Asthmatikerin. Erinnerst du dich an die Weihnachtsfeier? Sie wäre sogar ein hervorragendes Ziel für so einen Mord. Man müsste ihr bloß so ein Tollwutserum in Form eines

Impfköders oder einer Spritze verabreichen und ex!«, rief ich triumphierend.

»Wow!« Wolfram sah mich bewundernd an. »Du verstehst dich ja wirklich aufs Morden.«

»Na ja«, räumte ich ein, »so einfach wäre es dann doch wieder nicht. Zum einen wird man diesen Köder, oder auch den Impfstoff, ja nicht so ohne Weiteres irgendwo kaufen können. Und wie verabreichst du ihr das? Essen wird sie das Zeug nicht. Ich nehme an, dass es auch nicht berauschend schmeckt. Oder mit einer Spritze? Kommen Sie schnell mal her, Frau Inspektorin, ich gebe Ihnen eine Spritze, mit der Sie Ihr Asthma ein für alle Mal loswerden? Ich weiß nicht.«

»Und wenn man sie von einem infizierten Tier beißen ließe?«

»Also doch der tapfere Igor?«

»Okay, das hört sich schwierig an. Ein tollwütiges Tier kann man auch nicht so schnell auftreiben.« Wolfram lachte.

»Eine Fledermaus ginge vielleicht«, überlegte ich. »Das wäre für die Vampirinspektorin doch die ideale Überträgerin. Fledermäuse können nämlich auch die Tollwut übertragen.«

»Und die können wir uns lebend aus dem Internet bestellen. Per Kleinanzeige auf Willhaben. Günstiges tollwutinfiziertes Fledermauspärchen gesucht.«

»Okay, okay!« Ich knipse mein Handy aus. »Aber rein theoretisch wäre es möglich.«

*Treue*

*Komm her, mein Kleiner! Du wirst auf mich aufpassen, nicht wahr? Ja, ist ja schon gut. Frauchen gibt dir ein Leckerli. Braver Hund! Wenn ich dich nicht hätte, mein Liebling!*

**Will haben**

Wolfram ahnte damals nicht, was er mit seinem plötzlichen Interesse an meinem kriminellen Gespür im Allgemeinen und mit dieser Willhaben-Idee im Speziellen auslöste. Ermuntert durch sein Lob wagte ich mich wieder etwas ans Recherchieren. Ganz unverbindlich zunächst, das würde ja nicht gleich den ganzen Entschluss umwerfen. Die Entscheidung für eine baldige Familienplanung war natürlich in Stein gemeißelt, aber so schnell wurde man ohnehin nicht schwanger.

Die Tollwutidee war natürlich Blödsinn und für einen Roman völlig ungeeignet. Welcher Mörder sucht sich absichtlich so eine komplizierte und auch unsichere Tötungsmethode aus, wenn es doch viel einfachere gab? Die Frage, wie ich – oder vielmehr meine Protagonistin – ihre Widersacherin umbringen würde, war schnell geklärt: mit Gift. Giftmorde sind die am häufigsten übersehenen Tötungsdelikte. Wenn der Arzt, der den Tod des Opfers bescheinigt, nichts Verdächtiges erkennt, wird der oder die Tote ganz einfach bestattet und nicht einmal aufgeschnitten. Die Dunkelziffer dieser Morde soll angeblich sehr hoch sein. Außerdem, selbst wenn man die Leiche obduziert, so hat ein Giftmörder immer noch eine hohe Chance, dass das Gift, wenn er es geschickt gewählt hat, nicht entdeckt wird. Auch ein Gerichtsmediziner sucht nur nach bekannten Giften oder nach welchen, die bestimmte Symptome hervorrufen.

Der Online-Buchhandel bietet jede Menge Sachbücher zum Thema Gift. Ich erwarb ein handliches Buch zur kriminellen Geschichte von Giften sowie ein Werk über geheime Gewächse, die in Gärten und an Wegrändern stehen und für Giftmörder höchst interessant sind. Es war eine sehr aufschlussreiche Lektüre. Allerdings drängte sich mir einfach nichts auf, was zu meiner Protagonistin gepasst hätte. In der Zwischenzeit hatte ich nämlich sehr klare Vorstellungen von ihrem Charakter entwickelt. Dass sie ihre Widersacherin – die im Übrigen verblüffende Ähnlichkeit mit Vladtka hatte – umbringen musste, war einer Notwendigkeit geschuldet, aber sie wollte ihr Opfer nicht unnötig leiden lassen.

Das hatte ich beim Giftmord unterschätzt. Anschläge toxischer Natur gingen oft mit fürchterlichen Krämpfen einher, die Opfer starben meist einen qualvollen Tod. Also musste ich etwas anderes finden und dazu wiederum das Internet bemühen.

Haarsträubend, was ich in Foren zur Frage »Gift ohne Schmerzen?« alles zu lesen bekam. Hier wurden Selbstmordtipps wie Kochrezepte weitergegeben, bloß dass es keine Sternebewertung für besonders leckere Rezepturen gab. Hab nur statt Strychnin Arsen genommen, und weil ich keine Betelnuss im Haus hatte, hab ich sie durch Tollkirschenkerne ersetzt. Wegen der Konsistenz ein Stern Abzug.

So seltsam und gefährlich diese Selbstmordtipps auch waren, ich stieß doch auf eine – zumindest für meine Zwecke – recht brauchbare Seite.

Dignitas, eine Firma in der Schweiz, bot Sterbewilligen einen begleiteten Suizid an. Was man davon halten mochte, interessierte in diesem Fall nicht, dafür aber das Gift, das man diesen Leuten verabreichte. Es erfüllte genau die Kriterien, die ich für meinen Mord brauchte: Es versprach einen schmerzfreien und schnellen Tod. Der »Patient« würde friedlich entschlafen und vom eigentlichen Tod nichts mehr mitbekommen, welcher durch einen Atem- und Herzstillstand auf natürliche Weise eintrat.

Ich machte mich schlau, welche Firmen dieses »Natrium-Pentobarbital« herstellten und wo man es sonst noch verwendete, denn es war unwahrscheinlich, dass es ausschließlich zu Sterbehilfezwecken entwickelt worden war. Schnell fand ich heraus, dass es heute vor allem von Tierärzten zum Einschläfern von Haustieren verwendet wird, aber früher in geringer Dosis auch gerne als Schlafmittel verschrieben wurde. Auch das war sehr gut! Blieb nur noch die Frage, wie ich rezeptfrei an dieses Gift kommen könnte. Ich weiß bis heute nicht, ob es Vorsehung war oder ob mich ein Teufel ritt, als ich das Mittel auf Willhaben eintippte. Ich bekam sofort ein Ergebnis. Ein Link führte mich auf folgende Seite.

*Wir Großhandel und Einzelhandel Premium grade Nembutal (Natrium-Pentobarbital) auf 99,99 % Reinheit, kontaktieren Sie uns für weitere Details.*
*Wir sind einer der international vertrauenswürdigen Premium-*

*Anbieter von ausgezeichneter Qualität und höchste Reinheit Nembutal, Pentobarbital, Sodium Nembutal und Natrium Pentobarbital schlafen Medikamente zum besten Preis auf dem Markt oder im Internet.*
*Wir sind stolz bieten nur die höchste Qualität Schlafsack Produkte, sind wir einer der zuverlässigsten Unternehmen auf dem Markt und erhalten zufriedene Rückmeldungen von unseren Kunden.*

Gleich darunter die E-Mail-Adresse eines gewissen Dr. Goetze, der meine Anfrage beantworten würde.

So weit, so gut. Ich hoffte inbrünstig, dass Dr. Goetze in Chemie besser aufgepasst hatte als in Deutsch. Es hätte mich auch brennend interessiert, wie die zufriedenen Rückmeldungen der Kunden (der Selbstmörder?) aussahen und wodurch diese Zufriedenheit ausgelöst worden war, aber es gab auch hier keine Sternebewertung zum Nachlesen. Außerdem bedauerte ich, dass ich das Nembutal nicht gleich direkt in einen Einkaufskorb legen konnte, aber immerhin wusste ich jetzt, dass die Möglichkeit bestand, dieses Gift anonym zu bestellen.

Es war wahrscheinlich meine erste bewusste kriminelle Handlung, dass ich mit diesem Dr. Goetze Kontakt aufnahm, denn dass der Handel mit apothekenpflichtigem Gift nicht legal sein konnte, war mir natürlich klar. Daher legte ich mir sicherheitshalber auch eine neue E-Mail-Adresse zu. Um meine IP-Adresse zu verschleiern, schrieb ich die Anfrage von einem Schulcomputer aus.

Die Antwortmail hatte ich in der nächsten Pause. Beim Öffnen war ich so aufgeregt wie bei meinem ersten Liebesbrief.

*Vielen Dank für Ihr Interesse an unsere Produkt. Wir verkaufen 99,99 % reines und qualitativ hochwertiges Nembutal (Natrium Pentobarbital), und wir garantieren Ihnen 100 % Erhalt der besten Reinheit und Qualität von uns. Unser Lager ist groß und wir liefern ab 50 Milligramm. Wir haben Kapseln, Injektionen ml und Kristalle und können über 10 kg pro Monat bereitstellen. Unsere Preise sind wettbewerbsfähig und bezahlbar, und wir liefern auch an internationale Käufer. Wir bieten Ihnen an:*
*50 g: 220 €*
*Versand- und Lieferkosten betragen: 30 €*

*Zahlungsbedingungen: Western Union, Moneygram, oder BTC*
*Lieferzeit: binnen 48 Stunden max, Kurier Speziallieferung*
*Versand: 100 % diskret und über Nacht mit DHL, EMS oder FedEx*
*Verpackung: neutral und diskret*
*Wir werden Ihre positive Antwort zu schätzen wissen und freuen uns auf Ihre Bestellung und dann senden ihre Lieferung*
*Besten Dank*
*Dr. Goetze*

Zunächst war ich natürlich geschockt. Das war nicht nur schwerstens suspekt, sondern auch unverantwortlich, was hier angeboten wurde. Zur Sterbehilfe waren fünfzehn Gramm des Mittels völlig ausreichend, und dabei gingen die Leute von Dignitas schon auf Nummer sicher. Ich schätzte, dass fünf bis sechs Gramm vielleicht schon genügten, um eine kleine Person um die Ecke zu bringen. Und dieser Typ konnte zehn Kilogramm von dem Zeug bereitstellen? Damit hätte ich den gesamten Landesschulrat ausrotten können und das Unterrichtsministerium noch dazu!

Die Zahlungsbedingungen waren auch bestenfalls halbseriös. Mit Bitcoins konnte ich natürlich nicht aufwarten, aber ich informierte mich über Western Union und Moneygram. Es handelte sich um ganz normale Banken, die einen schnellen, aber auch anonymen Transfer von Geldsummen zwischen Kontinenten ermöglichten. Ich wollte gar nicht so genau wissen, welche Arten von Geschäften über solche Banken abgewickelt wurden, aber es schien mir legal. Außerdem, meine paar hundert Euro würden weder die Bankgesellschaft noch die Finanzpolizei interessieren. Lediglich mein Bankkonto ächzte unter der weiteren Belastung, die ich ihm zumutete. Ich versprach ihm, dass es die Letzte für eine Weile sein würde, und überschlug im Kopf, wie viele Bücher ich in etwa verkaufen musste, bis sich meine Ausgaben rentierten. Ich rechnete mir auch keine hohen Chancen aus, das Barbiturat von der Steuer absetzen zu können. Demnach war das Ergebnis meiner Kalkulation ernüchternd, aber dann fiel mir ein, dass auch Solaranlagen eine Amortisationszeit von über zehn Jahren hatten. Man durfte das nicht so eng sehen, musste immer das große Ganze im Auge behalten.

Kurz und gut, anstatt die Adresse des Dr. Goetze an die Polizei weiterzuleiten, bestellte ich ein Fläschchen Nembutallösung zu hundert Milliliter und dazu noch fünfzig Gramm in Pulverform, denn in der Zwischenzeit war ein wahnwitziger Plan in meinem kriminellen Gehirn herangereift, der meinem neuen Roman nicht nur Authentizität, sondern auch Bestsellerformat verpassen würde. Die Beschattungsmisere war längst vergessen, denn jetzt hatte ich noch etwas viel Kolossaleres als Erpressung im Sinn: Ich würde einen Mord probieren, und Vladtka musste als Opfer herhalten!

*Bald ist es so weit*

*Der junge Mann ist sich sicher. Bald kann er seinen Plan in die Tat umsetzen. Er hat sie gewarnt. Eine kleine Chance wird er ihr noch geben, sich zu erklären. Er ist ja kein Unmensch. Aber er ist Realist. Dann wird er frei sein und mit seiner Geliebten ein neues Leben beginnen.*

## Mordsmäßige Irrtümer und Leichtsinnigkeit

Eine Woche später – die achtundvierzig Stunden Lieferzeit waren lange um, und ich war schon etwas nervös, ob ich nicht doch einem Schwindler aufgesessen war – legte mir der Schulwart grinsend ein Paket auf den Tisch.

»Sehr diskret, des Packerl, Frau Professor. Biacha san des oba kane!«, meinte er mit einem seltsamen Augenzwinkern.

»Wieso denn nicht?« Ich war irritiert über seine anmaßende Vertraulichkeit.

»Geh, Frau Professa, dazöhn S' ma nix. Mei Nochboa kriagt a imma so Packeln, wo ka Fiama drauf steht. I waß genau, wos do drin is!«

»So, was ist denn da drin?«, fragte ich naiv.

»I mahn, Sie wissn des wirkli net?«, rief er erstaunt. Dann trat er näher an mich heran – für meine Begriffe unterschritt er die Intimdistanz bei Weitem – und flüsterte mir ins Ohr: »Na, Sexspüzeig! Peitscherl, Videos und so weida!« Dann schnalzte er noch mit der Zunge und ließ mich betroffen stehen.

»Hast du seit Neuestem auch Geheimnisse mit dem Schulwart?« Wolfram hatte unser Tête-à-Tête offensichtlich beobachtet.

»So ein Idiot!«, zischte ich. »Nur weil das Packerl kein Firmenlogo hat, glaubt er zu wissen, dass Sexspielzeug drin ist!«

»Und, darf ich hoffen?« Anzügliche Scherze hatte Wolfram schon lange nicht mehr gemacht.

»Leider nein«, gab ich ihm zu verstehen. »Ich hab mir über Amazon Marketplace ein paar gebrauchte Bücher bestellt, die werden privat verschickt und haben natürlich kein Logo.«

»So schnell ist der Ruf dahin!« Wolfram lachte und zog vergnügt von dannen. »Meine Frau hat Sexspielzeug bestellt!«, raunte er Lucy im Vorübergehen zu.

»Echt?« Lucy stieß einen bewundernden Pfiff aus.

»Blödsinn!«, knurrte ich. »Der Schulwart hat das vermutet, weil mein Paket angeblich so diskret ist!«

»Ach so! Ich hab schon geglaubt, ich kann was von dir lernen!«

Warum glaubte eigentlich jeder, ich wäre eine verklemmte Alte?

»Kommt drauf an, auf welchem Gebiet du dein Wissen erweitern möchtest«, murrte ich grantig. Lucy bemerkte meine üble Laune nicht, oder sie ignorierte sie einfach.

»Du, ich wollte dich fragen, ob du eine Idee hast, was man mit den vierten Klassen in Wien machen kann. Was mit Englischbezug, wenn's geht. Weißt eh – fürs Protokoll. Heiner geht mit ihnen ins Technische Museum, und ich brauch als Begleitung ja auch was.«

»Madame Tussauds«, sagte ich, ohne viel zu überlegen. »Das ist erstens quasi englisch, und zweitens brauchst du nichts vorzubereiten. Jeder Schüler soll sich einen Promi auswählen und dann kurz über ihn referieren – auf Englisch natürlich. Und ihr könnt einstweilen gemütlich auf einen Kaffee gehen.«

»Super! Auf dich ist immer Verlass, Minnerl!« Lucy lief strahlend zu Heiner, um ihm die frohe Botschaft zu übermitteln. Ich freute mich. Die Sache mit Heiner schien gut zu laufen.

Auch unser Eheleben näherte sich langsam wieder dem Normalzustand an, zumindest, was die Kommunikation zwischen uns betraf. Ich hatte mich allerdings schon so daran gewöhnt, dass Wolfram mir im Haus aus dem Weg ging, dass ich bei meinen oft recht delikaten Vorbereitungsarbeiten kaum Vorkehrung traf, um nicht erwischt zu werden.

Am Nachmittag platzte er ohne anzuklopfen in mein Arbeitszimmer und ertappte mich bei einem heiklen Experiment.

»Was treibst du denn da?«, fragte er erstaunt.

Ich hatte mir auf YouTube einige Videos angesehen, wie man mit Haarnadeln oder Büroklammern Schlösser knacken konnte. Klar, ich hatte mein Dietrichset, aber im Notfall sollte ich auch ohne klarkommen. Im Keller hatte ich drei verschieden große Vorhängeschlösser und ein altes, verrostetes Türschloss gefunden, an denen ich mich versuchen wollte.

»Ach, Lore braucht ein Schloss für ihr Gartenhaus. Die Nachbarskinder waren schon ein paar Mal unbefugt drinnen«, stotterte ich. Ein Hoch meiner Phantasie! Sie ließ mich einfach nie im Stich.

»Und da willst du ihr das rostige Zeug andrehen?« Wolfram schüttelte ungläubig den Kopf. »Lore wird sich doch ein Vorhängeschloss leisten können. So was kostet vielleicht ein paar Euro!«

»Ich wollte auch noch ausprobieren, wie leicht die Schlösser zu knacken sind, weil, bei diesen Nachbarskindern weiß man nie!«, versuchte ich abzulenken.

Wolfram zeigte überraschendes Interesse. »Geh, lass mich das auch mal probieren.« Er schob mich zur Seite und bohrte gefühlvoll in einem Vorhängeschloss herum, bis es klickte.

»Bei uns im Tennisclub haben wir solche Schlösser für den Spind, wenn die wirklich so leicht zu knacken sind, sollte ich meine Geldbörse vielleicht lieber mit auf den Platz nehmen«, sagte er mit Nachdruck.

Wolfram stellte sich erstaunlich geschickt an, viel geschickter als ich, musste ich zugeben. Motorisch war ich immer schon eine Niete gewesen. Ich darf gar nicht daran denken, wie ungelenk ich im Fach Werken gewesen war. Im Nu hatte er alle drei Modelle im Griff. »Easy«, bemerkte er stolz. »Damit werde ich meine Tennisfreunde schocken!«

»Vielleicht solltest du so einen Schlüsseldienst anbieten«, scherzte ich. »Du weißt schon, wenn sich jemand ausgesperrt hat.«

»Genau. Und du machst dann den Telefondienst dazu, auch am Wochenende und in der Nacht!« Wolfram grinste, ich lächelte zurück. So viel Nähe zu meinem Mann hatte ich lange nicht mehr gefühlt. Mir wurde richtig warm ums Herz.

»Wolltest du eigentlich etwas Konkretes?« Über den Schlössern hatten wir ganz vergessen, warum Wolfram ursprünglich in mein Zimmer gekommen war.

»Nichts Wichtiges«, meinte er kurz. »Ich wollte dir nur sagen, du brauchst heute Abend nicht auf mich zu warten. Stammtisch!«

»Ach so, ja. Kein Problem, ich hab jede Menge Hefte«, sagte ich, was leider der Wahrheit entsprach. Ein klein wenig enttäuscht war ich natürlich schon. Jetzt, wo wir uns wieder so gut verstanden, hätten wir schon einmal miteinander einen Abend verbringen können. Aber ich betrachtete es als gutes Zeichen, dass er sich überhaupt abmeldete.

Die nächste Unvorsichtigkeit passierte mir am darauffolgenden Wochenende. Dr. Goetzes Paket war zwar wie bestellt angekommen und das Geld inklusive einer hohen Transaktionsabgabe von meinem Konto abgebucht worden, aber ich konnte natürlich nicht sicher sein, dass die Fläschchen tatsächlich beinhalteten, was draufstand. 99,99 Prozent garantierte Reinheit hin oder her, ich musste das Nembutal auf seine Wirkung testen. Und nicht nur das. Auf der Dignitas-Seite war auch zu lesen, dass das Mittel zwar keine Schmerzen verursachen würde, aber sehr bitter sei. Die Patienten bekamen in der Regel Schokolade dazu serviert. Da musste ich nicht lange überlegen, was, beziehungsweise wie ich meinen Giftcocktail an die Frau bringen würde: Es mussten Zimtschnecken sein.

Vladtkas Vorliebe für dieses Gebäck hatte ich ja von Weihnachten noch in lieber Erinnerung, und es eignete sich hervorragend, um das Nembutal einzuarbeiten. Dem Teig und der Zimtfüllung konnte man etwas von dem Pulver beimengen und sowohl der Rum- als auch der Zitronenglasur würde ein Schuss flüssiges Nembutal keinen Abbruch tun. Es kam eben auf die Dosierung an. Den Rosinen in der Fülle konnte ich extra viel Rum zusetzen, um die Bitterkeit zu überdecken, und in der Glasur würden Zucker, Rum und Zitronensaft diese Aufgabe übernehmen.

Das Wochenende war ein idealer Zeitpunkt, um unauffällig zu backen. Am Samstagabend bereitete ich die Mürbteigrollen fix und fertig vor und ließ sie im Kühlschrank rasten. Am Sonntagmorgen stand ich dann eigens früh auf, damit ich mit dem Backen und Glasieren rechtzeitig fertig wurde, bevor Wolfram zum Frühstück kam.

Ich hatte vor, mehrere Testreihen anzulegen, dafür teilte ich den Mürbteig in mehrere Teile. Eine Rolle ließ ich unbehandelt, also ohne jegliche Zugabe von Nembutal, damit ich immer eine geschmacklich neutrale Variante zum Vergleich hatte. Die restlichen Schnecken dosierte ich in aufsteigender Menge. Die am niedrigsten dosierten Stücke enthielten in etwa ein halbes Gramm von dem Barbiturat, die härtesten Ausgaben zwei. Ich ordnete die Schnecken auch schön ihrer Stärke entsprechend.

Es ging flotter, als ich dachte. Bereits eine Stunde später hatte ich alle Schnecken glasiert. Ich war stolz auf meine Prototypen, optisch war ihnen nichts Suspektes anzusehen. Die Glasur glänzte schön seidig.

Da es erst halb acht Uhr war, beschloss ich, noch eine Runde durch den Park zu laufen. Unterdessen würde die Glasur fest werden, dann konnte ich das Zeug wegräumen und mit Wolfram das Sonntagsfrühstück genießen.

Warum er ausgerechnet an diesem Tag früher zum Tennis wollte, entzieht sich meiner Kenntnis. Auf jeden Fall lag er, als ich vom Joggen heimkam, in seiner hübschen neuen Tennismontur auf dem Sofa und schlief tief und fest. Die Schnecken hatte er in die dafür bereitgestellte Keksdose geschichtet. Das Joggen hätte ich mir sparen können, die Panik aktivierte meine Schweißdrüsen mehr als ein ganzer Marathon. Nicht genug, dass es nunmehr unmöglich geworden war, die Giftstärke der Teilchen zu eruieren, ich hatte auch keine Ahnung, wie viel von dem Zeug in Wolframs Blutbahnen rauschte.

Ich versuchte, ihn zu wecken. Keine Chance! Selbst als ich ihn heftig rüttelte, bewegte er sich nicht. Wenigstens ging sein Atem ruhig, und auch sein Puls war regelmäßig, wenn auch sehr langsam. Dennoch traute ich mich zunächst nicht einmal, duschen zu gehen. Was, wenn er einen Schock erlitt?

Den Schock erlitt dann nicht er, sondern ich, als plötzlich ein lauter Schrei die Stille des Hauses durchbrach: »Der schönste Mann im Raum bitte mal an sein Handy!«

Mein Gott, wie ich diesen Prolo-Klingelton hasste! Er hatte mich fast aus den Latschen kippen lassen, Wolfram hingegen rührte sich nicht. Ich suchte hektisch in seiner Sporttasche nach dem Teil, um es endlich zum Verstummen zu bringen. Wahrscheinlich rief sein Tennispartner an, um nach seinem Verbleib zu fragen. Zu meinem Erstaunen war Lucy am Apparat.

»Hallo, Lucy!«, sagte ich. »Hör mal, Wolfram ist gerade nicht erreichbar. Kann ich ihm was ausrichten?«

»Ah, hallo, du bist's! Wie geht's dir?«, antwortete Lucy.

»Danke, gut. Was wolltest du von Wolfram?«

»Ach ja, richtig. Ich bräuchte was Geografisches von ihm. Also, ich mach da mit den Vierten so ein Projekt über Australien. Er hat doch da sicher was für mich, was Einfaches zum Übersetzen!«

»Sicher hat er was, ich werd's ihm sagen, wenn er wieder ... äh, da ist. Aber wieso schaust du nicht gleich im Internet, da kriegst du die Sachen original auf Englisch. Ich google immer ›Teaching xy‹, da findest du jede Menge super Material, meistens auch gratis.«

»Ja klar! Da hätt ich auch selber draufkommen können«, gab

Lucy unumwunden zu. »Richte Wolfram schöne Grüße aus, wenn er wieder da ist. Wenn er irgendwas Cooles hat, kann er es mir ja am Montag mitbringen, wenn nicht, hab ich bis dahin sicher genug gefunden. Schönes Wochenende noch euch beiden!«

Ich hatte nicht einmal die Zeit, mich zu bedanken, schon hatte sie aufgelegt.

Wolfram hatte sich in der Zwischenzeit in seine übliche Embryonalhaltung geringelt. Daraus schloss ich, dass keine Lebensgefahr mehr bestand, und ging duschen. Danach erledigte ich ein paar Hausarbeiten und begann zu kochen. Auch das Mittagessen musste ich alleine zu mir nehmen, erst am Nachmittag kam er wieder zu sich. Er konnte es nicht fassen, dass er so lange geschlafen hatte. Außerdem klagte er über Kopfweh und Übelkeit.

»Sag mal, was waren denn das für Rosinen in den Schnecken? Die haben irgendwie bitter geschmeckt. Kann es sein, dass die schon verdorben waren? Schimmlig oder so?«, brummte er. Dabei griff er sich an den Kopf, als hätte ihm jemand einen Schlag mit dem Holzhammer verpasst.

»Unmöglich!«, entrüstete ich mich. »Die hab ich erst gestern im Bio-Laden gekauft.« Demonstrativ fischte ich mir eine Schnecke aus der Dose und biss mit vorgetäuschtem Appetit hinein.

»Einwandfrei!«, sagte ich. Geschmacklich konnte ich keine Besonderheiten feststellen, also hatte ich offenbar ein Glückslos gezogen.

Wolfram wurde hingegen beim bloßen Zusehen so schlecht, dass er auf die Toilette musste und sich lauthals übergab. Mein armer Mann! Andererseits hätte er auch warten können und fragen, ob die Schnecken bereits gegessen werden durften. Ich warf den Rest der Schnecke in den Abfall, bevor Wolfram – noch etwas grünlich im Gesicht – wieder zurückkam.

Für den Rest des Tages verkroch er sich im Schlafzimmer. Erst am späten Abend tauchte er wieder auf, da war die Übelkeit jedoch endgültig weg. Und wie! Er machte sich über den Inhalt des Kühlschranks her, als hätte er eine Woche lang nichts gegessen. Dann rülpste er einmal genüsslich und ging wieder zu Bett.

»Sei mir nicht böse«, sagte Wolfram am nächsten Morgen in der Schule, während er die Keksdose mit den verbliebenen Zimtschnecken aus seiner Schultasche zog und in die Kaffeeküche trug. »Mir graut vor dem Zeug, wenn ich es nur anschaue. Hier wird sich schon jemand erbarmen.«

Ich hatte die Dose in der Speisekammer zwischengelagert und natürlich nicht damit gerechnet, dass Wolfram sie suchen, geschweige denn den Kollegen zum Fraß vorwerfen würde. Es half nichts. Ich musste tatenlos zusehen, wie Günther sich sofort »erbarmte« und auch Klaudia die Keksdose hinhielt. »Schon gefrühstückt?«, fragte er.

»Ich frühstücke nie!«, gab Klaudia zu Protokoll, sicherte sich aber trotzdem ein Stück. »Zum Kaffee in der Pause«, sagte sie.

Ich machte ein geistiges Kreuzzeichen und verschwand ins Lehrerzimmer. Am liebsten wäre ich davongerannt. Was, wenn …? Ich verdrängte den Gedanken. Sterben würde niemand, da müsste einer schon enorm viele Schnecken auf einmal essen. Ich hörte gedämpft, wie zwei Kollegen stritten, ob die Schnecken anders schmeckten als sonst. Die Antwort lag auf der Hand. Ja und nein!

Ein paar Stunden später hatte ich das Ergebnis meiner Testreihe auf dem Tisch. Nur Günther war tatsächlich während der Stunde kurz eingenickt. Er wurde prompt am nächsten Tag zum Direktor beordert, der ihm mit einem Disziplinarverfahren drohte, falls er jemals wieder alkoholisiert zum Dienst erscheinen sollte. Auch andere Klassen erlebten einen amüsanten Schultag. Klaudia war zwar nicht eingeschlafen, aber sie musste während einer Stunde drei Mal aufs Klo. »Ich weiß ja, warum ich nie frühstücke«, stöhnte sie. Lore hatte zum ersten Mal in ihrer Schulkarriere vergessen, eine Hausübung aufzugeben, wie überhaupt die allgemeine Vergesslichkeit der Professoren an diesem Tag wohl exorbitant höher als sonst war. Wilfried hatte sich angeblich mehrere Stücke genommen und sich in sein Büro zurückgezogen. Er wurde den ganzen Tag nicht mehr gesehen und verließ zum ersten Mal in seiner Amtszeit als Direktor als Letzter das Schulhaus.

»Ups!«, entschuldigte ich mich später bei Günther. »Da ist mir bei den Rosinen anscheinend die Rumflasche ein wenig ausgekommen. Aber dass es so viel Alkohol war!« Günther konnte schon wieder lachen. »Haben eh phantastisch geschmeckt, Minnerl. Der Alte kann mich mal!« Lore konnte ihn gerade noch zurückhalten, seinen Cognac auszupacken.

Im Endeffekt konnte ich aus dem ungeplanten Blindtest ein paar wertvolle Schlüsse ziehen: Ein paar Schnecken mit durchschnittlicher Dosis würden vielleicht reichen, um Vladtka einzuschläfern, nicht aber, um sie zu töten. Wie ich die Inspektorin kannte, würde sie es kaum bei einer Schnecke belassen, was wohl selbst für eine kurzfristige Betäubung zu wenig wäre. Dennoch – zusätzlich würde ich etwas flüssiges Nembutal mitnehmen, für den Fall, dass die Rum-Rosinen-Wirkung zu gering war oder Vladtka sich aus unerfindlichen Gründen nicht gleich darüber hermachte.

Und ich musste ein Mittel gegen Übelkeit beimischen, damit ihr die Zimtschnecken nicht wieder hochkamen, bevor sie überhaupt wirken konnten.

Es erfüllte mich mit Freude, dass ich für diesen Zweck quasi ganz befugt an so ein Medikament herankam, denn ich wurde in meinem Arzneischrank fündig. Diesen auszusortieren war zwar schon lange ein Punkt auf meiner To-do-Liste, jetzt war ich aber froh, es noch nicht getan zu haben. Die Paspertintropfen waren schon ein halbes Jahr abgelaufen, ich schätzte jedoch, sie würden für meine Zwecke ausreichend sein.

Schätzen allein war mir aber nicht genug. Ab jetzt wollte ich nichts mehr dem Zufall überlassen. Ich musste mir auch den Ersatzcocktail gut überlegt zusammenmischen – und ihn auch testen. Diesmal würde ich vorsichtiger sein und wissenschaftlich vorgehen. Ich würde Listen anlegen und genau analysieren, was natürlich nur im Selbsttest geschehen konnte.

Meiner ersten Test-Tasse mischte ich Nembutal und Paspertin zu gleichen Teilen bei, allerdings zu wenig. Der gedopte Kaffee schmeckte leicht bitter, aber die einschläfernde Wirkung des Narkosemittels wurde durch das Koffein aufgehoben und zeigte keinerlei Effekt. Ich drehte eine halbe Stunde später ungehindert meine Joggingrunde, ohne dass mir übel wurde. Fazit: Paspertindosis belassen, Nembutal erhöhen.

Ich ließ einen Tag verstreichen, damit mein Körper sich erholen konnte. Den nächsten Nachmittagskaffee versetzte ich mit der doppelten Menge Nembutal, die Paspertindosis behielt ich bei. Wolfram würde ohnehin zum Stammtisch fahren, da würde es nicht auffallen, wenn ich früh zu Bett ging.

Diesmal konnte ich wirklich nichts dafür. Ich rührte soeben etwas Zucker in meine Melange, da der Kaffee jetzt schon deutlich bitterer schmeckte, als Wolfram in die Küche gehetzt kam.

»Bin spät dran!«, rief er. »Lass mal einen Schluck!« Er schnappte sich meine Tasse und leerte die Hälfte in einem Zug.

»Brrr! Neue Marke?«

»Spezialmischung!«, erwiderte ich.

»Die brauchst du nicht wieder zu kaufen!«, sagte er und war auch schon zur Tür hinaus.

Ich kippte den Rest des Kaffees in die Spüle, für den Test hatte die halbe Tasse keinen Wert. Gerade, als ich mir eine neue Melange brauen wollte, kam mir die erschreckende Erkenntnis, dass die paar Schlucke, die Wolfram zu sich genommen hatte, bei ihm vielleicht jetzt schon Wirkung zeigten. Er war mit dem Auto unterwegs! Nicht umsonst warnten Pharmafirmen auf ihren Beipackzetteln mit erhöhter Gefahr im Straßenverkehr durch verminderte Verkehrstüchtigkeit.

Bis zum Stammtisch war es eine vielleicht halbstündige Fahrt. Die Wirkung von Nembutal konnte schon nach wenigen Minuten eintreten.

Eine Stunde lang litt ich an quälender Ungewissheit und schlechtem Gewissen. Dann hielt ich es nicht mehr länger aus und rief ihn an. Irgendeine fadenscheinige Ausrede würde mir schon einfallen, denn den Ehegatten anzurufen, während er beim Stammtisch weilte, war eigentlich vollständig tabu.

Natürlich ging er nicht ran, dafür sprang meine Phantasie an wie ein Turbodiesel. Ich sah ihn im Straßengraben liegen, sah mich weinend und in Handschellen, mit je einem Polizisten zu meiner Linken und Rechten, an seinem Grab stehen, die mörderischen Blicke meiner Schwiegermutter auf mich gerichtet.

»Alles nur wegen dieser Schreiberei!«, sagte ihr Blick.

»Schlaft ihr nicht miteinander?«, hörte ich in meinem unterbewussten Hinterköpfchen.

Was, wenn ich ihn gerade jetzt, als er zur Tür hinaushetzte, zum letzten Mal gesehen hatte? Ohne Aussprache über unsere Eheprobleme wäre er von mir gegangen. Mein ganzes restliches Leben würde ich mir das nicht verzeihen können!

Ich rief noch drei Mal an, in Zehnminutenabständen. Nichts.

Mein Gott, Minnerl, versuchte ich mich zu beruhigen. Er wird das Handy im Wirtshaus auf lautlos gestellt haben, und das Vibrieren hört er halt nicht bei all dem Lärm.

Ich konnte mich nicht überzeugen, meine Nerven lagen blank.

Um die Wartezeit zu verkürzen, holte ich meinen neuesten Eheratgeber und blätterte ihn durch.

*Wenn der Mann nicht ans Handy geht, muss es nicht immer gleich bedeuten, dass er eine Geliebte hat,* stand hier.

Ich muss sagen, dass mich das ganz und gar nicht beruhigte. Im Gegenteil. Ich schnellte aus meiner halb liegenden Sofaposition auf. Konnte es sein, dass Wolfram gar nicht beim Stammtisch war? Dass er bei der Geliebten zugange war und deshalb nicht an sein Handy ging?

*Wenn sich der Partner allerdings plötzlich neu einkleidet, permanent Überstunden macht oder ständig zum Sport muss, dann dürfen schon einmal die Alarmglocken läuten.*

Eigenartig, dass ich plötzlich pinkfarbene Nano-Leggins vor meinem inneren Auge sah.

Was tun Ehefrauen, die ihre Männer verdächtigen? Genau! Sie untersuchen deren persönliche Sachen.

Minnerl, schalt ich mich, das ist Vertrauensbruch!

Wenn ich nichts finde, ist ja eh alles in Ordnung, redete ich mir zu und durchkämmte zunächst einmal seinen Kleiderschrank und die Jacketttaschen. Nichts Auffälliges, keine Lippenstiftspuren, keine unbekannten Damenslips oder Kondome. Der Inhalt seiner Sporttasche konnte den Verdacht des Ehebruchs ebenso wenig erhärten – ein Deo musste wohl erlaubt sein – wie sein Arbeitsplatz. Der Schreibtisch war picobello aufgeräumt und zeigte keine Anomalien.

Ich bezichtigte mich schon der Hysterie, als mir beim Öffnen der Schublade etwas Suspektes ins Auge stach. Ich zog zwei medizinisch aussehende Schächtelchen heraus. Auf beiden waren sowohl ein Hund als auch eine Katze abgebildet. In jeder Packung befanden sich je drei Fläschchen, die meinen Nembutalampullen verblüffend ähnelten, nur etwas kleiner ausgefallen waren. Laut Beipacktext handelte es sich um Tollwutimpfstoff.

Betreten legte ich die Schachteln an ihren Platz zurück und verließ Wolframs Arbeitszimmer. Was hatte das nun wieder zu bedeuten? Zeugnisse eines möglichen Ehebruchs hatte ich zwar keine gefunden, aber zwei Packungen Tollwutimpfstoff in einem Haushalt ohne Haustiere konnten mich auch nicht sonderlich beruhigen.

Wozu brauchte er ein Tollwutmittel?

Und dann durchfuhr mich die Erkenntnis wie ein TGV einen Tunnel. Er wollte jemanden damit töten! Sein Interesse an meiner kriminellen Expertise hatte gar nicht mir gegolten. Aber wen wollte er damit umbringen? Vladtka doch wohl kaum. Er hatte nichts gegen sie, im Gegenteil, sie wollte ihn doch puschen, zum Direktor befördern. Wer konnte ihm so sehr im Weg stehen, dass er ihn auf so brutale Weise entfernen wollte?

Komm schon, Minnerl, das weißt du genau!, flüsterte meine innere Stimme. Vierzig Prozent aller Tötungsdelikte sind Beziehungsmorde. Das kannst du nicht leugnen! Wolfram hatte vermutlich doch eine Geliebte! Vor lauter Observieren hatte es mich nicht gekümmert, dass er kaum noch zu Hause war. Und jetzt wollte er mich los haben! Er konnte das Mittel praktisch überall hineinmischen, ohne dass es mir auffallen würde.

Mein Gott! War ich im eigenen Haus meines Lebens nicht mehr sicher?

Blödsinn! Deine kriminelle Phantasie geht mit dir durch, Minnerl!

Gut, übermorgen würde Wolfram für zwei Tage auf ein Gewerkschaftsseminar fahren. So lange musste ich noch durchhalten. Anschließend, wenn er wieder zurück war, musste er mir Rede und Antwort stehen, was er mit dem Tollwutmittel bezweckte, und überhaupt!

Falls er noch am Leben war!

Er erschien einige Stunden später und legte sich wortlos ins Bett. Dass er lebte, war mir ein schwacher Trost, wenigstens hatte mich mein verantwortungsloses Handeln nicht zur Witwe gemacht. Genauso wenig wollte ich ihn allerdings als glücklichen Witwer wissen!

Die Nacht brachte mir keinen erlösenden Schlaf. Zuerst hatte ich gedacht, ich könnte meiner Schlaflosigkeit mit ein paar Tröpfchen Nembutal entgegenwirken, aber dann fiel mir ein, dass ich dann komplett wehrlos gewesen wäre. Ich war völlig gerädert, als endlich der Wecker läutete.

Auch Wolfram zeigte sich am nächsten Morgen extrem gereizt. Dass ich ihn mehrere Male am Handy angerufen hatte, war ihm noch nicht einmal aufgefallen, und ansprechen wollte ich ihn in dieser miesen Verfassung auch nicht.

In der Pause holte ich noch die fehlenden Unterschriften der Kollegen für meine Petition für Lucy ein. Wenigstens darauf konnte ich stolz sein. Bis auf Wolfram und Wilfried, die ich nicht gefragt hatte, hatten alle unterschrieben, dass sie die Frau Inspektorin bitten wollten, die Wiederverwendung der Kollegin Westermann doch noch einmal ins Auge zu fassen.

»Ich will dich nicht desillusionieren«, meinte Lore, »aber ich kann mir nicht vorstellen, dass Vladtka ihre Haltung ändern wird. Trotzdem viel Glück!«

Lore konnte ja nicht wissen, dass diese Bittschrift mittlerweile nur ein Vorwand für mich war, um bei Vladtka vorgelassen zu werden.

Ich würde ihr die Liste persönlich vorlegen, mit entsprechenden Hintergedanken natürlich.

Es gab dann doch etwas, was meine Laune merklich hob.

»Ich muss dir was sagen!« Lucy zog mich zur Seite. »Ich bin deinem Rat gefolgt und hab meinen Lover endgültig abserviert.«

»Was hat dich so sicher gemacht?« Ich hoffte, dass Lucy nicht nur durch meinen Tipp zu ihrem Entschluss gekommen war. Schließlich hatten mir die letzten Tage gezeigt, dass ich in puncto Beziehungskisten völlig ahnungslos zu sein schien.

»Ach, das waren mehrere so Kleinigkeiten«, sagte sie. »Wie du gesagt hast, er hat sich nicht zwischen uns entschieden. Neulich zum Beispiel hat er mich einfach versetzt. Ich nehme an, seine Frau hat ihn nicht weggelassen. Und gestern ...« Lucy kicherte. »Stell dir vor, er hat mich zwar besucht, aber dann ist er mir am Sofa eingeschlafen! Nicht einmal bis zum Vorspiel sind wir gekommen. Dann hab ich ihm deutlich gesagt, dass er nicht mehr zu kommen braucht. Es wird ihm sowieso zu viel, dann soll er sich doch wieder mit seiner Frau aussöhnen.«

»Und, wie hat er reagiert?«

»Kindisch, was denn sonst. Verletzter Mannesstolz und so weiter. Der wird sich so schnell nicht abwimmeln lassen.«

»Na, dann wünsch ich dir viel Durchhaltevermögen!« Ich fragte mich, ob Lucy standhaft bleiben würde.

»Werd ich haben! Da ist nämlich noch was, was ich dir erzählen wollte. Heiner hat mich zu einem Vampirdinner eingeladen. Zu sich nach Hause. Er will selbst kochen. Ist das nicht lieb?«

»Das ist *sehr* lieb!«, bestätigte ich. Ich warf einen Blick zu ihm hinüber. Er fing ihn auf und lächelte mich glücklich an. Gut, dass er so mit sich beschäftigt war, dann würde er mich nicht nach meinen neuesten Recherchen fragen. Beschattungshilfe, ja. Aber den Mord musste ich schon alleine erledigen, da konnte ich niemanden mit hineinziehen.

Am »Abend davor« packte ich sorgfältig alle meine Detektivsachen in den Rucksack. Spionagebrille und -kuli kamen in eine Seitentasche zur schnellen Entnahme. Heiners Hacking-CD steckte ich in die Fronttasche, sie würde ich ebenso rasch zur Hand haben müssen. Jacke, Fernglas und Miniwanze sowie das Dietrichset stopfte ich wahllos hinein. Es war unwahrscheinlich, dass ich etwas davon brauchen würde, aber ich wollte für alles gewappnet sein. Schließlich fehlten nur noch die giftigen Sachen. Die Zimtschnecken waren wunderschön gelungen, ich hatte kleine Proben von Fülle und Glasur gekostet, das Bittere war kaum zu spüren gewesen. Die Extraration Nembutal mit zugesetzten Paspertintropfen leerte ich in ein leeres Trinkfläschchen Vitasprint B12, das Wolfram so gerne nach dem Sport zu sich nahm. Als eiserne Reserve, falls Vladtka nicht wie erwartet gleich zu meinem köstlichen Gebäck greifen würde.

Im Geiste ging ich noch einmal den ganzen Plan durch. Ich würde Vladtka um eine Unterredung bitten und die Unterschriftenliste vorlegen. Sie würde sich über die Zimtschnecken freuen und gierig gleich zwei bis drei verschlingen. Das würde sie natürlich nicht wirklich das Leben kosten, aber die Tatsache, dass ich – bei entsprechend hoher Dosis – durchaus in der Lage wäre, einen wirklichen Mord zu begehen, würde meinem Roman genau die Authentizität verleihen, die anderen Krimis fehlte. Ein realer Probemord als Recherche! Wenn sich so viel Einsatz nicht lohnte.

Während Vladtka fest schlief, würde ich mich seelenruhig in ihrem Haus und vor allem in ihrem Computer umsehen können und garantiert etwas Belastendes gegen sie finden. Damit konnte ich sie dann erpressen, und sie würde Lucy – und uns alle – fortan in Ruhe lassen. Wenn sie darauf nicht einging, würde ich mich auch nicht davor scheuen, Rufmord an ihr zu begehen. Mord ist Mord! Und ich würde jede Menge Stoff für meinen Roman horten.

Meine anfängliche Unruhe wandelte sich langsam in ein Hochgefühl. Ich war dabei, in die Rolle meiner Romanheldin zu schlüpfen, und ich würde die Aufgabe mit Bravour bewältigen.

*Ganz nahe!*

*Er schreibt, er sei mir ganz nah, ob ich ihn nicht schon fühlen könne. Ich würde ihn persönlich hereinbitten! Lächerlich. Ich sollte ihn doch erkennen, oder? Aber was, wenn nicht?*

## Die Stunde der Wahrheit

Diesmal parkte ich meinen Mokka nicht in der Sackgasse, sondern in einer Seitenstraße, von der aus ich danach rascher wegkam. Ich betete, dass Vladtka zu Hause war, denn mein Nembutalvorrat ging langsam zur Neige, und ich wusste ja nicht, wie lange der Wirkstoff in den Zimtschnecken haltbar blieb. Außerdem wollte ich die Sache erledigt haben, bevor Wolfram von seinem Seminar zurück war.

Ich meditierte kurz und öffnete dann die Autotür. Erschrocken zog ich sie wieder zu, als ein Pick-up neben mir heftig bremste. Ich war so konzentriert gewesen auf meine mentale Konditionierung, dass ich den Blick in den Rückspiegel völlig vergessen hatte. Ich entschuldigte mich sofort beim Fahrer mit einem Kopfnicken, er zeigte mir trotzdem den Vogel und fuhr wütend weiter. Ich musste besser aufpassen. Der Typ hatte mir ins Gesicht gesehen, meine Automarke wahrgenommen. Womöglich hatte er sich sogar die Nummer gemerkt. Minnerl, sagte ich zu mir, wenn du wirklich einen Mord begehen wolltest, hättest du jetzt abbrechen müssen.

Ich hätte auch die Simulation verschieben sollen. Es wäre weniger riskant gewesen, noch einmal illegal eine Packung Betäubungsmittel zu bestellen, als deutliche Spuren am Tatort zu hinterlassen. Wie auch immer, im Nachhinein ist man ja immer klüger. Außerdem war ich schon sehr ungeduldig. Die Beschattungen, die peinlichen Zimtschneckenpannen und Wolframs seltsame Vorräte vom Tollwutimpfstoff hatten mich schon fast den letzten Nerv gekostet. Endlich musste etwas passieren, und was auch immer dabei herauskommen würde, es würde in jedem Fall authentisch sein.

Ich schnappte mir die Edelstahldose und lächelte insgeheim, dass ich keine billige Plastikdose genommen, sondern ganz automatisch zu einer völlig schadstofffreien Transportschachtel gegriffen hatte. Das bisschen Weichmacher hätte Vladtka nicht umgebracht. Und wenn schon!

Der Rucksack mit meinen wiederbelebten Detektivutensilien

baumelte von meiner linken Schulter, mit der rechten Hand balancierte ich die Dose mit den Zimtschnecken. Ich atmete noch einmal kräftig durch, natürlich in den Bauch hinein, um meine innere Mitte zu finden, dann erklomm ich die Stiegen zu Vladtkas Domizil und läutete.

Eigentlich hatte ich erwartet, mit einem grässlichen Gong begrüßt zu werden, und war fast enttäuscht, als eine ordinäre, handelsübliche Hausglocke ertönte, gefolgt vom lächerlichen Gekläffe des Zwerghundes und dahinter slawisches Gebrabbel. Ah, der Hund konnte Slowakisch? Oder war es Ukrainisch? Mein Puls war deutlich über den Fettverbrennungsbereich gestiegen, das würde meinen Kreislauf ankurbeln! Als Vladtka dann die Tür öffnete, war ich einer Ohnmacht nahe, und zwar ganz ohne Bewegung. Gut, dass ich meine Pulsuhr zu Hause gelassen hatte, die hätte unentwegt Alarm geschlagen.

Meine innere Mitte floatete also chaotisch in mir und um mich herum, ich musste mich am Stiegengeländer festhalten, um nicht aus der Balance zu geraten. Als Vladtka dann endlich vor mir stand wie der Leibhaftige, versagten mir beinahe die Beine. Ich hätte mich mental besser auf diesen Moment vorbereiten müssen, hätte diese Begegnung jeden Tag visualisieren sollen. Mehrere Studien belegen, dass ein Ziel umso eher und besser erreicht wird, wenn man es sich vorher regelmäßig bildlich vorstellt. Genau das hatte ich verabsäumt, und so kippte ich vor lauter Nervosität fast aus den Latschen.

Keine Ahnung, was ich erwartet hatte. Dass sie mir nicht gerade um den Hals fallen würde, war klar. Aber auch die Tatsache, dass sie daheim keinen Hut oder Schal trug, hätte mich kaum überraschen müssen. Dennoch erschrak ich, als sie so vor mir auftauchte, derart ungeschminkt hätte ich sie in der U-Bahn nie und nimmer wiedererkannt. Ihr Teint war aschgrau. Ich stand so nahe an ihrem Gesicht, dass ich den zarten Flaum auf ihrer alternden Haut wahrnehmen konnte. Das Doppelkinn – wie üblich mit einem wertvollen Tuch verhüllt – wabbelte traurig in Richtung Ausschnitt. Auch dieser war alles andere als vorteilhaft gewählt und verriet deutlich, dass die Dame keinen BH trug, es aber besser tun sollte.

Selbst Vladtka wirkte überrascht. Offenbar dachte sie scharf nach, woher sie mich kannte, beziehungsweise, in welche Schublade sie mich stecken sollte.

»Sie wünschän?«, sagte sie gedehnt, aber nicht unfreundlich nach eindringlicher Musterung meiner Erscheinung. Ihre Stirn schlug Falten. Handelt es sich bei dieser Person um eine unliebsame, oder lohnte sich ein zweiter Blick?, verriet ihre Mimik.

»Klein-Bartel. Weinviertel-Gymnasium«, sagte ich mit belegter Stimme.

Der Name schien ihr nichts zu sagen. Igor schob sich zwischen ihren Beinen durch und knurrte mich böse an. Plötzlich und völlig unerwartet schoss er auf mich zu und verbiss sich in meiner rechten Wade. Vladtkas Augen blitzten kurz auf, und dann schüttelte sie sich vor Lachen, als ob Harry Prünster eben seinen besten Witz von sich gegeben hätte.

Ein stechender Schmerz durchfuhr mich. So klein Igor auch war, so spitz waren seine Zähne, die sich mühelos durch meine organisch gefärbten Fair-Trade-Jeans bohrten. Dass sie dabei auch rein biologische Löcher in die teure Hose rissen, wurde mir erst später bewusst, ebenso, dass ich diese Szene mit keinem autogenen Training der Welt hätte antizipieren können. Das tröstete mich in diesem Augenblick wenig. Nach den ersten Schrecksekunden fasste ich mir ein Herz und stieß das Tier trotz Vladtkas böser Blicke mit dem Fuß gegen das Stiegengeländer, sodass es aufjaulend mein Bein losließ und mit gesenktem Schwanz ins Haus trottete. Wenigstens dieses Problem hatte ich abgeschüttelt. Damit hatte sich auch meine Nervosität verflüchtigt und ansatzlos in Animosität verwandelt.

»Dafür kann ich Sie anzeigen«, fauchte ich, während ich mir die zerfranste Hose glatt strich.

»Was wollän Sie auch hier!«, blaffte Vladtka zurück. »Ich habä einä Sprächstundä, wenn Sie was von mir wollän, bittä schän!«

Sie hielt es anscheinend nicht für notwendig, sich zu entschuldigen.

»Was habän Sie denn da drinnän?« Ihr Blick war an meiner schönen Schachtel hängen geblieben.

Ich hob vorsichtig den Deckel und prüfte, ob auch alle Schnecken Igors Angriff überlebt hatten. Was soll ich sagen, ich war stolz auf mein gut konditioniertes Unterbewusstsein. Es hatte mir instinktiv befohlen, trotz des Schmerzes auf den wertvollen Schatz in meiner Hand zu achten. Alles ganz!

»Zimtschnecken«, sagte ich und verschloss die Schachtel wieder sorgfältig. Ein kurzer Blick in Vladtkas Gesicht genügte. Ich wusste, dass ich gewonnen hatte, daher ließ ich mich auf ein taktisches Spiel ein und wandte mich scheinbar zum Gehen. Sollte sie doch ein wenig zappeln, die gierige Nuss!

»Na, dann kommän Sie halt härein!«, brummte Vladtka gnädig und öffnete demonstrativ die Tür. Die erste Hürde war also geschafft.

Ich folgte ihr durch den Flur ins Wohnzimmer. Während sie in ihrer Funktion als Inspektorin mit teurer Kleidung und auffälligem Make-up blendete, so strahlte sie in ihrer natürlichen Umgebung auf ganz andere Weise. Ihr rosa Jogginganzug aus weichem Nickisamt betonte jedes Speckfältchen. Wenn sie amtlich in ihren maßgeschneiderten Kostümen auftrat, konnte man wohl ihre Rundungen sehen, aber von »Pölsterchen« oder »Röllchen« konnte im Freizeitoutfit nicht die Rede sein, eher von Polstern und Rollen. Auf einmal sah sie so gar nicht wie ein furchterregendes Aufsichtsorgan aus, eher wie ein komischer Cindy-aus-Marzahn-Verschnitt. Auch ihr Gesichtsausdruck war ohne diese strenge Schminke viel weicher.

Das Wohnzimmer passte sowohl zu ihrem Inspektorinnenstil als auch zu Big Barbie. Ein hübscher Erker mit großen Fenstern zauberte angenehme Behaglichkeit in den Raum. Dieser erste, überraschend warme Eindruck wurde allerdings durch die Farbwahl des Sofas, das den Erker dominierte, stark abgekühlt. Es war in dunklem Violett gehalten, Ton in Ton mit den etwas helleren Vorhängen, dem Teppich und zwei modernen Sesseln. Einer davon war ein Schaukelstuhl, der andere ein kleiner Drehsessel.

Der Couchtisch aus Wurzelholz war sicherlich sehr teuer gewesen, und auch der eigenartige Lüster, der wie ein Damoklesschwert über ihm hing, war vermutlich ein Designerstück. Er sah aus wie ein verkehrt aufgehängter, gigantischer Blumenstrauß mit goldenen Glockenblumen, aus deren Blüten je eine Glühbirne blitzte. In aufgedrehtem Zustand unter Garantie ein Stromfresser. Energiesparen war wohl auch keine von Vladtkas Maximen.

Ich steuerte automatisch auf die lila Sitzgruppe zu, aber Vladtka bedeutete mir, ihr weiter zu folgen. »Wir wollän ja nicht den Täppich beschmutzen mit die Schnäckänbrösäln«, sagte sie und wies mir einen Platz an einem ovalen Esstisch aus hellem Eichenholz an. Die Essgruppe war schlicht, die Stühle selbst unauffällig. Auch hier hatte augenscheinlich ein Innenarchitekt seine Hand im Spiel gehabt. Aber sie wäre nicht Vladtka gewesen, wenn sie nicht mit treffsicherer Hand das nüchterne Arrangement mit kitschigem Tand verschandelt hätte. Die goldenen Kissen auf den Stühlen bissen sich nicht nur mit der lila Tapete, sie vernichteten auch den eleganten Understatement-Charakter des Ensembles komplett. Immerhin war der Essbereich so geschickt zwischen Treppenaufgang und Küche platziert, dass er auch als Raumteiler fungierte. Davor lag Igor in seinem weiß-goldenen Körbchen und beäugte mich skeptisch.

»Sätzän Sie sich«, befahl sie. »Kommän Sie wägen diesär Dirnä odär wägän Ihräm Mann?«

Was war das für eine Frage? Ich würde doch nicht darum betteln, dass sie Wolfram auf einen höheren Posten schob. Oder hatte sie an Igors Piss-Attacke gedacht? Ich hatte keine Ahnung, worauf sie anspielte.

»Ähm, wegen der Kollegin Westermann, ja«, sagte ich und hielt ihr demonstrativ die Schachtel mit den Zimtschnecken hin. »Als Wiedergutmachung«, erklärte ich, »weil Sie ja zu Weihnachten dann ohne heimfahren mussten.«

»Daran könnän Sie sich noch ärinnärn?« Vladtka nahm mir die Schachtel aus der Hand. »Wollän Sie einen Dää dazu oder Kaffää?«

»Dää«, erwiderte ich ganz automatisch und biss mir sofort auf die Zunge. Gottlob hatte Vladtka meinen Fauxpas nicht bemerkt.

Während sie sich in der Küche zu schaffen machte, scannte ich schnell die Räumlichkeiten. Die Möblierung im Wohnzimmer bestand neben den Sitzmöglichkeiten noch aus einer sterilen Hochglanz-Wohnwand in Weiß-Violett. Außer einem riesigen Flachbildfernseher und zwei, drei Objekten war hier nichts zu finden, was auf Akten oder Ähnliches schließen ließ. Es musste also auch ein Arbeitszimmer geben. Im oberen Stockwerk vermutete ich die Schlaf- und Nassräume. Ich stand leise auf und riskierte einen Blick nach oben. Eine Galerie führte zu drei geschlossenen Türen. Ich wusste, dass ich mir diese Räume vornehmen musste.

Aber es gab auch noch eine Tür an der anderen Seite der Treppe, die eventuell in die Küche oder in einen Abstellraum führen konnte. Auch dort würde ich mich umschauen.

»Gäfällt Ihnän meine Wohnung?« Vladtka stellte zwei große Teetassen mit unterschiedlichem Design und einen Packen lila Servietten auf den Tisch. Stil hatte sie wahrlich nicht. Ich schlenderte möglichst gelassen zum Tisch zurück.

»Sie hatten sicher einen Innenarchitekten«, wich ich der Frage aus.

»Natürlich. Glaubän Sie, ich hab für so ätwas Zeit?«

Und den Geschmack wohl auch nicht, dafür aber Geld, woher auch immer. Das sagte ich natürlich nicht, ich hatte ja noch ein Anliegen.

»Liebe Frau Inspektorin«, begann ich, wie ich es mir vorgenommen hatte. Zu meiner großen Freude fischte sich Vladtka sofort die erste Schnecke aus der Dose und verdrückte sie in Sekundenschnelle. Ein paar Brösel fielen dabei in ihren Dää. Ich musste den Blick von ihr losreißen, um nicht unhöflich oder aufdringlich zu wirken.

»Liebe Frau Inspektorin«, hub ich erneut an.

»Bemühän Sie sich nicht«, unterbrach mich Vladtka, während sie die nächste Schnecke schmatzend zermalmte. »Ich kann Ihnän glaich sagän, dass ich meine Haltung gägän die Kollägin nicht ändärn wärde!« Genüsslich schob sie sich mit dem Finger ein paar Brösel, die ihr am Kinn hängen geblieben waren, in den Mund.

»Zu Weihnachtän wärän sie süßär«, meckerte sie.

»Ja, das kann sein«, stotterte ich. »Ich hab diesmal Stevia statt Zucker genommen. Wegen der Kalorien.«

»Nächstes Mal nähmän Sie bässär wiedär Zuckär«, sagte sie. Trotz der Kritik schob sie sich noch ein Gebäck in den Mund. Langsam bekam ich es mit der Angst zu tun, dass sie womöglich die ganze Schachtel auf einen Sitz verputzen könnte, dann wäre die Nembutalration gefährlich nah am tödlichen Limit, wenn nicht sogar darüber.

Aber es kam noch schlimmer.

»Ich bin unhäflich«, sagte sie und schob mir die Edelstahlbox herüber. »Nähmän Sie doch auch ain Stück, Sie könntän sowieso etwas mähr an dän Hüftän brauchän.«

»Nein, danke«, lehnte ich höflich, aber bestimmt ab. »Ich habe schon zu Hause ordentlich genascht.«

»Seiän Sie nicht so zimpärlich!« Die Frau Inspektorin duldete keine Widerrede. »Sind äh nur Knochän an Ihnän.«

Was blieb mir anderes übrig? Ich kratzte noch umständlich die Glasur von meiner Schnecke, mit der Entschuldigung, ich würde diese nicht vertragen, dann steckte ich mir mit Todesverachtung ein klitzekleines Stückchen in den Mund. Ein wenig bitterer als sonst schmeckte das Zeug schon, aber die gut bemessene Rumdosis in den Rosinen ließ keinerlei Manipulationsverdacht aufkommen.

»Um noch einmal auf Lucys – beziehungsweise Frau Westermanns – Versetzung zurückzukommen ...«, dieses Mal wollte ich mich nicht unterbrechen lassen. Vladtka unternahm auch gar keinen Versuch dazu, aber sie gähnte einmal ausgiebig, ohne sich dabei die Hand vor den Mund zu halten. In manchen Situationen kann auch ein noch so gut getarnter Prolet seine Herkunft nicht verleugnen.

»Sie hat versprochen, sich zu bessern, und wir werden sie alle dabei unterstützen.«

»Frau Dings«, seufzte Vladtka.

»Klein-Bartel«, half ich ihr.

»Jaja. Klein-Bartäl äbän. Sie kännän mich anscheinänd nicht. Ich ändärä nie meinä Äntschlüssä. So vielä Zimschnäckän könnän Sie mir gar nicht backän.« Wie um das zu unterstreichen, nahm sie Schnecke Nummer vier in Angriff. Dabei grinste sie mich unverschämt triumphierend an. Sie hatte die Macht.

Soll sie daran verrecken! Der Gedanke war zwar politisch nicht korrekt, kam aber von Herzen.

»Was hat sie denn so Schreckliches getan?«, bohrte ich nach. Wenigstens rechtfertigen sollte sie ihre Entscheidung. Vielleicht konnte Lucy dann an offizieller Stelle dagegen Berufung einlegen.

»Das wollän Sie nicht wissän, Frau Bartäl, glaubän Sie mir.« Sie sah mich überheblich an. »Äs ährt Sie, dass Sie Ihrär Kollägin hälfän wollän. Abär, lohnt sich nicht. Ist bässär für allä, wänn diesä Frau wait wäg ist.«

Die Antwort katapultierte meinen Adrenalinspiegel in gefährliche Höhen. Was sollte das nun wieder bedeuten? Anstatt Vladtka zerquetschte ich ein Stückchen von meiner glasurlosen Schnecke.

»Ässän Sie, Frau Dings, ässän Sie!«, gähnte Vladtka. »Schmäckt doch härvorragänd! Sie tun ja so, als wärä das Zeug vergiftet!«

»Klein-Bartel«, sagte ich leise und biss möglichst herzhaft in meine Schnecke. »Ich bin ja auch nicht die Einzige, die Sie um Nachsicht für die Kollegin bittet.«

Ich kramte in meiner Tasche, legte ihr die Unterschriftenliste vor und platzierte so ganz nebenbei meinen Spionagekuli mitten auf dem Tisch. Auch den wollte ich doch nicht unnütz mitgebracht haben. Vladtka zuckte mit den Schultern und blickte mich verächtlich an. Die Unterschriftenliste schob sie achtlos zur Seite, sodass beinahe der Kuli zu Boden ging. »Diesäs klainä Flittchän bäkommt, was äs verdient. Mähr gibt äs da nicht zu sagän. Zwäcklos, fährt die Eisänbahn darübär.«

Gähnend ließ sie sich in ihre Kissen fallen und nippte an ihrem Dää. »Trinkän Sie aus, wänn Sie sonst nichts mähr von mir wollän«, drängte sie. Man konnte ihr ansehen, dass die Müdigkeit sie bald übermannen würde. Ich frohlockte. Wenn sie schon so stur war, so bekam ich jetzt wenigstens die Möglichkeit, ein wenig herumzuspionieren. Außerdem konnte sie in dem Zustand die restlichen Schnecken nicht mehr verdrücken. Sie würde zwar halbwegs lange schlafen, aber mit dem Leben davonkommen. Das war einerseits zwar schade, aber summa summarum für mich die unproblematischere Version.

Ich rückte meinen Stuhl zurück und erhob mich. Vladtka versuchte mehrmals, aufzustehen, plumpste aber jedes Mal in ihren Sessel zurück. »Ach was!«, rief sie schließlich. »Sie finden ja sälbst hinaus!«, trank noch einen Schluck Tee und ließ anschließend den Kopf nach hinten fallen. Ihr Mund öffnete sich ein paar Zentimeter, und dann fing sie an zu schnarchen. Wie eine Kettensäge durchschnitt das Geräusch den Raum. Igor, der bis jetzt geduldig zugesehen hatte, begann zu knurren. Ich warf ihm ein Stückchen von meiner Zuckerglasur hin. Ich weiß, dass Hunde keinen Zucker fressen sollten, aber in dieser Glasur war ohnehin kaum welcher drinnen. Das Leckerli »beruhigte« ihn auf der Stelle. Er umkreiste sein Polster und ringelte sich darauf ein. Nach wenigen Minuten schlief auch er so tief wie sein Frauchen.

Nun galt es, rasch zu handeln. Nach meinen Recherchen würde Vladtka zwar einige Stunden fest schlafen, aber wer konnte das schon so genau wissen. Schließlich war ich keine gelernte Anästhesistin, und Vladtkas Leibesfülle hätte mir da schon einen Strich durch die Rechnung machen können.

Ich setzte meine Kamerabrille auf, sie surrte beruhigend. Als Erstes begutachtete ich die Küche. Nicht, weil ich hier etwas zu finden hoffte, sondern weil mein Mund trocken war wie nach einer durchzechten Nacht. Ich stürzte ein Glas Wasser hinunter. Schon besser. Da ich nun schon mal hier war, stöberte ich auch noch in den Küchenschränken. So etwas hatte ich schon als Kind gerne getan. Ist ja auch spannend, welche Vorräte Leute sich so zulegen. Vladtkas Vorlieben lagen eindeutig im süßen Bereich. Tafelweise Schokolade, abgepackte Kuchen und Keksrollen. Kein Wunder, dass ich mit den selbst gemachten Zimtschnecken punkten konnte. Der Rest war nichtssagend. Eine gut ausgestattete Küche ohne Charme. Auch die Abstellkammer barg nichts Ungewöhnliches, was ich schon vermutet hatte. Also ab ins obere Stockwerk.

Ich war es wohl zu schnell angegangen, denn oben angekommen, befiel mich ein leichtes Schwindelgefühl. Ich musste mich kurz am Stiegengeländer abstützen, bevor ich das erste Zimmer untersuchen konnte. Es war das Badezimmer.

Mein Gott, war das kitschig! Ich erschrak richtiggehend, als ich das Licht anmachte. Zwei silberne Kronleuchter verwandelten den Raum in eine glänzende Bühne. Die Hauptakteure waren zwei überladene Waschtische, denen silberne Barockspiegel ein Gesicht verliehen. Daneben eine riesige, mit weißem Leder verkleidete Badewanne mit einem Rundumvorhang aus seidig glänzendem, grünem und gelbem Tüll – oder eher einem Kunststoff, der aussah wie Tüll. Auf der anderen Seite eine Kombi aus Bidet und Klo, mit silberfarbigem Deckel. Über all diesem Kitsch hing ein seltsamer Duft aus billigem Parfüm und Vanillebäumchen.

Ich trank noch ein paar Schlucke Wasser aus der Hand – die goldenen Zahnbecher waren vermutlich ohnehin eher als Zierde gedacht –, dann verließ ich das barocke Märchenland durch eine Seitentür, die mich direkt ins Schlafzimmer führte. Auch hier empfing mich Kitsch pur. Die dominanten Farben waren Weiß,

Gold und Altrosa. Schnörkel an Kopf- und Fußteil des barocken Doppelbettes sowie an der Spiegelkommode verliehen dem Ganzen noch einen Touch Barbie. Kein Wunder, dass der Hofrat bei so viel Abscheulichem, und das jeden Tag und jede Nacht, den Strick genommen hatte! Eine undefinierbare Duftwolke schwebte im Raum. Hätte man sie sehen können, wäre sie unter Garantie auch rosa gewesen.

Die Kommoden waren flugs durchsucht, keinerlei Papierkram zu sehen. Also ab in das letzte Zimmer am Ende der Galerie, es war hoffentlich das Arbeitszimmer.

Ich musste mich wohl zu schnell umgedreht haben, denn plötzlich wurde mir schwarz vor Augen, und vom Magen her überkam mich ein unangenehmes Gefühl.

Das Nembutal, verdammt! Auch ich hatte ja eine Schnecke gegessen, und ich hatte definitiv weniger Körpermasse als meine Inspektorin. Vorsichtig setzte ich mich auf die Bettkante. Der Schwindel ließ ein wenig nach, aber die Übelkeit wurde stärker, und der kalte Schweiß stand mir auf der Stirn. Jetzt bloß keinen Kreislaufzusammenbruch, dachte ich, legte mich flach hin und schob den Rucksack unter meine Füße. Plötzlich beutelte mich ein gewaltiger Schüttelfrost. Zu meinen klappernden Zähnen hätte man Flamenco tanzen können. Rasch schlüpfte ich unter Vladtkas Steppdecke. Mein Puls und auch mein Blutdruck senkten sich augenblicklich, senkten sich weiter, senkten sich tief, zu tief ...

*Was will die Person da?*

*Igor! Sie lassen auf der Stelle Igor los! Ich komme, mein Liebling!*

## Wer liegt denn da?

Der Saal ist zum Bersten voll. Kleidung raschelt, Köpfe drehen sich um, als der diesjährige Vertreter der »Stiftung Börsenverein des Deutschen Buchhandels« das Rednerpult erklimmt. Es ist stickig in den Zuschauerreihen, doch plötzlich kühlt ein angenehm laues Lüftchen meine roten Wangen. Jemand muss ein Fenster geöffnet haben. Vielen Dank! In der Zwischenzeit hat der Herr im Anzug das Mikrofon erreicht. Es poltert im Saal. Was soll die Störung? Dann wird es wieder still. Luft strömt durch Nasen.

Der Redner öffnet das Kuvert. »Den deutschen Buchpreis zwotausendund ...«

Mein Herz klopft staccato, Sauerstoff drängt in jede meiner Billionen Zellen. Ich mache mich bereit, aufzustehen. Da rollt ein prickelndes Gefühl meine Wirbelsäule hinab. Behaglichkeit breitet sich über meinen Rücken aus, als würde ein Tiefschneefahrer mich sanft mit warmem Pulverschnee zudecken. Eine weiche Hand massiert meinen Nacken. Ich möchte nicht, dass sie aufhört, aber ich muss mich konzentrieren, sonst verpasse ich noch meinen Namen. Ich werde unter tobendem Applaus aufstehen und nach vorne gehen. Aber die Hand lässt mich nicht weg, wird immer fordernder. Woher kommt sie eigentlich? Es kostet mich enorme Anstrengung, in die Richtung zu blicken, aus der ich die Liebkosung vermute. Es ist zu dunkel, meine Augen können nichts erkennen. Ein verführerisch-süßlicher Duft streift meine Nase. Bringt etwas in mir zum Schwingen. Ich schaue mich um. Plötzlich ist da kein Saal mehr. Kein Rednerpult. Kein gespanntes Publikum. Aber die Hand arbeitet sich unter meinem T-Shirt vor zu meinen Brüsten, sodass ich die Augen wieder schließen muss. Plötzlich stoppt sie. Ausgerechnet jetzt, wo ich fühle, wie es zwischen meinen Beinen zu prickeln beginnt. Ich drehe mich langsam zur Seite. Blinzle durch die Lider. Auf einmal kommt mir die Erkenntnis, dass ich liege. Warum liege ich und sitze nicht mehr? Der Buchpreis? Ich öffne die Augen ganz. Setze mich mit einem Ruck auf und donnere dabei mit dem Kopf gegen etwas Hartes.

Es war mein eigener markerschütternder Schrei, der mich aus

meinem Wunsch-Alp-Traumgemisch riss, und dann das Licht. Es fiel aus einem riesigen Kronleuchter. Ganz plötzlich und ohne Vorankündigung.

»Wer sind Sie? Was macken Sie hier?« Am Lichtschalter stand ein nackter Mann mit erigiertem Penis und rieb sich den kahlen Kopf. War ich jetzt komplett durchgeknallt? Ich schloss meine Augen. Ich war noch immer in diesem Traum, es konnte gar nicht anders sein. Zählte bis zehn. Langsam. Dann öffnete ich sie vorsichtig noch einmal. Aber er war noch da. Starrte mich ebenso ungläubig an wie ich ihn. Hatte mir der Typ K.o.-Tropfen verabreicht und machte sich gerade daran, mich zu ... War ich nur zu früh munter geworden? Bevor ich noch einmal schreien konnte, sprang er an meine Seite und hielt mir den Mund zu. Es tat weh, ich bekam kaum Luft.

»Seien Sie dock still, meine Gute!«

Wieso war ich seine Gute?

Ich schloss die Augen und versuchte, mich zu konzentrieren. Wo war ich und wie kam ich hierher? Aus einiger Entfernung drang Hundegekeife an mein Ohr. Igor! Vladtka! Die Zimtschnecken! Mein Gott, ich musste eingeschlafen sein.

»MMHHMMHH ...«

»Werden Sie auck nickt schreien?« Der Mann lockerte vorsichtig seinen Griff. Endlich bekam ich einigermaßen Luft. Auch dieser betörende Geruch drang wieder in meine Nase, diesmal allerdings ganz real.

Ich schüttelte den Kopf, um zu bestätigen, dass ich vernünftig sein würde. Dann wagte ich es, ihn anzusehen – zumindest das Gesicht. Wie es in seinen unteren Regionen aussah, wollte ich gar nicht so genau wissen.

Er ließ mich tatsächlich los und erwiderte meinen Blick.

Die Glatze! Das Kettchen! Jetzt wusste ich, wer er war.

Er musste meine Gedanken erraten haben, denn er rief verächtlich: »Sie schon wieder!«

»Das könnte ich aber auch sagen«, entgegnete ich. Ich rieb mir die Nase, er hatte sie mir ordentlich verbogen. »Wie sind Sie hier hereingekommen?«

Anstelle einer Antwort blickte er zur offenen Balkontüre.

»Das hätte ich mir denken können«, sagte ich zynisch. »Sicher wieder laut Auftrag?« Langsam wurde ich mir meiner kompromittierenden Situation bewusst. Ich saß auf Vladtkas Himmelbett und sprach mit einem nackten Einbrecher.

»Sie wollte das so«, sagte er schlicht, als wäre das die natürlichste Sache der Welt.

»Vielleickt sollte ick mir vorstellen«, lachte er. »Ick bin Colin, Vladtkas Callboy.« Er streckte mir die Hand hin, die ich ganz automatisch höflich ergriff.

»Minerva Klein-Bartel«, erwiderte ich. »Möchten Sie sich vielleicht wieder bekleiden?« Ein kurzer Blick auf seine Leibesmitte hatte mich beruhigt, wenigstens hier regte sich nichts mehr.

»Sie meinen, dann sprickt es sick leickter?« Er musterte mich spöttisch, dann schwang er sich gelenkig aus dem Bett und lief zum Spiegelschrank. So konnte ich ihn quasi in 3-D betrachten. Der Spiegel reflektierte seine anbetungswürdige Vorderfront. Cornetto-Oberkörper, ein Sixpack wie aus dem Bilderbuch, keinerlei affenartige Brusthaare. Im Gegenteil – alles glatt. Und auch die ungespiegelte Rückseite ließ sich sehen. Knackiger Po, muskulöse Beine. Ein Kobra-Tattoo schlängelte sich von der linken Schulter zur rechten Backe. Ob das seine Kundinnen animierte, ihn in den Po zu beißen?

Minnerl!, schalt ich mich. Du befindest dich in der wahrscheinlich peinlichsten Lage deines Lebens und hast nichts Besseres zu tun, als ein vermeintliches Sexsymbol anzuhimmeln?

»Wo ist Vladtka? Warum haben Sie das im G3 nickt gleick gesackt, dass Sie eine Freundin sind von ihr?«, fragte er, während er seine Beine und noch so einiges Hübsche mit hautengen Jeans verhüllte.

»Als ich sie das letzte Mal gesehen habe, hat sie unten geschlafen«, antwortete ich wahrheitsgemäß. Dass ich entgegen seiner Vermutung keine Freundin war, unterschlug ich lieber. »Der Hund allerdings auch«, fügte ich hinzu, nachdem mir das Gekläffe von unten wieder ins Bewusstsein drang. »Ich geh mal nachschauen.«

Mit einem mulmigen Gefühl schlich ich die Galerie entlang, derweil der Callboy aufs Klo ging. Es war mittlerweile dunkel geworden. Wo war nur der dämliche Lichtschalter? Das hätte ich auch vorher abchecken können. Oben fand ich keinen, also hangelte ich mich am Stiegengeländer nach unten. Igors Gekeife kam immer näher, meine Waden begannen ängstlich zu zittern. Als ich an der unteren Treppe angelangt war, stieß ich mit dem Fuß gegen etwas Weiches. Endlich ertastete ich den Lichtschalter.

Ich bin ja an sich keine hysterische Person, aber Schreien schien die einzig korrekte Reaktion.

Vladtka lag bäuchlings am Boden und rührte sich nicht. Igor umkreiste sie kläffend. Unter ihrem Kopf breitete sich ein verdächtig dunkler Fleck aus. Vorsichtig versuchte ich, mit meinem Zeh den Schädel nur ein klitzeklein wenig zur Seite zu drehen, da waren meine schönen Converse auch bereits blutrot. Vladtka grinste mich an, als ob sie auch jetzt noch Schadenfreude empfinden könnte.

»Verdammt!«, entfuhr es mir. Das krieg ich nie wieder runter. Doch dann kapierte ich, dass die Schuhe mein geringstes Problem waren. Was war ich doch für eine erbärmliche Krimiautorin! Aber es war keine Fiktion. Die Frau war tot. Mausetot. Und ich hatte nicht nur meine neuen Sneakers ruiniert, sondern gerade einen Abdruck an einer Leiche hinterlassen.

Mit einem Mal ging ein Zittern durch meinen Körper. Meine Spuren waren nicht nur an der Leiche, sie waren praktisch im ganzen Haus verteilt. Ich hatte bei meiner Inspektion an alles gedacht, nur nicht an Handschuhe. Wie hatte mir dieser dilettantische Fehler passieren können?

Klar, ich hatte nicht ahnen können, dass meine illegale Hausdurchsuchung polizeiliche Ermittlungen nach sich ziehen würde. Vladtka war eingeschlafen, ich war offiziell gegangen. Sie hätte später nicht bemerkt, dass ich noch eine Weile herumgeschnüffelt hatte. Dass ich mich selbst betäuben würde, war in meinem Plan nicht vorgesehen gewesen. Was war in der Zwischenzeit passiert, mein Gott? Hatte sie doch noch alle Schnecken aufgegessen, war ich schuld an ihrem Tod? War der Probemord fürs Manuskript ein Quäntchen zu authentisch geraten?

Von Panik getrieben lief ich zum Esstisch. Erleichtert stellte ich fest, dass noch sieben Gebäckstücke in der Dose waren. Ich hatte zwölf Schnecken eingepackt, vier hatte sie selbst gegessen, eine ich, wenigstens an einer Überdosis war sie aller Wahrscheinlichkeit nach nicht gestorben. Trotzdem. War sie im Taumel gestolpert und hatte sich das Genick gebrochen?

»Schreien Sie eigentlick immer?« Colin war lautlos hinter mich getreten.

»Vladtka. Ich … ich habe sie auf dem Gewissen!«, stieß ich hervor.

»In der Tat?«, fragte er erstaunlich gelassen.

»Diese Schnecken hier«, sagte ich und deutete auf die Edelstahlbox, »die sind vergiftet!«

»Und die haben Sie gebacken?« Colin sah mich anerkennend an, wobei mir nicht klar war, ob er mich für meine Backkünste oder den Giftanschlag bewunderte.

»Ja, aber ich wollte die Frau Inspektorin nur betäuben, nicht töten!«, stöhnte ich. Je mehr ich über diese dämliche Idee mit dem fingierten Mord nachdachte, desto klarer wurde ich mir der wahrscheinlichen Folgen bewusst. Am besten wäre es wohl, ich würde mich gleich stellen, die Wahrheit gestehen und hoffen, das Gericht davon überzeugen zu können, dass es ein Unfall mit Todesfolge war.

»Also, ein Gift, das eine Platzwunde verursackt, kenne ick nickt. Da mussen Sie mick aufklären.« Colin hatte sich über die Leiche gebeugt und Vladtka leicht zur Seite gedreht. »Sehen Sie?«

»Vorsicht!«, rief ich. »Die Fingerabdrücke!«

Ohne aufzusehen, winkte er triumphierend mit einem Taschentuch. »Wenigstens ziehe ick keine Blutspur durck das halbe Wohnzimmer«, meinte er sarkastisch in Anspielung auf meine versauten Converse. Ich ließ mich auf einen Stuhl plumpsen, meine Augen füllten sich mit Tränen. Wie sollte ich aus diesem Schlamassel heil wieder herauskommen?

»Hier haben wir Ihr Gift. Oh, là là!«, rief Colin. Aus seinem Taschentuch blitzte ein längliches Edelstahlding, das ich zunächst für eine riesige Schraube hielt. Zusammen mit dem Taschentuch sah es aus, als wäre Chirurg Colin gerade dabei, einem Patienten eine Oberschenkelschraube zu verpassen. Plötzlich begann das Teil auch noch zu surren und sich zu drehen, und Colin brach in – meiner Meinung nach völlig unangebrachtes und pietätloses – Gelächter aus. Empört trat ich näher und betrachtete das zitternde Edelstahlmonster.

»Du meine Güte!«, entfuhr es mir. »Was ist denn das? Ein Tannenzapfen aus Edelstahl?«

Colin schüttelte sich noch immer vor Lachen, immerhin hatte er das doofe Gerät wieder abgedreht. »Das ist ein Zauberstab«, erklärte er.

»Aha. Und was kann ich mir damit wünschen?«

Colins eindeutig zweideutige Bewegung trieb mir die Schamesröte ins Gesicht. »Ein Vibrator? Ist es das?«, fragte ich. »Heißt das, Vladtka wurde das Opfer eines Sexualmordes?«

Auf einmal fror ihm sein Gesichtsausdruck ein. »Fuck!«, schimpfte er, dabei blickte er den Apparat entsetzt an.

Ich schluckte. War das möglich? Ich hatte den Typen doch schon früher beobachtet, wie er sich Zutritt zu Vladtkas Haus verschafft hatte. Wer garantierte mir denn, dass das Märchen mit dem bestellten Fensterln auch wahr war? War er am Ende doch ein Einbrecher? Vielleicht hatte er bloß etwas vergessen und war deshalb zurückgekommen? Was, wenn er zuvor Vladtka diesen Vibrator ans Hirn gedonnert hatte, weil sie ihm beim Einbruch in die Quere gekommen war? Oder war es ein Sadomaso-Unfall mit Todesfolge gewesen?

Colin musste meine Gedanken erraten haben, er sah mich sonderbar an, dabei erhob er das Mördergerät wie zur Warnung. Eine unsichtbare Hand schnürte mir die Kehle zu.

Schrei!, rief meine innere Stimme. Doch Colin war schneller. Er klatschte mir seine vibratorfreie Hand auf den Mund und drückte wieder einmal so fest zu, dass ich kaum Luft bekam. Der Kerl hatte offensichtlich Übung darin. SM-Praxis? Natürlich wehrte ich mich heftig, aber er rammte mir den Dildo in den Bauch, umklammerte mich und zerrte mich mit seinen wirklich starken Armen die Treppe hoch. Kaum hatte er die Tür zum Schlafzimmer hinter sich geschlossen, flüsterte er mir etwas ins Ohr, was ich nicht verstehen konnte und wollte, weil dort gerade das Blut in lauten Strömen rauschte.

»Seien Sie endlich still!«, zischte er.

Das konnte ihm so passen, ich zappelte wie wild.

»Da ist jemand an der Hausture!«, flüsterte er mit Nachdruck.

Langsam sickerte es mir ins Bewusstsein, was dieser Satz bedeuten konnte. Die Nachbarn? Polizei? War Colin am Ende doch nicht der Mörder, und kam dieser jetzt zurück? Hieß es nicht, dass ein Mörder immer an den Tatort zurückkehrt?

»Wenn Sie schworen, nickt zu schreien, dann lass ick Sie los«, bot Colin mir an. Sein englischer Akzent war so drollig, er hörte sich einfach nicht nach einem Verbrecher an. Ich musste bei unserer ersten Begegnung im G3 so aufgeregt gewesen sein, dass er mir gar nicht aufgefallen war. Ich nickte ergeben. Colin hingegen schien mir nicht so recht über den Weg zu trauen, er lockerte die Hand nur zögerlich. Der Arm, den er mir um die Hüfte geschlungen hatte, störte mich eigentlich weniger, aber er ließ dann doch komplett von mir ab.

In der Zwischenzeit konnte auch ich das Rumoren im unteren Geschoss hören, Igor keifte wieder wie wild.

»Halt die Klappe, blödes Vieh!«, zischte eine männliche Stimme. Ich drückte mein Ohr an die Tür, um ihn besser verstehen zu können.

»Braves Hündchen«, raunte eine Frau. »Da, nimm! Fressi, Fressi!«

Igor war auf der Stelle ruhig, man konnte förmlich sein Schwänzchen wedeln hören.

»Der Dildo ist weg!«, rief die weibliche Stimme plötzlich aufgeregt. Irgendwie kam sie mir bekannt vor. Aus dem Fernsehen? Ich konnte sie im Moment nicht einordnen, dafür war ich wohl zu nervös.

Colin sah auf das Corpus Delicti in seiner Hand. »Jesus fucking Christ!«, flüsterte er. Ich sah ihn strafend an. Kein Grund für solche Ausdrücke!

»Das gibt's ja nicht. Bist du sicher, dass dir das Ding hier heruntergefallen ist?«, fragte die männliche Stimme verärgert.

»Wo es hingefallen ist, hab ich nicht mehr kontrolliert. Ich bin ja weggelaufen, schon vergessen?«

»Dann muss das Ding doch irgendwo hier herumliegen, verdammt!«

Eine Zeit lang herrschte Funkstille zwischen den beiden, lediglich Schub- oder Ziehgeräusche waren manchmal zu hören.

»Wir bringen sie erst mal nach draußen«, sagte der Mann nach einer Weile, »dann kümmern wir uns um diesen vermaledeiten Vibrator.«

»Vielleicht hat ihn der Hund verschleppt?«, mutmaßte die Frau.

»Gut möglich«, meinte er. »Dann könnte er praktisch überall im Haus sein – oder sogar im Garten.«

»Vielleicht hilft uns der Hund auch beim Suchen?«

»Wir werden's nachher versuchen. Pack erst mal an, wir bringen sie in den Wagen.«

Nach einem ordentlichen Schepperer wurde es still.

»Wir mussen hier raus!«, flüsterte Colin. »Kommen Sie, schnell!«

»Das geht nicht!« Ich war verzweifelt. Meine Spuren waren im ganzen Haus verteilt. Die verräterischen Schnecken lagen auf dem Tisch, daneben die Unterschriftenliste.

»Aber sie werden zuruckkommen und das Haus nach diesem Zauberstab absucken. Ick habe keine Lust, hier gefunden zu werden!«

Colins Blick gefiel mir ganz und gar nicht. Nicht, dass er aggressiv gewirkt hätte, aber er schaute zur Balkontür hinüber.

»Bitte nicht!«, flehte ich. »Ich bin nicht schwindelfrei!«

»Von mir aus konnen Sie tun, was Sie wollen. Ick verabschiede mick dann!« Er machte einen Schritt auf den Balkon, schlüpfte aber sofort wieder zurück ins Zimmer.

»Was ist?«

»Die packen einen Teppick in den Kastenwagen«, sagte er. »Hinten, beim Gartentor.« Wir wussten beide sehr gut, wer oder was in diesem Teppich steckte.

»Dann verschwinde ick eben durch die Vorderture.«

Colin wandte sich zum Gehen, aber ich hielt ihn zurück. »Wo ist der Vibrator?«

»Dock nikt jetzt, Baby!«, sagte er und schnalzte mit der Zunge. Er wedelte mit dem Vibrator, als ob er sich damit Luft zufächeln würde.

»Geben Sie her, Sie Idiot!« Ich riss ihm den Dildo samt Taschentuch aus der Hand, wobei er mir beinahe hinuntergefallen wäre. Ich hatte sein Gewicht völlig unterschätzt. Dabei musste ich ihn wohl aufgedreht haben, denn er fing sofort zu zittern an.

»Mensch! Tun Sie bitte die Batterien da raus!«, flehte ich. Ich war sicher, ein Callboy wusste mit so was besser umzugehen als ich.

Okay, er schraubte bloß das hintere Teil ab wie bei einer Taschenlampe und ließ zwei AA-Batterien herausplumpsen. Das hätte ich auch geschafft.

»Zufrieden jetzt?«

»Ja, danke«, murmelte ich geistesabwesend. In meinem Hirn braute sich gerade eine detektivische Glanznummer zusammen. Hektisch kramte ich in meinem Rucksack. Dieses Ding war aber auch wirklich sehr klein! Keine Chance. Ich konnte die Miniwanze nicht finden. Hatte ich sie zu Hause vergessen? Jetzt, wo mir diese Wahnsinnsidee gekommen war?

Zornig leerte ich den gesamten Inhalt aufs Bett. Unter all meinen Schätzen fiel dann doch auch mein Mini-GPS-Abhörgerät heraus.

»Was macken Sie da, verdammt?« Colin wurde immer ungeduldiger.

»Passt!« Mit einem verhaltenen Triumphgeschrei zeigte ich ihm mein Meisterwerk. Die Wanze steckte statt der Batterien im Vibrator.

»Ich bring den Vibrator nach unten und versteck ihn in Igors Körbchen. Sie werden ihn finden und mitnehmen. Wegen dieses Zauberdings«, ich zeigte stolz auf das Batteriefach, »werden wir wissen, was die beiden miteinander reden! Jetzt ist es wirklich ein Zauberstab!«

»Sie haben den Vibrator verwanzt?« Colin schüttelte sich vor Lachen. »Wissen Sie dann auck immer genau, wo er steckt?«

»Das nicht«, kicherte ich. »Aber die Geräuschkulisse kann ich mir jederzeit anhören. Per Anruf!«

»Sie rufen den Vibrator an? Klingelt er dann?«

»Aber nein, das würde der abzuhörende Mensch doch merken. Alles ganz unauffällig, aber der Ton wird mir dann aufs Handy gespielt.«

»Was es nickt alles gibt!« Colin war sichtlich beeindruckt.

»So, aber jetzt schnell, bevor die beiden zurückkommen!« Ich schnappte mir das Ding – natürlich mit dem Taschentuch, um keine Fingerabdrücke zu hinterlassen – und wollte eben die Stiege hinunter, als Colin mich sanft zur Seite schob.

»Geben Sie her! Das ist nicks für Frauen!«

»Macho!«, rief ich ihm hinterher, was nicht hieß, dass ich ihm nicht dankbar gewesen wäre. Nicht auszudenken, wenn mich die Verbrecher da unten überrascht hätten!

*Schicksal?*

*Der junge Mann schäumt vor Wut. Wie konnte das passieren? Er selbst hätte es tun müssen! Und nun hilft er ihr auch noch?*

*Da sind aber auch Zweifel. Ist es Bestimmung? Hat das Schicksal sie zusammengeführt?*

**Beseitigung**

Entspannend war es allerdings auch in Vladtkas Schlafzimmer nicht. Wenn man auf Kohlen sitzt, ist Warten gefühlt zehnmal so lang wie sonst. Ich hörte durch die angelehnte Türe, wie Colin leise auf Igor einredete, der beständig knurrte. Dann hielt er plötzlich die Klappe. Immerhin!
    Eigentlich hätte Colin dann sofort wieder hier sein müssen. Vibrator ins Körbchen und flugs die Treppe wieder hoch, so hatte ich mir das zumindest vorgestellt. Aber er kam nicht. Was tat er so lange da unten? Wieso riskierte er unnötig, entdeckt zu werden?
    Plötzlich fiel es mir wie Schuppen von den Augen. Der Kerl hatte sich aus dem Staub gemacht! Hatte mich mit diesen Gangstern allein im Haus zurückgelassen. Panik ergriff mich. Über den Balkon konnte ich nicht, ich würde mir den Hals brechen. Sollte ich ebenso zur Vordertür hinaus und eventuell später wiederkommen, um meine Spuren zu verwischen? Was aber, wenn dann die Türen wieder verschlossen wären? Ich könnte es unmöglich riskieren, auch noch Einbruchsspuren zu hinterlassen. Die Liste meiner kriminellen Delikte wurde auch so immer länger, ein möglicher Gefängnisaufenthalt dito.
    Und überhaupt – wer war dieser Callboy? War er womöglich ein Komplize der beiden? Hatte ich in meiner ungeheuerlichen Naivität einem Mörder meine Geheimnisse anvertraut, die er jetzt mühelos gegen mich einsetzen konnte?
    Leise hob ich meine Spionageutensilien eins nach dem anderen vom Bett auf und steckte sie zurück in den Rucksack. Mein Gehirn arbeitete fieberhaft, aber die Nervosität verhinderte klares Denken. Ich hatte definitiv den Kopf in der Schlinge, egal, wie ich es drehte und wendete. Ein Geständnis bei der Polizei würde dazu führen, dass sie mich, wenn schon nicht einbuchten, dann zumindest entmündigen würden.
    *Völlig verrückte Lehrerin killt probeweise ihre Inspektorin*, las ich im Geiste die Schlagzeile in der Kronenzeitung. Und das wäre wohl die angenehmere Variante. Was, wenn man mir überhaupt nicht glaubte? Für einen Polizeiinspektor wäre es vermutlich logisch,

dass ich die Inspektorin zunächst vergiften wollte. Als sie sich wehrte, weil die Giftration nicht hoch genug war, schlug ich ihr eben noch einmal kräftig auf den Schädel, um sie zu Fall zu bringen. Einzig das Motiv war etwas schwach. Mir persönlich hatte die Frau Inspektorin ja nichts getan. Nur, weil sie unfreundlich war? Deswegen bringt man jemanden doch nicht gleich um.

Plötzlich wurde es wieder laut im Erdgeschoss, und jemand kam die Treppe heraufgerannt. Ich versteckte mich hinter der Tür und hielt den Rucksack bereit, um ihn dem Eindringling an den Kopf zu schmettern.

Es war Colin. Auch er suchte hinter der Türe Schutz und sprang mir direkt auf die Zehen. Nur mit Mühe konnte ich einen Schmerzensschrei unterdrücken. Colin zeigte keinerlei Mitgefühl, er hielt das Ohr an die Tür.

»Da ist er ja! Der Hund hat ihn wirklich im Körbchen gehabt. Ich wusste es doch!«, rief die Frau freudig.

»Der hat ihn ja ganz schön in der Mangel gehabt«, sagte der Mann im Wohnzimmer. »Der ist komplett zerkratzt!«

»Wer weiß, was Vladtka damit schon alles getrieben hat«, lachte die Frau. »Gib her, ich steck ihn ein!«

»Und jetzt lass uns schleunigst verschwinden!«, drängte die männliche Stimme.

»Ich komm ja schon«, sagte die Frau.

Dann wurde es ruhig. Colin ging vorsichtig zum Fenster und riskierte einen Blick nach draußen, dann duckte er sich.

»Jetzt, wo sie den Vibrator haben, werden sie ja bald weg sein«, sagte ich hoffnungsfroh. Ich lief zum Fenster, um nachzusehen, da riss mich Colin zu Boden.

»Sind Sie verruckt! Wenn die Sie sehen!«

»Okay! Ist ja gut. Sind Sie immer so impulsiv?« Ich rieb mir den Arm. Der Typ konnte wirklich zupacken!

»Das kommt auf die Frau an! Jede braucht etwas anderes.« Er grinste unverschämt.

Wir blieben eine Weile am Fußboden liegen, und jeder hing so seinen Gedanken nach. Ich war durch seine maskuline Nähe ein wenig unkonzentriert, aber ein paar Dinge konnte ich mir logisch zusammenreimen.

Die Frau hatte Vladtka den Vibrator an den Kopf geschlagen – warum auch immer – und war dann davongerannt, um sich Hilfe zu holen. Jetzt schafften sie die Leiche weg und auch die mutmaßliche Mordwaffe. Das gab mir Hoffnung. Ich musste nur meine Spuren so gut wie möglich verwischen, mich von meinen Converse trennen und mir ein Alibi verschaffen, dann würde man Vladtkas Verschwinden kaum mit mir in Verbindung bringen. Ich sah heimlich zu Colin hinüber. Auch er würde eines brauchen, ein Alibi. Das war gut. Der einzige Haken daran: Wie sollte ich Wolfram beibringen, dass ich mit einem Callboy zusammen gewesen war? Oje, so gut waren meine Karten nun auch wieder nicht!

Nach einiger Liege- und Bedenkzeit waren wir ziemlich sicher, dass die beiden nicht mehr zurückkehren würden.

»Ich glaube, sie sind weg«, sagte ich. Umständlich wollte ich mich hochrappeln, doch Colin war mit einem Satz aufgesprungen und reichte mir seine Hand, sodass auch ich halbwegs elegant hochkam. Ich klopfte mir die Jeans ab und strich mein T-Shirt glatt.

»Ick glaube, Sie sind mir nock eine Erklärung schuldig, bevor wir uns trennen«, meinte Colin.

»Was für eine Erklärung?« Ich wusste nicht genau, was ich ihm verraten konnte. »Meinen Sie, was ich in Vladtkas Bett verloren hatte?«

»Zum Beispiel«, sagte er, und sein Mund verzog sich sofort wieder zu dieser Grimasse. Sein Kettchen wackelte fröhlich, als ob es die gute Laune des Trägers unterstreichen wollte.

»Das ist eine längere Geschichte«, sagte ich.

»Dann kurzen Sie sie.«

Ich erklärte ihm knapp die Umstände. Dass ich für eine Kollegin als Bittstellerin fungierte, genügte ihm nicht. »Dafur bringen Sie keine vergifteten Kucken mit.«

Also rückte ich mit der doofen Detektivsache heraus. Das erklärte immerhin auch, warum ich ihm schon einmal gefolgt war, und auch mein seltsames Equipment. Und schließlich die Sache mit dem Probemord für meinen Roman. Er lachte schallend. »Seien wir froh, dass nickt alle Krimiautoren am Objekt uben!«, scherzte er. Ich schämte mich in Grund und Boden.

»Ich fang dann mal an mit der Spurenvernichtung«, seufzte ich.

»Sie wollen also nickt die Polizei rufen?«, fragte Colin unsicher.

»Ich weiß, dass wir das sollten«, gab ich zu. »Mein Problem ist, dass ich nicht weiß, was ich denen erzählen soll. Aber wenn Sie möchten, werde ich Sie nicht daran hindern, es zu tun«, sagte ich ergeben.

»Ack, so hab ick das nickt gemeint. Ick bin nämlick vorbestraft, mussen Sie wissen, da ist man für die Polizei nickt so glaubhaft. Vladtka ist tot und kann nickt mehr bezeugen, dass ick auf ihren Wunsch über den Balkon eingestiegen bin. Also, von mir aus mussen wir nickt anrufen. Ick helfe Ihnen auck gerne, die Spuren zu verwischen, wenn Sie wollen.«

»Oh«, sagte ich erfreut, »da würden Sie mir einen großen Gefallen tun!«

»Dann wäre es aber angebrackt, wenn wir uns duzen, oder?« Colins Blick ließ mein Herz höherschlagen. Er war wirklich ein Profi.

»Klar, ich bin Minnerl«, lächelte ich zurück.

Er besiegelte die Abmachung mit einem freundschaftlichen Kuss.

»Dann ran an die Arbeit«, sagte er und spuckte demonstrativ in die Hände.

Ich schüttelte zunächst das Bett auf, dabei fiel mir meine Spionagebrille entgegen. Die hatte ich komplett vergessen!

»Was ist denn das für ein Riesending?« Colin wog sie in der Hand. »Die wiegt ja mindestens ein halbes Kilo!«

»Blödsinn«, empörte ich mich zunächst. »Ein wenig auf der Nase gedrückt hat sie allerdings schon«, gab ich dann zu. Und schließlich durchfuhr es mich wie eine Leuchtrakete. »Ich hab den ganzen Weg über gefilmt, ich kann genau nachvollziehen, wo ich überall war!«

»Na, dann war das Detektivspielen dock zu etwas gut.«

Ich ersparte mir einen Blick in seine Richtung, sein Grinsen konnte ich auch so erahnen.

»Ich bräuchte dann nur noch einen Computer«, deutete ich an. »Hast du eine Ahnung, wo Vladtka ihren hat?«

»Sickerlick. Im Nebenzimmer.«

Colin führte mich in Vladtkas Arbeitszimmer, das angenehm nüchtern war. Etwas dunkel für meinen Geschmack, auch der

Schreibtisch war ziemlich wuchtig, aber die Schnörkel wie in den anderen Zimmern fehlten hier. Wahrscheinlich war es das Zimmer des Hausherrn gewesen.

Der Laptop stand offen, aber er war ausgeschaltet. Diesmal war ich schon vorsichtiger. Ich nahm ein Taschentuch, öffnete das DVD-Laufwerk und drückte Heiners Boot-CD in den Schacht, dann startete ich den Computer.

Colin stieß einen anerkennenden Pfiff aus. »Du bist gut ausgerustet, in der Tat!«

Ich hatte mir von Heiner alles erklären lassen, trotzdem wunderte es mich, dass es auch wirklich funktionierte. Ein paar Minuten später war ich tatsächlich in Vladtkas Computer eingeloggt und hatte nun Zugriff auf ihre Daten.

Während ich der Brille den USB-Stick entnahm, zog Colin sich einen Stuhl heran. »Da wurde ick gerne vorher ein wenig reingucken!«

Also zappten wir zunächst ziellos in Vladtkas Ordnern herum und verschafften uns einen Überblick über ihre Word-Dateiordner. Es war gottlob eine überschauabare Anzahl: Agenda, Ansuchen, Diverses, Finanzen, Korrespondenz, Landesschulrat, Medikamente, Schulen, Versicherung. Ich steckte den USB-Stick an und übertrug die Dateien. »Die muss ich mir zu Hause dann in aller Ruhe ansehen«, erklärte ich.

In der Zwischenzeit hatte Colin mir die Maus aus der Hand genommen und auf »Videodateien« geklickt. »Schaun wir mal, was sie fur einen Geschmack hat.«

»Hatte«, verbesserte ich ihn.

»Sie hat, glaub ick, selber gefilmt«, stellte Colin fest. »Alles MP4-Formate.«

Die Videos waren allesamt mit Buchstaben anstatt richtiger Titel gekennzeichnet, das war unüblich. Normalerweise handelte es sich ja um Urlaubserinnerungen oder mitgefilmte Veranstaltungen, da würde man doch eher den Ort oder den Namen der Veranstaltung als Überschrift wählen.

Colin war neugierig, er klickte den ersten Ordner mit dem Titel »C« an. Dieser enthielt mehrere Videos, die jeweils mit einem Aufnahmedatum versehen waren. Colin öffnete die erste Datei. Die Bildqualität war schlecht, aber man konnte Vladtkas

Schlafzimmer erkennen. Plötzlich huschte eine nackte Gestalt ins Bild und warf sich mit einem Tarzanschrei aufs Bett.

»Das bin ja ick!«, rief Colin entrüstet.

»Da bist du ja, main Junge!«, rief Vladtka und strich ihm liebevoll über den kahlen Schädel. »Komm unter maine Däcke, du frierst ja!«

Colin löschte das Video mit einem Klick. »So eine Schlampe«, zischte er. »Filmen hätte extra gekostet! Jetzt bin ick aber gespannt, was auf den anderen Filmen drauf ist.«

Das nächste Video war noch peinlicher, wieder ein nackter Mann, diesmal ein älterer, fetter Herr. Er beugte sich von hinten über die halb entblößte Inspektorin.

»Wollen wir das wirklich sehen?«, fragte ich. Schließlich hatten wir noch Wichtigeres zu tun, als uns Pornos anzugucken.

»Wenn die andere Videos auck so sind – dann war sie eine Schwalbe. Und ick hab nickts gemerkt!« Colin schien völlig fertig.

»Was, um Himmels willen, ist eine Schwalbe?«

»So nennt man Nutten, die ihre Freier filmen. Mit den Filmen erpressen sie dann die Männer.«

Wenn das kein Stoff für meinen Krimi war!

Ganz kurz klickten wir uns durch ein paar weitere Videos. Colin hatte wohl recht. Sie glichen einander sehr. Der Schauplatz war immer derselbe, nur die Protagonisten wechselten. Vladtka war natürlich immer dabei, aber die männlichen Darsteller variierten. Ein paar davon kamen mir irgendwie bekannt vor, die Bildqualität ließ allerdings keine voreiligen Schlüsse zu. Als wir beim Ordner »K« angelangt waren, traf es mich wie eine Bombe. Den Herrn, der in diesem Video aktiv war, erkannte ich mit hundertprozentiger Sicherheit. Ich hätte ihn überall wiedererkannt. Es war Wolfram. K wie Klein!

»Der war aber auck nickt schlimmer als die anderen«, meinte Colin, der meine weiße Gesichtsfarbe missinterpretierte.

»Das war mein Mann«, sagte ich tonlos und schloss die Augen. Wie tief konnte man sinken? Wolfram, mein Wolfram stieg ins Bett mit dieser ... dieser Schwalbe?

Ich schwankte, wollte die aufsteigenden Bilder abschütteln wie Schuppen und Fragen nach dem Warum erst gar nicht aufkommen lassen.

»Oh, oh!«, machte Colin, enthielt sich aber lobenswerterweise eines Kommentars.

»Wie viel Speickerplatz ist denn auf diesem Stick?«, fragte er stattdessen.

»Acht Gigabyte.« Meine Stimme funktionierte noch, aber so kraftlos war sie mir bislang nie vorgekommen.

»Das geht sick aus«, sagte er ungerührt. »Wir werden die Videodateien kopieren und dann von der Festplatte loschen.«

»Wieso sollten wir das tun?«

»Weil die Polizei bald hier herumschnuffeln wird. Die wird sick gewiss den Computer vornehmen, und dann sind alle Akteure – und auch ihre Partner – verdächtig. Eifersucht ist ein sehr starkes Motiv, nickt wahr.«

Ich schluckte. Jetzt hätte die Polizei doch ein Motiv für meinen »Mord«!

»Du hast recht«, seufzte ich. »Insbesondere eine gewisse Frau Klein!« So sehr Wolfram einen Skandal verdient hätte, er würde auch mich treffen. »Sollen wir alle anderen Dateien auch löschen?«

»Gute Frage«, sagte Colin. »Das wäre wahrscheinlick das Beste, aber es fällt natürlick auf, wenn die Festplatte leer ist. Da konnten wir gleick den ganzen Laptop mitnehmen.«

Wir berieten hin und her und beschlossen dann, nichts dergleichen zu tun. Die Videodateien löschten wir, es würde nicht auffallen, wenn sie fehlten. Viele Leute haben keine Videodateien, also würde man vermutlich gar nicht danach suchen.

Zu guter Letzt überspielte ich noch meine Aufnahmen von der Brillenspeicherkarte via Computer auf mein Handy, dann warf ich die Boot-CD aus und fuhr den Laptop hinunter.

Ich folgte den Brillenaufnahmen auf meinem Handy und nahm die Aufräumarbeiten im Flur auf. Schrecklich, wo ich überall meine Nase hineingesteckt beziehungsweise meine Finger drangehabt hatte. Colin wischte brav mit.

Schließlich waren wir am Esstisch angelangt, wo mich erneut ein Schock beinahe umwarf: Die Dose mit den Zimtschnecken und die Unterschriftenliste waren weg! Dieses Gaunerpärchen hatte nicht nur die Leiche, sondern auch noch meine Signatur mitgenommen. Wenn man die Tote zusammen mit dieser Liste fand, womöglich auch noch mit den vergifteten Schnecken, dann war ich geliefert. Die wirklichen Mörder konnten mir den Mord anhängen und waren aus dem Schneider.

»Warum rufst du nickt diesen Vibrator an? Vielleickt geben sie uns einen Anhaltspunkt?«

Colins Idee war gar nicht so dumm, bloß fiel mir ein, dass ich die Nummer von dem Minisender gar nicht dabeihatte. Der Beipackzettel lag in meiner Nachttischlade.

»Den kann ich erst von zu Hause aus aktivieren«, gab ich kleinlaut zu.

»Schade! Wäre interessant gewesen, was die beiden sick so zu erzählen haben.«

Wenigstens den Spionagekuli hatten sie am Tisch liegen gelassen. Ob wohl ihre Fingerabdrücke drauf waren? Ich wickelte ihn vorsichtig in ein Taschentuch und steckte ihn in meinen Rucksack.

Colin versuchte mich zu trösten, noch wäre nichts verloren, aber sehr überzeugend wirkte er nicht.

»Wo ist eigentlick der Hund?«, fragte er plötzlich.

»Stimmt!« Der war mir gar nicht abgegangen.

»Igor!«, rief ich leise. »Igor! Igorchen!«

»Wenn sie ihn nicht mitgenommen haben, dann ist er vielleicht im Garten«, mutmaßte Colin.

»Oder er ist dem Auto nachgelaufen und kommt nie wieder.« Mir war der Hund, ehrlich gesagt, in diesem Moment ziemlich egal.

Ungeachtet dessen fuhren wir also mit der Säuberung fort. Die Teetassen wuschen wir ab und stellten sie in die Spülmaschine. Auch alle anderen Spuren, die darauf hindeuten konnten, dass jemand zu Besuch gewesen war, entfernten wir.

Zum Schluss suchten wir den Staubsauger. Colin diktierte mir anhand meiner Aufnahmen, wo ich überall saugen musste, und so arbeiteten wir uns rückwärts vom Arbeitszimmer durchs Schlafzimmer, die Treppe hinunter und quer durchs Wohnzimmer. So hundehaar- und milbenfrei war es hier wahrscheinlich schon lange nicht mehr gewesen!

Im Flur ließ ich den Sauger stehen. Fertig!

Gut, dass es schon so dunkel war, das würde unseren heimlichen Abgang begünstigen. Wir tauschten noch Adressen und Handynummern aus, für alle Fälle.

»Wenn du mick brauckst, Minnerl – Anruf genugt. Du weißt schon, wenn der Vibrator Schwierigkeiten mackt, und so weiter.« Colin küsste mich links und rechts auf die Wangen. »Mack's gut, Frau Autorin, ick hoffe, du kriegst das in Ordnung!«

Ich schluckte meine aufsteigenden Tränen hinunter. »Danke für alles, aber den Rest muss ich alleine erledigen. Schließlich habe ich mir die Sache selbst eingebrockt«, flüsterte ich. Die Umarmung fiel kurz aus. Hastig lief ich zum Auto, ohne mich umzudrehen, innerlich völlig zerrissen. So sehr ich auch hoffte, nicht auf sein nettes Angebot zurückkommen zu müssen, so sehr bedauerte ich es, ihn nie wiederzusehen. Mein Eheratgeber behauptet ja, dass Aktivitäten, bei denen das Herz-Kreislauf-System in Wallung kommt und die für beide Partner neu sind, die Bindung stärkten und die Liebe belebten. Konnte man nach wenigen Stunden gemeinsamer – zugegeben extrem emotional gefärbter Tätigkeit – bereits von einer Partnerschaft sprechen? Vielleicht hätte ich diesen Rat schon viel früher befolgen und mit Wolfram Achterbahn fahren sollen? Jetzt war es zu spät. Mein Herz-Kreislauf-System wallte zwar heftig, als ich an meinen Mann dachte, aber definitiv nicht wegen einer neu erwachten Verliebtheit!

*Liebe?*

*Ihre Umarmung hat ihn zum glücklichsten Menschen der Welt gemacht. Das hätte er sich nie träumen lassen. Nun wird doch noch alles gut. Sie wird Ja sagen. Wenn alles erledigt ist, suchen sie sich gemeinsam eine bessere Welt.*

## Wie tief kann man sinken?

Gott, was war ich froh, dass Wolfram auf diesem Gewerkschaftsseminar war, es wäre mir unmöglich gewesen, ihm in die Augen zu schauen. Es war zwar schon halbwegs spät, aber an Schlafen war einfach nicht zu denken. Um Vladtkas Dateien durchzusehen, war ich zu kaputt, und an die Videos traute ich mich in meiner depressiven Stimmung nicht heran.

Seufzend zog ich die Brille samt USB-Stick aus dem Rucksack. Wenigstens die Daten sollte ich sichern. Dabei fiel mir der Spionagekuli ins Auge. Keine Ahnung, ob der irgendetwas Brauchbares mitgefilmt hatte, ich konnte ja einmal nachsehen.

Ich fuhr meinen Laptop hoch. Während Windows gefühlte hunderttausend Updates herunterlud, goss ich mir einen Kräutertee mit beruhigender Wirkung auf. Endlich war der Computer bereit.

Man merkte sofort, dass der Kuli billig gewesen war, die Bildqualität war miserabel, der Bildausschnitt lächerlich klein. Im Prinzip sah man ein Stück vom Treppenaufgang, Igors Körbchen und einen winzigen Teil der Einbauwand, das war auch schon alles. Im Hintergrund war Vladtkas Schnarchen zu hören. Ich drückte den Schnellsuchlauf und stoppte, als plötzlich ein Schatten durchs Bild huschte. Ich spulte ein Stückchen zurück. Igor bellte, dann hörte man eine Frauenstimme leise »Braves Hundchen« sagen, und da war er wieder, der Schatten. Offensichtlich war es die Frau, die Colin und ich später gehört hatten. Leider war sie im Film nicht zu erkennen, man sah sie lediglich von hinten, wie sie sich nach unten bückte und eine Tasche ausräumte. Dann beugte sie sich über Igors Körbchen, streckte ihm etwas entgegen und sagte wieder so etwas wie »Braves Hundchen«, allerdings ging die Bemerkung in einem lauten Geräusch unter. Vladtka schob sich torkelnd zwischen die Kamera und die Frau. Sie schrie: »Was machän Sie da? Sie lassen auf där Ställe Igor los!« Dann packte sie die Frau und umklammerte ihren Hals. Genau konnte ich es nicht sehen, Vladtka war bildfüllend, aber die andere Frau röchelte und schlug wild um sich. Plötzlich ließ Vladtka von ihr ab und griff sich an den Kopf. Die Frau drehte sich um, in ihrer Hand blitzte der kolossale Vibrator. Für den Bruchteil einer Sekunde richtete sie ihren entsetzten Blick direkt in die Kamera. Alle meine Körperhärchen stellten sich auf. Es war Lucy.

Angeekelt ließ sie das schwere Gerät fallen, und im selben Moment ging Vladtka zu Boden. Dann verschwand Lucy aus dem Bild, man hörte die Haustüre ins Schloss fallen, und Igor bellte und hechelte wie verrückt. Nach einiger Zeit winselte er nur noch. Ich checkte den Filmbalken, ein paar Minuten waren noch darauf. Leider reichte es nicht, bis Lucy und ihr geheimnisvoller Helfer zurückkamen, aber für mich war ohnehin klar, dass für die männliche Begleitung nur zwei Personen in Frage kamen, nämlich Heiner oder Lucys verheirateter Lover.

Gegen Letzteren sprach, dass Lucy angeblich mit ihm Schluss gemacht hatte. Andererseits, ich kannte ihn ja nicht. Keine Ahnung, ob der Mann im wahrsten Sinne des Wortes auch »über Leichen« ging, um seine Holde zurückzugewinnen?

Und Heiner? War der zu so etwas fähig? Er war zwar schüchtern im Umgang mit Menschen, aber wenn ich bedachte, wie eifrig er mich bei meiner Detektivarbeit unterstützt hatte, nur um Lucy zu gefallen, dann durfte man dem verliebten Mann schon so allerlei zutrauen. Außerdem fiel mir ein, dass Colin doch beobachtet hatte, wie die beiden den »Teppich« in einen Kastenwagen verfrachtet hatten. Heiner besaß einen Citroën Berlingo, mit dem er zum Fischen und auch auf Campingurlaub fuhr. Auch von der Stimmlage her hätte er es sein können. Allerdings war die Distanz vom Schlafzimmer bis zum Wohnzimmer einfach zu groß gewesen, um das mit Sicherheit sagen zu können.

Die Wanze! Ich hatte mein vielleicht wertvollstes Detektivwerkzeug ganz vergessen. Hastig suchte ich nach der Anleitung. Es war ein einziger, riesig großer Zettel, mehrfach gefaltet, auf welchem in praktisch allen Weltsprachen erklärt wurde, wie die Batterien zu wechseln und entsorgen seien, und auch, dass Kleinkinder an der Verpackung ersticken konnten. Im Fall der Miniwanze hätten sie vermutlich auch noch das gesamte Gerät mühelos verschlucken können.

Endlich fand ich die deutsche Beschreibung, wie ich den Abhörsender aktivieren konnte. Nach ein paar schweißtreibenden

Fehlversuchen – meine Augen tränten schon wegen der extrem kleinen Schrift – brachte ich endlich eine Verbindung zustande. Leider sandte die Wanze keine Signale. Enttäuscht legte ich auf, vergaß allerdings nicht, die Nummer auf meiner SIM-Karte zu speichern.

Es blieb also nur eine Möglichkeit, herauszufinden, ob Vladtka sich in Heiners Kastenwagen befand: Ich musste das Objekt untersuchen.

Ich trank meinen Tee aus und fuhr den Computer auf Stand-by, dann machte ich mich auf den Weg.

Der Berlingo stand in der Einfahrt, im Haus war es finster, also schlief Heiner wohl schon. Diesmal sah ich mich vorsichtig um, bevor ich ausstieg, und drückte die Autotüre so leise wie nur möglich zu, um niemanden in der Nachbarschaft zu wecken. Der Zaun war kompakt und nicht sehr hoch, es bereitete mir keine Schwierigkeiten, hinüberzuklettern. Auf Zehenspitzen umrundete ich den Kastenwagen und probierte vorsichtig alle Türen. Natürlich hatte Heiner nicht vergessen, den Wagen abzuschließen. Aber ich war ja gut ausgerüstet. Kurz überlegte ich, ob ich die seitliche Schiebetüre oder besser die Hecktüre knacken sollte, dann entschied ich mich für Letzteres. Erstens hatte Heiner den Wagen mit dem Heck an die Gartenmauer gefahren, und ich konnte so in Deckung arbeiten, von der Straße her würde man mich nicht sehen. Außerdem hätte die Schiebetüre beim Öffnen mehr Lärm gemacht.

Ich versuchte es mit allen Dietrichen, Haarnadeln und Büroklammern aus meinem Fundus. Erfolglos! Eine Autotür war offensichtlich doch komplizierter zu knacken als ein herkömmliches Vorhangschloss.

Während ich noch ratlos dastand und überlegte, wie ich einen Blick in den Wagen erhaschen konnte, vibrierte plötzlich mein Handy. Hut ab, dachte ich, dass ich noch rechtzeitig daran gedacht hatte, es auf lautlos zu stellen. Meine detektivischen Fähigkeiten wuchsen mit der Aufgabe.

Es war wirklich der Vibrator, der sich meldete. Ich nahm das »Gespräch« an – nichts rührte sich. Seltsam. Ich steckte das Handy also wieder ein und beschloss, es doch auch an der Fahrertür zu versuchen. Kaum hatte ich ein wenig an der Türe gerüttelt, als mich die Wanze abermals anrief, dann abermals keinen Ton von sich gab. Eine Störung? Plötzlich kam mir eine Idee. Ich klatschte kurz in die Hände. Tatsächlich – wieder dasselbe Prozedere. Das konnte nur bedeuten, dass sich der Sender im Wagen befand. Ich probierte es noch einmal an der Beifahrerseite, nahm das Gespräch an und klatschte an die Scheibe. Das Telefon übertrug das Signal. Bingo!

Somit war meine Mission eigentlich erfüllt. Es war ja für mich nicht von Belang, was die beiden mit der Leiche tun wollten. Es war ein Unfall gewesen, Notwehr. Falls Lucy Schwierigkeiten bekam, konnte ich der Polizei immer noch das Video zukommen lassen. Der Fall war für mich erledigt.

Beruhigt packte ich mein Einbruchswerkzeug zusammen und wollte eben wegschleichen, als ich plötzlich Stimmen vernahm. Dann Schritte, die immer näher kamen. Hektisch sprang ich hinter den Wagen in Deckung. Ein heftiges Reißgeräusch ließ mich aufschrecken, dann ein blecherner Ton. Verdammt! Ich war mit meiner Camouflage-Jacke an einem Strauch hängen geblieben und hatte in einer Kettenreaktion gegen die Mülltonne getreten. Mein Herz jagte mir Blut durch die Adern, als ob ich jemanden verfolgen sollte.

»Hast du das gehört?«

»Was denn, Heinerle?«

»Diesen dumpfen Schlag.«

»Geh, was du immer hörst. Das ist der Absinth, der dir um die Ohren braust.«

Ich atmete erleichtert auf, als ich erkannte, dass es Heiner selbst war, der sich am Gartentor zu schaffen machte. Seine Begleitung war – wenig überraschend – Lucy. Somit war die Helferfrage eindeutig geklärt. Was mich zusätzlich beruhigte, war, dass die beiden nicht die Polizei rufen würden, wenn sie mich entdeckten, daher wagte ich mich mit dem Kopf etwas weiter vor, um mein Sichtfeld zu erweitern.

Das Gartentor quietschte, als Heiner es aufdrückte, er sollte es besser demnächst ölen. Lucy hatte sich bei ihm untergehakt. Sie wirkten sehr intim. Vor ein paar Tagen noch hätte ich mich gefreut über den Anblick der beiden Turteltäubchen, jetzt wusste ich nicht so recht, ob ich Heiner nicht bedauern sollte. Einzig durch meine kupplerische Tätigkeit war er in diese missliche Lage geraten. Ob das gemeinsame Entsorgen einer Leiche eine gute Basis für eine Partnerschaft war, wagte ich auch zu bezweifeln.

»Sollten wir nicht noch einmal nach ihr schauen?«, fragte Heiner besorgt.

Lucy kicherte. Anscheinend hatte sie etwas zu tief ins Glas geschaut. »Aber geh!«, prustete sie. »Sie wird schon nicht weglaufen.«

Heiner brummte etwas Unverständliches, dann schloss er die Eingangstüre auf, und sie verschwanden im Haus.

Schnell hüpfte ich über den Zaun und ins Auto. Keine Minute zu früh, denn Heiner kam noch einmal zurück und behängte die Ladetür des Wagens mit einem zopfartigen Gebilde. Ein zusätzliches Vorhangschloss?

Nun hatte ich also auch da Gewissheit. Die Leiche der Frau Inspektorin befand sich im Citroën.

Wieder zu Hause hätte ich nun eigentlich beruhigt zu Bett gehen können, aber ich war zu aufgekratzt. So steckte ich stattdessen den Spionage-USB-Stick an meinen Laptop und öffnete mit Todesverachtung den Ordner mit den Videos. Ich musste mir Wolframs Porno einfach genauer ansehen. Vielleicht hatte ich die Hoffnung, mich geirrt zu haben oder einer optischen Täuschung erlegen zu sein. Vielleicht, dass das Nembutal bei mir Nebenwirkungen in Form von Halluzinationen gezeigt hatte oder meine Augen anderweitig getrübt gewesen waren.

Leider verpufften alle Hoffnungen nach wenigen Sekunden. Ähnlich wie in der Aufnahme mit dem dicken Herrn, streckte Vladtka Wolfram ihren Hintern entgegen, sonst sah man nicht viel von ihr. Klug, wie sie sich da aus dem Kamerawinkel hielt, man konnte zwar den Mann sehen, aber die Frau nicht zu hundert Prozent identifizieren – wenn man nicht ohnehin wusste, wer sie war. Wolfram plagte sich ziemlich, sein Teil hochzukriegen. Einmal drehte sich Vladtka sogar um und verdrehte die Augen. Wenigstens Lust hatten beide keine verspürt bei der Gelegenheit. Ein schwacher Trost!

Seltsamerweise kam ich mir trotzdem nicht mehr wie die gehörnte Gattin vor. Wolfram hatte nicht mich betrogen, sondern einzig und allein sich selbst. Für eine fragwürdige Karriere hatte er seinen Stolz und seine Ehre geopfert, denn es war klar, dass das sein einziges Motiv sein konnte. Und bei Vladtka wiederum war es um reine Machtdemonstration gegangen. Du willst was von mir, also tu was für mich. Trotzdem. Wie auch immer man das mit dem Ehebruch interpretieren wollte, ich wusste, dass ich mich nie wieder von Wolfram anfassen lassen würde. Es war aus. Seine Eltern mussten in Zukunft mit ihrem Sohn Dreierschnapsen.

Die anderen Videos interessierten mich nicht. Ich wollte gar nicht wissen, wie viele Ehekatastrophen dort im Verborgenen schlummerten, das ging mich nichts an, hätte mich zur Voyeurin degradiert.

Angeekelt warf ich den Stick aus und verstaute ihn an sicherer Stelle in meinem Schreibtisch. Ich hatte genug gesehen. Mir graute so sehr vor dieser Frau und ihren Freiern, in diesem Moment hätte ich es nicht einmal bedauert, wenn sie tatsächlich durch meine Hand diese Welt verlassen hätte. Mein Weltschmerz trieb mich, ganz gegen meine Gewohnheiten, an die Hausbar. Hochprozentiges trinke ich normal nie, aber man hat natürlich so einiges im Haus, für Gäste. Von meiner letzten Irlandreise hatte ich einen Whiskey mit dem schönen Namen »Writer's Tears« mitgebracht, den fand ich für den Anlass hervorragend geeignet. Wenn ein irischer Dichter weint, dann sind die Tränen aus Whiskey.

Ich war zwar weder irisch noch weinte ich, dazu war ich zu erschöpft, aber immerhin war ich eine Möchtegernschriftstellerin. Leider hatte mich ebendiese Sehnsucht in die desperateste Situation meines Lebens gebracht. Da half kein Flennen, möglicherweise aber der Whiskey.

»Prost, Frau Klein-Bartel!«, rief ich in die Stille des Hauses. »Da hast du nun deinen authentischen Kriminalfall. Er hat dich bloß deine Ehe und möglicherweise auch deinen Job gekostet. Wenn du Glück hast, darfst du zusätzlich noch einige Zeit lang gratis und franko über den Alltag im Gefängnis recherchieren.«

Den ersten Whiskey stürzte ich ex hinunter.

»Was soll's, du wärst nicht die erste Schriftstellerin, die im Knast ihr Meisterstück schreibt.« Diese Minerva gefiel mir schon besser. Noch ein Glas auf ex. Überraschenderweise schmeckte der Whiskey trotz meiner depressiven Stimmungslage vorzüglich, er rann die Kehle hinunter wie Öl und linderte zumindest vorübergehend meine geistigen Qualen. Bald hatte ich einen erklecklichen Teil der Flasche geleert. Als schließlich Vogelgezwitscher aus dem Garten an mein Ohr drang, riskierte ich einen Blick auf die Uhr. Es war bereits fünf, der Morgen graute – und mir graute vor dem folgenden Tag.

Ich schleppte mich ins Badezimmer, dabei musste ich feststellen, dass mein Gleichgewichtssinn leicht ramponiert war. Zu meiner Überraschung funktionierte mein Hirn noch. Es stellte fest, dass ich gerade einmal eineinhalb Stunden Zeit hatte, um meinen Alkoholpegel auf unter null Komma fünf Promille zu drücken und mich optisch so weit zurechtzumachen, dass man mir meinen Zustand in der Schule nicht auf einen Kilometer Entfernung ansah.

Es war eine Rosskur. Alka-Seltzer, schwarzer Kaffee mit rohem Ei, kalte Umschläge auf die Augen, mehrere Duschdurchläufe, abwechselnd heiß und kalt. Nach dieser Tortur wusste ich, dass ich die nächste Vorsorgeuntersuchung sausen lassen konnte. Mein allgemeiner Gesundheitszustand war top!

Ein letzter Blick in den Spiegel. Ich fand, ich hatte Meisterliches geleistet, dann schnappte ich mir die Schultasche, ohne zu kontrollieren, was ich heute überhaupt brauchen würde. Den Weg bis zum Auto schaffte ich ohne Schwindelanfälle, ich ging aufrecht und gerade an der Kanalrinne entlang, ohne zu straucheln. Als letzten Test schloss ich die Augen und führte meinen Zeigefinger an die Nasenspitze. Nur ganz leicht daneben, höchstens einen halben Zentimeter. Ich entschied, dass das wahrscheinlich null Komma fünf Promille entsprach. Meinem ersten alkoholisierten Schultag stand nichts mehr im Weg.

»Wie siehst denn du aus!«, rief Lore, als ich betont fröhlich mein »Guten Morgen!« ins Lehrerzimmer trällerte. »Bist du krank?«

Eine glaubhafte Schauspielerin würde wohl nie aus mir werden, deswegen versuchte ich erst gar nicht, mich weiter zu verstellen. »Mir geht's nicht besonders«, sagte ich. »Hatte keine gute Nacht.« Lore sah mich zwar fragend an, aber sie akzeptierte meine Antwort.

»Ich dachte nur, ihr hättet euch vielleicht gegenseitig angesteckt. Lucy und Heiner haben beide Fieber.«

Die erhöhte Körpertemperatur der zwei jungen Kollegen beruhte vermutlich auf gymnastischen Übungen unter der Bettdecke. Die Ursache der plötzlichen Erkrankung hingegen lag eiskalt und steif, in einen Teppich gerollt, in Heiners Kastenwagen.

»Du darfst übrigens Lucys vierte Klasse supplieren!«, bedauerte mich Lore.

Auch das noch! Ich schleppte mich zu meinem Schreibtisch und checkte meinen Tag. Die ersten drei Stunden warteten Unterstufenklassen auf mich, die konnte ich aus dem Stegreif halten. Die sechste Klasse war schon eine schwerere Nuss, für sie hätte ich gut daran getan, ein paar Phrasen vorzubereiten. Ach was, ich würde mit ihnen in den Computerraum gehen und sie zum aktuellen Thema recherchieren lassen. Das war eine gute Idee, anschließend sollten sie dann ihre Ergebnisse präsentieren. Und für die achte Klasse suchte ich ein Set mit Hörübungen, so hatte ich die ganze Stunde meine Ruhe und die Schülerinnen bekamen mehr Sprachpraxis, eine Win-win-Situation sozusagen. Tja, und zu Lucys Klasse in der sechsten Stunde, zu der würde ich besonders nett sein, die Kinder durften eine Mathe-Hausübung erledigen. Es war normalerweise nicht meine Art, so etwas zu erlauben, aber heute war wohl so ein Ausnahmetag, an dem man ihnen und sich das gestattete.

Am Ende der sechsten Stunde ließ ich mich erschöpft in meinen angestammten Ikea-Swinger fallen. Die Stunden selbst waren zwar wenig anstrengend gewesen, aber meinen seelischen Zustand zu verschleiern hatte mir enorm viel Energie abverlangt.

Lore drückte mir ohne zu fragen einen Kaffee in die Hand und bedeutete mir, zu warten. Das hätte sie sich sparen können, ich war ohnehin zu schwach, um ohne Koffein zum Auto zu gelangen. Das Gemurmel der Kollegen versetzte mich beinahe in einen Tiefschlaf. Als wir endlich alleine waren, schüttelte mich Lore sanft und fragte: »Was ist los, Minnerl? Mir brauchst du nichts vorzumachen. Dass du nicht geschlafen hast, sieht man, dass du was getrunken hast, hab ich in der Früh gerochen. Das sieht dir nicht ähnlich.«

Ich konnte die Ringe unter meinen Augen förmlich spüren,

aber dass ich auch eine Alkoholfahne haben könnte, war mir gar nicht in den Sinn gekommen. So etwas hatte ich noch nie mit in die Schule gebracht. Es war mir peinlich, und ich hoffte im Nachhinein, dass meine Schülerinnen nicht so aufmerksam gewesen waren wie Lore.

»Ach, Lore«, seufzte ich. »Ich hab etwas über Wolfram rausgefunden, was ich lieber nicht gewusst hätte!« Ich nippte an meinem Kaffee, konnte die Tränen aber nicht mehr halten.

Lore hielt mir ein Taschentuch hin. »Auch wenn es wehtut, Minnerl. Glaub mir, es ist besser, wenn du es weißt. Lange hätten sie es sowieso nicht mehr verheimlichen können, im Lehrerzimmer hat man jedenfalls schon darüber getuschelt!«

Ich muss Lore völlig entgeistert angesehen haben.

»Na ja, so aus heiterem Himmel kommt so ein Gerücht ja nicht zustande. Man bemerkt als Außenstehender oft mehr als die betroffenen Personen selbst. Wer mit wem länger zusammensteht als sonst, so Sachen halt.«

Mein Tränenfluss stoppte zwar, aber ich rätselte immer noch, worauf Lore anspielte. Ich konnte mir beim besten Willen nicht vorstellen, dass man Vladtka und Wolfram zusammen gesehen hatte. Selbst wenn jemand wusste, dass er Hausbesuche bei ihr machte, so musste man doch nicht automatisch auf ein sexuelles Verhältnis schließen. Er hätte doch auch dienstlich bei ihr vorsprechen können, so wie er das ja auch mir weismachen wollte.

»Vielleicht ist es ganz gut, wenn Lucy gehen muss, dann könnt ihr alle Abstand gewinnen und entscheiden, was zu tun ist«, ergänzte Lore.

Ich wippte mich ein wenig in Trance und ließ Lores Bemerkung sickern, während meine verkaterten Gehirnwindungen langsam wieder in Schwung kamen. Ein Teil von mir wollte sie eigentlich gleich wieder bremsen, dieser Teil wollte gar nicht klar denken können. Was Lore da angedeutet hatte, traf mich bis ins Mark. Wolfram, mein Wolfram, war Lucys verheirateter Ex-Liebhaber! Deswegen hatte Vladtka so überreagiert. Lucy war eine Rivalin gewesen! Sie musste aus Wolframs Revier entfernt werden.

»Kommän Sie wägän där Dirnä oder wägän Ihräm Mann?«, hatte sie gefragt. Eine Vladtka duldete keine Nebenbuhlerin. Und ich hatte Lucy geraten, dass ihr Lover sich scheiden lassen müsse, und dann versucht, sie mit Heiner zu verkuppeln. Ob sie daraus geschlossen hatte, dass ich von ihrem Verhältnis wusste und sie so von Wolfram ablenken wollte?

Wie auch immer. Letzte Nacht hatte ich noch gedacht, den Tiefpunkt meines Lebens erreicht zu haben, ich hatte es nicht für möglich gehalten, noch mehr Erniedrigung zu erfahren.

Ich stellte ganz automatisch meine Kaffeetasse in den Geschirrspüler.

»Wenn du Hilfe brauchst, Minnerl, jemanden zum Ausheulen, ich hab breite Schultern.« Lore hatte sich auch erhoben. Ihr Blick verriet echte Sorge.

»Danke, Lore. Du bist eine wahre Freundin!«, sagte ich. Vielleicht sogar die einzige, dachte ich. »Ich werde darauf zurückkommen.«

## Reue

*Der junge Mann ist außer sich. Er hat sich geirrt! Er hat die Zeichen nicht richtig gedeutet, und nun ist es zu spät! Aber er weiß, was zu tun ist. Es wird nicht einfach sein, aber das ist er ihr schuldig.*

**Neue Rätsel**

Zu Hause knallte ich meine Schultasche ins Eck, schleuderte die Schuhe von den Füßen, ohne dabei darauf zu achten, wo sie landeten, und rannte ins Schlafzimmer, wo ich mich mitsamt der Kleidung im Bett verkroch. Innerhalb kürzester Zeit hatte ich mein Kissen klatschnass geheult. Ich warf es aus dem Bett und schnappte mir Wolframs. Aber es roch nach ihm, nach seinem Rasierwasser! Auch dieses Kissen flog in hohem Bogen hinaus. Ich schob mir einfach die Bettdecke unter, und irgendwann schlief ich erschöpft ein.

Wenigstens der Körper wusste instinktiv, was zu tun war. Als ich gut zwei Stunden später aufwachte, hatte er sich die Energie zurückgeholt, die ich ihm fahrlässig entzogen hatte. Mein Magen knurrte wie wild, ich konnte mich auch gar nicht erinnern, wann ich zuletzt etwas gegessen hatte.

Ich ging in die Küche und richtete mir ein üppiges Frühstück, Vollkornbrot mit Ei, Käse, Oliven und Tomaten. Dazu trank ich zwei Tassen Kaffee. Es war zwar schon später Nachmittag, aber für mich war es ein Auferstehen aus der Hölle, somit war das Frühstück die logische Mahlzeit.

So gestärkt würde ich die Konfrontation mit Wolfram wacker durchstehen. Aber wo blieb er? Er war längst überfällig. Das Warten machte mich rasend nervös.

Ich griff zu meinem Handy und wog es ein paar Mal in meiner Hand. Auf und ab. Sollte ich ihn anrufen? Aber was sollte ich sagen? Steckst du wieder einmal bei einer Geliebten? Wer ist es dieses Mal? Vielleicht Klaudia?

Das Handy fiel mir dann beinahe hinunter vor lauter Schreck, als es klingelte. Es war aber nicht Wolfram, sondern der Vibrator, der sich meldete. Ich nahm das Gespräch sofort an, legte das Handy auf den Tisch und drückte die Lautsprechertaste.

Ein lautes Krachen ertönte, dann ein scharrendes Geräusch.

»Herr Inspektor!«, hörte ich Lucy flöten.

»Wenn Sie einen Campingplatz suchen, dann müssen Sie nach Poysdorf.«

»Wie bitte? Was? Wir wollen nicht nach Poysdorf.«

»Hier im Mistelbacher Wald ist Campen aber nicht erlaubt!«, sagte der Polizist.

»Ach so, nein, nein. Wir haben nur kurz gerastet«, seufzte Lucy.

»Ihr Mann, der scheint mir aber sehr erledigt.«

»Freund«, verbesserte Lucy. »Ja, wir hatten einen anstrengenden Tag.«

»Die Papiere, bitte!«

Nach längerem Rascheln war Lucy wieder zu hören.

»Die hat mein Freund irgendwo. Er lässt sich einfach nicht aufwecken, sorry!«

»Dann machen Sie bitte mal das Handschuhfach auf, Fräulein!«

Fräulein! Wenn ich das schon höre. In welchem Jahrhundert leben wir, Herr Inspektor? Schade, dass der Vibrator nur in eine Richtung kommunizierfähig war, dem Polizisten hätte ich was erzählt!

»Aber warum das denn?« Ich meinte, etwas Panik in Lucys Stimme zu hören.

»Wir wollen schließlich sichergehen, dass Sie nichts Unerlaubtes genommen haben oder mit sich führen. Irgendwelche Rauschmittel zum Beispiel, die Ihre Fahrtüchtigkeit beeinträchtigen könnten.«

»Aber wo denken Sie hin, Herr Inspektor«, sagte Lucy.

Dann hörte man ein lautes »Klack!«.

»Ups!«, kicherte Lucy. Ich fuhr zurück, als ein höllisch lautes Rauschen die Antwort des Polizisten überdeckte. Dann wurde es wieder ruhiger.

»Stecken Sie das Ding ruhig wieder weg.« Der Polizist lachte. »Wenn Sie versprechen, es nicht während der Fahrt zu benutzen, wird es Ihrer Fahrweise nicht schaden.«

»Aber ganz gewiss nicht, Herr Inspektor«, säuselte Lucy. »Möchten Sie vielleicht eine Zimtschnecke?«

»Aber gerne!«

»Für Ihren Kollegen auch eine?«

»Danke!«, sagte der Polizist. »Und das nächste Mal nehmen Sie Ihren Freund nicht so her!«

Etwas später konnte man entferntes Stimmengemurmel hören

und ein Lachen, dann schlug eine Autotür zu, ein Motor wurde angelassen.

Die Ironie des Schicksals wollte es anscheinend, dass der Polizist, ohne es zu wissen, nicht nur unerlaubte Drogen gefunden hatte, sondern sie auch konsumieren würde. Hoffentlich würden den beiden die Schnecken bekommen und sie nicht in ihrer Fahrtüchtigkeit beeinträchtigen!

Die Polizisten hupten noch einmal und gaben Gas. Aus der Ferne drang heiseres Hundegebell ans Wanzenmikrofon.

»Heiner, wach auf!«, übertönte Lucys Schrei die Hintergrundgeräusche. Das Aufwecken schien etwas schwierig zu sein, schließlich ließ Heiner doch ein Grummeln verlauten.

»Wir müssen hier weg! Die Polizei war hier.«

Das Wort »Polizei« tat offenbar seine Wirkung, Heiner war augenblicklich hellwach.

»Haben sie …?«

»Nein, beruhige dich. Sie wollten nur die Papiere, aber du hast dich nicht wecken lassen. Dann haben sie den Vibrator gesehen«, sie kicherte, »und ihre zweideutigen Schlüsse gezogen. Glück gehabt!«

Das Hundegebell war in der Zwischenzeit dringlicher geworden.

»Schmeiß das Vieh raus!«, sagte Heiner.

»Ich weiß nicht. Ich hab ein ungutes Gefühl dabei«, zögerte Lucy. »Was, wenn die Polizisten zurückkommen? Der Hund gibt ja keine Ruhe, und dann finden sie …«

»Was schlägst du vor?«

»Können wir noch zu mir, bevor wir nach Krumau fahren? Ich muss mich noch frisch machen. Den Hund lassen wir einfach bei mir in der Wohnung. Danach bringen wir ihn zurück.«

»Wenn du meinst. Ich wär mehr für eine endgültige Lösung, aber von mir aus.«

»Danke, du bist ein Schatz!«

»Fahren wir! Sind ohnehin schon spät dran«, sagte Heiner und ließ den Motor an. Leider waren die Motorengeräusche ziemlich laut, sodass ich wenig verstehen konnte. Ich beschloss, den Wanzen-Akku zu schonen, und unterbrach die Verbindung.

Wie es aussah, hatten sie Vladtka, nicht aber Igor, im Wald

deponiert und waren dann im Wagen eingenickt. Beim Gedanken, warum, konnte ich mir ein Schmunzeln nicht verkneifen. Wahnsinn, welche Wirkung meine süßen kleinen Schnecken hatten. Schlimmer als die Wirkung war nur noch deren Auswirkung, das war mir damals allerdings noch nicht bewusst. Denn auch Heiners und Lucys kurzer Zwischenaufenthalt sollte noch dramatische Folgen haben.

Das Schicksal der beiden war mir in der Zwischenzeit ziemlich gleichgültig geworden, Wolframs Aufenthaltsort hätte mich weit brennender interessiert. Schließlich gab ich mir einen Ruck und wählte seine Nummer, denn Warten ist für nervlich angespannte Menschen erwiesenermaßen ungesund, es belastet das Immunsystem nachhaltig.

Sein Handy empfing den Signalton. Mein Herz klopfte wie beim ersten Date-Anruf. Würde er abheben? Würde ich es schaffen, so zu tun, als ob nichts wäre, belanglos fragen, wo er denn bliebe? Als ich tatsächlich seine Stimme hörte, setzte mein Puls kurzfristig aus.

»Minnerl, ich ...«, keuchte Wolfram ins Telefon, dann knackste es in der Leitung, und das Gespräch war unterbrochen, bevor ich noch etwas erwidern konnte. So ein Arschloch!

Ich wählte erneut seine Nummer, aber er antwortete nicht. Diese Unhöflichkeit entfachte einen Adrenalinschub in mir, der sich offenbar schon lange aufgestaut hatte. Was bildete sich dieser Affe ein! Betrog und belog mich, und jetzt wollte er mir nicht einmal Rede und Antwort stehen? Unsinnigerweise griff ich ganz automatisch zum Kritzelblock. Als ich erkannte, wie hirnlos das war, platzte mir endgültig der Kragen. Wie hatte ich so naiv sein können, zu glauben, dass ein Kritzelblock Eheprobleme verhindern könnte! Das wiederum schleuderte mir meine einfältige Sicht auf die Ehe im Allgemeinen ins Gesicht wie eine Watsche. Wütend zerriss ich den Block. Seite für Seite zerrupfte ich in Tausende Konfetti, bis der Papierkorb überquoll. Hier lagen also die Reste meiner Ehe in Fetzen. Unrettbar zerwuselt.

Ich wählte erneut Wolframs Nummer, diesmal ohne Herzklopfen, dafür in wildem Grimm. Aber er ging nicht ran.

Dafür regte sich die Sexwanze erneut.

Widerwillig nahm ich das Gespräch an. An Lucys Problemen

hatte ich das Interesse eigentlich komplett verloren. Was für ein Fehler!

»Jetzt aber schnell weg hier!«, rief Heiner. »Wenn wir rechtzeitig in Krumau sein wollen, müssen wir uns sputen!«

»Ja, sorry«, sagte Lucy. »Ich konnte ja nicht ahnen, dass der Idiot —«

»Gib mir die Karte, bitte!«, unterbrach Heiner sie. Er klang erbost. Keine Ahnung, was ihm über die Leber gelaufen war. »Im Handschuhfach!«

Es knackste wieder laut in der Leitung, bis Lucy das gewünschte Kartenmaterial gefunden hatte. Plötzlich und beinahe gleichzeitig rissen drei Schreie mich aus meiner Gleichgültigkeit. Mein Blutdruck schnellte auf zweihundert.

»Achtung! Achtung! Der schönste Mann im Raum bitte mal an sein Handy!«

»Arschloch! Weg von dem Auto!«, schrie Heiner.

»Scheiße!«, rief Lucy.

»Hast du denn die Hecktüre nicht abgeschlossen, verdammt?«

Die Wanze übertrug Geräusche, die ich als heftiges Rütteln oder Stoßen interpretierte, zugleich vernahm ich eine entfernte Stimme, die mir wohlbekannt war. Eine Autotür wurde zugeschlagen, ein weiterer dumpfer Ton folgte. Lucy kreischte.

Gebannt starrte ich auf mein Handy, aber eine Weile war nichts zu hören als Lucys Schnauben – oder war es mein eigenes?

Dann wieder ein Rascheln und die Autotür.

»Ist er ...?«, hauchte Lucy nach einer Weile.

»Ist er? Ist er?«, äffte Heiner Lucy nach. »Was weiß ich? Hat der Trottel gar nichts verstanden? War ihm das vorher nicht genug? Und warum macht er sich überhaupt am Auto zu schaffen?«

»Er hat sie gesehen, stimmt's?« Es war mehr eine Feststellung als eine Frage.

»Er hat sie gesehen, stimmt's?« Heiner hatte anscheinend komplett die Nerven verloren. Diese Satzwiederholungen waren echt schaurig.

»Was machen wir jetzt mit ihm? Mitnehmen können wir ihn ja nicht gut, oder?«

»Können wir nicht? Ich muss nachdenken!«, schrie er. Nicht nur mein Handy, sondern auch ich vibrierte, als plötzlich Heavy-

Metal-Musik im betäubenden Dezibelbereich erklang. Das hielten meine Nerven nicht mehr aus, und ich unterbrach die Verbindung. Gottlob erinnerte ich mich, dass man die Wanze auch auf einen Schlafmodus umprogrammieren konnte, eine SMS mit 0000 genügte. Ab nun musste ich anrufen, wenn ich Information vom Sender wollte, und nicht umgekehrt. Das hieß, er würde sich nicht bei jedem lauteren Geräusch melden und mich in den Wahnsinn treiben.

Dennoch wollte das vermaledeite Handy mich einfach nicht zur Ruhe kommen lassen. Erbarmungslos läutete es weiter. Ein Blick aufs Display verriet mir, dass der Anruf weder vom schönsten Mann im Raum noch von einem Vibrator kam – wie auch!

Meine Schwiegermutter war am Rohr. Es musste wichtig sein, sie rief sonst immer am Festnetz an, und wenn schon Handy, dann nur bei ihrem Sohn.

»Ja, Mutter?«, sagte ich bemüht höflich.

»Hallo, Minnerl! Sag, ist Wolfram bei dir? Seid ihr unterwegs? Ich hab es heute Nachmittag mehrmals bei euch probiert«, sagte sie vorwurfsvoll.

Ich musste so fest geschlafen haben, dass ich das Festnetztelefon überhört hatte, und den Anrufbeantworter abzurufen konnte ich mir jetzt auch sparen.

»Wolfram ist gerade nicht erreichbar. Soll ich ihm etwas ausrichten, wenn ich ihn wieder sehe?« Bei dem Satz krümmte sich mein Magen zusammen.

»Ach, nicht so wichtig«, meinte sie. »Ich wollte nur fragen, ob es euch etwas ausmacht, wenn ich für nächsten Freitag auch die Nachbarn zum Kartenspielen einlade. Spielen wir halt Rummy statt Schnapsen. Hast du gewusst, dass die arme Kerstin von ihrem Mann verlassen worden ist? Stell dir vor, mit vier kleinen Kindern!«, ergänzte sie entrüstet.

»Nein, hab ich nicht gewusst«, sagte ich wahrheitsgemäß und ohne einen Funken von Mitgefühl. »Ich glaube nicht, dass Wolfram etwas dagegen haben wird. Kommen die Kinderlein auch?«

»Würdest du dich denn einstweilen um sie kümmern, während wir … Ich meine, du spielst ohnehin nicht so gerne Karten?«

»Aber gar kein Problem«, sagte ich inbrünstig. »Du weißt, ich liebe Kinder. Bin schließlich nicht zufällig Pädagogin geworden. Also, dann bis nächsten Freitag!«

Ihr erstaunter Blick tauchte beinahe real vor meinem geistigen Auge auf. Mich würde sie vermutlich nicht so schnell wieder zu Gesicht bekommen. Aber nicht nur das. Die Frage war vielmehr, ob sie auch ihren Sohn wohlbehalten wiederkriegen würde. Das machte mir, trotz des Zorns, den ich gegen ihn hegte, doch große Sorgen.

Was hatte Heiner mit ihm gemacht?

Wenn die Nerven blank liegen, funktioniert das Gedächtnis praktisch gar nicht. Was hatte Lucy gesagt, wohin sie fahren wollten? Komm schon, Minnerl, erinnere dich!

Meine Nervosität steigerte sich von Minute zu Minute. Ich wanderte ziellos im Haus hin und her. Mein Laptop blinkte, was mich zusätzlich irritierte. Widerwillig klickte ich auf das Icon. Die letzten Nachrichten waren allesamt Hiobsbotschaften gewesen, was würde das jetzt wieder bringen?

Es war eine, oder genau genommen eine Serie von Nachrichten von Lore, die sich Sorgen um mich machte. Ich war zu Tränen gerührt und mailte umgehend zurück, dass ich nur geschlafen hätte, sie brauche sich keine Sorgen um mich zu machen.

Mit einem Male wusste ich genau, was ich zu tun hatte.
Schritt 1: Absicherung.

Ich kramte den USB-Stick mit Vladtkas Daten aus seinem Versteck hervor und steckte ihn in einen Briefumschlag, dazu eine kurze Notiz an die Freundin.

*Liebe Lore,*
*bitte verwahre diesen Stick an sicherer Stelle und öffne ihn erst, wenn mir etwas zustoßen sollte. Ich werde dir zu gegebener Zeit alles erklären. Danke für deine Freundschaft,*
*Minnerl*

Natürlich klang das ein wenig theatralisch, aber ich ahnte ja wirklich nicht, wie sich die Sache noch entwickeln würde. Ich wusste nur eines, ich konnte nicht länger untätig bleiben, das würde mich in den Wahnsinn treiben.

So schwang ich mich also in den Mokka und fuhr zu Lore.

Im Haus brannte Licht, der Fernseher war an. Am liebsten hätte ich geläutet, mich an Lores weiche Brust geworfen und alles gebeichtet. Martin hätte uns Cocktails gemixt, und wir hätten zusammen eine Folge »Downton Abbey« geguckt.

Ich wischte die tröstenden Gedanken weg, es war keine Zeit für Komfortzonen, ich hatte eine Mission zu erfüllen. Rasch warf ich den Umschlag in den Briefkasten und fuhr wieder heim.

Schritt 2: Situationsanalyse.

Mein Urteilsvermögen hatte sich schon wiederholte Male als unzureichend herausgestellt. Ich brauchte Unterstützung. Außerdem, ich muss das unumwunden zugeben: Ich hatte schlicht und einfach Schiss.

*Der Widersacher*

*Schon wieder ein Hindernis! Hört das denn gar nicht auf? Der junge Mann ist extrem genervt. Erst ist alles so schön, dann taucht wieder dieser Idiot auf. Es darf einfach nicht wahr sein, was er behauptet! Er selbst hat das alleinige Recht auf sie, nicht dieser Trottel. Das Schicksal hat sie für ihn bestimmt!*

**Verfolgung 2**

»Calling Colin?«, flirtete er in sein Telefon. Ich war so froh, seine Stimme zu hören. Überschlug mich mit Erklärungen, Bitten und Entschuldigungen. Er ließ alles über sich ergehen.

»Baby, ick versteh nur Bahnhof!«, sagte er. »Aber ick komme sofort. Gib mir eine Stunde!«

Ich hauchte ein »Danke« ins Telefon und hatte endlich das Gefühl, jetzt würde alles gut werden.

Knapp eine Stunde später parkte er seinen Porsche vor meinem Haus. Ich lief ihm aufgeregt entgegen und umarmte ihn spontan, er küsste mich freundschaftlich links und rechts auf die Wange. Im Nachbarhaus bewegte sich der Vorhang. Sollten sie doch denken, was sie wollten!

Ich machte uns zwei Tassen starken Kaffee und erzählte, was meine Wanze mir mitgeteilt hatte.

»Versteh ick das ricktig, dein Mann ist jetzt bei diesen zwei Idioten?« Colin schüttelte sowohl bedauernd als auch bewundernd seinen Kopf. »Wenn ick nickt selber Teil dieser horriblen Geschickte gewesen wäre«, meinte er, »ick wurde glauben, du erzählst mir deinen letzten Roman! Weißt du, was sie vorhaben?«

»Ja, es ist mir jetzt wieder eingefallen. Sie wollten nach Krumau. In Böhmen.«

»Die ganze Partie? Leiche, Mann und Hund im Gepäck?«

»Sieht so aus.« Ich kratzte mich am Kopf. »Ich dachte zuerst eigentlich, sie hätten Vladtka schon im Mistelbacher Wald vergraben, aber es kann gut sein, dass sie noch im Wagen ist.«

»Dann bleibt uns nickts anderes ubrig, wir mussen sie observieren. Du bist dock in so etwas geubt, wenn ick mick reckt erinnere!«

Eigentlich war mir nicht zum Scherzen zumute, aber sein englischer Akzent war so drollig, dass ich einfach lächeln musste.

»Heiner würde mein Auto aber sofort erkennen, und deines ist ein wenig auffällig, meinst du nicht?«

»Man sieht, du hast gelernt«, lobte mich Colin. »Dann mieten wir uns eben ein Null-ackt-funfzehn-Modell.«

Wir bestellten uns ein Taxi, das uns zum nächstgelegenen Autoverleih bringen sollte. Ich schluckte: Wien-Floridsdorf. Beinahe vierzig Kilometer! Brauchte niemand im Weinviertel Leihautos?

»Ist dort, wo große Chinese. Lucky Wok«, sagte der Taxler. »All you can eat!« Dabei fuhr er sich genüsslich über den Bauch.

An Essen hatte ich wahrlich kein Interesse. Aber ich wollte die Fahrzeit nutzen und mich über Krumau schlaumachen, es konnte ja nicht schaden, schon mal über die Lage von Parkplätzen etc. Bescheid zu wissen.

»Warum wollen sie uberhaupt nach Krumau, hast du eine Ahnung?«, fragte Colin.

»Nicht wirklich«, sagte ich, obwohl mir im Hinterkopf schon etwas schwante, nur ließ der Gedanke sich noch nicht so recht greifen.

»Schauen wir, ob wir eine Erklärung finden. Soll ich dir vorlesen?«

»Gerne!« Colin lehnte sich zurück und schloss die Augen.

Fast sah er noch wie ein Junge aus mit diesem entspannten Gesichtsausdruck. Er konnte auch kaum über dreißig sein. Die Glatze und die Tätowierungen hatten ihn etwas älter wirken lassen. Ich musste mich zurückhalten, um nicht dem Drang nachzugeben, einen Finger in sein gestanztes Ohrloch zu stecken. Sein Schmuck war zwar nicht nach meinem Geschmack, die silberne Halskette und diese Piercings überall, aber er passte zu ihm. Was ihn wohl dazu bewogen hatte, sich seinen Lebensunterhalt als Callboy zu verdienen? Er schien intelligent, sprach mindestens zwei Sprachen perfekt, und er sah gut aus. Da musste es doch auch andere Jobs geben, bei denen er seine Talente einbringen konnte.

Ich war so in seinen Anblick versunken, dass ich die geöffnete Wikipediaseite ganz vergessen hatte. Ich erschrak, als er die Augen wieder aufmachte und sagte: »Was ist? Nickts gefunden?«

»Schlechte Verbindung«, mogelte ich. »Aber ich hab schon was. Also: *Český Krumlov liegt an beiden Ufern der Moldau, die hier eine Flussschleife bildet, von der sich die Ortsbezeichnung ›krumme Au‹ ableitet. Die Innenstadt befindet sich rechtsseitig des Flusses in der Flussschleife; nördlich davon liegen linksseitig der Moldau auf dem*

*Sporn zwischen der Moldau und ihrem Zufluss Polečnice das Schloss und der Latrán. Nordwestlich liegt der Blanský les, östlich das Novohradské podhůří. ...«*

»Stopp!«, rief Colin ungeduldig. »Erstens ist deine tscheckische Ausspracke grauenhaft, und zweitens interessiert das kein Schwein. Wenn du so weitermackst, Frau Lehrer, schlaf ick ein. Kannst du das kurzen?«

»Okay, okay«, meinte ich beleidigt. »Ich scroll mal durch, und wenn mir etwas Interessantes ins Auge sticht, lass ich es dich wissen. Passt dem Herrn das so? Und im Übrigen heißt es Frau Lehrer*in*!«

»Ausgezeicknet, Frau Lehrer*in*!«, spöttelte Colin.

Ich arbeitete mich zunächst durch die Geschichte Krumaus, von den üblichen Kriegen bis zu den Benesch-Dekreten. Als ich beim Schloss und seinen Besitzern angelangt war, wusste ich mit einem Schlag, was ich gesucht hatte. Die Fürsten zu Schwarzenberg brachten dieses Glöckchen in mir zum Klingen. Lore hatte doch von dieser schwarzenbergischen Prinzessin erzählt, die in Krumau lebte.

Ich tippte »Vampirprinzessin« in die Google-Maske. Ruckzuck hatte ich fünfhundertfünfzehn Ergebnisse. »Willst du was über die Vampirprinzessin hören?«

Es war mehr eine rhetorische Frage, und Colin ließ keinen Einwand vernehmen, also fasste ich zusammen: »*Prinzessin Eleonore Elisabeth Amalia Magdalena von Lobkowitz, durch Heirat Fürstin zu Schwarzenberg. Tochter von blablabla usw. Ah, das ist interessant: Ihr Gatte starb nach einunddreißig Ehejahren durch einen Jagdunfall bei einer Hirschjagd. Den tödlichen Schuss gab Kaiser Karl VI. ab, in dessen Schusslinie der Fürst geraten war. Nach dem Tod ihres Mannes nahm der Kaiser Eleonores Sohn zu sich nach Wien und zahlte der Witwe einen fürstlichen Unterhalt von jährlich fünftausend Gulden.* Auch nicht schlecht, was? Wenn man Kaiser war, konnte man ungestraft Leute abschießen.«

»Glaubst du, dass das heute anders ist?«, meinte Colin. »Vielleicht zahlt man in diesen Kreisen jemanden, der für dick ins Gefängnis geht, der bekommt einen guten Anwalt und so viel Geld, wie er normal nie verdienen wurde.«

»Monarchist bist du wohl keiner, was?«

»Wo denkst du hin! Nur weil ick aus England bin? Aber ick meine die Upperclass ganz allgemein, Geldadel, sagt man, nickt wahr.«

Der Callboy hielt also generell nichts von unserer Oberschicht. Dass er vermutlich von ihr lebte, behielt ich lieber für mich.

»Horch zu, ich glaub, da hab ich was: *Fürstin Eleonore starb am 5. Mai 1741 in der schwarzenbergischen Residenz in Wien.*«

»Wenn sie in Wien gestorben ist, haben wir nickts davon«, wandte Colin ein.

»Unterbrich mich nicht, jetzt kommt es ja erst!«

»Jawohl, Frau Lehrer!«

»Lehre*rin*!«

»Jawohl, Frau Lehre*rin*!« Colin verdrehte übertrieben seine Augen.

»*Ihre sterblichen Überreste wurden im Gegensatz zu den anderen Familienangehörigen, die in Wien in der Augustinerkirche bestattet sind, in der St.-Nepomuk-Kapelle der St.-Veit-Kirche zu Krumau beigesetzt.* Na, bitte – da haben wir ja endlich einen Krumau-Bezug.«

»Und was hat das jetzt wieder mit Vladtka zu tun?«, brummte Colin.

»Warte, gleich hast du die Verbindung: *2007 versuchte der österreichische Dokumentarfilm ›Die Vampirprinzessin‹, Indizien für die These zu sammeln, Fürstin Eleonore sei zu Lebzeiten für eine Vampirin gehalten worden und habe als Namensgeberin für Gottfried August Bürgers Ballade ›Lenore‹ sowie als eine der Inspirationsquellen für Bram Stokers Roman ›Dracula‹ gedient.*«

»Ick versteh immer nock nickt. Was soll der Vampirshit? Was hat das mit der ganzen Sacke zu tun?« Colin tippte sich auf die Stirn, anscheinend erklärte er mich gerade für verrückt.

Weil mir mein Bauchgefühl aber sagte, dass gerade die Vampirsache uns auf die richtige Spur bringen würde, erzählte ich Colin von den Vampirscherzen, die wir in der Schule über Vladtka gemacht hatten, und wie aufgeregt Heiner war, als er die Namensverwandtschaft zwischen Graf Dracula und Vladtka entdeckte. Auch Lucys Faible für die Blutsauger und dass Heiner sich deswegen überhaupt erst für Vampire interessiert hatte, deutete ich an. Was ich verschwieg, war, dass ausgerechnet ich ihn darauf angesetzt hatte.

»Ick hab schon als Kind geahnt, dass die Lehrer nickt alle Tassen im Schrank haben, aber dass ick so recht behalten sollte!« Colin strich sich über sein blankes Haupt, sein Armkettchen klimperte wie ein Weihnachtsglöckchen.

*Abhören unter Freunden*

*Der junge Mann ist so sauer. Auf sich und auf die Freundin. Abhören unter Freunden geht gar nicht. Ihr werdet mich alle kennenlernen! Mit mir nicht. Nicht mit mir!*

### Die Verfolgung geht weiter

»Lucky Wok!«, kündigte der Taxler an, kaum hundert Meter daneben parkte er beim Autoverleih ein. Für den Fahrer war es ein hervorragendes Geschäft gewesen; ich rechnete wieder einmal hoch, wie viel mich die ganze Sache schon gekostet hatte.

In Anbetracht dessen sah Colin ein, dass ich mich für ein eher billiges Modell entschied, einen blaugrauen Škoda Octavia Kombi, allerdings mit einem großen Touchdisplay fürs Navi und einer Telefonbox für komfortables Telefonieren. Das versprach eine gute Empfangsqualität, was wir ja während der Fahrt gut gebrauchen konnten. Freudig verband ich mein Smartphone via Bluetooth und holte meine Wanze aus dem Schlafmodus.

Wie gut die Empfangsqualität war, konnten wir schon nach wenigen Metern feststellen, als ich ein Wanzengespräch entgegennahm. Colin wäre beinahe in einen Wagen gekracht, der sich aus dem Parkplatz des gepriesenen All-you-can-eat-Chinesen eingereiht hatte, so laut kam die »Nachricht« über die Lautsprecher.

»KRRXXXCHHCHHKRRX!«

Ein ohrenbetäubendes Krachen und Rauschen. Ich war so erschrocken, dass ich ewig brauchte, den Lautsprecher auszumachen.

»Halt mal schnell an!«, rief ich. Mein Blut raste noch mit zweihundert Sachen durch sein Netz.

»Was war das jetzt? E.T., der nack Hause telefoniert?«, fragte Colin.

»Warte, vielleicht kommt noch was!« Ich bedeutete ihm, ruhig zu sein. Wir lauschten.

»Und du bist dir ganz sicher, dass es Krumau sein muss? Nur das Zeremoniell allein genügt nicht? In ein paar Stunden hätten wir die Sache erledigt und könnten endlich wieder in Ruhe schlafen.«

»Lucy, das haben wir doch schon rauf und runter diskutiert. Sie soll in Heimaterde bestattet werden, es muss sein, verstehst du denn nicht? Das bin ich ihr schuldig. Auch sie hat ein Recht auf ewige Ruhe!«

»Ja, ja«, seufzte Lucy. »Tut mir leid, ich bin müde und hab Hunger. Am besten fahren wir über Kleinhaugsdorf, dort könnten wir im Kasino noch was zu essen kriegen.«

»Einverstanden. Wir werden die Kraft brauchen. Fahren wir!«

Colin schüttelte entsetzt den Kopf. »Die sind ja wirklich komplett meschugge!«

»Hab ich also doch recht gehabt«, seufzte ich. »Weiter geht's!« Ich legte das Handy in die komfortable Telefonbox und machte es mir bequem.

»Sei so gut und stell das auf lautlos, willst du?«, sagte Colin. »Sonst krieg ick unterwegs einen Herzkollaps, okay?«

»Ich kann das Ding auch wieder auf passiv stellen, wenn du willst.«

»Was heißt das, bitte?«

»Dann meldet sich die Wanze nicht von selber, ich muss sie anrufen, wenn ich was von ihr will.«

»Okay, das hort sick fur mick besser an«, sagte Colin erleichtert. »Wenn das jedes Mal so schockierend ist, fahr ick in die näckste Mauer!«

Das wollte ich natürlich nicht riskieren. Ich schickte dem Sender also eine SMS mit 0000 und versetzte das Ding wieder in den Ruhemodus. Es hatte sich die Verschnaufpause auch redlich verdient. Das Handy drehte ich gleich mit ab, als ich feststellte, dass ich das Autoladegerät natürlich nicht dabeihatte, es steckte gemütlich im Zigarettenanzünder im Mokka.

»Man kann nickt an alles denken, Minnerl«, tröstete mich Colin. »Wir wissen ohnehin, wohin wir wollen, oder? Kasino Kleinhaugsdorf?«

»Das ist zwar nicht die kürzeste Strecke nach Krumau, wenn du mich fragst, aber wenn die beiden dorthin wollen – nichts wie hinterher!«

»Was sagt das Navi, wie lange werden wir unterwegs sein?«

»Eine Stunde nach Haugsdorf, drei nach Krumau.«

»Na dann, auf zum Futterfassen!« Colin drückte aufs Gas, dass mir etwas mulmig wurde. Ich schloss die Augen und blinzelte nur ab und zu hinüber. Das Armkettchen baumelte beruhigend an seinem Handgelenk.

Kurz vor Haugsdorf aktivierte ich wieder das Handy.

»He, es gibt gleich vier Kasinos nach der Grenze – innerhalb von wenigen Kilometern«, stellte ich fest.

»Egal, wir werden sie schon finden«, meinte Colin. »Der Berlingo ist ziemlick auffällig, nickt wahr.«

»Gott, ist es hier hässlich!«, rief Colin, als wir gleich nach der Grenze in Excalibur City einbogen. Wie aus Tausendundeiner Nacht glitzerten uns Türmchen und Drachen entgegen.

»Nie von Excalibur City gehört?«, fragte ich erstaunt.

Colin hatte natürlich recht, die Anlage war mehr als geschmacklos. Man hatte sie bald nach der Grenzöffnung im damaligen »Niemandsland« angelegt. In einem burgartigen Gemäuer, mit Drachen und Rittern disneymäßig verunstaltet, befanden sich Restaurants, Shops und diverse Dienstleistungszentren wie Frisier-, Kosmetik- und Massagesalons oder Nagelstudios, aber auch Zahnarztpraxen. Für Kinder gab es einen Vergnügungspark, in einem ausrangierten Flugzeug befand sich ein Restaurant. Dahinter, in einem moderneren Gebäudekomplex, war ein riesiges Outletcenter untergebracht. Für alle, denen auch das noch zu teuer war, hatte sich eine Kolonie Vietnamesen breitgemacht, die mit Textilien aller Art, raubkopierten Filmen und Plastiktand in Jahrmarktbuden um Kunden warben. Links im Hintergrund leuchtete die Aufschrift »Casino«.

»Alles, was das Herz begehrt«, sagte ich mit einem Lächeln.

»Ein Puff fehlt nock«, meinte Colin.

Ich verdrehte die Augen. »Wer braucht denn so was!«

Wir drehten eine Runde am Parkplatz, konnten den Berlingo aber nirgends erblicken.

Wir fuhren alle vier Kasinos an, die das Navi ausspuckte. Kein Berlingo. Schließlich landeten wir wieder in Excalibur City.

»Komisch, ob sie sich nur was Ambulantes gekauft haben?« Heiner hatte ja sehr ungeduldig geklungen. Oder hatten wir eine andere Strecke genommen und sie gar überholt?

»Deine Wanze, Minnerl – meldet sick die jetzt oder was?«

»Ups, nein. Ich hab sie ja auf passiv programmiert. Warte, ich stell sie gleich wieder um.« Schnell reaktivierte ich das Ding aus seinem Schlafmodus. Schluss mit Verschnaufpause. Leider bekam ich trotzdem keine Rückmeldung.

»Weißt du was«, schlug Colin vor. »Wir gehen mal was essen. Du nimmst dein Handy mit, und dann horen wir sicker, wenn sie da sind. Wir können ja gleich im Voraus bezahlen, damit wir schnell wegkommen, nickt wahr.«

Ich willigte ein, eine kleine Stärkung hat noch nie jemandem geschadet.

Wir hatten Glück, ein Restaurant zu finden, das so spät noch warme Küche anbot. Das Kasinobuffet wäre zwar gratis gewesen, aber Colin wollte sich nicht registrieren lassen. »Je weniger Spuren wir hinterlassen, desto besser«, meinte er.

Mir war es egal, ich wollte ohnehin nur einen kleinen Salat. Colins Hunger hingegen war deutlich größer, er bestellte sich eine ordentliche Portion Schweinsbraten mit Sauerkraut und böhmischen Knödeln. Während ich ihn verstohlen beobachtete, wie er beherzt seine Knödel zerteilte, behielt ich stets sorgsam mein Handydisplay im Auge. Ich wollte um keinen Preis einen Anruf der Wanze versäumen.

Das Telefon klingelte zwar nicht, aber eine SMS traf ein, als Colin sich gerade sein letztes Knödelbröckchen in den Mund steckte. Mein Herz klopfte. Wer konnte das sein?

»Die Wanze? Sind sie da?«, fragte Colin.

»Kaum«, erwiderte ich. »Tippen kann der Vibrator leider nicht.«

Das Scherzen verging mir beim Blick auf das Display. Die Nachricht kam von Heiner! Zitternd öffnete ich die Meldung.

*Dreh dein handy aab u komm zutück ao schnell wie geht h. Hört dich ab nachrichten v dildo fibngiezn. Er hat solfram im haus will ihn ins gra*

Scheiße! Was hatte das nun wieder zu bedeuten? Diese SMS war in schierer Panik getippt worden.

Colin starrte auf den Bildschirm. Dann bedeutete er mir, das Handy abzudrehen, wie Lucy es mir suggeriert hatte. Dass die Botschaft von ihr und nicht von Heiner kam, war klar. Sie musste heimlich sein Handy ergattert haben. Der abgebrochene Satz ließ allerdings keinen Zweifel offen, dass auch Lucy sich in Gefahr befand. Was war in den schüchternen, netten Kollegen gefahren?

»Kann es sein, dass dieser Heiner dick durck die Wanze horen kann? Funktioniert das Ding auch umgekehrt?«, sinnierte Colin.

»Nein, das geht nicht. Aber das Handy!«

Mit einem Mal fiel es mir wie Schuppen von den Augen. »Er hat mein Handy verwanzt! Ich weiß gar nicht, wie lange schon. Er hat es mir sogar erklärt, wie's funktioniert, und ich hab ihm das Handy in der Freistunde gegeben. Zeit genug, die Spionage-App raufzuspielen. Was bin ich für eine leichtgläubige Idiotin! Was jetzt, Colin?«

»›Komm zutuck‹ kann nur heißen, dass wir umkehren mussen. Den Rest hab ick nickt verstanden, aber ick glaub, nickt nur dein Mann ist in seiner Gewalt, sondern auck diese Lucy. Wir sollten uns beeilen.«

Ich lief noch schnell aufs Klo, die Erfahrung hatte mich gelehrt, keine Chance ungenützt zu lassen.

»Ick werd ein wenig aufs Gas steigen«, sagte Colin. »Der zieht nickt schleckt, der Octavia.«

»Denk an die Strafzettel!«, warnte ich, aber Colin zischte schon los.

*Gräben*

*Der junge Mann gräbt verbissen. Das beruhigt ein wenig. Was ihn beunruhigt, ist, dass er auch ihr nicht mehr trauen kann. Er tut doch alles für sie. Was ist nur los mit den Frauen?*

**Rette sich, wer kann!**

Die Einfahrt war leer, und im Haus war es dunkel. Kein Berlingo weit und breit. Hatte Heiner uns mit einer Finte abgeschüttelt und konnte jetzt in aller Ruhe sein Vorhaben in Krumau zu Ende bringen? Und wir standen wie die Idioten vor seinem verlassenen Haus?

»Wir mussen rein«, sagte Colin. »Sonst werden wir es nie wissen.«

Gut, dass ich meine Detektivausrüstung dabeihatte. Ich kramte mein Dietrichset aus dem Rucksack und hielt das Ohr an die Türe, ob von drinnen Geräusche zu hören waren. Nichts.

»Was willst du mit dem Spielzeug?«, fragte Colin mit Blick auf meine professionelle Einbruchsausrüstung.

»Das Türschloss knacken, was hast du denn gedacht!«

»Das ist ein Sickerheitsschloss, mit dem Drahtklumpert kannst du vielleickt ein Kloture knacken.«

»Was jetzt?« Ich war enttäuscht, dass meine Sachen wieder nicht zum Einsatz kommen würden. Wenigstens die Einweghandschuhe, die ich zuletzt ergänzt hatte, konnte ich ihm erfolgreich aufdrängen. Von stundenlangem Spurenverwischen hatte ich die Nase voll.

»Es wird schon eine Terrassenture geben oder ein größeres Fenster zum Reinklettern.«

Ach ja, richtig, der Herr hatte ja einschlägige Erfahrungen.

Ohne meine Reaktion abzuwarten, schlich Colin sich durch die Einfahrt hinters Haus, ich folgte ihm unauffällig.

In den Garten hatte man nur von einem Nachbarhaus Einblick, und da hätte jemand im oberen Stockwerk hinter dem Fenster stehen müssen, was hoffentlich nicht der Fall war. Überwachungskameras konnten wir keine sichten, und auch ein Bewegungsmelder war gottlob nicht installiert.

»Hast du einen Screwdriver dabei?«

Natürlich hatte ich.

Während ich ihm mit meiner LED-Taschenlampe leuchtete, setzte Colin das Werkzeug an und hatte in wenigen Minuten die

Türe ausgehebelt. Ich musste lediglich darauf achten, dass sie nicht kippte und das Glas zu Bruch ging. Mit einem Ruck hob er sie aus den Angeln und lehnte sie an die Wand. Es war aufregend, dem Spiel seiner Muskeln zuzusehen.

Diese nette Ablenkung war von kurzer Dauer, eine Wolke muffiger Düfte schlug uns entgegen. Heiner war wahrlich kein Frischluftfanatiker. Der Mief passte perfekt zur Zimmerausstattung. Das unstete Licht der Taschenlampe verlieh der Szenerie eine schaurige Note. Die Möbel waren wild zusammengewürfelt, wahrscheinlich alles vom Flohmarkt. Die Wände waren kahl und vergilbt, ein paar hellere Stellen verrieten, dass dort einmal Bilder gehangen hatten. Heiner musste in das Haus so eingezogen sein, wie es seine Vorbesitzer hinterlassen hatten, ohne irgendetwas zu renovieren. Er hatte sich nicht einmal die Mühe gemacht, frisch auszumalen oder die Nägel aus den Wänden zu ziehen.

Colin betrachtete interessiert eine auffällige Flaschenkonstruktion auf dem Wohnzimmertisch.

»Ein Samowar ist das aber nicht«, stellte ich fest. Dafür war das Ding zu zart, wenn es auch Ähnlichkeiten mit einem solchen Teebraugerät aufwies. Ein hübscher Glasbehälter wurde von einer schlanken Frauengestalt getragen, von den Seiten standen vier Hähne ab, aus denen man offensichtlich das vorbereitete Getränk entnehmen konnte. Ein Rest grünlicher Flüssigkeit war noch im Glas. Ich schnupperte daran. Es roch süßlich, ein bisschen wie Grappa.

»Absinth«, sagte Colin. Das war nicht schwer zu erraten, denn eine halb leere Flasche stand daneben. »Ick glaube, so was nennt man eine Fontaine.«

Es war mir egal, wie das Zeug hieß. Am liebsten hätte ich aufgeräumt. Gläser, die schon Tage hier standen und klebrige Ränder in das Furnierholz des Tisches eingeätzt hatten, ein überquellender Aschenbecher, verschimmelte Zitronenspalten, auf denen sich Fruchtfliegen drängelten. Von den zwei massiven Kerzenständern aus Messing war jede Menge Wachs heruntergetropft.

Ich wollte gerade eine bissige Bemerkung über Heiners mangelnden Ordnungssinn machen, als Colin mich an der Schulter packte und mir unmissverständlich zu verstehen gab, dass ich still sein sollte.

Auch ich hörte das Geräusch jetzt. Irgendetwas scharrte an der nahe gelegenen Zimmertür. Mäuse?

Colin bedeutete mir, auf die Seite zu gehen. Er nahm sich einen Kerzenständer und riss mit einem Ruck die Tür auf. Igor sprang ihm ans Bein und bellte heiser. Aus der Tiefe des abgedunkelten Zimmers drang ein Stöhnen – und beißender Geruch nach Exkrementen und etwas ähnlich Übelriechendem. Ich hielt mir die Nase zu, lief zum Fenster und öffnete es.

Der Mond tauchte die Szene in ein diffuses Licht, das jedem Horrorfilm zur Ehre gereicht hätte. Der Anblick, der sich uns bot, war niederschmetternd. Ein riesiges Doppelbett aus dunklem Vollholz dominierte den Raum. Rechts lag Vladtka, aufgebahrt auf einer löchrigen Überdecke. Über ihr obligates Halstuch war ein Rosenkranz drapiert, ein Kruzifix steckte in ihren zum Gebet gefalteten Händen. Die Augen stierten gruselig aus ihren Höhlen an die Zimmerdecke. Aus ihrem Mund ragte eine Knolle Knoblauch.

Neben ihr, gefesselt an die Bettpfosten wie der Gekreuzigte, lag Wolfram. In seinem Mund steckte ein Taschentuch. Er sah fürchterlich aus. An seiner Nase klebte Blut, ein Auge war komplett verschwollen. Aber er lebte.

»Mhhhmmm!« Der Geknebelte versuchte, mir etwas zu sagen. Igor knurrte aggressiv. Colin lief zum Fenster und schloss es leider wieder, dafür zog er die Vorhänge zu und machte Licht.

Ein weiterer Blick auf Wolfram erklärte auch, woher der Gestank kam. Er musste schon eine geraume Weile hier gelegen haben, und die Angst hatte wohl seinen Schließmuskel gelähmt. Über dem Gestank lag ein leicht süßliches Odeur, das Vladtka ausströmte.

Zu Wolframs Füßen streckte uns ein schwerer Holzkoffer seinen offenen Deckel entgegen. Ans Oberteil waren mit Lederriemen ein paar Utensilien geschnallt, darunter ein Kruzifix und ein altes Gebetbuch. Daneben hingen einige Phiolen mit unbekannter Flüssigkeit und ein kleiner Lederbeutel. Im Koffer selbst befanden sich – auch mit Lederriemchen festgezurrt – ein weiteres Kruzifix aus Messing, ein paar Schriftrollen, ein Messer, ein Holzschlegel und jede Menge zugespitzte Holzpflöcke. All das sah zumindest so aus, als hätte es schon ein paar hundert Jahre am Buckel, schien aber liebevoll gepflegt worden zu sein.

»Was ist das für ein Zeug?«, fragte Colin.
»Ich denke, das ist eine Vampirvernichtungsausrüstung. So eine, wie sie Van Helsing verwendet hat.«
»Wer, um Himmels willen, ist nun wieder dieser Van Helsing?«
»Das ist ein Arzt in ›Dracula‹, der die Vampire ins Jenseits befördert.«
»Mit so einem Koffer? Ick glaub's nicht. Du erklarst mir sicker auch sofort, wie man das Zeug ricktig verwendet?«
Wolfram erstickte meine Lektion im Keim. »MMMHHH!«, machte er, und ich sah ein, dass er ein dringlicheres Problem hatte. Daher entfernte ich zunächst seinen Knebel und versuchte dann, seine Fesseln mit dem Messer aus dem Koffer zu durchschneiden. Es sah zwar gefährlich aus, hätte allerdings vermutlich schon vor hundert Jahren einmal geschliffen werden müssen.
»Du musst schon ruhig halten, wenn ich dich befreien soll!«, schimpfte ich.
»Der Hund!«, wimmerte er. Endlich hatte ich ihn frei. Er setzte sich unverzüglich auf und erbrach sich direkt vor meine Füße.
»Na wunderbar!«, bemerkte ich. »Was für eine Begrüßung!«
Igor nervte auch mit seinem Gebell.
»Der brauckt Wasser und was zu fressen«, meinte Colin.
»Vorsicht vor dem Hund!«, brüllte Wolfram. Ich weiß nicht, wieso mir in dem Moment mein Lateinunterricht in den Sinn kam. *Cave canem!*
»Beruhige dich!« Ich strich ihm sanft über die Schulter. War Wolfram schon so mit den Nerven fertig, dass er sich vor einem Miniaturhund fürchtete?
Igor versuchte gerade, an Colins Bein hochzuspringen, was dieser natürlich nicht zuließ.
»Er hat die Tollwut!«, schrie Wolfram.
Augenblicklich war es mucksmäuschenstill. Sogar der Hund war bei dem Wort erschrocken zusammengefahren, und selbst der coole Colin zeigte sich unentspannt.
»Shit!«, sagte er. Besorgt blickte er um sich, dann zog er blitzschnell Vladtkas Halstuch unter dem Rosenkranz hervor, rollte es auf und wedelte Igor zu wie ein Stierkämpfer. Neugierig lief das Tier näher und beäugte das Tuch. Colin stülpte es über seine Hand und schnappte pfeilschnell Igors Schnauze. Mit der anderen

Hand hob er den restlichen Hund auf und warf ihn samt Tuch in den Kasten neben dem Bett. »Das war knapp!«, entfuhr es ihm.

Ich war zwar gebannt Colins mutiger Rettungsaktion gefolgt, aber in der Zwischenzeit hatte mein Hirn die Botschaft verdaut und schickte mein Blut auf Urlaub. Ich ließ mich auf den Boden sinken, bevor ich zusammenklappte.

»Was ist mit dir?«, fragte Colin besorgt. »Der Hund tut dir nickts mehr.«

»Hat er schon«, sagte ich tonlos. »Als ich bei Vladtka war – du weißt schon. Er hat mich gebissen!« Ich rollte meine Jeans hoch und zeigte ihm die kleine Wunde. Sie juckte auf einmal wie verrückt, aber ich getraute mich nicht einmal, sie anzusehen.

»Verdammt, du musst dick impfen lassen, Minnerl!«, rief Colin.

Wolfram hatte in der Zwischenzeit zu weinen begonnen. Er sah mich flehentlich an.

»Du warst das!« Mein Blut floss wieder, und langsam kroch auch der Zorn auf meinen Mann wieder in die dafür zuständigen Zellen.

»Ich konnte doch nicht ahnen ...«

»Wovon sprickt der Mensch?« Colin sah uns entgeistert an.

»Ich hab zwei Schachteln Tollwutimpfstoff bei ihm gefunden«, erklärte ich. »Was hast du dir bloß dabei gedacht, du Idiot?«

»Ich wollte verhindern, dass Lucy versetzt wird«, heulte Wolfram. »*Du* hast doch gesagt, ich muss was tun. Außerdem wollte die Alte mich vernichten, meine Karriere zerstören!«

»Und da infiziert man einfach ihren Hund mit Tollwut, damit der den Rest besorgt?« Ich war sprachlos.

Auch Colin schüttelte ungläubig den Kopf. »Und die Idee, er konnte jemand anders beißen, ist Ihnen nie gekommen?«

»Es tut mir so leid«, jammerte Wolfram.

»Und du hast echt geglaubt, dass er ausgerechnet sein Frauchen beißen würde? Oder musste der arme Hund dran glauben, weil er dich angepisst hat?«

»Aber nein!«, verteidigte sich Wolfram und wischte sich die Nase mit dem Arm ab. So, wie er sonst aussah, war das auch schon egal.

»Ich bin eh nur auf Nummer sicher gegangen, doppelt hält bekanntlich besser.«

»Das heißt, du hast Vladtka auch infiziert? Hast du sie auch geimpft?«

»Gebissen!«, flüsterte Wolfram beschämt. »Ich hab sie gebissen, und dann hab ich die Wunde mit einem angeblichen Desinfektionsmittel ›gereinigt‹. Es war natürlich der Impfstoff, das sollte eigentlich gereicht haben – wenn das stimmt, was du recherchiert hast, Minnerl.«

»Wie konntest du das nur ernst nehmen, Wolfram!«, schrie ich ihn an. Jahrelang hatte er meine Phantasie belächelt, und ausgerechnet jetzt war er ihr erlegen?

»Wie sind Sie uberhaupt an das Mittel gekommen?«, fragte Colin. »Soweit ick das weiß, gibt es so etwas dock nicht bei DM.«

»Wer ist das überhaupt?«, fragte Wolfram, den Colins Fragen offensichtlich nervten.

»Ein Privatdetektiv«, sagte ich. »Ich hab ihn engagiert, um dich zu suchen. Also, woher hast du den Stoff?«

»Vom Tierarzt«, sagte Wolfram beinahe tonlos. »Eingebrochen.« Er warf mir einen vorwurfsvollen Blick zu. »Du mit deinem blöden Detektivspielen hast mir ja praktisch vorgemacht, wie man Schlösser knackt. In der Mittagspause bin ich von der Hofseite eingestiegen. Die Terrassentür war nur angelehnt. Hab laut Hallo gerufen, und weil niemand gekommen ist, einfach ein paar Laden durchstöbert. Die Schlösser waren wirklich nicht schwer zu knacken. Schon in der zweiten Lade bin ich fündig geworden. So leicht war das!«

Am liebsten hätte ich ihm eine geklebt, nicht nur, weil er so saudumm war, sondern auch, weil er mir für seine Blödheit die Schuld in die Schuhe schieben wollte. Er war aber so fertig mit den Nerven, dass er sofort wieder zu flennen begann, nur weil ich ihn böse ansah. Nun empfand ich sogar etwas Mitleid mit ihm.

»Wo sind die beiden denn hin? Haben Sie eine Ahnung?«, fragte der »Detektiv«.

»Grab schaufeln«, winselte Wolfram. »Sie können jeden Moment zurück sein.«

»Wir suchen dir jetzt schnell was Frisches zum Anziehen, und dann gehen wir zur Polizei. Ist sowieso längst fällig.«

Dass mir diese glorreiche Idee leider etwas zu spät kam, wurde mir sofort bewusst, als sich eine beißende Stimme in mein Herz kratzte.

»Ich finde, dass das keine so gute Idee ist!« Heiners eisiger Ton ließ mich erschauern. Wie hatte ich mich nur so in dem Menschen täuschen können!

Er richtete eine riesige Pistole auf Lucy, die zitternd neben ihm stand. Sie hatte eine Rolle Zaundraht um die Schulter gewickelt. »Es tut mir so leid!«, flüsterte sie.

»Auf der Stelle fesseln! Alle!«, fuhr Heiner sie an und stieß sie ins Zimmer.

Unter Tränen verdrahtete sie uns zunächst die Hände, dann auch die Füße. Heiner kontrollierte alle Fesseln und zog sie bei Bedarf fester. Anschließend mussten wir uns in das frei gewordene Bett setzen. Für Außenstehende wäre es vielleicht lustig anzusehen gewesen, wie wir mit gebundenen Händen und Füßen herumhoppelten und dabei versuchten, nicht der Länge nach hinzuschlagen. Für uns war es bitterer Ernst. Ich peilte eine trockene Stelle möglichst weit weg von Vladtka an und befahl Wolfram, sich in seinen eigenen Dreck zu setzen. Colin drückte sich nahe an mich heran, sodass mein Herz einen kleinen Sprung tat.

»Auseinander!«, herrschte Heiner uns an. Seufzend rollte Colin auf die andere Seite des Bettes und legte sich neben Vladtka. War ja nicht das erste Mal und vermutlich auch angenehmer, als in Wolframs Saft zu liegen.

»Jetzt du!« Lucy hielt ihm gehorsam die Hände und Füße hin, dann hockte sie sich zu Vladtkas Füßen ins Bett. Nun waren wir ihm komplett ausgeliefert.

»Warum, Heiner, warum?« Ich versuchte, ihm in die Augen zu blicken, aber er vermied den Kontakt.

»Warum? Warum?«, äffte er mich nach, dabei fuchtelte er wie wild mit der Pistole.

»Wir wollen doch alle nur dasselbe – Vladtka verschwinden lassen. Was also soll das Theater?« Natürlich ahnte ich, dass ihm mit Vernunft schwer beizukommen sein würde, offensichtlich war er nicht ganz bei Sinnen. Aber wenigstens hinhalten wollte ich ihn. In Fernsehkrimis erschien dann immer der rettende Polizist. Leider hatten wir weder die Polizei noch einen Fernseher eingeschaltet.

»Ich werd euch gleich zeigen, was ich vorhabe!«, krächzte Heiner. Er neigte sich über die Tote und blies ihr eine Haarsträhne aus dem Gesicht.

»Was hast du denn vor, Heiner?«, flötete Lucy. Sie warf ihm einen schmachtenden Blick zu, der wenig überzeugend wirkte. Bloß Wolfram hing ihr an den Lippen.

»Wirst du sie pfählen? Müssen wir zusehen, wie du ihr das Herz herausschneidest?«, fragte ich.

Heiner lachte. »Das hätte dein Wolfram für mich erledigen sollen, bevor er Vladtka ins Grab gefolgt wäre.«

»Hab ich es nicht gesagt? Er wollte mich umbringen!«, kreischte Wolfram.

»Hätte ich es nur getan!« Heiner machte einen Schritt auf Wolfram zu und steckte ihm den Pistolenlauf in den Mund.

»Nein!«, riefen Lucy und ich unisono, aber Heiner lachte unbeeindruckt – und drückte ab.

Sein Lachen wurde immer grässlicher, als er die Waffe in die Ecke schleuderte. »Mit dem alten Ding hätte ich dich höchstens erschlagen können, du Waschlappen!«, schrie er heiser.

Wolfram zitterte am ganzen Körper, seine Schleusen hatten sich wieder alle geöffnet. Wer wollte ihm einen Vorwurf machen?

»Schau ihn dir an, deinen Liebhaber, Lucy! So schön hätten wir es haben können, wir zwei, aber dieser Loser musste es sein!«

»Er ist nicht mein Liebhaber, schon lange nicht mehr. Wie oft soll ich dir das noch sagen!«, jammerte Lucy.

»Bemüh dich nicht«, flüsterte Heiner. »Beinahe hätte ich dir geglaubt. Aber auch du hast mich verraten!«

»Hab ich nicht!«

Heiner zog sein Handy aus der Tasche. »Du hast Minnerl eine SMS geschickt, als ich pinkeln war. Ich hab nachgeguckt! Pech gehabt.«

»Und trotzdem sind wir noch einmal rausgefahren in den Keller?«

»Ich kann ja rechnen«, ätzte Heiner. »Von Excalibur City würden sie etwa eine Stunde brauchen. Und recht hab ich gehabt.«

»Kannst du mir eines verraten, Heiner?«, unterbrach ich die beiden. »Wieso hast du mich abgehört? Was hast du dir davon erwartet? Das macht für mich überhaupt keinen Sinn!«

»Macht keinen Sinn?«, äffte er mich nach. »Hätte es aber sollen, Minnerl. Als du mir das erzählt hast von deinem Roman, da kam mir das wie ein Wink des Schicksals vor. Du solltest eine wertvolle Informantin für mich sein, mir bei der Durchführung meines Planes helfen – auch wenn du nichts davon geahnt hast. Ich hätte dich sicher dazu gebracht, sie mir in die Arme zu treiben, oder besser in eine hohle Gasse, wo ich sie dann erledigt hätte. Von Angesicht zu Angesicht!«

»Ich versteh nicht ganz«, sagte ich.

»Du verstehst nicht ganz? Nicht *ganz*? Du verstehst *gar nichts*, Minnerl!«

»Sie? Damit meinst du Vladtka?«

»Wen denn sonst!« Heiner tänzelte nervös im Zimmer auf und ab. »Ich selbst wollte sie umbringen. Durch meine Hand hätte sie sterben sollen. Aber ihr seid mir dabei in die Quere gekommen!«

»Aber warum denn nur? Weil sie Lucys Vertrag nicht verlängern wollte?«

»Sie ist seine Mutter«, erklärte uns Lucy.

»Was?«, schoss es gleichzeitig aus Wolframs und meinem Mund.

»Sie hat ihn mit vier Jahren zur Adoption freigegeben – man könnte auch sagen, verkauft.«

»Hör sofort auf, so schlecht über sie zu reden! Du weißt, dass das nicht wahr ist!« Heiner schlug Lucy so heftig auf den Mund, dass sie blutete. Als er merkte, was er getan hatte, küsste er ihr das Blut weg und weinte.

»Es tut mir so leid, mein Schatz, das wollte ich nicht.« Lucy zuckte bei der Berührung zusammen. Angeekelt fuhr sie sich mit der Zunge über die wunde Stelle.

Heiner marschierte indes mit gesenktem Kopf und hektischen Schritten durchs Zimmer. Abrupt blieb er neben der Leiche stehen.

»Mutter, wenn ich es nur früher verstanden hätte!«, rief er verzweifelt. Seine Augenlider flackerten. »Jetzt ist es ohnehin egal«, sagte er. »Wir werden alle mit ihr gehen, wenn sie im Feuer ihren Frieden findet!«

Er holte sich die Absinthfontäne aus dem Wohnzimmer und schüttete einen Ring Brennspiritus rund ums Bett. Dann nahm er das Feuerzeug zur Hand. Oh, oh! Das waren keine tollen Aussichten!

»Heiner! Tu's nicht!«, rief ich verzweifelt.

»Scheiße!«, rief Heiner, als er feststellte, dass das Feuerzeug leer war. Der Wahn in seinem Blick verstärkte sich. Da erblickte er meinen Rucksack und lächelte. »Ist das dein berühmter Detektivrucksack, auf den du so stolz bist?« Er schnappte sich die Tasche und zog sie zu sich hinüber. »Würde mich wundern, wenn du nicht auch an ein Feuerzeug gedacht hättest.« Er öffnete den Rucksack und begann darin herumzustöbern.

Wie recht er hatte! Natürlich hatte ich sowohl an ein Feuerzeug als auch an Zündhölzer gedacht.

»Hör mal«, sagte ich völlig idiotisch. »Das sind meine Privatsachen, ich ...«

Heiner lachte diabolisch. Er hatte die Spionagebrille in der Hand.

»Worin du wirklich erbärmlich warst, Minnerl, war in deiner Rolle als Schnüfflerin!« Jetzt lachte er zwar nicht mehr teuflisch, allerdings hatte auch dieses Lachen keine positive Wirkung auf meinen Blutdruck.

Wie um zu demonstrieren, wie lächerlich meine Detektivambitionen waren, leerte er meine gesammelten Utensilien auf die Leiche. Ein Ding nach dem anderen ließ er durch seine Hände gleiten und kommentierte seinen fehlenden Nutzen und wie naiv ich es ausgewählt hatte. »Eine Spionagebrille, Minnerl. So etwas lässt sich auch nur eine Frau andrehen. Fernglas, sehr praktisch, besonders, wenn man bei Gewitter im Dreck stecken bleibt. Tarnjacke! Wie im Kriegsfilm!«

Ich konnte den anderen nicht ins Gesicht schauen, am liebsten wäre ich im Erdboden versunken.

»Was ist denn das? Zaubertrank?«, fragte er plötzlich. Er drehte das Vitasprint-Fläschchen in der Hand. »Davon hast du mir nichts erzählt!«

»Das ist mein Vitamindrink«, rief Wolfram empört. »Den nehm ich immer zum Sporteln. Was tut das Zeug in deinem Rucksack, Minnerl? Du hältst doch nichts von Nahrungsmittelergänzungsstoffen!«

»Da hab ich meine Meinung geändert«, sagte ich. »Für meine

Detektivarbeit war das extrem wichtig. Sehr gut für die Gehirnzellen, beruhigt die Nerven und so weiter!«

Heiner lachte mich wieder aus. Diesmal ärgerte es mich aber nicht. Eine winzige Chance hatte sich aufgetan, dass wir doch noch alle heil hier herauskommen würden. Aber ich durfte keinen Fehler machen.

»Meinung geändert? Typisch! Wie ich schon gesagt habe, ihr Frauen seid so was von manipulierbar. Angeblich trinkt George Clooney das Zeug, und schon trinken alle Frauen – wie heißt der Vitaminscheiß – Vitasprint B12!«

»George Clooney trinkt Kaffee«, sagte Wolfram. »Vitasprint ist ein hochsensibles Konglomerat an Wirkstoffen, mit herkömmlichen Energydrinks überhaupt nicht zu vergleichen!«

Bitte, Wolfram, halt doch die Klappe!

Telepathie hat zwischen mir und Wolfram leider noch nie funktioniert.

»Ich könnte jetzt weiß Gott einen Schluck davon vertragen«, sagte mein ahnungsloser Noch-Ehemann. Ich schloss die Augen und betete zu allen Göttern dieser Erde, Heiner möge ihn nicht erhören.

»Der Kleine hat Durst!«, höhnte dieser. Er stand auf und hielt Wolfram das Fläschchen hin. »Ach, weißt du was, Wolfram. Ich geb es dir lieber doch nicht. Sonst pinkelst du dich wieder an, du Armer!«

Wolfram wurde blutrot, aber er hielt jetzt wenigstens den Schnabel.

»Ihr seid einer blöder als der andere«, lachte Heiner erneut. »Das Zeug wirkt doch nicht! Wahrscheinlich nicht einmal gegen den Durst.«

»Es wirkt, Heiner, es wirkt!«, versicherte ich ihm. »Du musst das Fläschchen gut schütteln, damit sich alle Wirkstoffe gut durchmischen. Dann am besten in einem Schluck runter.«

Ich weiß nicht, was ihn letztlich dazu verleitete – meine oder Wolframs dämliche Bemerkung –, vielleicht hatte sich auch wirklich eine Gottheit unser erbarmt, oder er hatte schlicht und einfach nur Durst. Erst lachte er schallend, dann drückte er demonstrativ theatralisch auf den Zerstäuber, setzte das Fläschchen an und trank es in einem Zug leer.

»Brrr! Grauslich ist es auch noch!« Er schloss seine Augen und verzog den Mund, dass ihm die Halsadern hervortraten.

»Nimm einen Schluck Absinth oder iss einen Hildegard-von-Bingen-Nervenkeks«, empfahl ich, in der Hoffnung, sein Magen wäre stark genug, das Gift bei sich zu behalten. Heiner folgte meinem Rat und steckte sich einen Keks in den Mund, um ihn anschließend mit einem Schluck des grünen Zeugs hinunterzuspülen.

»Was soll daran grauslich sein?«, meinte Wolfram. Ich sah ihn böse an. Halt – bitte – deine – Klappe!, befahl mein Blick. Elf Jahre Ehe waren doch nicht umsonst gewesen, er verstummte.

Mein Herz klopfte wie wild. Wenn ich Heiner noch ein paar Minuten hinhalten konnte, waren wir alle gerettet.

»Erzähl mir von deiner Mutter«, sagte ich. »Wieso hat sie dich weggegeben, und wie hast du sie wiedergefunden?«

Seine Augen wurden ganz glasig, ob wegen der aufkommenden Depression oder wegen des Nembutals, das war nicht eindeutig feststellbar. Ich hoffte auf Letzteres.

»Warum sie mich weggegeben hat? Ja, es ist schon seltsam. Stell dir das vor, eine Mutter gibt ihr vierjähriges Kind zur Adoption frei! Ich dachte, sie wollte mich loshaben. Es wäre besser gewesen, sie hätte mich abgetrieben, hat sie gesagt.«

Heiner rannte wieder aufgeregt im Zimmer auf und ab. Das Feuerzeug lag noch auf dem Bett, und ich wagte kaum, hinzusehen.

»Das kannst du doch nicht so genau wissen. Vielleicht war sie in finanzieller Not, vielleicht –«

»In finanzieller Not? Einen Scheiß war sie!« Heiner setzte erneut die Absinthflasche an und nahm einen kräftigen Zug. Mein Gott, das war hochprozentiger Alkohol. Wie würde sich das in größerer Menge mit dem Nembutal vertragen? Musste er sich am Ende doch noch übergeben?

»Hat sie dir das gesagt, Vladtka?«

»Vladtka? Mit der hab ich nie gesprochen. Diese andere Frau war es.«

»Welche andere Frau, Heiner? Jemand, der deine Mutter von früher kannte?«

»Welche Frau? Und ob sie meine Mutter kannte? Wenn sie

die Adoption abgewickelt hat, muss sie sie wohl gekannt haben, oder?«

»Erzähl!«, forderte ich ihn auf. Ich hatte den Eindruck, Heiner wäre gern wieder durchs Zimmer gerast, aber er schien dazu körperlich nicht mehr in der Lage.

»Durch sie bin ich an diesen Brief gekommen.« Zitternd zog Heiner ein zerknülltes Stück Papier aus seiner Jacke. Er fuhr sich nervös mit dem Handrücken über die Augen, bevor er mit gebrochener Stimme zu lesen begann.

*»Mein lieber Sohn,*
*bitte verzeih mir, dass ich eine einzige Enttäuschung für dich bin. Es gab Gründe, warum ich dich weggeben musste, aber ich kann sie dir nicht nennen. Die Frau von der Adoptionsstelle wird dir bestätigen, dass es mir fast das Herz gebrochen hat, als ich dich in ihre Arme gelegt habe.*
*Sie weiß übrigens nicht, wer ich bin. Alles lief anonym, und das soll auch so bleiben. Du musst mir nur eines glauben: Ich habe dich geliebt, über alle Maßen!*
*Deine Mutter«*

»Na, siehst du«, versuchte ich ihn zu beruhigen. »Sie hat dich geliebt!«

Mit einer Handbewegung gebot mir Heiner, zu schweigen. Er taumelte leicht, als er sich zwischen Lucy und Vladtka aufs Bett setzte.

»Ich hab die Beamtin ausfindig gemacht, die angeblich diesen Brief entgegengenommen hatte. Sie musste mir Auskunft geben. Ich war so glücklich. Meine Mutter, sie hat mich geliebt. Aber ich habe sofort gespürt, dass da etwas faul war. Warum hätte mich meine Mutter mit vier Jahren in ihre Arme legen sollen? War ich so krank? So klein? Sie konnte mir nicht in die Augen sehen, diese Frau. Es hat ein wenig gedauert, aber dann hab ich kapiert, dass der Brief von jemand anders war. Kann sein, diese Frau hat ihn selbst geschrieben. Oder vielleicht war er an ein anderes unglückliches Kind gerichtet. Fakt ist, er war nicht von meiner Mutter. Stell dir das vor! Er war gar nicht von ihr. Diese Frau hat mich einfach angelogen!«

Heiner zerknüllte das Papier und warf es zu Boden. Speichel tropfte ihm aus dem Mundwinkel.

»Ich hab sie geschüttelt, angeschrien, sie müsse mir sagen, wer meine Mutter ist, ich hätte ein Recht, es zu wissen. Stattdessen flennt sie herum. ›Du kleines Wurm hast mir so leidgetan‹, flennt sie. ›Dass eine Mutter so gefühlskalt sein kann‹, flennt sie. Kaltschnäuzig sei sie gewesen, meine Mutter. Sie hätte den Balg abtreiben sollen, habe sie ihr ins Gesicht geschleudert. Hätte mich zurückgelassen, ohne sich zu verabschieden oder auch nur umzudrehen.«

Heiner stand der Schweiß auf der Stirn. Seine Lippen zitterten.

»Genauso gut hätte sie mir das Herz herausreißen können. Warum erzählt sie mir diese Geschichte, anstatt mir zu verraten, wo ich meine Mutter finden kann? Warum ziert sie sich so, den Namen meiner Mutter herauszugeben? Ich hab sie so lange gewürgt, bis sie den Namen ausgespuckt hat. Wie sie mit Mädchennamen geheißen hat, wisse sie nicht, aber dass der Mann, der draußen vor der Türe warten musste, Hofrat Hartman war, das könne sie mir sagen. ›Sei vernünftig, Junge‹, hat sie gesagt. ›Lass die Frau in Ruhe und leb dein Leben!‹ Wie hätte ich das tun können, nach all dem, was sie mir erzählt hatte?«

Heiner hielt sich an der Bettkante fest.

»In diesem Moment hatte ich schon den Entschluss gefasst, dass meine Mutter sterben sollte. Dass ich ihr diese Frau vorausschicken musste, war die logische Konsequenz. Sie war die Einzige, die eine Verbindung zwischen mir und meiner Mutter herstellen konnte. Es hat nicht lange gedauert. Ein Kissen hab ich ihr ins Gesicht gedrückt, ein wenig gezuckt hat sie, und dann war es aus. Ich glaube nicht, dass sie leiden musste. Sie war auch schon alt und hätte sowieso nicht mehr lange zu leben gehabt.«

Nun fiel ihm das Atmen sichtlich schwer.

»Mutter!«, flüsterte er. Liebevoll strich er der Leiche über die Beine. »Ich werde mit euch gehen«, sagte er. »Wir bringen das gemeinsam zu Ende.«

Er gab sich einen Ruck und wollte aufstehen, was ihm nicht gelang. Sein blutleerer Blick suchte die Bettdecke ab nach dem Feuerzeug. Noch einmal versuchte er, sich am Bettpfosten hochzuziehen.

»Heiner!«, sagte ich. »Schau mich an! Wir können dir helfen. Du brauchst ärztliche Hilfe!«

Er drehte sich nach mir um. Wie in Zeitlupe. Sah durch mich hindurch. »Ich brauch ärztliche Hilfe?«, fragte er. Dann rutschte er einfach zu Boden und blieb regungslos liegen.

## Aufräumarbeiten

»Was war das jetzt?« Colin war der Erste, der seine Stimme wiederfand.

»Das Ende einer tragischen Gestalt«, murmelte ich mehr zu mir selbst, dann gab ich mir einen Ruck und sprang auf. Beinahe hätte ich die Balance verloren. Ich hatte ganz vergessen, dass mir Hände und Füße gebunden waren. Nach ein paar Hopsern in Colins Richtung erreichte ich ihn – nebst meinem Gleichgewicht. »Zum Plaudern haben wir auch später noch Zeit. Pack an!«

Es war gottlob nicht so schwierig, sich gegenseitig zu entfesseln. Draht lässt sich mit zusammengebundenen Händen wahrscheinlich leichter aufdrehen, als sich eine festgezurrte Schnur entknoten ließe.

Nachdem Colin und ich einander die Freiheit geschenkt hatten, drehte ich Lucys Fesseln auf. Colin kümmerte sich um Wolfram.

»Wir müssen die Rettung rufen! Hat noch wer ein funktionierendes Handy?« Panisch beugte sich Lucy über den leblosen Heiner und versuchte ihn wach zu rütteln. Ich checkte seinen Puls.

»Dafür ist es jetzt zu spät«, flüsterte ich. »Heiner ist tot.«

Das Entsetzen stand ihr ins Gesicht geschrieben.

»Was war in dem Fläschchen?«, hauchte sie.

»Ein starkes Schlafmittel«, sagte ich, was ja der Wahrheit entsprach. »In der Dosis leider tödlich.«

»Ich bin schuld, Minnerl!«

»Blödsinn!«, widersprach ich. »Wenn jemand dafür verantwortlich ist, dann bin ich das. Aber es war unsere einzige Chance!« Ich seufzte.

Colin hatte in der Zwischenzeit auch Wolfram befreit. »Konnen wir die Schuldfrage später losen?«, fragte er lapidar. »Wir sollten lieber uberlegen, was wir jetzt tun. Irgendein Vorschlag?«

»Im Prinzip haben wir zwei Möglichkeiten«, meinte ich. »Die naheliegendste ist, dass wir die Polizei rufen. Dann hat das alles hier ein Ende.«

»Und die zweite Möglichkeit?«, fragte Lucy schüchtern. Die

Angst stand ihr ins Gesicht geschrieben. »Ich hab Vladtka umgebracht!«, gluckste sie unter Tränen.

»Getötet, Lucy, nicht umgebracht. Es war ein Unfall, und ich kann das sogar beweisen.«

Lucy sah mich mit großen Augen an. »Woher willst du das wissen?«

»Das ist jetzt nicht so wichtig. Das erklär ich dir später.«

»Ick wäre auch dafur, du erklärst uns zuerst mal die zweite Moglickkeit«, unterbrach uns Colin.

Alle sahen mich erwartungsvoll an.

»Ich meine, das stärkste Motiv, Vladtka umzubringen, hatte in jedem Fall Heiner, da sind wir uns doch einig, oder?«

»Er wollte sie ja anfangs auch wirklich töten«, bestätigte Lucy. »Bloß, dass ich ihm zuvorgekommen bin.«

»Eben. Und vorhin wollte er uns alle mitsammen verbrennen, inklusive sich selbst. Sein eigenes Leben war ihm anscheinend nicht mehr viel wert, stimmt's?«

»Scheint so. Worauf willst du hinaus?«

»Wenn wir es schaffen, das Szenario so hinzukriegen, dass es nach einer Familientragödie aussieht – also, verschmähter Sohn bringt die Mutter um und richtet sich anschließend selbst –, dann wären wir alle aus dem Schneider.«

»Mensch, Minnerl, du bist eine Wucht! Das könnte wirklich klappen«, jubelte Lucy. Auch Colin wiegte anerkennend den Kopf. Nur Wolfram starrte böse vor sich hin.

»Genau, dann seid ihr zwei Mörderinnen fein raus«, murrte er.

»Was soll das jetzt wieder heißen?«

Wolfram nervte nur noch.

»Na, was wohl. Lucy bringt Vladtka um, du den armen Heiner, und wir Männer müssen einen Meineid leisten und riskieren, dafür ins Gefängnis zu gehen.«

»Du bist wirklich das Letzte«, schrie ich. »Bei uns war es jeweils ein Unfall oder Notwehr. Du bist der Einzige, der Vladtka tatsächlich ermordet hat. War doch nur eine Frage der Zeit, dass sie draufgegangen wäre, oder?«

»Was? Wolfram? Wie soll das gegangen sein?«, fragte Lucy verwirrt. »Ich hab sie doch erschlagen, oder?«

»Sie war schon so gut wie tot – Tollwut!«, erklärte ich ihr.

»Sind jetzt alle verrückt geworden?«, entfuhr es Lucy.
»Ich habe es für dich getan, Lucy!«, rief Wolfram beleidigt.
Diese sah ihn zweifelnd an. »Willst du damit behaupten, du hast Vladtka für mich aus dem Weg räumen wollen?«
»Genau das!«, schrie Wolfram jetzt hysterisch. »Während du dich schon mit dem Nächsten vergnügst, beseitige ich deine Probleme – und was ist der Dank?«
»Indem du jemanden mit Tollwut infizierst? Auf die Hilfe kann ich verzichten, danke! Wie hast du das überhaupt angestellt?«
»Mit gestohlenem Impfstoff. Erst Igor, dann Vladtka. Zwei Fliegen auf einen Streich!«, erläuterte ich. Igors Wadenbiss, den ich bereits verdrängt hatte, begann soeben wieder heftig zu jucken.
»Ick will mick ja nickt einmischen«, sagte Colin, »aber das hab ick mir vorhin schon gefragt. Ein Impfstoff verhindert dock, dass das Tier die Krankheit kriegt – und nickt umgekehrt, oder lieg ick da falsch?«
»Die Dosis von Tollwutimpfstoffen misst sich an der Masse eines Tieres«, sagte Wolfram mit zitternder Stimme. »Nachdem Igor so klein ist, hab ich ihm eine ziemliche Überdosis verpasst, das hätte eigentlich genügen sollen.«
»Das heißt, es gibt eine Chance, dass Igor gar nicht tollwütig ist?«, fragte ich hoffnungsvoll.
»Zu hundert Prozent weiß ich es nicht, ich bin ja kein Tierarzt«, meinte Wolfram gekränkt. Das Jucken ließ merklich nach.
»Ist jetzt auch egal, ob der Hund die Tollwut hat oder nicht«, fuhr Wolfram fort. »Die Hauptsache wäre Vladtka gewesen. Sie wäre wie geplant an dieser Gehirnerweichung gestorben. Logisch, dass man dann ihren Hund untersucht und Spuren in seinem Blut gefunden hätte. Niemand hätte je mich damit in Zusammenhang gebracht, und das Mistvieh von einem Hund hätte man auf jeden Fall eingeschläfert. Er hat es nicht besser verdient!«
Wolframs Aggressivität schockierte mich. Da lebt man jahrelang in Eintracht miteinander und meint den anderen zu kennen, und dann wird das Bild dieses Menschen in wenigen Tagen völlig demoliert.
»Du findest es also egal, ob ich die Tollwut von ihm hab oder nicht? Super!«

Auch Lucy schüttelte ungläubig den Kopf.

Plötzlich grinste Colin. »Und den Biss hat sick die Vladtka ohne Weiteres gefallen lassen?«

Wolfram errötete heftig, sagte aber nichts.

»Du hast sie gebissen? Und ich hab geglaubt, Heiner ist meschugge!« Lucys Entsetzen war echt. Und nachdem Wolfram freiwillig nicht damit herausrückte, erklärte ich es ihr.

»Er hatte mit Vladtka ein Verhältnis. Ich nehme an, dass es im Zuge eines leidenschaftlichen Aktes passiert ist?« Das ließ ich mir auf der Zunge zergehen. Auch die Reaktion der beiden Ehebrecher.

Wolfram vergrub sein Gesicht in den Händen. Er wunderte sich nicht einmal, woher ich das wusste. Über das Stadium des Fremdschämens war ich jedenfalls schon hinaus. Vielmehr muss ich gestehen, dass mich seine Schmach mit einer enormen Schadenfreude erfüllte.

»Wolfram hat Vladtka gebumst?« Lucy sah mich völlig entgeistert an. »Du Arschloch!«, rief sie dann und trommelte mit den Fäusten auf seine Brust. »Und mir schwörst du, ich wäre deine einzige Liebe?«

»Nicht nur dir, Lucy. Ich darf dich dezent darauf hinweisen, dass ich das sogar schriftlich habe!«

Sie sah mich erst entrüstet an, dann begriff sie, dass eigentlich ja ich die Betrogene war – nicht sie.

»Es tut mir so leid, Minnerl. Ich hätte mich niemals auf diese Affäre einlassen sollen – mit Wolfram, meine ich. Es ist irgendwie halt so passiert.«

»Darüber reden wir später«, sagte ich knapp. »Falls du dir allerdings einbildest, er hätte Vladtka für dich umbringen wollen, dann muss ich dich enttäuschen. Es ging nur um seine Karriere!«

»Und nun zu dir, mein lieber Mann. Wenn man die Leiche obduziert, findet man vermutlich auch das Tollwutvirus, und dann werden auch wir keinen Meineid für dich leisten.«

»Touché!«, rief Colin. Er nickte mir anerkennend zu, was mich sehr freute.

»Wie gesagt wird man so einiges in Vladtkas Blut finden«, setzte ich meine Erläuterungen fort, Wolfram strafte ich mit Verachtung. »Unter anderem werden sie bei ihr das gleiche Schlafmittel nachweisen, mit dem sich Heiner anschließend umgebracht hat. Es wird also so aussehen, als ob er sie zuvor betäubt hätte. Das hat nicht genügt, also musste er nachhelfen und ihr eins mit dem Edelstahldildo überziehen. Dann wollte er sich mit ihr verbrennen, was anscheinend nicht geglückt ist, worauf er sich selbst richtete.«

»Und wie kam Vladtka zu dem Schlafmittel?«, fragte Lucy.

»Die Zimtschnecken«, gestand ich.

»Wusste ich's doch!«, rief Lucy. »Mir war soo schlecht.«

»Sorry. Wie hätte ich wissen können, dass sie noch Besuch kriegt – und dieser Besuch die Schnecken auch noch mitnimmt.«

Lucy schien sich zu amüsieren. Ob sie an die Polizisten im Mistelbacher Wald dachte?

»Wie auch immer, wir haben alle Dreck am Stecken«, fasste ich zusammen. »Ein paar Jährchen Knast würde jeder von uns absitzen müssen. Ich hab Vladtka illegal Drogen verpasst, Lucy hat sie erschlagen, Wolfram hat einen Einbruch und einen Mordversuch zu verzeichnen. Der Einzige, der wirklich unschuldig zum Handkuss kommt, ist Colin hier. Ich finde, er sollte entscheiden, ob wir zur Polizei gehen oder nicht.«

»Also, ick hab kein Problem damit, auf die Polizei zu verzickten«, sagte er schlicht. »Ick meine, ick hab zwar nickts Boses getan, aber das weißt *du*, Minnerl. Ob die Polizei mir das auck abnimmt? Ick bin immerhin eingestiegen bei Vladtka. Wenn mir dabei jemand zugesehen hat, bin ick dran. Die glauben mir dock nickt. Und dass Vladtka das so wollte, kann sie nickt mehr bezeugen. Ick finde deine Idee großartig, Minnerl. Wenn wir alle ins Gefängnis gehen, mackt das die beiden auck nickt mehr lebendig.«

Zusammen stellten wir die Familientragödien-Szene nach. Den Vibrator steckten wir Heiner in die Jackentasche, die Handywanze nahm ich zuvor natürlich an mich, dafür bekam er zwei nagelneue Batterien aus meinem Fundus. Auch den zerknüllten Brief der armen Frau vom Adoptionsamt platzierten wir so, dass er der Polizei auf jeden Fall ins Auge springen würde. Damit wäre das Motiv geklärt.

Alles, was auch nur irgendwie an unsere Anwesenheit erinnern könnte, steckten wir in einen schwarzen Müllbeutel, den ich unter Heiners Abwasch gefunden hatte. Die Vampirrequisiten entfernten wir, um die Kripo nicht zusätzlich zu verwirren. Den Van-Helsing-Koffer wollten wir mitnehmen, außerdem befreiten wir Vladtka von ihrem Knoblauch. Der Leichenbeschauer würde sich vielleicht über ihren Mundgeruch wundern, aber das Vampirszenario wäre noch weit erklärungsbedürftiger gewesen. Den Rosenkranz durfte sie behalten.

Nachdem Colin darauf bestanden hatte, dass Wolfram noch in die Dusche müsste – »So konnen wir ihn nickt in das Leihauto setzen« –, suchten wir ihm ein paar von Heiners Klamotten heraus, und dann kümmerten Lucy und ich uns um die restliche Spurenbeseitigung.

»Sag, Lucy – wo hast du denn sonst noch so überall Spuren hinterlassen? Können wir die in den Griff bekommen?«, fragte ich, während wir das stinkende Bettzeug und Wolframs besudelte Sachen in den Müllsack stopften.

»Unmöglich! Ich war die ganze Nacht von Donnerstag auf Freitag hier.«

»Gibt es dafür eigentlich Zeugen? Hat euch jemand gesehen?«

»Ja, die Leute von der Tankstelle. Wir haben mit denen gesoffen – und mehr!«, seufzte Lucy. »Die können sich garantiert erinnern!«

»Das Auto hast du demnach auch mit deinen Genspuren gepflastert«, analysierte ich. »Warst du denn auch hinten im Wagen?«

»Nein, ich glaube nicht. Am Teppich werden allerdings Spuren von mir sein, den haben wir zusammen rausgetragen. Und in Vladtkas Haus! Meine Güte – ich hab nur an den Vibrator gedacht. Wir sind ja auch dort überall durchgetrampelt!« Lucy schlug sich die Hände vors Gesicht.

»Der Teppich – stammt der aus Vladtkas Fundus oder von hier? Ich kann mich nämlich nicht erinnern, dass sie auf einem Teppich gelegen hat.«

»Der war hinten im Van, ich glaub, als Schonunterlage oder so.«

»Okay«, fasste ich zusammen. »Wegen der Spuren in Vladtkas Haus musst du dir weniger Sorgen machen, da stehen die Chancen gut, dass ich sie alle vernichtet hab. Der Teppich ist natürlich Scheiße. Den müssen wir unbedingt mitnehmen.«

Leider passte er nicht mehr in den Sack.

»Am besten wär's, wir wurden ihn verbrennen«, meinte Colin.

»Das würde auffallen, geht nicht«, wandte ich ein.

»Was ist, wenn wir ihn vergraben?«, schlug Lucy vor. »Immerhin haben wir schon ein Loch ausgehoben, Heiner und ich. In so einer verlassenen Kellerzeile, ganz in der Nähe von hier.«

»Das ist keine schlechte Idee – das machen wir.«

»Ich wäre dann fertig!« Wolfram stand kreidebleich, aber sauber in der Tür. Heiners Jogginghose war ihm um einiges zu kurz, und das T-Shirt spannte um sein Bäuchlein. Er sah aus wie ein Junge, der seiner Kleidung entwachsen war. »Können wir dann nach Hause?«, fragte er schüchtern.

Es war bereits zwei Uhr vorbei, als wir endlich zum Gehen bereit waren. Wolfram musste Colin helfen, die Tür wieder einzuhängen, die letzten Spuren wurden in den Sack gekehrt, und Besen und Mistschaufel kamen gleich mit dazu. Angestrengt ließ ich noch einmal meinen kriminologischen Blick durch das Wohnzimmer schweifen, irgendwie wurde ich das Gefühl nicht los, dass wir etwas vergessen hatten.

»Jetzt komm schon«, schalt Colin. »Das Bugeleisen ist garantiert ausgeschaltet!«

»Mir ist aber so heiß, als würde ich gerade selbst gebügelt«, erwiderte ich. Hässliche Schweißflecke verunzierten mein T-Shirt, mein ganzer Körper rief nach einer Dusche.

»Ich denke, es wird ein Gewitter geben«, sagte Lucy. Auch bei ihr hinterließ der Schweiß deutliche Rinnsale, aber sie sah im Gegensatz zu mir kaum abgekämpft aus. Es war das Privileg der Jugend, einfach in jeder Lebenslage gut auszusehen.

Wie um Lucys Theorie zu unterstützen, meldete sich Petrus mit einem fernen Donnergrollen.

»Sollten wir nickt langsam«, drängte Colin, »oder wollt ihr auck nock nass werden?«

Das hätte mich weniger gestört. Wie gesagt, die Dusche hätte ich auch in dieser Form dankend angenommen. Mich störten ein Bauchgefühl und ein kratzendes Geräusch, das eine Erinnerung in mir weckte, die gar nicht so alt war.

»Igor!«, rief ich entsetzt und hielt mir sofort die Hand vor den Mund. Wie unvorsichtig, hier im Freien herumzuschreien. Die Nachbarn könnten uns doch hören.

»Wir haben Igor vergessen!«, flüsterte ich.

»Willst du ihn vielleicht mitnehmen?«, fragte Wolfram in gehässigem Tonfall.

»Das wäre eigentlich deine Aufgabe«, zischte ich zurück. »Immerhin gehört der Hund in tierärztliche Behandlung.« Meine Schweißdrüsen arbeiteten bereits wieder auf Hochtouren beim Gedanken an Igors mögliche Erkrankung.

»Wir konnen ihn nickt mitnehmen, Minnerl«, sagte Colin. »Er gehort zu Vladtka. Wir macken uns verdächtig, wenn wir ihren Hund haben. Sehe ick das ricktig?«

»Ja klar!«, gab ich zu. »Aber wir müssen ihn befreien und versorgen. Wer weiß, wie lange die Polizei braucht, bis sie die beiden entdeckt.«

»Heiner hat sicher noch etwas von unserer Vampirhochzeit im Kühlschrank«, schlug Lucy vor. »Ich stell ihm was hin.«

»Was für eine Hochzeit?«, fragte Wolfram.

»Später, bitte!«, drängte Colin.

»Warte!«, rief ich halbwegs verhalten. »Ich geh. Mich hat er schon einmal gebissen, schlimmer kann es nicht werden!«

Ich streifte mir die Schuhe ab und ging heldenhaft zurück ins Haus. Im Kühlschrank fand ich tatsächlich allerlei Essbares, was auch für einen Hund geeignet war. Eine Schüssel mit Wasser stellte ich ihm auch hin. Dann nahm ich drei Geschirrtücher aus Heiners Schrank. Zwei dienten mir als Spurenvernichter, indem ich einfach meine Füße darauf setzte und mich so wischend durch die Gegend bewegte. Mit dem anderen Tuch öffnete ich den Kleiderschrank, in dem Igor gefangen war. Er sprang sofort an mir hoch, biss mich aber nicht, sondern wedelte sogar mit dem Schwanz. Ich zeigte ihm sein Futter, und er machte sich gierig darüber her. Mission erfüllt.

Draußen war mittlerweile starker Wind aufgekommen. Das Donnergrollen wurde heftiger.

»Die Ture hält nickt ordentlich«, fluchte Colin. Der Wind drückte sie immer wieder auf.

»Dann lassen wir sie offen«, schlug ich vor. »Hat Heiner gemacht, damit der Hund rauskann. Er ist – war – eben ein vorausschauender Mensch.«

## Lucys Geschichte

Vorausschauend waren auch wir gewesen, dass wir uns einen Kombi gemietet hatten, denn der Teppich und der Koffer fanden problemlos im Kofferraum des Octavia Platz. Lucy zeigte uns den Weg zur Kellergasse. Es war ziemlich unheimlich, sich im Finstern durch das Unterholz zu plagen. Tote Äste knackten, wilde Dornen zerkratzten uns. Im Dickicht raschelten nicht nur wir.

Die Grube, die Lucy und Heiner ausgehoben hatten, befand sich am Ende einer eingefallenen Kellerröhre. Zwei Schaufeln lehnten noch an der Mauer.

»Hier hätten Vladtka, Wolfram und Igor ihre letzte Ruhe finden sollen«, seufzte Lucy.

Wolfram zitterte. »Hätte er mich auch gepfählt?«

»Blödsinn!«, sagte Lucy. »Du hättest Vladtka erlösen müssen, dann hätte er dich kaltgemacht. Wie, hat er nicht gesagt. Ich dachte, er würde dich schlicht und einfach erschießen. Dass die Pistole nicht funktioniert, wusste ich ja nicht. Leider!«

»Er hätte sicher einen Weg gefunden«, meinte ich trocken.

Lucy bedauerte es, dass ich unbedingt auch den Koffer ins Grab befördern wollte, er sei sicherlich viel wert, ganz alt und original, aber ich bestand darauf.

»Weg mit dem Kram!«, sagte auch Colin. Anstatt lang herumzuargumentieren, warf er den Teppich, den Koffer und den Müllsack ins Loch, dann drückte er Wolfram die zweite Schaufel in die Hand. »Besser, wir graben das Klumpert ein als deine Leiche!«

Dagegen gab es natürlich keinerlei Argument.

Während die beiden Herren mit Graben beschäftigt waren, forderte ich Lucy auf, mir die Umstände des tragischen Unfalls bei Vladtka zu erläutern.

»Dass du Vladtka erledigt hast, haben wir ja schon mitgekriegt, und auch, dass es ein Unfall war. Was ich mich frage: Was wolltest du eigentlich bei ihr, Lucy?«

»Ach, ich bin so eine Idiotin! Ich ... ich wollte den Hund entführen.«

»Ist nicht wahr!« Anscheinend hatte nicht nur ich eine kriminelle Phantasie, und Lucy war ebenso meschugge wie ich, sie hatte versucht, ihre Ideen in die Tat umzusetzen.

»Na ja, letztens, als wir zusammen auf dieser Wien-Exkursion waren, hatte ich mit Heiner so ein Gespräch über Vladtka und wie hart diese Frau ist. Er hat zwar etwas ausweichend reagiert, aber jedenfalls waren wir uns einig, dass der Hund das Einzige ist, woran ihr offensichtlich etwas liegt.«

»Da kannst du recht haben«, pflichtete ich ihr bei. »Bei Menschen hatte diese Frau keinerlei Mitgefühl.«

»Und dann, Minnerl ...« Lucy wurde richtig aufgeregt. »Stell dir vor, ich zapp mich später so durch diverse Facebook-Postings, da lese ich, dass man einer Frau vor dem Geschäft ihren Hund entführt hat. Sie hatte ihn draußen angebunden, und als sie zurückkam, war er weg.«

»Ergo hast du dir gedacht, das mach ich auch?«

»Erraten. Und weißt du, was noch so seltsam war? Weil wir eben von Igor geredet haben, hat Heiner mir erzählt, dass Vladtka tagtäglich dieselbe Routine hat. Geht jeden Tag mit dem Hundchen Gassi durch den Park zum Spar-Geschäft. Dort bindet sie ihn draußen an, kauft ein und geht dann wieder heim. Und unentwegt redet sie mit ihm wie mit einem richtigen Partner – oder einem Kind, was weiß ich, wie mit einem Menschen halt. Und das jeden Tag, auf die Minute genau zur selben Zeit. Keine Ahnung, woher Heiner das so genau gewusst hat, aber mir war klar, das ist Schicksal. Dass ich beides praktisch zur selben Zeit erfahr, ganz unabhängig voneinander – das kann kein Zufall gewesen sein!«

Ich wusste nur zu gut, warum Heiner so minutiös über Vladtkas Gewohnheiten informiert war, und mich überkam ein Anflug schlechten Gewissens. Indirekt war ich also auch an Lucys desaströsen Plänen schuld gewesen.

»Und was ist schiefgelaufen?«

»Das ist ja das Schreckliche!«, erboste sich Lucy. »Ausgerechnet an dem Tag, als ich ihr aufgelauert hab, ist die blöde Kuh nicht aufgetaucht!«

Auch daran trug ich die Schuld!

»Ich habe ewig gewartet vor dem Geschäft, dann ist mir der

Gedanke gekommen, dass sie vielleicht gar nicht zu Hause ist. Also bin ich zu ihrer Villa, hab angeläutet und bin dann weggelaufen – so wie kleine Kinder halt.«

»Und dann?«

»Na ja. Aufgemacht hat mir niemand, aber der Hund hat gebellt. Daraus hab ich fälschlich geschlossen, dass zwar das Frauchen nicht zu Hause ist, aber der Hund ...«

»Und da wolltest du die Chance nutzen, ihn gleich aus dem Haus zu entführen?«

»Zuerst nicht«, verteidigte sich Lucy. »Ich wollte ja nicht einbrechen. Das heißt, gewollt hätte ich vielleicht schon, aber ich hätte ja nicht gewusst, wie. Egal. Ich hab es ganz instinktiv an der Haustüre probiert – und, was soll ich sagen, sie war offen! Einladung pur!«

Ich musste Lucy recht geben, das war wirklich eine Fülle von Zufällen, ob glückliche oder unglückliche, sei dahingestellt. Wenn man abergläubisch war wie Lucy, konnte man dabei tatsächlich an Vorsehung denken. Ich seufzte. Den Rest der Geschichte konnte ich mir gut ausmalen, aber Lucy erzählte trotzdem weiter. Woher hätte sie auch wissen sollen, dass ich ohnehin Bescheid wusste.

»Ich bin also ins Haus, Igor mir immer auf den Fersen. Und im Wohnzimmer hat mich dann beinahe der Schlag getroffen. Da sitzt Vladtka in ihrem Stuhl und schnarcht lauthals vor sich hin. Igor ist in der Zwischenzeit in sein Körbchen, von dort knurrt er mich an. Ich geh hinüber zu ihm, und in dem Moment fällt mir ein, dass ich ja den Sack, in den ich ihn stecken wollte, noch im Auto hab. Also hab ich mich ein wenig umgesehen und diese schwarze Tasche – so eine Art Sporttasche – entdeckt. Nehm ich halt die, hab ich mir gedacht, und die Sachen, die drin waren, rausgeräumt. Und was soll ich sagen ...«, Lucy kicherte trotz der Tragik, die dann folgen sollte, »da war lauter so Sexspielzeug drinnen, eine Peitsche und Stiefel und auch dieser riesige Edelstahlvibrator, den ich mir dummerweise näher angeschaut habe. Auf einmal ist sie hinter mir. Was ich denn hier will. Und weil ich gerade den Hund aufheben will, fällt sie über mich her wie eine Furie. Hat mich gewürgt. Ich hab geglaubt, mein letztes Stündchen hat geschlagen.«

Um die Richtigkeit ihrer Aussage zu unterstützen, zeigte Lucy mir ihren Hals, wo man tatsächlich noch leichte Würgemale erkennen konnte.

»Und in meiner Todesangst«, sagte sie leise, »hab ich ihr den Dings an den Kopf geschlagen. Es hat gewirkt, sie hat sofort losgelassen, und ich hab hysterisch den Vibrator fallen lassen und bin gerannt. Stürzen hab ich sie noch gehört hinter mir, aber ich war so in Panik, bin einfach in mein Auto und nach Hause.«

»Es war eindeutig Notwehr!«, versuchte ich Lucy zu beruhigen.

»Kann schon sein, Minnerl. Aber hätte man mir das auch geglaubt? Außerdem: Versuchte Entführung, Erpressung, Totschlag. Für all das würde ich ins Gefängnis gehen.«

»Warum bist du eigentlich zurück? Ohne Zeugen wäre man vermutlich nie auf dich gekommen, oder?«

»Der dämliche Dildo. Zu Hause hab ich es dann geschnallt. Meine Fingerabdrücke waren drauf. Ich musste zurück, das Ding holen!«

»Mutig, mutig!«, sagte ich.

»Nicht wirklich«, gestand Lucy freimütig. »Ich hab mich nicht alleine hingetraut, und so hab ich zuerst versucht, dich anzurufen. Du hast nicht abgehoben, Minnerl!« Ihre Stimme war vorwurfsvoll.

»Sorry«, sagte ich. »Ich hab ganz fest geschlafen. Oben, in Vladtkas Bett!«

»Nicht wahr!« Lucy kicherte. »Mit dem Callboy?«

»Wo denkst du hin!«, schalt ich sie, konnte mir aber ein Lächeln nicht verkneifen. »Aber ich musste eine von meinen Zimtschnecken essen – die Wirkung ist dir ja bekannt!«

»Allerdings! Die Schnecken hätten dich übrigens verraten. Deswegen hab ich sie ja auch mitgenommen, mitsamt der Unterschriftenliste. Ich dachte mir, sonst wirst du womöglich verdächtigt, wo du mir so lieb helfen wolltest. Das durfte wirklich nicht geschehen!«

Meine Augen wurden ein wenig feucht. In dem Moment hatte ich Lucy schon verziehen, dass sie sich Wolfram gekapert hatte.

»Wenn ich gewusst hätte, dass du im Haus bist, Minnerl ... Was hätten wir uns nicht alles erspart!«

»Du sagst es!« Ich seufzte bei dem Gedanken, dass wenigstens Heiner noch leben könnte. »Was ist dann passiert?«

»Ich sitz also zu Hause, völlig aufgelöst, schließlich hab ich gerade jemanden erschlagen. Ihr beide wart nicht erreichbar, also Wolfram und du, da hab ich Heiner angerufen. Der war erst total aufgeregt, hat herumgezickt, aber dann ist er gekommen und hat gemeint, wir müssten sowohl den Vibrator als auch die Leiche entsorgen. ›Wir holen sie zuerst mal dort weg‹, hat er gesagt. ›In meinem Kastenwagen ist sie einstweilen gut aufgehoben, und dann sehen wir weiter.‹ Ich war so erleichtert!«, sagte Lucy. Ich konnte sie verstehen.

»Wer konnte auch wissen, dass Heiner derart daneben ist!« Sie schüttelte noch im Nachhinein den Kopf über ihre Fehleinschätzung.

Mit ihrem T-Shirt fächelte Lucy sich Luft in ihr hübsches Dekolleté. Es war in der Tat sehr schwül, nicht nur im Keller.

»Wir sind dann zusammen zu Heiner. Die Leiche haben wir im Auto gelassen«, setzte sie fort. »Er hat zuerst coole Musik aufgelegt, und ich hab mir gedacht, er will jetzt zur Sache kommen. Plötzlich kniet er sich vor mich hin. Ich war völlig perplex. Gesteht mir seine Liebe, stell dir das vor, Minnerl! Fragt mich allen Ernstes, ob ich ihn heiraten will.«

»Lucy!«, rief ich entsetzt. »Was hast du geantwortet?«

»Zuerst nicht viel, ich war komplett sprachlos. Aber das war gar nicht gut, er wirkte richtig gehetzt. Und dann hab ich halt Ja gesagt.«

»Du hast dem Verrückten die Ehe versprochen?«

»Hör mal, Minnerl, du hast gut reden! Was hätte ich denn tun sollen? Erstens war mir zu dem Zeitpunkt noch nicht bewusst, wie verrückt er wirklich war. Gaga, ja, aber *so* meschugge! Außerdem, er hat gewusst, dass ich Vladtka getötet hatte, hatte mich also in der Hand. Ich dachte nur daran, dass er mir die Leiche vom Hals schaffen würde. Und dann könnte ich das Versprechen ja wieder rückgängig machen, irgendwie hätte ich das schon geschafft.«

Ich hegte keinerlei Zweifel daran.

»Wir haben dann eine echte Vampirhochzeit gefeiert mit allem Pipapo!« Lucy lächelte melancholisch. So schrecklich konnte es also nicht gewesen sein.

Lucy bestätigte sogleich meine Annahme. »Irgendwie war es ziemlich abgefahren. Dass jeder das Blut vom anderen trinkt, war zwar nicht so ganz meins, aber das Vampirdinner, das er uns dann gekocht hat, war superlecker. Tomatensuppe, Blutwurst mit roten Rüben, und als Nachspeise Pannacotta mit Himbeeren und Schokoladensoße! Später haben wir mit unserem Blut eine Urkunde unterschrieben, dass wir einander ewig lieben würden. Er hatte das offenbar schon vorbereitet, das Dokument, meine ich, wir mussten nur noch unterschreiben. Und dann sind wir zur Tankstelle hinunter zu seinen Spezis, echt ultracoole Gothic-Typen, und die haben dann auch unterschrieben – mit Kuli allerdings. Und zum Schluss haben wir mit Absinth darauf angestoßen. Kennst du Absinth?«

»Nur vom Hörensagen. War doch einige Zeit verboten, oder?«

»Keine Ahnung. Wir waren beide auf jeden Fall schon ziemlich beschwipst. Und dann ...«

»Mehr wollen wir gar nicht wissen«, unterbrach Wolfram Lucys Schilderungen, aber Colin und ich widersprachen heftig. Die beiden Herren hatten ihre Grabungen anscheinend abgeschlossen.

Lucy grinste. »Dann hat er mir eine Doku gezeigt über die Vampirprinzessin. Du weißt schon, die, von der Lore einmal erzählt hat. Ich wär beinahe eingeschlafen, aber da ist er dann voll sentimental geworden und hat mir das von seiner Mutter erzählt. Ich hab versucht, ihn zu trösten, sie hätte bestimmt ihre Gründe gehabt. Natürlich hab ich damals noch nicht geschnallt, dass Vladtka diese Mutter war.«

»Was ich bis jetzt nicht versteh, ist, warum er dich dann geschlagen hat, Lucy. Als du gemeint hast, sie hätte ihn verkauft.«

»Das kann ich dir erklären. In der Doku wird auch einmal der Sohn dieser Eleonore erwähnt. Den hat sie erst mit über vierzig bekommen, was damals als Wunder angesehen wurde – oder aber auch als etwas Teuflisches. Sie soll Wolfsmilch getrunken haben, damit sie schwanger wurde, und solche Sachen. Und anämisch war sie auch. Die Leute haben geglaubt, sie wäre eine Vampirin. Vor allem, als dann auch noch ihr Mann, der Fürst, so tragisch ums Leben gekommen ist.«

»Der, den der Kaiser erschossen hat?«, bemerkte Colin.

»Genau. Du kennst die Geschichte?«

»Die Frau Lehrerin hat mir das vorgelesen«, erklärte er.

»Ach so, egal, dann wisst ihr ja auch, dass sie den Sohn später nach Wien geschickt hat, auf den Hof von diesem Kaiser. Und da haben die Leute gemunkelt, sie wolle den Sohn vor sich selbst schützen, weil sie eben eine Vampirin war.«

Lucy fächelte sich wieder ordentlich Luft zu. »Und dann sag ich Idiotin noch: ›Da siehst du mal, was wahre Mutterliebe ist. Sie schickt ihn fort, um ihn vor sich selbst zu schützen. Bestimmt ist ihr dabei das Herz gebrochen!‹ Natürlich hatte ich das sarkastisch gemeint, aber Heiner ist wie wild im Zimmer herumgehopst, hat den Sessel umgestoßen und ›Ich Idiot!‹ geschrien. Als er sich dann endlich beruhigt hat, hat er sich tausendmal bei mir bedankt, dass ich ihm die Augen geöffnet hätte. Und dem Schicksal hat er gedankt, dass es mich zu ihm gesandt hat, und lauter so Blödsinn. Erst dann hab ich kapiert, dass er die ganze Zeit über von Vladtka geredet hat und dass ich ihm seine Mutter genommen hab. Du kannst dir gar nicht vorstellen, wie ich mich dabei gefühlt hab. Ruf ihn auch noch an, um mir bei ihrer Entsorgung zu helfen! Stell dir das einmal vor!«

»Das bedeutet, Heiner hat sich letztlich eingebildet, dass Vladtka ihn deswegen weggegeben hat? Weil sie ihn vor sich selbst beschützen musste? Mannomann!«

Heiner war es also tatsächlich gelungen, sich seine kaltherzige Mutter schönzureden. Der Vampirkult hat seine These dabei wunderbar gestützt.

»Armer Heiner!«, rief ich voll Mitleid.

»Der arme Heiner wollte uns alle umbringen«, erinnerte uns Wolfram patzig.

»Er war anscheinend nickt mehr bei Sinnen, oder?«, ergänzte Colin trocken.

»Und warum wollte er unbedingt nach Krumau?« Diese Sache war mir auch nie ganz klar gewesen.

»Weil die Vampirprinzessin in Krumau begraben liegt«, erklärte Lucy. »Und er hat sich eingebildet, Vampire müssten in der Heimaterde ihre letzte Ruhe finden. Später hab ich ihn dann gottlob davon abbringen können, mitsamt der Leiche nach Böhmen zu fahren, weil da ist mir zum Glück der Bram Stoker eingefallen.

Heimaterde brauchen Vampire nur zum Schlafen, hab ich gesagt. Um sie zu erlösen, muss man sie pfählen, das Herz rausnehmen und fertig. Wir könnten das auch hier machen und sie dann irgendwo in der Nähe begraben. Das hat ihn dann beruhigt. Weißt du, Minnerl, irgendwie bin ich mir die längste Zeit vorgekommen wie in einem Film. Das war einfach alles so irreal.«

»Und Wolfram? Wie kommt Wolfram dazu?«

»Ach ja, das war vorher. Wir wollten nämlich noch zu mir, also, ich wollte mich frisch machen. Und Igor sollte einstweilen in meiner Wohnung bleiben. Im Wald konnten wir ihn nicht lassen, dort wimmelte es nur so von Polizisten. – Warum musstest du auch dort auf mich warten, Wolfram? Ich hab dir schon ein paar Mal gesagt, dass es aus ist!«, schrie Lucy plötzlich in Wolframs Richtung.

»Wenn ich gewusst hätte, dass du es mit diesem Weichei treibst!« Wolfram war lächerlich in seiner Eifersucht.

»Wer ist hier das Weichei?«, fauchte Lucy. »Na ja, ich hätte es gleich wissen müssen«, fuhr sie fort. »Eifersüchtige Mannsbilder! Als Heiner geschnallt hat, dass Wolfram und ich ... tut mir leid, Minnerl, ich hab wirklich schon vor einiger Zeit mit ihm Schluss gemacht, ehrlich!«

»Weiter«, sagte ich knapp. Wahrscheinlich wunderten sich die beiden, dass ich so gelassen blieb, aber diesbezüglich konnte mich wirklich nichts mehr schocken.

»Also, Heiner ist völlig ausgerastet, und dann haben die beiden sich geschlagen, und Heiner hat Wolfram eins mit einer Flasche verpasst. Richtig zerborsten ist die auf seinem Schädel, und geblutet hat das wie Sau!« Lucy schüttelte den Kopf vor Ekel. »Aber Heiner hat sich nicht beruhigen lassen und geschrien: ›Der muss weg!‹«

»Umbringen wollte er mich, der Wahnsinnige!«, schrie Wolfram jetzt erregt.

»Blödsinn!«, schrie Lucy zurück. »*Mich* hat er bedroht, mit dem kaputten Flaschenhals!« Sie nahm die Bierflasche und zeigte uns, wie Heiner sie bedroht hatte. Von hinten gepackt und ihr vorne das scharfe Ende an die Kehle gehalten.

»›Wenn du nicht freiwillig mitkommst, dann bring ich deine Freundin um!‹, hat Heiner gebrüllt, aber Wolfram wollte trotzdem weglaufen. Da hab ich ihm ein Bein gestellt«, sagte Lucy triumphierend.

»Du kleine Schlampe!«, rief Wolfram.

»Wolfram!«, wies ich ihn zurecht. »Du hast wahrlich keinen Grund, ausfällig zu werden.«

»Das mit dem Beinstellen war übrigens eine gute Idee«, ignorierte Lucy unser Geplänkel. »Heiner hat dadurch wieder Vertrauen zu mir gefasst und mir geglaubt, dass es schon länger aus war zwischen Wolfram und mir. Und er war dann auch happy, weil ich gesagt hab, ich hätte wegen ihm Schluss gemacht. Das war natürlich ein wenig geflunkert. Es wäre auch gar nichts passiert, wenn Wolfram kapiert hätte, dass er jetzt Ruhe geben soll. Hat er aber nicht. Wir sind schon im Wagen gesessen, und plötzlich hör ich Wolframs geilen Klingelton und dreh mich um. Er war schon hinten am Auto und hat an der Tür gerüttelt. Die ist leider aufgegangen, und er hat Vladtka gesehen.«

»Den Teppich hab ich gesehen und dass da Füße rausschauen«, berichtete Wolfram. »Und dann hat mir der Wahnsinnige eine Schaufel ins Gesicht geschlagen. Von da an weiß ich nichts mehr. Aufgewacht bin ich dann in diesem Bett, mit Vladtka neben mir. Zuerst war mir ja nicht klar, dass sie tot war. Ich hätte beinahe einen Herzinfarkt erlitten!«

Puh! Wolfram hatte seine Sünden wirklich teuer bezahlt.

»Ja, du Idiot. Den Knebel hattest du dir wirklich selbst zuzuschreiben, so, wie du geschrien hast.« Das brachte Wolfram zum Schweigen.

»Wir haben ein paar Sachen zusammengetragen, die wir zum Graben brauchten«, setzte Lucy ihre Erzählung fort, »und dann hat wieder diese dämliche Taschenlampe nicht funktioniert. Heiner war nervlich schon so am Sand, dass er herumgeschrien hat, wo er denn jetzt noch Batterien herkriegen soll. Da ist mir der Vibrator eingefallen, vielleicht hat der ja dieselben. Wie bist du bloß auf die Idee gekommen, einen Vibrator zu verwanzen, Minnerl? Heiner hatte dich sofort im Verdacht.«

»Ach, Lucy, das ist eine längere Geschichte. Wie hat er denn darauf reagiert?«

»Also zuerst hab ich geglaubt, er bringt mich um, so wild hat er dreingeschaut. ›Abhören unter Freunden, das geht gar nicht!‹, hat er gebrüllt. Dann ist er rein ins Haus und hat seinen Computer hochgefahren und dein Handy angezapft. Du hast mit ihm da geredet.«

»Colin heißt er.«

Colin schenkte Lucy ein charmantes Lächeln. Ich war beinahe eifersüchtig.

»Du hast ihm erklärt, dass wir beide nach Krumau wollten, und er, also Colin, hat gesagt, dass wir Lehrer spinnen.«

Colins Lächeln verzog sich zu seinem hübschen Grinsen. »Das soll ick gesagt haben?«

»Ja, sicher«, bestätigte Lucy. »Und schließlich ist Heiner die Idee gekommen, er könnte euch ja trotzdem nach Krumau schicken, damit ihr uns nicht in die Quere kommt. Wir brauchten nur durch die Wanze zu euch sprechen. Er hat ein richtiges Drehbuch entworfen, was ich sagen sollte. Ich hab mich so schlecht gefühlt dabei. Ihr habt auch prima angebissen.«

»Eigentlick genial«, meinte Colin bewundernd.

»Genie und Wahnsinn liegen bekanntlich nah beisammen«, gab ich zum Besten.

»Genau. Der Heiner hat wirklich nicht richtig getickt. Egal. Wir haben euch also weggelockt und sind hierher in diesen Keller und haben zu graben angefangen. Heiner hat sich mächtig ins Zeug gelegt. Er musste seine Jacke ausziehen, weil er so geschwitzt hat. Und da hab ich es gesehen, sein Handy. Meins hat er mir ja gleich abgenommen, das liegt immer noch bei mir zu Hause.«

»Und dann hast du mir diese SMS geschickt.«

»Eigentlich wollte ich dich anrufen. Also, wie er pinkeln gegangen ist. Aber in dieser blöden Röhre hier ist natürlich kein Empfang. Also hab ich halt eine SMS geschrieben, die würde wenigstens abgehen, sobald wir wieder ein Netz hatten.«

»Hat er dich erwischt?«

»Nein, aber es war knapp. Drum hab ich auch mitten im Satz aufhören müssen. Und dann hab ich gemotzt, dass ich unbedingt noch mal ins Haus zurückmuss, auf ein ordentliches Klo. Frauenproblem und so. Da sind wir dann kurz zurück, und die SMS ist abgegangen. Leider hat er in der Zwischenzeit auch sein Handy gecheckt. Aber das hab ich erst vorhin begriffen, und den Rest kennt ihr ja.«

»Das hast du super gemacht, Lucy«, lobte ich sie. »Alles von deiner Message hab ich zwar nicht gleich kapiert, aber dass es für dich nicht ungefährlich war, ist mir sofort klar gewesen, und auch, dass wir schleunigst umkehren mussten.«

»Wie auch immer, Minnerl. Ich bin so froh, dass es gut ausgegangen ist.«

»Na ja, Feiern halte ich noch für verfrüht. Immerhin haben wir zwei Leichen, wenn schon nicht in diesem Keller, dann zumindest in Heiners Haus.«

## Alibis

»Wohin zuerst?«, fragte Colin, als wir endlich wieder im Octavia saßen. Das war gar nicht so einfach gewesen, Lucy wollte nicht mehr neben Wolfram sitzen.
»Lasst mich fahren«, schlug sie vor. »Und Colin setzt sich zu Wolfram nach hinten.«
»Keine Chance«, sagte Colin. »Das Auto ist auf mick angemeldet.«
»Sexist«, schimpfte Lucy.
»Keineswegs. Versickerungsmathematiker«, antwortete Colin.
Ich setzte mich auf den Beifahrersitz und meinte gelassen: »Ihr könnt auch gerne zu Fuß gehen.«
Colin ließ den Wagen an. So schnell konnte man gar nicht schauen, dass die zwei Streithähne doch nebeneinander im Fond Platz nahmen.
»Also – konnen wir als Näckstes entscheiden, wohin es geht?«
»Wenn Heiner und Vladtka gefunden werden, wird man uns als Kolleginnen sicher befragen«, stellte ich fest. »Wir sollten ausmachen, was wir der Polizei erzählen, damit wir uns nicht widersprechen. Fahren wir erst zu mir, dort können wir ungestört reden.«
Wir waren noch keine fünf Minuten unterwegs, als ein heftiges Gewitter einsetzte und das Auto ordentlich durchschüttelte. Der Regen malträtierte die Scheiben von außen, von innen waren sie im Nu angelaufen. Kein Wunder, vier erwachsene Menschen mit erhöhten Hormonausschüttungen unterschiedlichster Art in einem Auto, die produzierten ordentlich Luftfeuchtigkeit.
Normalerweise ist Regen ja nicht mein Ding, aber in dem Moment hätte ich den Himmelvater umarmen können für seinen Segen. Der Guss würde die Spuren, die wir in Heiners Garten hinterlassen hatten, wohl unkenntlich machen.

Ich bestand darauf, dass wir über die Hintertüre ins Haus gingen. Die Nachbarn sollten davon möglichst nichts mitbekommen, denn ich hatte während der Fahrt schon eine Alibistrategie entwickelt.

Zunächst machte ich uns noch Kaffee, und Lucy und Wolfram wollten auch noch etwas zu essen. Ich stellte ihnen altes Brot und Butter hin. Keiner beschwerte sich.

»Nun zu unseren Alibis«, eröffnete ich die Besprechung. Das war schließlich mein Spezialgebiet.

»Als Erstes du, Lucy. Ich würde sagen, Heiner hat dich am Donnerstagabend kurz nach der Tatzeit – also, sagen wir um halb sieben – angerufen, ob du mit ihm ausgehen willst. Dann hat er dich abgeholt, ihr habt gegessen, getrunken – viel getrunken –, eben alles das, was du wirklich gemacht hast. Bloß, dass du natürlich nicht wusstest, dass Heiner eine Leiche im Auto hatte. Am Freitag wart ihr dann beide entsprechend verkatert und habt blaugemacht. Mittags hat dich Heiner nach Hause gefahren, und ihr hattet im Mistelbacher Wald Geschlechtsverkehr im Auto – wofür es ja auch Zeugen gibt.«

»So ein Blödsinn. Wir haben geschlafen.«

»Ja, ich weiß. Aber die Polizisten haben geglaubt, dass ihr zwei ... Denk an den Vibrator!«

»Das hast du gehört?«

»Sorry, ja. Hätte ja auch wichtig sein können.« Lucy hatte natürlich recht, datenschutzmäßig hatte ich mir die Sache überhaupt nicht überlegt. Darüber konnte ich mir später noch Gedanken machen.

»Nach der Mistelbacher Waldepisode hat er dich nach Hause gebracht, sind wir uns da einig?«

»Okay, bis jetzt kein Problem. Was hab ich dann gemacht?«

»Gearbeitet. Wolfram kann das bezeugen, weil er dir dabei geholfen hat.«

Wolfram schaute mich böse an, aber sein Blick ging durch mich durch wie Ultraschall durch Butter.

»Was haben wir vorbereitet?«, fragte er beinahe tonlos.

»Sexualerziehung?«

»Ach, Minnerl, bitte!« Lucy legte ihre Hand auf meinen Arm.

»Ick wurde auck meinen, das regelt ihr dann später«, warf Colin ein. »Hast du vielleicht etwas Ordentlickes zu trinken? Immer nur Kaffee ...«

Ich errötete. Was war ich doch für eine schlechte Gastgeberin.

»Kannst du mal eine Flasche Rotwein holen, Wolfram?« Immerhin war auch er hier zu Hause. »Wie viele Gläser?«

Lucy war natürlich dabei. Eigentlich wollte ich keinen Alkohol zu mir nehmen, ich musste ja bei klarem Verstand bleiben, aber ich wollte auch nicht als Spielverderberin rüberkommen, also schloss ich mich an. Wolfram hatte kein Mitspracherecht und bekam einfach ein Glas vorgesetzt, an dem er auch ab und zu nippte.

»Wo waren wir? Ach ja, ihr habt gearbeitet, und Wolfram ist dann bei dir über Nacht geblieben.«

»Muss das sein?« Wolfram deutete Widerstand an.

»Ja, muss es«, erklärte ich. »Dein Auto ist die ganze Zeit vor ihrem Haus gestanden, oder lieg ich da falsch?«

»Nein, das stimmt leider«, gab er zu. »Es steht ja immer noch dort.«

»Und wie steh ich da?«, entrüstete sich Lucy. »Am Donnerstag mit dem einen, am Freitag mit dem anderen Kollegen?«

»Tja, Lucy, damit wirst du wohl leben müssen. Die aufmerksameren Menschen im Lehrerzimmer werden der Polizei das gerne bestätigen, dass das eine sehr plausible Variante ist. Sei doch froh, wenn du glaubwürdig bist.«

Daraufhin schwieg sogar Lucy, und Colin nickte mir anerkennend zu. »Was ist mit deinem Alibi?«, fragte er. »Du bist dann alleine zu Hause gewesen?«

»Zunächst schon«, sagte ich. »Am Freitag ist es mir in der Schule schon schlecht gegangen, das werden einige Kollegen bestätigen können, vor allem Lore. Die hat mich nämlich gefragt, ob ich Fieber hab. Also bin ich nach der Schule heim und hab mich hingelegt.«

»Aber für den Donnerstag hast du kein Alibi – also für die Tatzeit, als Vladtka ums Leben kam.«

»Ups, stimmt!«, sagte Lucy. »Du warst ja sogar im Haus!«

»Blödsinn!«, rief ich entrüstet. »Ich war nämlich in Wien, bei meinem Callboy!« Ich lächelte Colin zu.

»Was, der ist gar kein Privatdetektiv?« Wolfram sah mich feindselig an.

»Offenbar nicht«, sagte ich schnippisch. »Auch Frauen haben manchmal außerehelichen Sex.«

»Dann ist dir am nächsten Tag so schlecht?«, spöttelte Lucy.

»Ja, gut möglich. Aber im Gegensatz zu dir bin ich in die Schule!«

»Schon verstanden.« Lucy verzog das Gesicht zu einer Grimasse.

»Und derselbe Callboy hat dick dann am Freitag besuckt, als es dir wieder besser ging«, ergänzte Colin.

»Richtig. Meine Nachbarn werden das bestätigen. Und du bist geblieben bis ... äh ... da muss ich jetzt nachdenken!«

»Heute Morgen? Der Porsche steht ja noch vorm Haus«, schlussfolgerte Colin. »Dann werd ick später vorne rausgehen und mick reckt herzlick von dir verabschieden, damit es dein Nackbar bemerkt.«

»Gut mitgedacht«, lobte ich ihn. »Vielleicht solltest du doch auf Privatdetektiv umsatteln?«

»Ack, da wären aber die Damen traurig!«

Die Bemerkung gab mir einen kleinen Stich. Ich musste mich über mein Rotweinglas beugen, damit die anderen nicht mitbekamen, wie mir die Röte ins Gesicht stieg.

»Wenn wir damit fertig sind, dann würde ich gerne schlafen gehen«, sagte Wolfram. Er schob seinen Stuhl zurück und wollte nach oben gehen.

»Halt, mein Lieber! Hast du vergessen, wo dein Auto steht?«

»Geht das nicht auch morgen?«

»Sicher nicht!«

»Außerdem«, warf Lucy ein, »wirst du mir noch helfen, mein Wohnzimmer aufzuräumen. Wie du weißt, habt ihr ordentlich gewütet, du und Heiner. Die Flasche, Glasscherben. Heiner steht ja nicht mehr zur Verfügung.«

Wolfram sah verdächtig weinerlich aus, aber niemand hatte genug Mitleid mit ihm.

»Ich vermute, du hast noch etwas Wäsche vom Seminar in deinem Auto?«, fragte ich spitz.

»Du weißt, dass ich immer Reservekleidung mitnehme, warum fragst du dann?«, antwortete Wolfram patzig.

»Weil ich glaube, du willst deine Eltern besuchen. Deine Mutter versucht nämlich schon seit Tagen, dich zu erreichen. Ich finde, du solltest einmal vorbeischauen.«

»Ich kann doch nicht so früh am Morgen dort aufkreuzen!«

»Dann schläfst du halt im Auto. Deine Mutter wird dich auch mit Freuden zum Frühstück aufnehmen. Sie hat sicher einen Wochenendgugelhupf gebacken.«

Wolfram sah mich betreten an. »Wirfst du mich etwa hinaus?«

»Was hast du denn gedacht? Dass wir jetzt tun, als wäre nichts gewesen? Du kannst dir gerne morgen einige Sachen holen, aber ruf bitte vorher an, damit ich nicht zu Hause bin.«

Lucy grinste. Eigentlich hätte ich ja auch ihr böse sein sollen. Tatsächlich war mein Verhältnis zu ihr etwas unterkühlt, aber der Groll gegen Wolfram hatte andere Dimensionen.

## Balsam auf offene Wunden

Während der gute Colin die beiden mit dem Mietauto zu Lucys Wohnung fuhr, um den Wagen danach nach Floridsdorf zurückzubringen, ließ ich mich erschöpft aufs Sofa fallen.

»Geh einstweilen schlafen«, hatte Colin mir geraten. »Du hast viel hinter dir heute.« Wie fürsorglich von ihm. Natürlich konnte ich nicht zu Bett gehen, während er für mich die Arbeit erledigte, aber ich duschte mindestens eine halbe Stunde lang, als könnte ich mir den Dreck von der Seele schrubben. Im duftenden Hausanzug wollte ich im Wohnzimmer auf ihn warten.

Anscheinend war ich doch ein wenig eingenickt, vielleicht hatte ich auch zu viel Rotwein erwischt. Ich fuhr jedenfalls erschrocken hoch, als er leise an der Terrassentür klopfte. Colin schenkte mir ein strahlendes Lächeln.

»Einen wunderschönen guten Morgen«, sagte er.

»Danke, ebenfalls. Komm rein!«, antwortete ich noch ein wenig schlaftrunken.

»Komm lieber raus«, flüsterte er. »Es wird bald hell. Du versäumst etwas.«

Ich muss gestehen, ich bin selten vor Sonnenaufgang in meinem Garten gewesen. Die Zeiten, als man am frühen Morgen heimkam, waren längst vorbei, und ansonsten gehöre ich eher zu den Morgenmuffeln.

Das Unwetter der letzten Nacht hatte die Welt von ihrem Mief befreit. Jeder einzelne Grashalm schien im Mondlicht zu glitzern. Die Sträucher hatten zwar ihre Blüten noch nicht wieder geöffnet, ihren Schatten war aber nichts Bedrohliches mehr anzusehen.

»Oh, du hast eine Hängematte!«, sagte Colin.

»Ich kann mich gar nicht erinnern, wann ich die zuletzt benutzt habe«, gestand ich.

Ich hatte sie vor Jahren im Fair-Trade-Laden erstanden. Weil die Bäume in meinem Garten damals noch nicht groß genug waren, hatte ich auch ein passendes Gestell dazu gekauft. Wie ein Boot schaukelte die Matte im Wind, bei jeder Reibung zwischen

Holz und Metallhering seufzte das Gestell. Die Regelmäßigkeit des Geräusches erinnerte an tibetanische Gebetsmühlen. Die letzten Wochen waren mir nur so durch die Finger geglitten, plötzlich erfasste mich eine innere Ruhe, wie ich sie schon lange nicht mehr empfunden hatte.

»Dann wird es aber Zeit, sie noch einmal einzuweihen«, brummte Colin.

Ich protestierte nicht, als er mich hochhob und sanft in die Matte gleiten ließ. Das Holz duldete es mit einem verhaltenen Ächzen.

Ein Lüftchen umschmeichelte meine nackten Füße wie kühle Seide. Langsam stieg die Stille über meinen ganzen Körper nach oben, wand sich Wirbel für Wirbel hinauf bis zum Nacken. Wer weiß, vielleicht lag es auch an Colins massierenden Händen.

»Du bist ziemlick verspannt, wenn ick das so sagen darf«, meinte er.

»Es wird schon besser«, gurrte ich. Ich konnte mich nicht erinnern, wann ich das letzte Mal so angenehmen Berührungen ausgesetzt gewesen war.

»Ick konnte etwas Training brauchen«, flüsterte Colin mir ins Ohr. »Und wenn ick mir nickt tausche, du auck.«

Seine Hände hatten gerade einen Halswirbelpunkt erreicht, der meine Augen zum Schließen brachte wie ein Lichtschalter. Anstatt Colin eine Antwort zu geben, zog ich ihn zu mir auf die Matte. Sein sehniger Körper drückte sich eng an mich, gleichzeitig arbeiteten sich seine Hände von den Füßen über die Waden hinauf zu meinen Schenkeln. Die Matte begann, bedrohlich zu schaukeln.

»Sie wird halten!«, flüsterte er. Er hatte meine Gedanken erraten – wie er auch sonst ziemlich gut darin war, zu erkennen, was ich wollte.

Er wartete, bis sie nur noch leise wippte, bevor er mir vorsichtig die Hose abstreifte. Das T-Shirt durfte ich anbehalten, es war geräumig genug für seine großen, sanften Hände.

Nach elf Ehejahren sollte man eigentlich jeden erogenen Punkt in seinem Körper kennen. Aber Colin legte noch einige frei, von deren Existenz ich bis dato keine Ahnung gehabt hatte. Das Atemberaubendste an seinen Fingern war die unendliche Langsamkeit, mit der sie sich Punkt für Punkt vorantasteten, behutsam über lange vernachlässigte Regionen streichelten. Mir war, als schrien einzelne Zellen meines Körpers: »Ich auch, ich auch!« Colins Finger hörten sie alle. Mein Geist rief: »Mach weiter!« Und er machte.

Es war dann auch kein schweißtreibendes, wollüstiges Ineinandertauchen von Körpern, wie man es von Filmen kennt – es schaukelte kaum, als er in mich eindrang. Seine rhythmischen Stöße waren im Einklang mit den ruhigen Bewegungen der baumelnden Hängematte. Die Wellen in meinem Körper hingegen steigerten sich langsam und schaukelten sich zu einem Tsunami auf, der bis in die letzte Zelle meines Körpers wogte. Von der kleinen Zehe bis über die entferntesten Außenstellen der Haut gab es kein Pünktchen, das nicht von ihm überschwemmt wurde. Auch der Rückzug erfolgte in langsamen, zarten Wellen, die mich zuletzt erschöpft zurückließen. Colins Hände beruhigten die Nachbeben. Als ich meine Augen wieder öffnete, funkelten die ersten Sonnenstrahlen durch das Geäst der Ziersträucher. Das noch unverdorbene Licht des Tagesanbruchs verwandelte den Garten in eine goldene Märchenlandschaft.

»Verweile doch, du bist so schön!«, wisperte ich.

»Wer, ick?«, lachte Colin, dabei schnitt er eine Grimasse, die mich einfach zum Lachen brachte. Nur widerwillig setzte ich mich auf, um mich anzuziehen. Das Licht war bezaubernd, aber es wärmte noch nicht. Colin zog mich an sich wie ein kleines Kind. Sein muskulöser Körper gab mir Schutz und Wärme. Vielleicht war es das Geheimnis seines Erfolges, dass er Frauen dieses Urgefühl der Geborgenheit vermitteln konnte?

»Darf ich dich was fragen, Colin?«

»Du willst wissen, warum ick ein Callboy geworden bin?«

»Mhm!« Wieder erraten!

»Ick stamme naturlick aus einer sozial zerrutteten Family«, sagte Colin betont dramatisch.

»Ich hab die Frage ernst gemeint«, unterbrach ich ihn beleidigt. »Wenn du es nicht erzählen willst, dann lass es bleiben!«

»Sorry«, sagte Colin. »Es klingt vielleicht ein wenig übertrieben, aber ich pass da wirklich ins Klischee. Und scheiß auf das Getue!« Sein Körper hatte sich merklich angespannt. Ich rutschte von der Hängematte, um in seinen Augen zu lesen, was ihn so verärgert hatte. Die lästige Frage, die wahrscheinlich schon Hunderte vor mir gestellt hatten?

»Was für ein Getue? Hab ich was Falsches gesagt?« Ich war traurig, dass ich die romantische Stimmung zerstört hatte mit meiner dummen Neugier.

»Lass mal, Baby. Setz dich wieder zu mir«, sagte er. Dabei hob er mein Kinn und erwiderte meinen fragenden Blick, wobei seiner sich auch noch weit hinter das Auge bohrte und versuchte, meine Seele zu erforschen.

»Wenn ich dir über meine Vergangenheit erzähle, dann muss ich mich von meiner Legende lösen.«

»Legende?« Ich verstand gar nichts mehr.

»Dieses englische Getue – alles Masche«, grinste er. »Gehört zu meinem Image!«

»Du bist gar kein Engländer?« Erst jetzt fiel mir auf, dass sein charmanter Akzent nicht mehr zu hören war.

»Ick kann sehr gut Englisch sprecken«, lachte er. »Deswegen hat mir die Agentur empfohlen, ein englisches Pseudonym anzunehmen – auf das fahren gebildete Frauen mittleren Alters ab.«

Ich sah ihn völlig ungläubig an und fühlte mich ertappt. Er hatte seine Rolle perfekt gespielt. Der hübsche Akzent hatte mich als Anglistin natürlich sofort in seinen Bann gezogen.

»In Wirklichkeit heiße ich Franz Dolezal«, seufzte er. »Man muss vom Geschäft nicht viel verstehen, um zu sehen, dass der Name ein No-Go ist!«

»Bei dem Namen bist du also ein waschechter Österreicher?«

»Burgenländer. Pinkafeld. Benannt bin ich nach meinem Großvater mütterlicherseits. Meine Mutter hatte sich davon finanzielle Unterstützung erhofft, hat nicht viel genützt.«

»Wie meinst du das?«

»Na, ich war ein Bastard. Meine Mutter hatte nicht nur mit psychogenen Stoffen aller Art experimentiert, sondern auch mit Männern. Vater unbekannt. Ich weiß, das hört sich heute unmöglich an. Es gab natürlich eine Auswahl an potenziellen Erzeugern, aber angeblich wusste sie es wirklich nicht.«

»Bist du dann bei deinen Großeltern aufgewachsen?«

»Nein, ich hab sie gar nicht gekannt. Als ich sie schließlich suchen wollte, waren sie schon tot.«

»Das heißt, du weißt gar nichts über deine Familie?«

»Über die leibliche wenig. Interessiert mich auch nicht«, sagte er etwas mürrisch. Aber so ganz nahm ich ihm sein Desinteresse an der Familie nicht ab.

»Kann mich an meine Kleinkindzeit auch kaum erinnern«, grummelte er. »Die ersten Jahre kann ich bestenfalls rekonstruieren. Was als sicher gilt, ist, dass meine Mutter zuerst mit mir nach Wien ist, weil meine Großeltern mit dem Skandal nicht fertig geworden sind. Oder weil sie so gestritten haben, egal. Als ich dann in die Schule gekommen bin, haben die Probleme angefangen. Ich hab anscheinend die Schule geschwänzt, war immer müde und unkonzentriert, hab keine Hausübungen gemacht … Ein klassischer Sozialfall eben – und kein Fall fürs Gymnasium!« Er lachte.

»Sch…Kindheit also?«

»Du kannst es ruhig aussprechen. Obwohl – so schlimm war es dann auch wieder nicht. Wie genau es zugegangen ist, weiß ich nicht, ob meine Mutter mich aus freien Stücken hergegeben hat, oder ob sich das Sozialamt eingemischt hat – auf jeden Fall bin ich in eine Pflegefamilie gekommen. Das war anfangs schon hart, ich kann mich an meine richtige Mutter auch kaum noch erinnern, ob sie mich geliebt hat zum Beispiel. Aber wir haben gelacht, das weiß ich sicher!« Seine Stimme war leise geworden, und seine Augen hatten sich zu kleinen Schlitzen zusammengezogen. Abrupt richtete er sich auf.

»Aber rückblickend sicherlich die beste Entscheidung«, sagte er fest.

»Wie alt warst du da?« Ich konnte ihn so gut verstehen, mit diesem Trennungsschmerz. Ich selbst war dreizehn gewesen, als meine Mutter ging, aber der Schmerz hat mich bis heute nie ganz verlassen.

»Sieben, acht, so was. Die Erstkommunion hatte ich bereits in der Pflegefamilie.«

»Du Armer, da hast du ja wahrlich keine schöne Kindheit gehabt!«

»Das stimmt nicht. Meine Pflegeeltern waren ganz okay, obwohl ich am Anfang sehr schwierig war. Aber das Beste daran war, ich hatte eine Schwester, die hab ich wirklich geliebt – ich lieb sie immer noch!«, sagte er stolz. »Ihr hab ich es auch zu verdanken, dass ich dann doch zu lernen anfing. Für die Matura hat es nicht gereicht, aber eine Ausbildung als Koch und Kellner hab ich absolviert. Und dann bin ich auf ein Schiff, dort hab ich die Frauen für mich entdeckt.« Er lächelte mich an, dass meine sämtlichen Gebeine weich wurden.

»Und Englisch gelernt!«

»Ja genau, aber auch sonst noch so einiges. Was ich jetzt so brauche halt«, ergänzte er.

»Bei einer älteren Frau? Einer Hure?«

»Was du schon wieder glaubst! Der Sex ist Nebensache, ehrlich! Außerdem, da kann man instinktiv nichts falsch machen, wenn man andere Dinge beherrscht – wie Zuhören oder Konversation, zum Beispiel.«

»Ist das denn wichtig in deinem Job?«

»Sehr sogar«, betonte Colin. »Ich bin ja hauptsächlich auch Begleiter, nicht alle meine Kundinnen wollen mit mir ins Bett. Die wenigsten wollen nur schnellen Sex. Sie wollen hofiert werden, beachtet. Schön essen gehen und plaudern, bummeln. Eine entspannte Zeit ohne Verpflichtungen verbringen.«

»Du wirst also nicht ausschließlich für Sex gebucht – so wie eine Prostituierte?«

»Jein. Zum Sex kommt es meistens schon, aber dann eben als natürlicher Abschluss von ein paar angenehmen, schönen Stunden.«

»Und du kannst davon leben?«

Colin wiegte den Kopf. »Im Winter ja, da geht das Geschäft gut, im Sommer geh ich meistens auf Saison und arbeite nebenbei ein wenig schwarz, wenn sich in der Bar was ergibt oder so.«

»Warum arbeitest du nicht das ganze Jahr im Gastgewerbe? Damit kann man doch auch so finanziell gut über die Runden kommen, oder?«

»Wieso sollte ich das tun?«

»Na ja, was ich meine: Wenn du mit dem normalen Gehalt nicht auskommst, kannst du ja auch Überstunden machen. Dann brauchst du dich nicht so zu erniedrigen. Dich verkaufen.«

»Ich erniedrige mich nicht, Baby. Oder glaubst du, wenn ich mich von einem Gast oder einem Chef anbrüllen lasse, weil ihm irgendeine Kleinigkeit nicht passt, dass das weniger erniedrigend ist? Ich geh immer nur so weit, wie ich will. Ich bestimme die Regeln – nicht die Kundin!«

»Schon möglich. Ich glaube trotzdem, dass du dein Leben wegwirfst. Wenn du eines Tages keine Lust mehr auf Sex mit fremden Frauen hast ... oder du willst eine dauerhafte Beziehung eingehen. Der Makel des Callboys wird dich immer verfolgen.«

»Jetzt hör mal gut zu, Minnerl!« Colin war aufgestanden. Er strich sich über die Glatze, das Kettchen baumelte an seinem Hals wie ein Pendel, das sich erst ausloten musste. »Auch wenn es nicht in deine Moralvorstellungen passt, ich mache gerne, was ich tue. Ich bin seit frühester Jugend sexuell sehr aktiv gewesen, ich brauche meine täglichen Einheiten. Ich hatte auch schon längere Beziehungen, aber die sind alle an meinem Trieb gescheitert. Die Mädchen sind damit nicht klargekommen, und ich habe sie immer verletzt, weil ich nicht treu sein konnte. Ich wollte es, aber ich konnte es nicht. Wenn mich eine Frau anmacht, dann kann ich einfach nicht Nein sagen. Ich war sogar einmal bei einem Arzt. Der hat nur gelacht und gemeint, meistens kämen die Männer wegen des Gegenteils, ich sollte doch froh sein, wenn ›es‹ so gut funktioniert. Schlechter werde es von alleine. Also hab ich den einzig logischen Schluss daraus gezogen und mein größtes Talent zum Beruf gemacht. Ich liebe die Frauen und sie mich. Bis heute hab ich es nicht bereut.«

»Ehrlich? Kein einziges Mal?«

»Freilich ist nicht immer alles eitel Wonne, aber in welchem Beruf ist es das schon?«

Da lag er nicht ganz falsch. Wenn ich nur an die viele Korrektur dachte, Elternsprechtage, verhaltensoriginelle Kinder ...

»Und du kannst immer?« Ich begann zu stottern. »Ich meine, auch Männer sind ja keine Maschinen. Kannst du bei jeder Frau? Vladtka zum Beispiel ist doch schon, ... ich meine ...«

»Erstens«, begann Colin, »finde ich praktisch an jeder Frau etwas Liebenswertes, und sei es die Art, wie sie spricht, den Kopf neigt, was auch immer. Sicher ist es bei manchen Frauen schwieriger. Nicht jede ist so hübsch wie du ...«

Er grinste, und zur Strafe zwickte ich ihn kräftig in den Arm.

»Zugegeben«, fuhr er fort, indem er sich so ganz nebenbei

mit schmerzverzerrtem Gesicht den malträtierten Oberarm rieb, »Vladtka hatte auf den ersten Blick wirklich wenig Liebenswertes an sich.« Seine Augen hatten sich wieder zu Schlitzen verengt, wie immer, wenn er seine Emotionen zu verstecken versuchte. »Aber du würdest dich wundern, wie kindlich sie manchmal sein konnte, richtig verspielt. Sie wollte ein Abenteuer, wollte erobert werden, in eine andere Rolle schlüpfen. Einfach eine Frau sein, wie sie sie nach außen hin nirgendwo verkörpern durfte. Sie wollte zum Beispiel nicht immer Sex.«

»Und dafür hat sie bezahlt?«

»Zweihundertfünfzig Euro in der Stunde, ja!«

Ich erinnerte mich an die kurze Sequenz, die ich von Colin und Vladtka im Video gesehen hatte. »Main klainer Jungä!«, hatte sie gerufen, und er musste sie umarmen.

»Glaubst du, sie hat sich doch nach ihrem Jungen gesehnt?«

»Gut möglich«, meinte Colin. »Wer kann das schon wissen. Aber nicht alles in der Welt ist romantisch, Minnerl.«

»Leider!« Ich seufzte. In der Zwischenzeit feierten auch die Vögel die Wiederauferstehung der Sonne. Ein neuer Tag – mit neuen Herausforderungen – war angebrochen.

»Magst du noch ein Frühstück?«, fragte ich wehmütig. Ich wusste, dass die Trennung von Colin kurz bevorstand.

»Aber ganz sicher!«, rief er.

Der »Morgensport« hatte sogar mich hungrig gemacht. Colin zauberte uns eine riesige Portion Eierspeise, während ich den Couchtisch deckte. Die Küche war tabu. Allein der Gedanke an unseren Plastiktisch oder die Stickdecke der Schwiegermutter raubte mir jeglichen Appetit, schnell verdrängte ich ihn wieder.

»Den Plastiktisch werde ich als Erstes rauswerfen«, erzählte ich Colin. »Alles, was an Wolfram erinnert, muss weg!«

»Das ist eine sehr gute Idee, Minnerl. Wo wir gerade beim Wegwerfen sind ... Was ich vorhin noch sagen wollte, weil du mir vorgeworfen hast, mein Leben wegzuwerfen. Wie sieht es denn mit deinem aus? Vernachlässigst du deine Bestimmung nicht mindestens genauso wie ich vor einigen Jahren, bevor ich Callboy geworden bin?«

Ich sprang auf. »Wieso werfe *ich* mein Leben weg? Das ist doch absurd!«

Colin sagte nichts, er lächelte bloß. Die Sonne war schon höher gestiegen und ließ seinen Ohrring keck aufblitzen.

»Warum bist du denn Lehrerin geworden?«

»Es ist ein schöner Beruf!«

»Das beantwortet nicht meine Frage. Warum hast *du* dich dafür entschieden?«

»Ich war sehr gut in der Schule, wollte was studieren. Deutsch, Geschichte, Sprachen. Aber damit alleine hat man halt keine so guten Berufschancen. Mein Vater hat dann gemeint, der Lehrberuf sei doch die ideale Wahl, besonders für eine Frau, und neben der Familie am besten zu bewerkstelligen. Ich musste ihm recht geben.«

»Das heißt, dein Vater hat für dich gewählt?«

»Natürlich nicht. Ich wollte das genauso.«

»Auch heute noch? Also, wenn ich als Laienpsychologe interpretieren darf – so viel, wie du in dieses Romanprojekt gesteckt hast, da steckt doch mehr Leidenschaft dahinter als für die Schule. Davon hast du kaum gesprochen, und wenn, dann nur in seufzender Pflichterfüllung.«

»Deswegen kann man doch nicht sagen, ich hätte mein Leben weggeworfen. Ich gehe nach wie vor gerne in die Schule. Meistens zumindest.«

»Und deine Partnerschaft? Der Brand muss doch schon über Jahre geschwelt haben. Hast du denn niemals gespürt, dass das nicht passt? Oder möchtest du darüber nicht reden?«

»Okay«, flüsterte ich. Es war zwar niemand in der Nähe, der uns hätte hören können, auch mein Handy hatte ich ja schon seit Stunden nicht mehr in Gebrauch, aber die Wahrheit über meine gescheiterte Ehe war noch so jung, dass sie sich nur zögerlich nach draußen wagte. »Da hab ich mir wohl wirklich schon eine geraume Weile etwas vorgemacht. Ich wollte einfach, dass sie funktioniert. Ich hasse zerbrochene Familien!«

Colin zog ein Taschentuch aus seiner Jeans und tupfte mir die Tränen aus den Augenwinkeln. »Kindheitstrauma?«

»Definitiv. Meine Mutter hat uns verlassen. Ist einfach mit einem anderen Kerl durchgebrannt. Da kriegst du als Kind mächtig Schuldgefühle.«

»Aber heute hast du doch sicher einen reiferen Blick darauf. Sie wird ihre Gründe gehabt haben. Was sagt sie denn dazu?«

»Wir haben keinen Kontakt«, sagte ich knapp. »Ich weiß nicht einmal, wo sie wohnt.«

»Siehst du, da haben wir etwas gemeinsam«, seufzte Colin. »Ich hab keine Ahnung, ob sie überhaupt noch lebt.«

Die nächsten Minuten schwiegen wir uns an. Der Kaffee schmeckte schal, die Abschiedsdepression machte sich langsam breit.

Colin erhob sich. Er wollte also gehen.

»Ich werde dich noch hinausbegleiten«, sagte ich betont ruhig. Er sollte nicht wissen, wie turbulent es tatsächlich in mir aussah.

»Hast du nicht etwas vergessen?«, fragte er. Angestrengt dachte ich nach. Colin strich sich die Hose glatt und richtete sich seine Geldbörse in der Gesäßtasche zurecht.

Das war es! Ich hatte vergessen, ihn zu bezahlen.

»Wie viel kriegst du denn?«, stammelte ich. Ich wusste sofort, dass ich ohnehin nicht genug Geld im Haus hatte. Zweihundertfünfzig Euro die Stunde hatte Vladtka berappen müssen. Selbst, wenn er mir quasi einen Mengenrabatt gewährte, würde eine stattliche Summe zusammenkommen.

Colin schien auch zu rechnen, seine Stirn hatte sich in Falten gelegt. Dann blitzte es in seinen Augen.

»Wenn ich mich richtig erinnere, bin ich gestern um achtzehn Uhr bei dir eingetroffen, jetzt ist es bald neun, also wären das dann fünfzehn Stunden plus Spesen, Taxi und Mietauto, das macht dann – äh, hast du einen Taschenrechner?«

»Bin gleich wieder da!«, rief ich und wollte eben ins Arbeitszimmer laufen, als er mich beim Arm packte.

»Ich habe auch meinen Stolz«, sagte er. »Glaubst du, ich lasse mich für einen Freundschaftsdienst bezahlen?«

Ich muss ihn völlig verdattert angesehen haben, denn er lachte lauthals los.

»Was hast du dann gemeint? Sag mir, was ich vergessen hab!«

Colin legte den Arm um meine Hüften und blickte mir sehr professionell in die Augen. Ich versuchte, nicht zu zwinkern, ich wollte diesen dunklen Blick in mich aufsaugen und kein Quäntchen davon herschenken.

»Ich sollte doch genügend Spuren hier hinterlassen, schon vergessen? Ich war immerhin fünfzehn Stunden bei dir und hab schließlich einen Ruf zu verlieren«, sagte er. Dann hob er mich auf. »Das Schlafzimmer ist oben?«

»Ja.«

Colins Kondition war wirklich verblüffend. Nach einem kurzen Vorspiel im Flur erteilte er mir noch ein paar Lektionen im Bett. »Lass mich einmal den Herrn Lehrer spielen«, meinte er. Ich hatte ganz und gar nichts dagegen. Nach zwei Stunden Theorie und Praxis war ich einigermaßen erschöpft, während Colin gerade mal warmzulaufen schien.

»Pause!«, vermeldete ich.

»Große?«

»Kleine«, beschloss ich. Ich hatte Angst, er würde mir sonst womöglich davonlaufen.

»Und Szenenwechsel«, schlug er vor. »Wir treffen uns dann nach der Pause im Turnsaal«, sagte er und verschwand im Bad.

Bevor ich noch überlegen konnte, welcher Platz im Haus sich für den Turnsaal eignen würde, läutete es an der Haustür.

Verärgert schnürte ich meinen Bademantel enger. Besaß Wolfram die Frechheit, ohne Ankündigung aufzukreuzen? Ich hatte es ihm doch ausdrücklich untersagt. Da fiel mir ein, dass er ja gar nicht anzuläuten brauchte, er hatte ja seinen Schlüssel.

Wer konnte am Samstagvormittag etwas von mir wollen? Doch nicht die Polizei?

Das Klingeln hörte nicht auf, ich musste aufmachen.

»Lore!«

»Minnerl! Bin ich froh, dich zu sehen!«, rief sie.

Erleichtert ließ ich sie ein.

»Ich versuche seit Stunden verzweifelt, dich zu erreichen, aber dein Handy ist tot, und die Mailbox schaust du anscheinend überhaupt nicht mehr an«, meinte sie vorwurfsvoll.

»Mein Gott, sorry«, sagte ich. »Ich war ziemlich beschäftigt in den letzten Stunden!«

Lore kramte in ihrer Handtasche und zog den Briefumschlag hervor. Doch bevor sie mich zu meiner eigenartigen Botschaft befragen konnte, lenkte sie ihren Blick an mir vorbei in den Flur.

»War das die Schulglocke?«, fragte Colin.

»Nein, der Postbote«, prustete ich los. Ich wurde nicht einmal rot dabei. Das betrachte ich heute als den ersten Schritt auf dem

Weg zur moralischen Emanzipation, den ich von da an gehen wollte.

»Ah, beschäftigt!«, sagte Lore gedehnt, wobei sie wohlwollend einen Blick über den knackigen Jüngling vor ihr gleiten ließ, der nur mit einem kleinen Handtuch das Notwendigste verhüllt hatte.

»Würdest du uns eventuell vorstellen?«

»Entschuldigung, natürlich. Lore, das ist Colin, mein Callboy. Colin, das ist Lore, Kollegin, Trauzeugin, Freundin«, sagte ich.

Lore schüttelte Colin kräftig die Hand. Ich hatte fast den Eindruck, sie wollte ihm sein Lendenschürzchen runterbeuteln. »Ich nehme an, nicht Firth«, lächelte sie.

»Sollte ick den kennen?«, fragte Colin verschmitzt. Hatte ich recht gehört, war mein Playboy wieder in seine englische Rolle verfallen?

»Well, ick wollte ohnehin gerade gehen«, sagte er. Bevor ich noch protestieren konnte, schnappte er sich seine Jeans, die noch von unserem Vorspiel am Fuße der Stiege lag, und hüpfte nach oben zurück ins Schlafgemach. Sehnsüchtig schaute ich ihm nach.

»Ich wollte nicht stören, Minnerl«, entschuldigte sich Lore. »Ich hab mir Sorgen um dich gemacht. Ich kann gerne später wiederkommen.«

»Bleib«, sagte ich. »Ich kann Gesellschaft gut gebrauchen. Irgendwann wäre er sowieso gegangen.«

»Kommst du noch mit raus?«, fragte Colin. »Die Nachbarn, du weißt schon!«

Wir knutschten noch demonstrativ vor dem Porsche, aber es machte mir nicht mehr viel Spaß. Als ich zurück ins Haus ging, bewegten sich die Vorhänge erwartungsgemäß, aber auch das ließ mich unbefriedigt zurück.

Lore hatte mein Gefühlsgewitter sofort erkannt und nahm mich mütterlich in die Arme, wo ich minutenlang heulte wie ein kleines Kind. Ab und zu sagte sie: »Na, na.« Als ich mich endlich losmachen konnte, hatte ich ihre Jacke total vollgesabbert.

»Entschuldige«, sagte ich. »Die Emotionen der letzten Tage sind soeben mit mir Hochschaubahn gefahren, rauf, runter und wieder zurück. Komm mit, ich hab dir ungeheuerlich viel zu erzählen.«

**Die Frage der Moral**

Lore ist normalerweise schwer zu beeindrucken, aber von meiner Erzählung ließ sie sich zu einigen Unglaubensbekundungen hinreißen.

Dann zeigte sie sich zunächst skeptisch, weil wir nicht die Polizei gerufen hatten.

»Ich weiß, Lore«, gab ich zu. »Moralisch ist das vielleicht verwerflich. Wenn es nur mich betroffen hätte, glaub mir, ich hätte keinen Moment gezögert. Die Strafe wegen illegaler Drogenbeschaffung und vorsätzlicher Körperverletzung hätte ich redlich verdient. Auch Lucy hätte eine kleine Abreibung nicht geschadet, sie wäre aber vermutlich ohnehin relativ glimpflich davongekommen. Das Problem ist Colin. Den hab ich völlig unschuldig in die Sache hineingezogen, und ob die Polizei ihm abgenommen hätte, dass er auf Vladtkas Geheiß bei ihr eingestiegen ist? Ich bezweifle es.«

»Wohl kaum«, gab Lore zu. »Wenn ich es recht bedenke, würde ich mich als Polizist auch fragen, ob es Zufall sein kann, dass ihr praktisch alle zur selben Zeit im Haus wart. Nein, mehr noch. Kein Wort würde ich von eurer Geschichte glauben!«

»Siehst du! Wir wären alle dran gewesen – außer Wolfram, der war ja nicht dort. Und das, Lore, wäre der Gipfel der Ungerechtigkeit gewesen.«

»Wie meinst du das?«

»Er wäre quasi ein Opfer gewesen, das anscheinend nichts mit Vladtkas Tod zu tun hatte. Dabei ist er der Einzige von uns, der sie wirklich vorsätzlich umbringen wollte – außer Heiner natürlich. Wir werden vermutlich nie erfahren, ob sein Anschlag tatsächlich tödlich gewesen wäre.«

»Stimmt. So gesehen war es die richtige Entscheidung, die Polizei nicht zu informieren. Wenn die Kripo die Familientragödie schluckt, dann habt ihr halt Glück gehabt.«

»Und falls nicht, können wir immer noch mit der Wahrheit rausrücken. Für Vladtka und Heiner macht es keinen Unterschied mehr.«

»Alles in allem ist die Sache völlig unfassbar, Minnerl!«, beteuerte Lore. »Wenn da jemand live mitgefilmt hätte, könnte man das ohne viel Verschnitt direkt ins Kino bringen.«

»Das mit dem Mitfilmen ist gar nicht so aus der Luft gegriffen. Wer weiß, was Heiner schon zuvor alles über mich herausgefunden hat. Vielleicht existieren sogar irgendwelche Videos über mich.«

»Da würde ich mir keine grauen Haare wachsen lassen«, meinte Lore. »Er kann ja nur gesehen haben, was deine Handykamera im Visier hatte. Also, wenn du das Handy am Tisch liegen hast, dann sieht man bestenfalls die Zimmerdecke, sag ich mal.«

»Wollen wir es hoffen!«

»Im Gegensatz zu diesen geschmackigen Videos, die du mir zukommen hast lassen!«

»Du solltest sie doch nur ansehen, falls mir etwas passiert!«, tadelte ich die Freundin.

»Aber sicher. Ich wart erst mal ab, bis man vom Krankenhaus anruft, ob ich eine Frau Klein-Bartel kenne, die habe man gerade mit aufgeschnittener Kehle gefunden. Ihre letzten Worte waren: ›Lore Krammer.‹«

»Mit aufgeschnittener Kehle kann man nicht mehr sprechen«, korrigierte ich. »Aber du hast natürlich recht, das war Blödsinn.«

»Wie genau hast du denn diese ganzen Daten untersucht, Minnerl?«

»Praktisch gar nicht. Dazu hatte ich noch keine Zeit.«

»Aber ich. Martin und ich – du entschuldigst, aber ich musste ihn hinzuziehen, ich erklär dir dann auch gleich, warum –, also, wir haben die halbe Nacht über den Dateien gebrütet und dabei Brisantes herausgefunden.«

»Ehrlich? Worüber?«

»Das muss ich dir am Computer zeigen. Aber nach dem, was ich jetzt so von dir gehört habe, ist dein Laptop tabu, wer weiß, was du da für Viren drauf hast. Wir fahren zu mir. Nimm das Gerät mit, Martin soll sich seiner annehmen, und wir zwei gehen Vladtkas Daten auf meinem Computer durch.«

»Fangen wir mit der Korrespondenz an?« Lore hatte den Datenstick geöffnet.

»Nur das Interessanteste«, bat ich.
»Ja, sowieso. Die Elternbriefe hab ich zwar auch alle studiert, aber abgesehen davon, dass ich mich zurückhalten musste, sie nicht zu korrigieren, war da nichts Besonderes zu finden. Hauptsächlich Beschwerden über KollegInnen, zu schwere Schularbeiten oder ungerechte Benotungen, solche Sachen halt.«
»Also, was gab's dann Aufschlussreiches?«
»Schau her, lies mal diesen Brief hier. Das ist ein Rundschreiben Vladtkas an die ihr untergebenen DirektorInnen.«

*Liebe Schulleiterinnen,*
*ich bin sehr stolz euch einen großartigen Vorschlag zu machen. Ich soll eine Liste mit eure Namen für eine interne politische Informationskette an höchste Stelle leiten. Was genau uns erwartet weiß ich noch nicht. Aber jedenfalls vertraue ich euch. Damit verbunden erwartet nicht nur ich, sondern auch die politische Spitze höchste Diskretion.*
*wenn wer noch aussteigen möchte – bitte kurzes E-Mail an mich*

*danke und liebe Grüße*
*Eure Inspektorin*
*Vladtka Hartmanová, M.A. M.A.*

»Nun, was hältst du davon?«
»Linguistisch oder inhaltlich?«
»Ein bisschen mehr Ernst bitte, Frau Kollegin!«, tadelte mich Lore. »Du sollst nicht korrigieren, sondern kommentieren.«
»Heißt das im Klartext, sie lädt ihre DirektorInnen ein, sich als politische Spitzel zur Verfügung zu stellen?«
»Genau das!«, sagte Lore triumphierend. »Und in den Personalakten, die sie übrigens sehr detailliert geführt hat, bin ich dann auch fündig geworden. Es gibt sogar eine Liste aller DirektorInnen, die zugesagt oder zumindest nicht abgesagt haben. Nur drei haben ihr dezidiert einen Korb gegeben. Sie würden keine Informationen über KollegInnen weiterleiten, das verstoße gegen das Datenschutzgesetz.«
»Drei einsame Ritter?«
»Beziehungsweise Ritterinnen. Weil, jetzt kommt's: Du hast

doch mit Birgit über diese gescheiterte Schulleiterin gesprochen, oder?«

»Die gemobbte Direktorin?«

»Genau. Direktorin ist sie ja gar nicht geworden, aber egal. Die ist eine von den dreien gewesen. Und das war anscheinend der Grund, warum sie daraufhin von Vladtka so sekkiert wurde!«

»Ist ja krass!«

»Ich war auch sprachlos, als ich den Zusammenhang geschnallt hab. Daraufhin hab ich mich durch sämtliche Ordner gearbeitet, die sie über praktisch alle Lehrer der Schulen, für die sie zuständig ist, angelegt hat.«

»Hatte«, verbesserte ich.

»Richtig. Hatte. Das macht es nicht weniger kriminell. Schau her, das hat sie zum Beispiel über dich geschrieben:

»*Blutleere Ehefrau von Wolfram Klein. Angepasst, pflichtbewusst, naiv und daher leicht lenkbar.*«

Hallo? Warum war ich farblos? Naiv konnte ich nachvollziehen. Ich hatte ja keine Ahnung, wie lang Wolfram Vladtka zu Diensten gewesen war, aber ich hatte nicht den geringsten Verdacht geschöpft, nie. Aber blutleer? Kam ich tatsächlich bloß als fades Anhängsel meines erfolgreichen Ehemannes rüber? Was für eine bodenlose Gemeinheit! Hätte sie noch gelebt, ich hätte Vladtka umgehend zur Rede gestellt.

»Frechheit!«, sagte ich knapp. Lore lächelte boshaft.

»Was schreibt sie denn über Lucy?« Ich musste ein wenig von mir ablenken.

»Nichts Unerwartetes«, sagte Lore. »Dass sie unmoralisch sei und in höchstem Maße nymphomanisch, unverlässlich und laut ihrem Direktor pflichtvergessen und narzisstisch. Und dass sie deswegen für den Schuldienst nicht geeignet sei.«

»Das hat sie geschrieben? Dass Lucy nymphomanisch sei?«

»Wörtlich. Aber das ist nicht das Brisante daran. Interessant ist der Vermerk, woher die Information kommt: von ihrem Direktor! Wilfried hat sie angeschwärzt. Ist das nicht skandalös?«

»Dass er kein Rückgrat hat, hab ich mir schon immer gedacht, aber ein aktiver Denunziant! Wer weiß, über wen er noch so alles hergezogen ist. Günther zum Beispiel, wegen des Alkoholproblems?«

»Hab ich sofort auch gecheckt. Ist aktenkundig. Und …« – Lore sah mich effektheischend an – »schau, was ich noch gefunden hab!«

Sie klickte ihre eigene Akte an.

»*Hannelore Krammer, linke Aktivistin (Hainburger Au, Donnerstagsdemonstrationen, allgemein offene Sympathiebekundungen für die Grünen). Laut Koll. Wilfried Kampner störrisch, besserwisserisch und nicht vertrauenswürdig, intrigant.*«

»Stell dir vor, Wilfried war in der Hainburger Au selbst dabei. Wir haben praktisch nebeneinander campiert. Und mich stellt er als linke Aktivistin hin, damit er Direktor wird und nicht ich. Ist das ein Arschloch?«

Ich hatte Lore selten so erbost erlebt.

»Ich musste es Martin zeigen, ich hoffe, das ist für dich in Ordnung!«

»Kein Problem, das hätte ich meinem Mann auch …« Ich hielt mitten im Satz inne. Scheiße! Klar hätte ich meinem Mann vertrauensselig alles gesagt. Bloß, dass er nicht vertrauenswürdig war!

»War Wolfram auch ein Spitzel?«

»Da hab ich nichts Konkretes gefunden«, sagte Lore ausweichend. »Über den grünen Klee gelobt hat sie ihn allerdings schon auffällig, von wegen extrem loyal, hilfsbereit, Führungsqualitäten und so weiter. Ich glaub, ich weiß auch den Grund für Vladtkas wohlwollendes Urteil«, fügte sie leise hinzu.

»Du hast auch die Videos angeschaut?«

Lore nickte. »Du weißt Bescheid?«, fragte sie besorgt.

»Das war das Erste, was ich angeklickt hab. Vielleicht Vorhersehung, ein Befehl des Unterbewusstseins, was weiß ich. Ja, ich hab es mir angesehen. Das war auch eigentlich die Sache, die mich so fertiggemacht hat. Du weißt schon, als ich dir am Freitag angedeutet hab, ich hätte etwas über ihn erfahren, was mir Angst macht.«

»Worauf ich dir brühwarm erzähl, dass Wolfram und Lucy … Ich bin ein Trampel!« Lore schlug sich mit der Hand an die Stirn.

»Bist du nicht, Lore. Du bist meine beste und einzige wahre Freundin!«, rief ich mit großer Überzeugung. Lores Augen wurden feucht, sie richtete ihren Blick wieder auf den Computer.

»Hast du die anderen Videos auch gecheckt, Minnerl?«
»Nein. Das interessiert mich nicht, mit wem Vladtka ... oder sollte es das?«
»Martin und ich haben sie alle im Schnelllauf durchgesehen. Einige der Herren kenne ich nämlich ganz gut. Aber jetzt schau dir bitte nur einmal kurz das hier an.«

Lore zappte sich durch den Video-Ordner und klickte eine Aufnahme älteren Datums an, dann ließ sie den Film schnell laufen. Plötzlich hielt sie an einer Stelle an und vergrößerte das Standbild, sodass von dem Herrn nur noch der charakteristische Haarkranz zu sehen war.

»Nein!«, rief ich.

»Doch!«, sagte Lore mit einem triumphierenden Lächeln. »Und jetzt wissen wir auch, woher die schützende Hand kommt, oder?«

Diese Information war tatsächlich so brisant, dass es mir doppelt leidtat, dass Vladtka bereits tot war. Mit dem Video hätte ich sie drangekriegt.

»Was machen wir jetzt mit der Information? Jetzt, wo Vladtka tot ist, ist sie ja praktisch wertlos.«

»Wer? Vladtka?«, fragte Lore verschmitzt.

»Quatsch. Die brisanten Fakten natürlich. Wir können nicht an die Öffentlichkeit damit, deshalb wertlos.«

»Du musst dich in jedem Fall raushalten«, betonte Lore. »Ich denke, die Polizei wird Vladtkas Computer untersuchen, dann wird ohnehin einiges durchsickern. Polizisten sind auch nur Menschen.«

»Die Videos haben wir allerdings von der Festplatte gelöscht, Colin und ich.«

»Wieso denn das?«

»Schau«, erklärte ich, »sowohl von Colin als auch von Wolfram sind welche drauf gewesen, das haben wir schon vor Ort entdeckt. Die Polizei würde ja automatisch alle diese Herren verdächtigen, mit Vladtkas Tod etwas zu tun zu haben.«

»Ach so, aber *wir* haben die Videos ja noch. Damit kann man allerhand anstellen«, grinste Lore böse.

Mir war nicht wohl bei dem Gedanken, Lore könnte Profit aus der Sache schlagen. Ja, die Herren waren vermutlich allesamt charakterliche Blindgänger wie Wolfram, denen ihre persönlichen Ziele wichtiger waren als die Moral – oder noch schlimmer – die Familie. Grundsätzlich ging uns das allerdings nichts an. Außerdem hatte ich datenschutzmäßig schon genug angestellt. Ich erklärte Lore meine Bedenken.

»Ach was, ich red nur gern böse«, sagte sie. »Von den Videodarstellern wird von mir sicher keiner was hören, aber die Leute von der Liste, diese fiesen Spitzel, die gehören öffentlich gemacht.« Lore zog eine böse Schnute. »An den Pranger mit ihnen!«

Wir malten uns aus, wie Wilfried und Co. am Rathausplatz öffentlich zur Schau gestellt wurden, und man durfte sie mit faulem Obst und Eiern bewerfen. Ja, auch dem Mittelalter konnte man gelegentlich etwas Positives abgewinnen.

»So viel besser ist es heute garantiert nicht«, meinte Lore schließlich. »Wenn du in den Zeitungen oder – noch schlimmer – im Internet bloßgestellt wirst, dann bekommst du dein Fett auch ordentlich weg.« Sie hatte natürlich recht. Ob das mitunter nicht noch schlimmer war? Die Reichweite allemal.

»Das heißt, du willst die Daten einem Journalisten zukommen lassen?«

»Genau. Und der wird recherchieren, alles genauso bestätigt finden und die Katze aus dem Sack lassen. Da brauchen wir uns die Finger nicht selbst schmutzig zu machen.«

»Kannst du damit noch ein paar Tage warten, bis die Polizei den Fall abgeschlossen hat? Irgendwie ist mir die Sache im Moment zu heiß«, wandte ich ein, obwohl ich mich mit dem Gedanken bereits angefreundet hatte.

»Klar«, meinte Lore. »Mit der Rache verhält es sich sowieso wie mit der Freude – die Vor-Rache ist süßer! Apropos süß, ich hab Hunger, wie sieht's mit dir aus?«

Martin hatte uns in der Zwischenzeit ein paar Fertigbaguettes in den Ofen geschoben.

»Tut mir leid!«, entschuldigte er sich. »Normalerweise gibt es am Samstag schon etwas Ordentliches, aber dein Laptop hat mir einige Arbeit gemacht.«

»Oh, danke. Was war los mit ihm?«

»Alle mögliche Malware drauf. Ich hab deine Daten extern

gesichert und dann die Festplatte neu formatiert, anschließend zwei Mal ein Löschprogramm drüberlaufen lassen, das dauert. Die diversen Dateien lass ich grad nach Viren überprüfen, bevor du sie wieder rüberspielen kannst. Hast du gewusst, dass du eine Spyware drauf hattest?«

»Ja – das heißt, ich hab's befürchtet. Heiner hat mein Handy verwanzt, und an meinen Laptop hab ich ihn auch gelassen, ich dumme Kuh.«

»Woher hättest du auch wissen sollen, dass Heiner dich nur benutzt«, tröstete mich Lore. »So etwas gibt es doch normal nur im Fernsehen.«

»Das ist eine sehr naive Einstellung«, meinte Martin, während er Salat austeilte. »Wir sind schon lange beim gläsernen Menschen angelangt. Die Exekutive hat zum Beispiel jederzeit Zugriff auf deine Smartphonedaten, wenn Gefahr in Verzug ist, versteht sich – wann auch immer das dann sein mag.«

»Was heißt das denn genau, Zugriff? Und was können die da sehen? So wie Heiner? Alles, was ich gerade tu? Womöglich noch per Video?«

»So schlimm ist es nicht«, sagte Martin. »Aber wenn du das Handy eingeschaltet hast, kann man dich jederzeit orten. Glücklicherweise hat der Oberste Gerichtshof die Vorratsdatenspeicherung als verfassungswidrig erklärt. Sonst hätten die Netzbetreiber von allen ihren Kunden für eine gewisse Zeit sämtliche Daten speichern müssen, nicht nur, wo sich das Handy eingeloggt hat.«

»Was heißt ›alle Daten‹?«

»Nicht die Inhalte von deinen Mails oder SMS, aber immerhin die Kontakte, Anrufzeiten, IP-Adressen und so weiter. Kannst du dir darunter was vorstellen?«

»Die wissen dann genau, mit wem und wie oft ich telefoniert habe?«

»Genau. Oder SMS geschickt, WhatsApp und so weiter.«

Mein Unbehagen wuchs immer mehr. »Können die das auch rückverfolgen, ich meine, wo ich zum Beispiel gestern um vierzehn Uhr war?«

»Das kommt auf den Betreiber an, ob er die Daten freiwillig speichert. Hergeben muss er sie nur auf richterlichen Beschluss.«

»Was ist mit dir?«, fragte Lore besorgt. Mein Blut hatte sich wieder völlig zurückgezogen, ich musste mich am Tisch festhalten, um nicht umzukippen.

»Ich war am Tatort – zur Tatzeit. Mit meinem Handy!«

»Nur keine Panik«, beruhigte mich Martin. »Noch hat die Polizei dich ja nicht im Verdacht und daher keinen Anlass, deine Handydaten zu untersuchen oder gar einen richterlichen Beschluss zu beantragen. Hast du dein Handy denn dabei?«

»Ja, dabei hab ich es schon, aber seit gestern – also, seit Kleinhaugsdorf – hab ich es nicht mehr angeschaltet, damit Heiner mich nicht abhören oder orten konnte.« Ich kramte es aus meiner Handtasche hervor und reichte es Martin.

»Das ist gut!«, rief er. »Hast du irgendwelche unwiederbringlichen Kontakte, Bilder oder sonst was gespeichert?«

»Nein, das heißt, das meiste hab ich in der Cloud, ich könnte die Kontakte alle wieder aufspielen. Willst du es auf Werkseinstellung zurücksetzen?«

Martin war aufgesprungen. Er beantwortete meine Frage nicht, stattdessen lief er hinaus. Lore zuckte nur mit den Schultern. »Das hat er öfter«, meinte sie.

Nach ein paar Minuten kam er mit zwei Ziegelsteinen zurück. Wir sahen ihn fragend an.

»Gib her, das Handy«, sagte er. Er öffnete es, nahm Akku und SIM-Karte heraus und legte die Hülle auf den Ziegelstein. Mit dem zweiten Ziegel schlug er so lange auf das arme Handy ein, bis es platt war.

»Spinnst du?«, rief Lore vorwurfsvoll.

»Nö«, lachte Martin. Er erklärte, dass eine Werkseinstellung nichts brachte, die Polizei sollte mein Telefon wenn möglich erst gar nicht in die Hände kriegen, dann würden sie auch nicht auf die Idee kommen, es zu überprüfen.

»Du hast es seit Stunden schon nicht mehr aufgedreht. Man hat es dir gestern gestohlen, Minnerl, nur bist du eben erst jetzt draufgekommen, dass es dir fehlt«, erläuterte Martin. »Lass die SIM-Karte sperren und erledigt. Wenn du willst, kannst du das Handy morgen auch noch als gestohlen melden, wegen der Diebstahlversicherung, falls du eine hast.«

»Und was machst du mit dem Akku und der SIM-Karte?«

»Die entsorg ich schon, keine Angst!« Martin ging damit hinaus in seinen Schuppen. »Erledigt«, sagte er, als er zurückkam. »Die SIM hab ich zerschnitten und in den Gully geworfen, der Akku ist in Flammen aufgegangen, unrettbar kaputt.«

Erleichtert ließ ich mir von Lore Kaffee servieren, ich nahm mir sogar ein Stück Schokokuchen, nachdem Lore behauptet hatte, Schokolade sei gut für die Nerven.

Über Martins Computer ließ ich meine SIM-Karte sperren.

»Du kannst mich übers Festnetz erreichen«, sagte ich, als ich mich von Lore ein paar Stunden später verabschiedete.

»Und du bist sicher, dass du nicht lieber hierbleiben möchtest?«

»Nein danke, Lore. Es ist lieb, aber da muss ich jetzt durch. Ich hoffe, Wolfram hat sich in der Zwischenzeit seine Sachen geholt. Ich danke dir für alles!«

Lore umarmte mich. »Bis Montag in der Schule!«

»Und ihr beiden«, erinnerte ich sie, »wisst von nichts. Ist das klar?«

**Schlimme Nachrichten**

Ich betrat das Schulhaus, als wäre ich Jahre nicht mehr dort gewesen, dabei war es nur ein einziges Wochenende. In der Garderobe hing der übliche Geruch nach frischem Bodenglanzmittel und Kinderschweiß, vom Buffet her eroberte der Duft nach frisch gebackenen Topfengolatschen das Stiegenhaus. Der kindliche Lärmpegel hielt sich in Grenzen, am Montagmorgen waren selbst die größten Rabauken nicht ganz ausgeschlafen oder noch dabei, ihre Hausübungen zu vervollständigen. Alles schien seinen gewohnten Lauf zu gehen – dennoch fühlte sich alles so fremd an.

»Morgen!« So unauffällig wie nur möglich schritt ich zu meinem Platz.

»Morgen!«, murmelte Lore, wie gewohnt mit einem Auge über einem Heft. Anstatt das andere über ihren Brillenrand schauen zu lassen, blieb dieser Blick heute gesenkt.

»Hallo!« Lucy schoss betont fröhlich bei der Tür herein, direkt in die Kaffeeküche. Um nicht aufzufallen, folgte ich ihr, und wir tranken zusammen einen Nespresso, so wie man es von uns erwartete, allerdings waren wir beide ziemlich schweigsam. Als die Glocke endlich zur ersten Stunde rief, sprang Lucy sofort auf. Es war wahrscheinlich das erste Mal in ihrer Schulkarriere, dass sie pünktlich ihre Stunde begann.

Der Vormittag verlief, ganz gegen meine Befürchtungen, völlig problemlos. Erst nach der sechsten Stunde kam Bewegung in die Sache, als es Wilfried zu uns ins Lehrerzimmer verschlug.

»Weiß jemand von euch etwas von Heiner?« Die Frage war an Lucy gerichtet, die angestrengt in ihrem Fach nach etwas suchte.

Allein beim Namen Heiner war ich – zumindest innerlich – zusammengezuckt. Heiner gab es nicht mehr.

»Ist er nicht krank?« Ich versuchte, meiner Stimme einen festen Ton zu geben, brachte aber nur ein erbärmliches Krächzen zustande.

»Am Freitag hab ich noch geglaubt, er macht blau.« Günther stieß mir den Ellbogen in die Rippen. Dabei warf er Lucy einen verschwörerischen Blick zu.

»Was du immer so glaubst!« Lore sah ihn über den Brillenrand an und grinste bemüht sarkastisch. Wolfram drehte sich um und ging nach draußen. Feigling!

»Was ist denn mit ihm?«, fragte Klaudia, die sich weder von der gedrückten Stimmung noch von Günthers Sarkasmus beirren ließ. Auch war es nicht ganz klar, ob sie Wolframs Flucht oder doch Heiners Gesundheitszustand meinte.

»Er hat sich nicht krankgemeldet, und er hebt auch nicht ab.« Wilfried hatte Wolframs Verschwinden keine besondere Bedeutung beigemessen. Gut so!

»Hm«, meinte ich, »dann muss es ihn aber ordentlich erwischt haben. Hohes Fieber vielleicht? Wenn er so fest schläft, dass er das Handy nicht hört. Wäre doch möglich.«

»Frau Mang hat es mindestens vier Mal probiert!« Wilfried schüttelte den Kopf. »Das ist unwahrscheinlich.«

»Ich könnte ja bei ihm vorbeischaun. Ist eh kein Umweg!«, schlug Klaudia vor.

Ein fühlbares Aufatmen ging durchs Lehrerzimmer, auch wenn man nichts hören konnte. Ich wagte einen Blick zu Lore, die zufrieden lächelte. Abgesehen davon, dass es für Klaudia sogar ein Riesenumweg war – besser hätte es gar nicht laufen können.

»Noch jemand einen 4:9-Absacker?«, lud Günther zu einer Runde – ungeachtet Wilfrieds strengem Blick.

Die x:9-Feier war eine uralte Gepflogenheit an der Schule, die angeblich schon vor Günthers Zeiten eingeführt worden war. Ihm lag deren Aufrechterhaltung persönlich sehr am Herzen, zumal auch Alkoholkonsum im Spiel war. Jedes Jahr neun Wochen vor Ferienbeginn wurde die Tradition wiederbelebt. 9:9 bedeutete demnach, dass uns noch neun Wochen Schule und dann neun Wochen Ferien bevorstanden. Jeden Montag wurde heruntergezählt. Das Adventskalenderprinzip gewissermaßen, nur statt Türchen Schnäpschen.

Lust hatte ich keine, schon gar nicht auf Schnaps, aber ich gesellte mich natürlich zur Runde. Nur nicht auffallen! Außerdem würde es mir den Nachmittag verkürzen. Schon eigenartig, wochenlang hatte ich keine freie Minute gehabt. Jetzt, wo ich die nächsten Tage liebend gerne so schnell wie möglich hinter mich gebracht hätte, wusste ich von Minute zu Minute weniger, wie ich sie füllen sollte.

»Ich geh dann!«, kündigte ich nach einer Weile an. »Muss mir noch ein Handy kaufen. Meins hab ich verloren, oder es ist mir gestohlen worden – keine Ahnung!«

»Das ist aber dumm«, sagte Lore. »Man ist heutzutage doch völlig aufgeschmissen ohne so ein Ding.«

»Wo wir doch früher auch keines hatten«, bemerkte Günther mit glasigem Blick.

Bevor ich noch eine philosophische Randbemerkung anbringen konnte, klingelte Wilfrieds Handy. Unser raumfüllender Chef wurde kreidebleich. »Es ist etwas passiert«, sagte er mit gebrochener Stimme. Wir hielten den Atem an.

»Wenn ich Klaudia recht verstanden habe, dann ist Heiner tot.«

Keiner rührte sich. Nur Günther stand auf und griff zur Flasche. Lore legte ihm die Hand auf den Arm, also ließ er sich wieder in den Sessel zurückfallen.

»Weiß man schon, was passiert ist?« Lore hatte als Erste die Sprache wiedergefunden. Wilfried verneinte. »Ich muss Frau Mang sagen, dass sie die schwarze Fahne aufziehen lässt. Wir sehen uns morgen.«

»Na dann!« Schweigend packten wir alle unsere Sachen zusammen. Keiner hatte mehr Lust auf Socializing. 4:9 würde für viele von uns ab nun eine andere Bedeutung erhalten.

Klaudia genoss es am nächsten Morgen sichtlich, so im Mittelpunkt zu stehen. Normalerweise hätte ich sie ignoriert, aber die Neugierde zwang mich dazu, mich in die Runde der Interessenten einzureihen.

»Es war schrecklich!« Sie griff sich theatralisch an die Brust, ohne irgendwelche Flecken der Aufregung zu zeigen. Es war offensichtlich, sie hatte den ganzen gestrigen Nachmittag nichts anderes getan, als Menschen mit ihrer Wahnsinnsgeschichte zu beglücken. Einzig, dass es tatsächlich eine Wahnsinnsgeschichte war, musste ich ihr zugestehen – was nicht ihr Verdienst war, so ganz nebenbei.

»Ich fahr also bei Heiner vor und läute an.« Klaudias scharfe Stimme holte mich aus meiner Gedankenwelt zurück. »Da kommt dieser Hund ans Gartentor geschossen und bellt wie verrückt.«

Wieder eine dramatische Kunstpause und ein aufmerksamkeitsheischender Blick in die Runde. »Erst hab ich mich gewundert, dass der Heiner einen Hund hat.«

»Der hat keinen Hund«, sagte Günther mit Gewissheit im Ton.

»Würdest du mich bitte nicht unterbrechen«, sagte Klaudia spitz.

Uh! Frau Lehrerin duldete keine Zwischenrufe!

»Wo war ich? Ach ja, beim Hund. Irgendwie bekannt kam er mir gleich vor, aber ich hatte keine Zeit zum Nachdenken, weil plötzlich dieser Nachbar neben mir stand. Er hat sich ziemlich beschwert, weil das blöde Vieh schon das ganze Wochenende gebellt hat, und ob ich denn die Freundin von diesem Einsiedler wäre, hat er gefragt.«

»Wär sie wohl gerne gewesen«, ätzte Günther.

Ich legte den Finger an die Lippen. Erstens wollte ich wirklich wissen, was Klaudia zu erzählen hatte, außerdem wünschte ich die Frau nicht einmal einem toten Heiner an den Hals.

»Ich hab dem Mann erklärt, dass ich eine Kollegin bin und dass wir uns Sorgen um Heiner machen, weil er nicht ans Telefon geht. ›Da müssen wir nachschauen‹, hat der Nachbar gesagt und mit einem Griff nach innen die Gartentüre offen gehabt.«

Und ich Idiotin war mehrere Male darübergeklettert! Warum einfach, wenn es auch schwieriger ging?

»Wie wir dann drinnen waren«, sagte Klaudia, »kam wieder der Hund dahergeschossen. Ich glaub, er wollte spielen. Jedenfalls hat er mir so ein grausliches, dreckiges Ding direkt vor die Füße gelegt. Wie eine silberne Riesenraupe hat das ausgeschaut. ›Sie müssen es ihm werfen‹, hat der Nachbar gesagt. Und wie ich es angreif, hat es sich auch noch bewegt. Igitt! Was manche Leute ihren Hunden für Sachen kaufen! Der Nachbar hat es einfach genommen und über den Zaun geworfen, zum andern Nachbarn. ›Dort wird es niemanden stören‹, hat er gesagt. ›Naturgarten. Mit Plakette!‹«

So hat also ein völlig zweckentfremdetes Sexspielzeug den Weg in einen Bio-Garten gefunden. Sicher hat es davor noch eine wunderschöne ballistische Kurve hingelegt und war hoffentlich keiner Amsel an den Kopf geflogen.

»Wir sind dann ums Haus herum, und die Terrassentür stand offen«, fuhr Klaudia in bestem Deutsch fort. »Der Hund ist zwischen unseren Beinen durch, und wir sind ihm nach. Ich hab noch gesehen, wie er aufs Bett rauf ist, und dann ...« Klaudia schlug sich die Hände vors Gesicht. »Dann hab ich Heiner da liegen sehen.«

Wieder pausierte sie und blickte in die Runde. Ihre Augen waren weit aufgerissen. Nun hatte sie sich doch noch in ehrliches Entsetzen hineingeredet. Dieser Anblick – und ich wusste, wovon sie sprach – würde sie ihr Leben lang verfolgen!

»Ich bin sofort zu ihm hin, hab ihn gerüttelt und ›Heiner! Heiner!‹, gerufen, aber er hat sich nicht mehr gerührt.« Eine Träne rollte Klaudia übers Gesicht und perlte an ihrer Schminke ab.

Sie war nicht die Einzige, die ergriffen war. Lucy zitterte am ganzen Körper. Auch ihre Trauer war nicht gespielt. Ich glaube, durch die Erzählung einer Außenstehenden war ihr die Endgültigkeit der Sache erst so richtig bewusst geworden. Der Alptraum hatte Gestalt angenommen. Taschentücher wurden herumgereicht, dann durfte Klaudia fortfahren.

»Der Nachbar hatte sich in der Zwischenzeit so einen Kerzenständer gegriffen und ›Jemand da?‹ geschrien. Angeblich hatte sich der Vorhang bewegt. Und dann haben wir auch sie entdeckt!«

Ich konnte mir das Szenario gut vorstellen, horchte daher nicht mehr so genau hin. Was mich nämlich trotz der Tragik extrem fröhlich stimmte, war die Tatsache, dass sowohl Klaudia als auch dieser Nachbar keine Krimifans zu sein schienen. Einfach herrlich, wie viele Spuren sie am Tatort hinterlassen hatten! Lores Blick verriet ähnliche Gedanken. Wenn es nicht so unangebracht gewesen wäre, hätte ich zu ihr eine Thumbs-up-Geste gemacht.

»Wen, sie?«, fragte jemand.

Ich hatte kurzfristig den Faden verloren.

»Die zweite Leiche!«

Komm schon, Klaudia, spann die Leute doch nicht so auf die Folter.

»Na, Vladtka, die Vampirinspektorin«, erklärte sie triumphierend.

»Wieso Vampir?«, fragte Wilfried erstaunt.

»Ach, das ist eine andere Geschichte«, lenkte Lore ab. Klaudia wurde schon ungeduldig, sie hatte ihren Fund ja noch nicht beschrieben.

Eigentlich hätte ich jetzt gehen können. Aber das hätte nicht nur unhöflich gewirkt – was mir schnurzegal gewesen wäre –, sondern möglicherweise auch verdächtig. Bloß nicht aus der Reihe tanzen!

»Wir haben selbstverständlich sofort die Polizei angerufen«, sagte Klaudia. »Zuerst waren sie extrem unfreundlich, weil wir ins Haus gegangen sind. Aber der Nachbar hat sie gleich zurechtgestutzt, ob sie denn nichts von Nachbarschaftshilfe hielten. Da haben sie dann Ruhe gegeben.«

»Und, gibt es schon eine Theorie?«, fragte Lore. »Erste Spuren, Verdächtige?«

»Uns haben sie natürlich sofort verhört«, sagte Klaudia stolz.

»Wohl eher befragt«, korrigierte ich. »Oder bist du etwa verdächtig?«

Klaudia reagierte zornig. »Befragt, verhört – ist doch egal!« Sie zog sich die Stretchhose hoch, als ob sie das größer wirken ließe. Lores Augen lächelten, während ihr Gesichtsausdruck stoisch blieb.

»Ich hab natürlich auch gefragt, ob es sich um Mord oder Selbstmord handelt. Schließlich hatten wir ein Recht darauf, es zuerst zu erfahren, wo wir die Sache doch gemeldet hatten. Erst haben die Beamten nichts gesagt, dann haben sie einen Zettel aufgehoben und einander zugenickt. Ich wette meinen Kopf, dass das ein Abschiedsbrief war!«, sagte sie mit einem triumphierenden Blick.

»Von wem jetzt? Wo ist der Zusammenhang?« Günther zeigte sich schamlos unbeeindruckt.

»Ich hab so meine Theorie, aber ich will der Polizei nicht vorgreifen«, sagte Klaudia beleidigt. »Du kannst ja selber fragen, sie werden gleich hier sein.«

Das war nun doch ein Knalleffekt, vor allem für meinen Magen! Aber genau betrachtet war es klar, dass sich die Kripoleute von Heiners Umfeld ein Bild machen wollten.

Ein paar Seufzer gingen durch die Reihen, die ersten Unterrichtsmaterialien wurden zusammengepackt. Es hatte längst geläutet, und einige Kinder klopften bereits an die Tür des Lehrerzimmers, um zu sehen, wo denn die Lehrer blieben, aber an »business as usual« war einfach nicht zu denken.

Wilfried rief die Schüler in den Festsaal und hielt eine in jeder Hinsicht traurige Rede. Dann wurden die Religionslehrer dazu vergattert, einen Wortgottesdienst für die Verstorbenen abzuhalten. Wenige Schüler zeigten sich ergriffen, und als der Herr Direktor danach verkündete, dass nun alle nach Hause gehen dürften, brach großer Jubel aus.

Den meisten KollegInnen hingegen hatte es die Sprache verschlagen. Wir wurden allerdings nicht nach Hause geschickt, weil die von Klaudia angekündigten Kriminalbeamten uns ein paar Fragen zu unserem Kollegen und der Frau Inspektor stellen wollten. Da dies im Plenum erfolgte, erschien es mir zunächst nicht gefährlich. Erst als die Frage nach Kollegen, die Heiner näherstanden, fiel, stieg mein Blutdruck.

»Außer mir«, sagte Klaudia, die eingebildete Schnepfe, »hatten noch Lucy und Minnerl näher Kontakt.«

Der Beamte zog uns dann recht formlos zur Seite und wollte wissen, in welchem Verhältnis wir zu ihm gestanden hätten. Lucy gab sofort zu, dass sie ein sehr intimes Verhältnis zu ihm gepflogen und noch am Donnerstag die Nacht mit ihm verbracht hätte. Allerdings, weinte sie, sei sie sich nicht sicher gewesen, ob sie eine dauerhafte Beziehung wollte, weil da sei auch noch ein anderer Mann, und jetzt fühle sie sich schuldig, dass er sich womöglich deswegen umgebracht hätte.

»Woher wissen Sie denn, dass er sich umgebracht hat?«

Mir blieb beinahe das Herz stehen.

Gut, dass Lucy selbst in dieser Situation scheinbar unbefangen reagierte. »Na, von Klaudia!«, sagte sie, als wäre es die klarste Sache der Welt. »Sie haben doch einen Abschiedsbrief gefunden, oder?«

»Klaudia … Ist das die Kollegin, die die Leichen gefunden hat?«

Der Beamte verdrehte die Augen, als Lucy bejahte. Ich jubelte innerlich, ich konnte mir sehr gut vorstellen, wie Klaudia mit ihrem neunmalklugen Gehabe die Ermittler auf die Palme gebracht hatte.

»Und Sie?«, fragte mich der Polizist.

»Wir waren befreundet, ja«, sagte ich. »Ich fand ihn nett. Ein wenig schüchtern, aber das war ja gerade das Anziehende an ihm. Nicht so aufgeblasen halt.«

»Wie wer?«

»Ach, wie andere Kollegen halt manchmal. Sie wissen schon, wie Lehrer so sein können.«

Der Polizist grinste verständnisvoll.

Weil er so einfühlsam reagiert hatte, wagte ich eine Frage.

»Unsere Kollegin hat erzählt, dass auch der Hund von der Frau Inspektorin am Tatort war. Sagen Sie, was geschieht denn jetzt mit dem armen Tier?«

»Das haben wir ins Tierheim gebracht. Warum? Interessieren Sie sich dafür?«

»Ach, nur so«, stammelte ich. »Wäre schließlich schade gewesen, wenn man den Kleinen einschläfern müsste. Er war ja so herzig – immer das gleiche Halstuch wie sein Frauchen. Süß!«

»Wenn Sie rausfahren zum Tierheim, die sind sicherlich froh, wenn ihnen jemand den Hund abnimmt. Über vierhundert haben sie zurzeit, da geht's ganz schön rund!«

Die Beamten teilten noch ihre Kärtchen aus, falls uns etwas Interessantes einfiele, dann holten sie sich eine Liste der Lehrerkontakte bei der Sekretärin, und der Spuk war vorbei.

Ich wagte kaum zu hoffen, dass das alles gewesen war. Das hätte ja bedeutet, dass meine allergrößte Sorge – nämlich, mit den Morden in Zusammenhang gebracht zu werden – aus der Welt geschafft war. Für ein weiteres, schon recht akutes Problem war mir soeben auch eine Lösung eingefallen.

**Problemlösungen**

»Bevor du zu deiner Mama fährst – wir zwei haben noch etwas zu erledigen!«

Wolfram drehte sich verdutzt um. »Ach, du bist es!«

»Hast du jemand anders erwartet?«

Wolfram kommentierte meine Spitze nicht. »Was gibt es Wichtiges?«, fragte er schroff.

»Igor!«

»Was ist mit ihm?« Wolfram badete anscheinend so in seinem eigenen Unglück, dass er die Erledigung anstehender Aufgaben noch nicht wieder ins Auge fasste.

Ich schob meine Hose ein wenig nach oben, um meine Bisswunde freizulegen. »Schon vergessen?«

»Was kann ich da tun? Du musst halt impfen gehen, Sache erledigt!« Wolfram stieg ins Auto, um zu demonstrieren, dass das Gespräch für ihn beendet war.

»Das täte dir so passen«, fauchte ich ihn an. »Erstens ist diese Impfung kostenpflichtig und angeblich sehr schmerzhaft. Und zweitens – wenn Igor gar nicht infiziert ist, kann ich mir das sparen.«

»Die Entscheidung kann ich dir aber nicht abnehmen.«

»Die Entscheidung nicht, Wolfram, aber den Zweifel.«

Widerwillig ließ er mich zu sich ins Auto. »Wir fahren zum Tierheim«, wies ich ihn an. »Und schauen, wie's dem kleinen Igor geht. Wenn er wirklich die Tollwut hat, darfst du mich auch gleich im Krankenhaus abliefern.«

Wolfram hatte offenbar gelernt, mir nicht mehr zu widersprechen. Schade eigentlich, dass ich erst so spät auf die Vorteile einer autoritären Partnerschaft gekommen war.

Der Tierhof lag etwas abseits der Hauptstraße. Ein großer Zaun ließ den Bereich wie einen Hochsicherheitstrakt aussehen. Per Gegensprechanlage wurde uns das Tor geöffnet.

Die Rezeption war nicht besetzt, und ich konnte ein paar Bilder von vormals unglücklichen, jetzt aber glücklichen Vierbeinern an einer Pinnwand studieren. Aus der Ferne war Hundegebell in verschiedenen Tonlagen zu hören. Endlich kam ein beleibter Herr auf uns zu und fragte nach unserem Begehr.

»Dürfen wir einen Blick ins Hundegehege werfen?«, fragte ich. Der Herr rümpfte die Nase. »Wo denken Sie hin! Abgesehen davon, dass wir Hunde nicht im Gehege halten – wir sind ja nicht im Mittelalter! Stellen Sie sich vor, wir würden hier jeden reinlassen, das macht die Tiere viel zu nervös!«

»Wie kann ich denn dann wissen, welcher Hund zu mir passt?«

»Wir haben derzeit fast vierhundert Tiere. Wenn Sie das hier durchblättern wollen?«

Er drehte uns seinen Computerbildschirm zu und wies mich an, mich in seinen Drehstuhl setzen. Wolfram musste stehen bleiben.

»Da sind Sie jetzt eine Weile beschäftigt«, meinte er und ließ uns allein.

Lustlos scrollte ich durch etliche Hundeschicksale. Ich hatte gar nicht gewusst, wie viele vernachlässigte Tiere ihren überforderten Besitzern amtlich abgenommen wurden. Als ich am Ende des Katalogs angelangt war, war auch der Herr wieder eingetroffen. Igor hatte ich jedoch nicht gefunden. Ich musste mir also eine andere Strategie ausdenken.

»Eigentlich«, begann ich zögerlich, »wollte ich mich nach einem ganz bestimmten Hund erkundigen.«

»Wir haben fast ausschließlich Mischlinge. Wenn Sie einen Rassehund suchen, dann müssen Sie ihn kaufen«, schnauzte er mich an.

»So hab ich das nicht gemeint!« Ich musste mich zurückhalten, dem unfreundlichen Menschen nicht die Meinung zu sagen, aber ich durfte ihn ja nicht vergrämen, also schluckte ich meinen Zorn hinunter.

»Es handelt sich um das Hündchen einer Bekannten. Die Polizei soll den Kleinen gestern oder vorgestern hergebracht haben. Die Besitzerin ist nämlich verstorben.«

»Ah! Sie meinen diesen spektakulären Mordfall?« Endlich wurde der Mensch etwas aufmerksamer.

»Na ja, da möchte ich der Polizei nicht vorgreifen, ob es ein Mordfall war oder nicht. Wir wollten uns erkundigen, was denn mit Igor geschieht, jetzt, wo die Frau Inspektorin tot ist.«

»Was soll schon geschehen? Wenn er Glück hat, wird er vermittelt, sonst muss er hierbleiben.«

Aus war's mit der vorübergehenden Freundlichkeit! Wolfram tippte mich an die Schulter. Lass uns gehen!, sagte sein Blick. Hier gibt es nichts zu holen.

Aber so schnell gibt eine Minerva Bartel nicht auf, denn ab sofort hatte ich den Klein aus meinem Namen gestrichen.

»Was, wenn *wir* ihn gerne hätten?«

Wolfram sah mich an, als ob ich verrückt wäre.

»Mein Mann ist schon früher mit ihm Gassi gegangen, wenn uns die Frau Inspektorin besucht hat.«

»Warum sagen Sie das denn nicht gleich!«, schimpfte der Herr. »Das hätte uns einige Zeit gespart.«

Er griff zum Telefon und rief einen Pfleger an. Nach wenigen Minuten kam eine junge Dame mit Igor an der Leine auf uns zu.

»Schau, das ist dein neues Frauchen – oder lieber das Herrchen?«

Igor lief direkt auf Wolfram zu, sein Schwänzchen wedelte fröhlich. Nachdem er ausgiebig an ihm geschnüffelt hatte, legte er sein Köpfchen schief. Es sah wahrhaftig so aus, als würde er zu ihm aufschauen wie ein unterwürfiger Schüler. Sein Rücken rundete sich leicht, bevor er das Bein hob und Wolfram anpinkelte.

Angewidert machte Wolfram einen mächtigen Satz zurück, wobei er beinahe den Computerbildschirm vom Schreibtisch gefegt hätte. Ich konnte es gerade noch verhindern.

Während der Angestellte Wolfram beschimpfte, ob er denn nicht aufpassen könne, lachte die junge Dame ohne Ende. Es war so ansteckend, dass ich einfach mit einstimmen musste, und alsbald grinste sogar der gestrenge Schreibtischhüter.

»So lieb!«, rief die Kleine. »Er hat sich Ihnen schon unterworfen! Wollen Sie ihn jetzt gleich mitnehmen?«

Ich sah Wolfram streng und wirksam an. »Natürlich nehmen wir ihn gleich mit, wenn er sich schon so unterwürfig zeigt. Wir werden ihn gewiss gut erziehen. Immerhin sind wir Lehrer, müssen Sie wissen.«

»Das heißt gar nichts«, stellte der grantige Herr ernüchternd fest. »Normal müssen sich Hund und Herrchen erst einmal kennenlernen, miteinander spazieren gehen und so weiter.«

Wolfram schöpfte wieder Hoffnung.

»Aber Papa! Sie kennen sich ja. Du hast doch selbst gesagt, dass er schon Gassi war mit ihm. Und so lieb, schau!«

Igor hatte in der Zwischenzeit die Leine um Wolframs Bein gewickelt, als ob er ihn nicht mehr hergeben wollte. Das – oder der Augenaufschlag der Tochter? – besiegelte die Sache. Wie dieses hübsche, fröhliche Kind zu so einem brummigen Vater kam, war mir nicht ganz klar, aber er konnte ihr anscheinend keinen Wunsch abschlagen.

»Untersucht ist er noch nicht, das müssen Sie dann selber übernehmen, wenn Sie ihn unbedingt gleich mitnehmen wollen. Dafür kriegen Sie ihn gratis – heißt: gegen freiwillige Spende.«

War das der Anflug eines Lächelns in des strengen Papas Gesicht?

In Wolframs Gesicht herrschte oberflächlich Leere, aber ich kannte ihn zu gut und wusste, dass sich dahinter schon ein Gewitter zusammenbraute. Wortlos griff er in seine Gesäßtasche und holte die Börse heraus. Ich nickte ihm wohlwollend zu, als er einen Hunderter in die Box warf, und übernahm dafür Igor für ihn.

Im Auto brach der Sturm über mich los.

»Spinnst du jetzt komplett? Ist das deine Art von Rache oder was?«

»Was für Rache? Wir müssen zum Tierarzt, Igor untersuchen lassen. Wenn er keine Tollwut hat, ist die Sache für mich erledigt.«

»Für dich ja, aber was soll ich dann mit dem Vieh?«

»Dafür, dass du ihn so missbrauchen wolltest, kannst du dich ruhig ein wenig um ihn kümmern. Deine Mutter wird begeistert sein!«

Da wir in der Tierklinik nicht angemeldet waren, mussten wir eine geschlagene Stunde warten, bis wir drankamen. Igor wurde schon lästig wie ein quengelndes Kleinkind, ich hatte Sorge, er würde Wolfram erneut anpinkeln, als die Tierärztin endlich Zeit für uns hatte.

»Wir haben uns soeben diesen kleinen Racker aus dem Tierheim geholt«, sagte ich, »aber dort hatten sie noch keine Zeit, ihn zu untersuchen.«

Mit gekonnten Griffen checkte sie Igor nach äußeren Verletzungen oder Parasiten. »Sieht gut gepflegt aus, auch der Bauch ist in Ordnung, die Zähne gehören vielleicht etwas geputzt. War das Frauchen eine ältere Dame?«

»Ja, warum?«

»Das dachte ich mir, viel zu verwöhnt. Sie werden ihn auf Diät setzen müssen, und mehr Bewegung würde ihm auch guttun.«

»Wolfram, da kannst du ihn doch zum Joggen mitnehmen!«, lächelte ich meinen Noch-Ehemann an. Er erwiderte mein Lächeln säuerlich.

»Ob er geimpft ist, wissen Sie nicht?«

»Nein, leider. Können Sie das nicht mit einer Blutabnahme feststellen?«

»Könnte ich schon, aber das dauert, bis ich alle Ergebnisse hab. Wenn wir ihn gleich gegen alles impfen, kommt Sie das auch nicht viel teurer.«

»Tollwut inkludiert?«

»Natürlich.«

»Und wenn er aber schon geimpft ist«, mischte sich Wolfram erstmalig ein. »Gegen Tollwut zum Beispiel, meine ich. Er ist doch ein sehr kleiner Hund, besteht da nicht die Gefahr der Überdosierung?«

»Absolut keine Gefahr. Es stimmt zwar, dass man bei kleinen Hunden eine geringere Dosis spritzt, aber nur, weil es nicht notwendig ist, mehr zu spritzen. Wäre ja Verschwendung, nicht wahr!«

Am liebsten hätte ich Wolfram vor Erleichterung umarmt.

»Warum ist man dann bei Giftködern so vorsichtig?«, fragte ich. »Mein Onkel war Jäger, und der war da sehr heikel, mit Handschuhen und so weiter.«

»Ein Giftköder ist ja auch ganz was anderes. Die können beim Menschen schon einiges anrichten – vor allem bei einem immunschwachen. Bei uns verwendet man die sowieso nicht mehr. Für Hunde waren sie aber nie gefährlich. Oder was glauben Sie, wie viele solcher Köder von Jagdhunden gefressen wurden.«

So erhielt Igor also eine weitere Dosis Tollwutimpfstoff verpasst. Er war ganz bestimmt der immunste Hund in ganz Österreich und hätte wohl von einer Horde tollwütiger Fledermäuse gebissen werden können, ohne Gefahr zu laufen, selbst rabiat zu werden. Und ich konnte eine weitere Wunde lecken. Meine Impfkarte hatte mir ausreichend Tetanusimmunität bescheinigt, eine Tollwutimpfung würde nicht eingetragen werden müssen.

Meine sichtliche Erleichterung übertrug sich schließlich auch auf Wolframs Gemüt.

»Minnerl«, sagte er, nachdem er neben meinem Auto eingeparkt hatte, »die Sache mit Lucy … es ist – es war ein Blödsinn. Ich …«

»Lucy hätte ich noch irgendwie verstanden«, unterbrach ich ihn. »Sie ist jung, hübsch, ein Flirt. Männer im mittleren Alter können schon mal von Hormonen geleitet sein.«

»Was heißt Männer im mittleren Alter!«

Ich ignorierte seine Entrüstung.

»Aber Vladtka werde ich dir nie verzeihen können, Wolfram.« Meine Stimme war ganz leise geworden, was seine Wirkung nicht verfehlte. »Wie konntest du nur! Alles wegen der Karriere?«

»Pah! Vladtka!«, rief Wolfram in einem Anflug von Verzweiflung. »Was weißt du schon! Ich war bei ihr im Haus, sollte ihr Geografiearbeiten durchlesen. Auf einmal steht sie vor mir im rosa Bademantel, vorne offen. Ich hab gar nicht gewusst, wohin schauen. Ich wollte eigentlich davonlaufen, da hat sie mich gepackt und geschrien, wenn ich jetzt nicht mit ihr ins Schlafzimmer geh, dann läuft sie auf die Straße und schreit um Hilfe, dass ich sie vergewaltigen wollte. Was hätte ich denn tun sollen?«

Der Schock saß einigermaßen tief. Nach Minuten der Sprachlosigkeit nahm ich das Gespräch wieder auf. »Und wie lange ging das?«

»So circa zwei Jahre.«

»Warum bist du denn immer wieder hingefahren?«, fragte ich völlig fassungslos. »Du wusstest ja, was dich erwarten würde!«

Wolfram wand sich unangenehm berührt im Fahrersitz.

»War es das Video?«

»Was für ein Video?«, fragte Wolfram durchaus erstaunt.

»Du kennst es also gar nicht?« Die Antwort brauchte ich nicht abzuwarten. »Sie hätte dich auch so in der Hand gehabt«, erläuterte ich ihm. »Sie hat dich dabei gefilmt, wie du …«

Wolfram riss die Autotür auf und sprang aus dem Wagen. »Na siehst du! Ich konnte doch gar nicht anders.«

»Du hast es eben erst erfahren! Du bist freiwillig hin!«
»Aber ich hab gewusst, welche Macht sie besitzt.«
»Lassen wir es gut sein, Wolfram«, lenkte ich ein. Das Gespräch war für mich sinnlos geworden. »Wir sehen uns beim Scheidungsrichter. Liebe Grüße zu Hause!«
Igor bellte mir zum Abschied freundlich nach.

Am nächsten Tag kamen die Polizisten wieder, diesmal wollten sie uns einzeln sprechen. Ich glaube, es handelte sich tatsächlich um so etwas wie ein Verhör, bloß ohne Aufnahme und Protokoll – und ohne Anwalt.
Klaudia war beleidigt, weil sie nicht befragt wurde.
Als Erste war Lucy dran. Sie war offiziell ja auch die Letzte, die Heiner lebend gesehen hatte. Nach einer halben Stunde kam sie leicht echauffiert, aber scheinbar wohlgemut ins Lehrerzimmer zurück. »Jetzt du, Wolfram!«
Warum Wolfram befragt wurde, war nicht allen klar. Ich vermutete, damit er Lucys Alibi bestätigen konnte. Dafür war er dann aber ziemlich lange weg.
Lucy informierte mich leise über ihr Verhör.
»Zuerst hab ich mich genau an deine Anweisungen gehalten, dass er mich geholt hat und blablabla. Aber dann wollten sie wissen, ob er mir anders vorgekommen ist als sonst, und da hab ich es ihnen dann halt erzählt!«
Meine Alarmglocken schrillten. »Was hast du ihnen erzählt?«
»Na, das mit seiner Mutter. Also zuvor noch das mit unserer quasi Trauung, eh wie besprochen, weil wir beide solche Vampirfans waren. Dass er dann geweint hat wegen seiner Mutter, jetzt, wo er sie endlich gefunden hätte, sei sie tot. Und da sei mir die Idee gekommen, ob vielleicht Vladtka diese Mutter gewesen ist. Darauf hat der Chefinspektor gemeint, das könne man noch nicht mit Sicherheit sagen, aber es wäre denkbar. Dann hab ich noch gestanden, dass ich mit der Frau schon Wickel gehabt hätte. Er hätte es sowieso rausgefunden.«
»Mehr hast du ihnen nicht gesagt?«
»Das mit Krumau hab ich weggelassen, da hätte ich ja von der Leiche im Auto wissen müssen. Ich bin ja nicht blöd, Minnerl!«
Mir fiel ein Stein vom Herzen. »Das hast du super gemacht«,

flüsterte ich ihr zu, denn Wolfram war zurückgekehrt. Jetzt war ich dran.

»Sie haben ihr Handy sperren lassen?«, eröffnete der ältere Polizist die Befragung.

»Ja, am Samstag, warum? Haben Sie es etwa gefunden?« Ich versuchte, Begeisterung zu heucheln.

»Wann, sagen Sie, haben Sie zuletzt damit telefoniert?«

Mein Herz pochte wie wild. Ein kleiner Fehler – und ich war verloren.

»Lassen Sie mich nachdenken. Am Freitag in der Schule hatte ich es noch, da hab ich meine Mails gecheckt. Ich bin dann nach Hause, mir war nicht so gut, und ins Bett.«

Ich sah den Polizisten an, ob er mir etwas auf die Sprünge helfen würde. Leider kam von da keine Hilfe, er ließ mich anrennen, wie man im Ermittlerjargon so schön sagt.

»Ich kann Ihnen nicht sagen, ob ich es dann angeschaltet hab oder nicht. Wahrscheinlich irgendwann gegen Abend.«

»Was haben Sie denn am Abend gemacht? Ferngesehen mit dem Gemahl?«

»Herr Inspektor – oder Kommissar? Was soll ich lange herumreden. Ich verstehe zwar nicht, was das alles mit dem Fall zu tun haben soll, aber mein Mann war an diesem Wochenende bei seiner Geliebten. Und ja, ich wusste es schon eine Weile. Könnte ich vielleicht ein Fenster aufmachen?«

»Die Geliebte, das ist …«

»Die junge Kollegin. Lucy Westermann. Sie haben gerade vorher mit ihr …« Ich stand auf, es war mir eindeutig zu heiß geworden.

»Bemühen Sie sich nicht.« Der Beamte lächelte und öffnete das Fenster für mich. Er lockerte sich seine Krawatte. Anscheinend war es auch für Menschen ohne Stress zu warm.

»Ich hatte Besuch – von einem Callboy.« Ich fächelte mir mit einem Blatt Papier Luft zu.

»Und Sie waren den ganzen Freitag mit ihm zusammen?«

»Länger«, stammelte ich, »bis Samstagmorgen. Drum ist es mir ja erst am Samstag abgegangen, das Handy.«

»Alle Achtung! Darf man fragen, was Sie das gekostet hat?«

»Muss das denn sein?« Ich war ehrlich entrüstet. Ging ihn das was an?

»Sie können natürlich die Aussage verweigern, dann müssen wir das aber protokollieren.«

»Zweihundertfünfzig Euro kostet die erste Stunde, dann wird das gestaffelt. Eine volle Nacht macht zum Beispiel neunhundert Euro, das Wochenendpaket ist dann natürlich noch einmal günstiger. Außerdem – und jetzt drehen Sie dem armen Colin bitte keinen Strick – ist natürlich auch einiges steuerfrei gegangen.«

»Und Sie sind die ganze Zeit nicht aus dem Haus?«

Ich schwitzte trotz offenen Fensters gehörig. Hatte uns der Nachbar beobachtet, als wir mit dem Taxi wegfuhren?

»Warum wollen Sie denn das wissen? Hat es mit meinem Telefon zu tun?«

»Hat es, in der Tat. Wir konnten es nämlich orten, und zwar am Freitagabend.«

»Stimmt!«, rief ich aus. »Wir waren essen. Das war davor ... also nicht, bevor Colin kam ... also ziemlich gleich, nachdem er kam. Also, ich meine natürlich ankam.«

Was stotterte ich da wie eine verdammte Verdächtige, wollte ich mich selbst ans Messer liefern? Minnerl, wozu hast du Verhörtechniken studiert?

»Es tut mir leid, es ist mir peinlich, darüber zu sprechen ...« Ich räusperte mich. »Immerhin war es das erste Mal mit einem Callboy – das erste Mal außerehelich überhaupt. Egal. Also, noch mal von vorne. Colin hatte noch nichts gegessen, als er kam, und dann sind wir nach Floridsdorf zu diesem großen Chinesen – Lucky irgendwas, das hab ich jetzt vergessen. Aber er wollte unbedingt All-you-can-eat, er würde viel Energie brauchen, sagte er. Ich hab nur Nudeln mit Tofu gegessen, ich ...«

»Schon gut, Frau Klein-Bartel, so genau wollten wir es gar nicht wissen. Hatten Sie das Handy da noch dabei?«

»Ja, doch, ich glaube schon. Hören Sie, ich kann mich wirklich nicht erinnern, ich war so aufgeregt.«

Der zweite Polizist hatte in der Zwischenzeit auf seinem iPad herumgewischt, dann nickte er seinem Kollegen zu.

»Lucky Wok!«, sagte er.

»Genau! Möglich, dass ich es dort auf der Toilette verloren habe.«

»Wir haben es auf jeden Fall eine Stunde später in Kleinhaugsdorf noch einmal geortet. Vermutlich im Kasino.«

»Herr Inspektor, ich war in meinem ganzen Leben noch nie im Kasino. Haben Sie das Handy also doch gefunden?«

Ich bedankte mich im Geiste für Colins Geistesgegenwart, sich im Kasino nicht registrieren zu lassen.

»Nein, das hab ich Ihnen ja schon gesagt«, sagte der Kommissar.

»Aber ... wie können Sie dann wissen, wo es war?«

Ich wusste, dass ich mit dieser Frage hoch pokerte, aber Martin hatte mir doch ausdrücklich gesagt, sie könnten mich nur drankriegen, wenn sie mein Handy hatten.

»Wussten Sie, dass Ihr Kollege Sie überwacht hat?«

»Wie ... überwacht?«

»Er muss eine Spyware auf Ihrem Handy installiert haben und konnte Sie am Computer oder seinem Smartphone verfolgen beziehungsweise abhören, Ihre Telefonate aufzeichnen, SMS, alles. Hatte er denn Zugang zu Ihrem Handy?«

»*Er* ist Heiner, nehme ich an?« Ich dachte scheinbar angestrengt nach. »Im Lehrerzimmer vielleicht. Ich hab es meistens auf meinem Platz liegen, und wenn ich in der Stunde bin – also, möglich wäre es gewesen.«

Plötzlich war mir gar nicht mehr heiß. »Könnten Sie das Fenster ...?«

Der ältere der beiden Beamten – er war vermutlich der Vorgesetzte – bedeutete dem anderen Polizisten, das Fenster wieder zu schließen.

Heiners Computer! Auf den hatte ich komplett vergessen. Ich hatte es doch gewusst! Nicht Igor war es gewesen, der mein Bauchweh verursacht hatte. Heiners Laptop hatte bei ihm zu Hause auf dem Sofa im Wohnzimmer gelegen. Ich hatte ihn unter ein paar Zeitungen hervorblitzen gesehen und mir gedacht, ich würde mich später darum kümmern. Nun war es zu spät. Keine Ahnung, welche Daten Heiner im Laufe der letzten Wochen über mich zusammengetragen hatte. Von meinen ersten Beschattungsversuchen über die Zimtschneckenfabrikation – theoretisch hätte er alles auf seinem Computer haben können. Mein Handy war schließlich immer mit dabei gewesen. Ich hätte ja etwas versäumen können!

»Wozu hätte er mich denn abhören wollen?«, fragte ich mit beinahe gebrochener Stimme. Diese Niedergeschlagenheit war in keinster Weise gespielt, ich war am Boden zerstört. »Ich könnte es noch verstehen, wenn er Lucy ausspioniert hätte – er war wirklich verliebt in die Frau –, aber mich? Sind Sie sicher?«

»Ganz sicher!«

»Aber ich bin doch völlig uninteressant!«, rief ich mit dem Brustton der Überzeugung.

Der Polizist nickte.

Sollte mich das jetzt beruhigen oder ärgern? Mein Blut sank in seine vorgesehenen Bahnen zurück, ich setzte mich gerader hin. Mein Rücken trug ohnehin schon die Bürde der jüngsten Anspannungen, es würde Wochen konsequenter Gymnastik brauchen, um den vorherigen Status quo wiederherzustellen.

»Was hat er denn alles über mich auf seinem Computer gehabt? Darf ich wenigstens das erfahren?« Jetzt war es ja egal. Wenn sie etwas Kompromittierendes gefunden hatten, bedeutete das für mich ohnedies das Aus. Angriff war die beste Verteidigung!

Der Polizist mit dem Tablet sah sein Gegenüber fragend an, der nickte.

»Nicht viel. Vor ein paar Wochen hat er mal eine Aufnahme von Ihnen gemacht, wo Sie mit Ihrem Mann ein – zugegeben sehr eigenartiges – Gespräch über Tollwut führten.«

»Du meine Güte! Die Sache mit Onkel Ewald?«

»Genau die. Wie kommt man bitte auf so ein Gesprächsthema?«

»Ach, wissen Sie, wir hatten in der Schule, im Lehrerzimmer, eine Diskussion. Wir hatten uns über Vladtka geärgert – das ist die Inspektorin, Sie wissen schon. Jemand hat ihr im Zuge dessen die Tollwut an den Hals gewünscht. Nicht sehr nobel, zugegeben, aber erleichternd. Und mein Mann und ich wollten dann wissen, ob so etwas wirklich ginge – jemanden absichtlich zu infizieren.« Ein wenig mulmig war mir schon dabei, dass ausgerechnet ich uns jetzt alle als Vladtka-Hasserinnen geoutet und überdies die Tollwutsache aufs Tapet gebracht hatte. Auf die Schnelle war mir einfach keine passende Notlüge eingefallen.

Die Polizisten reagierten gottlob alles andere als furchterregend, sie lachten sich schief! »Gut, das war's«, sagte der Chefinspektor und wischte sich eine Lachträne aus dem Gesicht. »Sind wir froh, dass wenigstens Ihr Gatte Realist ist, sonst hätte er der Frau Inspektor womöglich eine tollwütige Fledermaus ins Schlafzimmer geschickt!«

Jetzt musste ich lachen. Gleichzeitig fragte ich mich, ob vielleicht im Umfeld der Polizisten auch so eine Energievampir-Gestalt ihr Unwesen trieb, wenn sie sich gar so darüber amüsierten. Es war jedenfalls zu hoffen, dass sie die Idee dermaßen absurd fanden, dass sie den zuständigen Pathologen nicht dazu veranlassten, die Leiche nach Tollwutviren zu untersuchen.

»Die Adresse dieses Lustknaben hätten wir dann noch gerne, aber sonst sind wir fertig!«

Ich verzichtete darauf, den beiden Herren die Hände zu schütteln; meine Handflächen waren verschwitzt wie bei meinem ersten Klaviervorspielabend.

Ich flitzte aufs Klo und schrieb Colin eine SMS, dass wir beide offiziell (für die Polizei) zusammen beim Chinesen in Floridsdorf gewesen seien, ansonsten bliebe alles beim Alten – und er möge den Autoverleih bitte nicht erwähnen.

Es war mühselig, mit einem Tastenhandy eine SMS zu tippen. Kurzfristig bereute ich meinen Entschluss, kein Smartphone zu kaufen. Von abhörfähigen Telefonen hatte ich nämlich genug, ich wollte mein Handy nur noch zum Telefonieren einsetzen. Aber gerade das – nämlich zu telefonieren – wollte ich auf der Toilette nicht riskieren. Wer wusste schon, ob die Polizisten nicht ihr Ohr an der Wand hatten.

Ich wusch mir mindestens fünf Minuten die Hände. Als ich mich im Spiegel betrachtete, fiel mir das zustimmende Nicken des Kommissars wieder ein. War ich tatsächlich so uninteressant? Ich meine, mit dem angeknacksten Selbstbewusstsein der betrogenen Ehefrau durfte man sich ja selbst schon mal für ein Mauerblümchen halten, aber ich hatte doch gehofft, meine Umwelt würde das anders sehen. Möglicherweise hatte mir meine Farblosigkeit zwar den Hals gerettet, aber in diesem Moment beschloss ich, meine scheinbare Bedeutungslosigkeit nicht mehr als gegeben hinzunehmen.

Nicht nur in meinem Privatleben, sondern auch in meinem Kühlschrank herrschte gähnende Leere. Meine Jeans und T-Shirts schienen immer größer zu werden, und es fiel mir schwer, Lores nette Einladung zum Essen abzulehnen. Stattdessen parkte ich mich beim Diskonter ein.

Lustlos schob ich einen Einkaufswagen durch die Gänge. Die Produkte in den Bio-Regalen lachten spöttisch auf mich herab. »Na, du schlaue Streberin, worauf wartest du? Ein überteuertes, weil genfreies Gewürzdöschen gefällig? Das exorbitant hochpreisige Bio-Hühnchen, handgefüttert und zu Tode gestreichelt, dafür pygmäenhaft klein, gehört doch dringend in dein Körbchen. Dafür kriegst du sicher ein Plus!«

Mein ganzes Leben hatte ich versucht, das Richtige zu tun, und wohin hatte es mich gebracht? Fußabdruck, Nachhaltigkeit, Nährstoffdichte. Sogar mein Essverhalten war davon geprägt, mir von niemandem etwas »nachsagen« zu lassen.

Zornig legte ich das Bio-Dinkel-Vollkornbrot zurück in die Schütte und knallte einen Zehnersack Semmeln in meinen Einkaufswagen. Kostete gerade mal so viel wie zwei handgedrehte Weckerl. Plötzlich überkam mich die Lust, nach ganz schlechten Lebensmitteln Ausschau zu halten. Nudelsnacks. Herrlich! Geschmacksverstärker, Glutamat, eine ganze Latte von E-Nummern. Dosenfleisch. Absolut vitaminfrei, Fettgehalt bei vierzig Prozent, das würde mein Hüftgold ankurbeln. Mischgemüse in der Dose. Ich hatte gar nicht gewusst, dass so etwas heute überhaupt noch produziert wurde. In wessen Einkaufskörben landete denn ein Kartoffeleintopf mit Bauchspeck, wenn nicht gerade im Wagen einer geläuterten Zahl-mehr-für-alles-du-Dumpfbacke-Konsumentin?

Auch Fertigkost hatte ihren Preis, stellte ich an der Kassa fest. Allerdings musste ich höchstwahrscheinlich einen Monat lang weder in den Supermarkt noch an den Herd. Dosenöffner und Mikrowelle hießen die Werkzeuge meiner Zukunft.

Zufrieden wuchtete ich meinen Einkauf in den Kofferraum, als ein beigefarbener Meriva neben mir einparkte. Ein älterer Herr plagte sich ein wenig aus dem Auto, ging zur Beifahrertür und half seiner gebrechlichen Gefährtin aus dem Wagen. So ähnlich hatte ich mir mein Alter auch vorgestellt. Ich wollte schon einsteigen, mit dem Ziel, mich zu Hause meinen Depressionen hinzugeben, als mir eine kleine Delle an dem Meriva ins Auge stach. Klaudias altes Auto hatte doch genau die gleiche. Oder war es gar dieselbe? Das konnte ich leicht feststellen!

Das Ehepaar war in der Zwischenzeit im Supermarkt verschwunden. Die beiden würden sicherlich noch einige Zeit darin verbringen. Was konnte schon passieren?

Ich schnappte mir mein Handy. Es war zwar nicht smart, aber es verfügte zumindest über eine Taschenlampenfunktion. Vorsichtig schob ich meinen Oberkörper unter das Auto. Tatsächlich! Hier klebte es nach wie vor: Heiners GPS-Gerät, das nie seiner wahren Bestimmung zugeführt worden war.

Der Magnet hielt nach wie vor bombenfest. Autsch! Jetzt hatte auch noch ein Fingernagel dran glauben müssen. Ich versuchte es mit Drehen. Endlich kam Bewegung in die Sache, und ich konnte den kleinen Racker vom Unterboden des Autos ziehen.

»Was machen Sie da?«

Ich war so erschrocken hochgefahren, dass ich mit meinem Kopf am Auspuff anklopfte. Er war noch heiß!

»Mensch! Haben Sie mich erschreckt!« Ich stand auf und klopfte meine Hose sauber.

»Ist das Ihr Auto? Brauchen Sie Hilfe?«

Ein junger Mann in der Kluft des Supermarktes stand hinter mir, vor sich eine ineinandergekeilte Kette von Einkaufswägen.

»Alles in Ordnung. Danke!«, sagte ich. »Mein Handy ist mir unter den Wagen gekullert, ich hab's eh erwischt.« Demonstrativ hielt ich ihm mit meiner Rechten mein Handy entgegen. Den Sender verbarg ich geschickt in meiner linken Hand.

Kopfschüttelnd schob der junge Mann seinen Wagenbulk weiter über den halben Parkplatz bis zu einem Unterstand.

Es schien wie verhext. Kaum hatte ich ein Detektivutensil in der Hand, schon begannen die Probleme von Neuem. Ich überlegte, den Sender gleich im nächsten Müllcontainer zu entsorgen, doch dann kam mir eine bessere Idee. Ich legte ihn schlicht und einfach in mein Handschuhfach, gleich neben die Reisetoilette. Ich konnte dieses Ding ja auch praktisch einsetzen, wenn ich etwa wieder einmal vergessen hatte, wo mein Auto geparkt war oder wenn es mir von einem echten Dieb gestohlen wurde. Dann konnte ich es anrufen und mein Auto wiederfinden.

Es war schon seltsam. Nun hatte ich bereits zwei Objekte im

Auto, von denen ich hoffte, sie nie verwenden zu müssen. So schwer hatte uns der Kapitalismus im Griff. Wir kauften nicht nur Dinge, die wir gar nicht brauchten. Nein, wir legten uns auch welche zu, obwohl wir sie niemals gebrauchen wollten!

Zu Hause stellte ich meine Einkäufe auf den Plastiktisch, der ob des schieren Gewichtes des Dosenfutters sofort wieder wackelte.

»Halt!«, rief ich. »Du bist als Erstes dran!«

Ich schichtete die Dosen auf der Arbeitsfläche neben dem Kühlschrank zu einer Pyramide. Platz zum Kochen würde ich in nächster Zeit ohnehin nur beschränkt brauchen. Dann schnappte ich mir den Tisch und trug ihn in den hintersten Winkel des Gartens. Auf ihm würde ich in Zukunft bestenfalls Pflanzen umtopfen.

Die Semmeln und eine Dose Leberaufstrich nahm ich mit ins Wohnzimmer. Wozu hatte ich einen Couchtisch? Für eine Person alleine völlig ausreichend.

Während ich die etwas zähe Semmel mit dem geschmacksverstärkten Aufstrich kaute, zappte ich mich durch diverse Fernsehkanäle. Essen und Fernsehen zusammen waren ja normalerweise in meinem Haushalt ein No-Go gewesen, und Zappen natürlich auch.

»Wozu haben wir eine Programmzeitschrift? Entscheide doch bitte vorher, was du fernsehen möchtest!« Wie oft hatte Wolfram sich das anhören müssen?

Plötzlich blieb ich wie elektrisiert an einer Talkshow hängen. Eine Promigattin plauderte über ihren neuesten Eheratgeber »Pflegetipps für die glückliche Ehe«, der, wie alle Werke der Autorin, ein Bestseller zu werden versprach.

Klar. Mit einem Medienmogul als Ehemann hätte ich wohl auch keine Schwierigkeiten gehabt, einen Verlag zu finden, der mein Buch zum Bestseller pushte. Welche Frau interessierte es bitte, ob »Schatzi« den Abwasch machte, und warum oder warum nicht? Abgesehen davon, dass diese Familie doch sicherlich eine Haushaltshilfe hatte, was reizte es jemanden, sich die Eheproblemchen anderer Leute ins Wohnzimmer zu holen?

Flugs zog ich mir meinen Laptop auf die Knie – am Couchtisch dominierten ja meine Semmeln und eine Menge Brösel – und blickte mal ganz schnell ins Buch, um zu erkunden, wer sich wohl so einen Schwachsinn kaufen könnte.

Ehe ich mich versah, war ich auch schon am Ende der Vorschau angelangt. Und was noch erstaunlicher war – ich hatte mich mordsmäßig amüsiert. Schreiben konnte die Frau, keine Frage.

»Was ich Ihnen zugutehalten muss – Sie können schreiben!«, hallte es aus weiter Ferne an mein Ohr. Der Lektor! Mein Gott, wie lange war das Gespräch jetzt her? Real: ein paar Wochen – gefühlt: eine Ewigkeit!

Noch schlimmer traf mich die Erkenntnis, wer denn so ein Buch kaufen würde: du Minnerl, du! Es würde mich nicht wundern, wenn es nicht schon in deinem Regal – oder zumindest einem virtuellen Einkaufskorb – gelandet wäre, gestand ich mir selbst ein.

Bei diesem Aha-Erlebnis ging ein Energieruck durch mein Inneres. Zuerst streifte er meine Ganglien, dann bahnte er sich seinen Weg in meine Muskeln.

Ich rannte zur Wohnwand hinüber und fetzte alle Ratgeber, die mit Partnerschaft, Liebe und Beziehungsarbeit im weitesten Sinn etwas zu tun hatten, aus dem Regal. Es wurde ein ansehnlicher Haufen. Ich hatte sie alle gelesen, durchgearbeitet, Randnotizen gemacht. Meine Ehe sollte ein Erfolg werden! Drei Mal musste ich zum Altpapiercontainer, bis ich sämtliche Scheiß-Liebesratgeber entsorgt hatte. Als Nächstes kamen die Lebensberatungs- und Alltagshilfen dran: »Positiv denken«, »Im Einklang mit der Natur«, »Über das Glück des Aufräumens«, »Das Einmaleins des Zeitmanagements«, »Für immer jung, schön, gesund« – und wie sie alle hießen. Noch eine Ladung für die Papiertonne!

Erleichterung brachte die Aktion auf jeden Fall dem Bücherregal.

Und weil ich schon mal beim Entrümpeln war, zog es mich auch gleich ins Schlafzimmer. Wolframs Bettzeug hatte ich natürlich bereits entfernt. Alles, was in seinem Nachtkästchen war, packte ich in einen Müllsack. Pfeif auf Trennung! Seinen Kleiderschrank ließ ich in Ruhe. Ich würde Wolfram allerdings ein Ultimatum setzen, bis wann er seine Sachen holen sollte, danach würde sich die Altkleidersammlung darüber freuen.

Der Inhalt meines eigenen Kleiderschrankes machte mir schon

mehr Kopfzerbrechen. Ich erinnerte mich an diesen Ratgeber, nach welchem ich mir nur Sachen behalten sollte, die mich glücklich machten. Und wenn schon nicht glücklich, dann sollten sie wenigstens dringend nötig sein. Bei Kriterium Nummer drei versagte mein Gedächtnis. Ich wollte schon zum Bücherregal ins Wohnzimmer laufen, um dies nachzulesen, als mir einfiel, dass ich ja soeben alle Ratgeber entsorgt hatte. Mist auch!

In meiner Ratgeberlosigkeit räumte ich den Schrank zur Gänze aus. Ich würde nur noch einräumen, was ich liebte. Ein kurzer Blick auf den Haufen deutete mir schon an, dass nicht viel wieder zurückwandern würde. Aber wohin mit dem Zeug? Manches hatte ich praktisch noch nie getragen!

Es war wieder einmal Lore, die mich – zumindest temporär – aus diesem Dilemma befreite. Sie rief am Festnetz an.

»Minnerl! Du musst sofort den Fernseher aufdrehen. ORF Niederösterreich. In den Schlagzeilen haben sie angekündigt, dass es im Fall des Weinviertler Familiendramas eine neue Wendung, um nicht zu sagen, einen Paukenschlag gäbe. Ich melde mich nachher wieder.«

Ich raste ins Wohnzimmer. Das konnte nichts Gutes bedeuten! Was hatten wir übersehen? Und wo war die verdammte Fernbedienung? Hatte ich sie mit den Ratgebern entsorgt?

Endlich fand ich sie unter dem Semmelsack.

*… Wie vorgestern berichtet, hat sich am Wochenende im Weinviertel ein Familiendrama ereignet. Ein bis dahin unbescholtener junger Lehrer hatte seine Inspektorin getötet und sich danach selbst gerichtet. Über das zunächst unerklärliche Motiv des jungen Mannes herrschte bald Gewissheit.*

*Aus einem Brief, den man beim Toten gefunden hatte, war hervorgegangen, dass die Inspektorin seine leibliche Mutter war, die ihn als kleines Kind zur Adoption freigegeben hatte. Ein DNA-Abgleich konnte dies mittlerweile auch bestätigen. Allerdings war man zunächst von einem Racheakt ausgegangen, diese Theorie scheint sich jetzt nicht erhärtet zu haben.*

*Vor zwei Tagen noch schien es, als ob die Obduktion nur mehr eine Formsache wäre. Dann aber heute der Paukenschlag. Wir werfen einen Blick ins Weinviertel, wo unser Reporter Siegfried Uhl vor Ort ist.*

*»Siegfried, was ist los im Weinviertel?«*

»Einen schönen guten Abend aus dem Weinviertel. Wir haben hier den leitenden Ermittler Chefinspektor Fenzinger vor dem Mikrofon. Herr Chefinspektor, was haben die Ermittlungen Neues erbracht?«

»Wie Sie schon sagten, gingen wir bis dato von Mord und Selbstmord aus. Die Obduktion hat aber neue Erkenntnisse gebracht, indem dass das erste Opfer nicht durch einen gewaltsamen Akt den Tod gefunden hat. Vielmehr verstarb es aufgrund einer natürlichen Todesursache.«

»Können Sie das unseren Zusehern ein bisschen detaillierter erklären?«

»Selbstverständlich. Wir können natürlich aufgrund fehlender Zeugenaussagen den Hergang nur rekonstruieren. Demzufolge sieht es so aus, dass das weibliche Opfer am Donnerstagnachmittag ein Schlafmittel zu sich nahm und sich dann zurückziehen wollte, dabei jedoch unglücklich zu Fall kam. Man konnte an seinem Hinterkopf eine Platzwunde feststellen. Durch diesen Sturz muss das Opfer kurzfristig das Bewusstsein verloren haben. Als es wieder zu sich kam, erlitt es einen Schock, wahrscheinlich, als es des Blutes ansichtig wurde, in welchem es lag. Unglücklicherweise war das Opfer schwer asthmatisch und hätte umgehend mit Cortison schockbehandelt gehört. Nachdem sich das lebensrettende Spray jedoch nicht in Reichweite des Opfers befand, verstarb dieses noch an der Unfallstelle an Herzversagen.«

»Es handelt sich also eindeutig um einen Unfall?«

»Mit Todesfolge.«

»Fremdverschulden schließen Sie aus?«

»Definitiv.«

»Gibt es jetzt auch schon eine neue Theorie zum Fall des Sohnes? Können Sie uns auch hier schon etwas verraten?«

»Jawohl. Es passt jetzt auch alles besser ins Bild. Wir haben natürlich sein Umfeld überprüft, und niemand hatte dem jungen Mann Gewaltbereitschaft attestiert. Er wurde durchwegs als sympathischer, ruhiger Kollege beschrieben.«

»Aber sind es nicht oft gerade die ruhigen, zurückgezogenen Menschen, die unglaubliche Gräueltaten verüben? Denken wir doch an Anders Breivik oder an Wolfgang Priklopil, Natascha Kampuschs Peiniger.«

»Das ist richtig. In dem Fall konnten wir aber auch im Nachhinein keine frühzeitigen Anzeichen entdecken. Er pflegte soziale Kontakte, wenn auch nicht sehr viele. Auch kündigte er keine Gewalttaten im Internet an oder machte durch Hass-Postings auf sich aufmerksam.«

»*Wie erklären Sie sich dann den Selbstmord? Oder war das auch ein Unfall?*«

»*Nein, davon gehen wir nicht aus. Es ist richtig, dass der Mann nicht gewalttätig war. Daraus kann aber nicht geschlossen werden, dass er nicht labil war. Infolge des Briefes, den seine Mutter an ihn geschickt hatte, wurde er in einen emotionalen Ausnahmezustand versetzt.*«

Ein Bild des glatt gestrichenen Briefes der Adoptionsfrau wurde eingeschaltet, dann erschien ein Insert mit der leserlichen Transkription des Schreibens.

»*Dieser emotionale Ausnahmezustand wurde noch verstärkt, als er seine Mutter aufsuchte und sie nur noch tot vorfand.*«

»*Sie meinen, er hat die Leiche entdeckt und hat bildlich gesprochen den Kopf verloren?*«

»*Ja. Davon gehen wir aus. Er muss am Freitag zu dem weiblichen Opfer gefahren sein. Wir glauben, dass er eine freudige Mitteilung überbringen wollte.*«

»*Darf man erfahren, was das war?*«

»*Dazu kann ich nicht viel sagen, wir müssen die Privatsphäre der betroffenen Person schützen. Mehrere Zeugenaussagen haben jedoch bestätigt, dass sich der junge Mann Donnerstagnacht mit einer jungen Dame verlobt hatte.*«

»*Das wäre doch normal eher ein Grund zur Freude.*«

»*Normal ja. Aber, wie gesagt, befand sich der Mann in einem Ausnahmezustand. Er kommt mit der freudigen Mitteilung, hofft auf eine Familienzusammenführung. Da liegt die Mutter in ihrem Blut. Bei dem Mann brennen die Sicherungen durch. Er findet das Barbiturat und nimmt es an sich. Die Mutter nimmt er mit, er bahrt sie in seinem Schlafzimmer auf, um ihr die letzte Ehre zu erweisen. Dann folgt er ihr.*«

»*Mutter und Sohn im Tode vereint?*«

»*Sozusagen. Ein Selbstmord im Affekt.*«

»*Ist das eine Vermutung oder stützt sich Ihre Theorie auf ein psychologisches Gutachten?*«

»*Laut unserem Polizeipsychologen könnte der junge Mann an einer leichten schizoiden Persönlichkeitsstörung gelitten haben oder, im Volksjargon, einer Neurose. Jedoch kann man das im Nachhinein nicht mit Sicherheit feststellen. Fakt ist, dass der junge Mann ein schweres Kindheitstrauma in sich trug, welches, wenn es plötzlich wieder hervorbricht, durchaus einen Schock auslösen kann. Dieser Schock kann wiederum zu einer Kurzschlusshandlung wie der beschriebenen führen.«*

»*Vielen Dank, Chefinspektor Fenzinger, für diese ausführliche Stellungnahme. Und damit zurück ins Studio.«*

»*Danke, Dieter Uhl, für diesen Bericht aus dem Weinviertel. Guten Abend!«*

*Und wieder ist es unserer Polizei gelungen, einen Fall in kürzester Zeit zu lösen. Damit darf sich das LKA weiterhin über eine hervorragende Statistik von hundert Prozent gelöster Fälle im Bereich Tötungsdelikte freuen. Wir gratulieren auch von dieser Stelle.*

Ich drehte den Fernseher ab und betrachtete lange Zeit den schwarzen Bildschirm.

Sehr schön, Herr Chefinspektor. Besser hätte ich es auch nicht lösen können.

Was der Kripomann allerdings nicht eliminieren konnte, waren meine Schuldgefühle, die ich bis dato gekonnt verdrängt hatte. Gut, es war zwar nunmehr klar, dass Vladtka weder durch meine noch durch Lucys Hand gestorben war, sondern an einem Asthmaanfall infolge der Aufregung, und ob Wolframs Anschlag tödlich gewesen wäre, würden wir wohl nie erfahren. Aber Heiner! Ich hatte ihm Lucy förmlich aufgedrängt. Ohne meine Kuppelversuche wäre sie wahrscheinlich nie auf die Idee gekommen, ihn bei der Entsorgung von Vladtka um Hilfe zu bitten, und er würde noch leben. Die Tränen kamen zunächst vereinzelt, aber jeder Träne folgte eine weitere, und alsbald strömten mir Sturzbäche übers Gesicht, die ich kaum mit meinen Kuschelkissen auffangen konnte.

Ich ignorierte die Türglocke, wollte niemanden sehen, bis ich hochfuhr, als Lore heftig an die Terrassentür klopfte.

Zerknirscht ließ ich sie herein. »Entschuldige, ich …«, heulte ich. Sie brauchte nicht lang, um meinen seelischen Zustand zu deuten.

»Hör zu, Minnerl!«, sagte sie. »Es stimmt schon, dass Heiner vermutlich noch leben würde, allerdings säße er dann bereits wegen mehrerer Morde hinter Gitter. Vergiss die arme Frau von der Adoptionsstelle nicht. Außerdem, ohne diese Vampirprinzessinnen-Doku wäre er nie auf die absurde Idee gekommen, Vladtka hätte ihn vor sich selbst schützen wollen, und dann hätte er seine Mutter wie geplant umgebracht. Mit deinem Nembutal hast du mehrere Leben gerettet, ihr wärt sonst alle tot! Und jetzt stell mal zwei Sektgläser her, schließlich haben wir was zu feiern, oder? Fall abgeschlossen, Untersuchungen eingestellt. Und die hundertprozentige Ermittlungsquote will man nicht gefährden, wo das Ergebnis doch so glatt ist.«

Nachdem ich mir ordentlich die Nase geputzt hatte, suchte ich nach einem Plätzchen, wo ich die zwei Sektgläser abstellen konnte. Lore nahm meine Essensreste und trug sie in die Küche. »Was soll denn das hier!«, rief sie entsetzt. Sie hatte meinen Dosenturm entdeckt. »Willst du dich jetzt vergiften? Wie du weißt, gibt es dafür schnellere und sicherere Methoden.«

Ich lachte unsicher, während Lore uns das perlende Getränk einschenkte.

»Mein ganzes Leben hab ich versucht, es allen recht zu machen, das werde ich jetzt ändern!«, sagte ich fest.

»Dagegen ist ja auch nichts einzuwenden«, sagte Lore. »Aber nur weil du eine Veränderung willst, brauchst du ja nicht gleich Trump zu wählen!«

»Wie meinst du das? Ich hätte doch niemals Donald Trump gewählt!«

»Das weiß ich doch. Was ich meine, ist, du brauchst nicht gleich von Bio zur Dose zu wechseln!« Lore prostete mir zu. »Weißt du, was dein Problem ist, Minnerl? Du triffst deine Entscheidungen, um deinen Mitmenschen zu gefallen, das ist das falsche Motiv. Deinen biologischen Fußabdruck klein halten solltest du ja nicht, um eine gute Zeugnisnote zu kriegen, sondern damit auch unsere Nachfolgegenerationen noch einen Lebensraum finden. Versuch doch mal herauszufinden, was du wirklich willst. Du bist niemandem außer dir selbst Rechenschaft darüber schuldig, wie du dein Privatleben gestaltest.«

Nachdem wir die halbe Flasche Sekt gekippt hatten, half Lore mir noch bei der Kleider-Entrümpelung.

Was zurück in den Kasten durfte, hatte mit Liebe eigentlich nichts zu tun, denn ich hatte meine Kleidung nach rein praktischen Kriterien gekauft. Schließlich luchste mir Lore den Großteil der Sachen ab, um sie den Flüchtlingen zukommen lassen, die sie seit Neuestem betreute. Mir war es recht. Sie bot mir auch an, die Gemüsekonserven mitzunehmen, die Fleischdosen würde sie allerdings nicht einmal ihrem Kater zum Fraß vorwerfen.

»Nimm dir Zeit. Eines nach dem anderen, Minnerl. Auch Rom ist nicht an einem Tag erbaut worden!«, sagte sie zum Abschied.

## Verwandlung

»Alles Naturkosmetik!«, hatte die Website versprochen, Bürstenstriche gegen Schadstoffe und eine belebende Kopfhautmassage. Allein der Gedanke war entspannend. Für meine Entscheidung, ebendiesen Frisörsalon aufzusuchen, waren aber weder die biologischen Bürstenstriche noch die vielversprechende Kopfhautmassage ausschlaggebend gewesen, sondern nur die Tatsache, dass Naturhaarzöpfe einem Verein gespendet werden konnten, der damit gratis Perücken für krebskranke Kinder herstellte.

Ein gartenfrischer Duft, ganz anders als die üblichen Haarspraywolken, umfing mich bereits beim Eintritt in den Salon. Hier hatte alles Poren. Nicht einmal der schützende Umhang gegen Nässe und Farbe war aus Plastik, sondern aus Eukalyptusbaumrinde in einer beruhigenden Erdfarbe.

»Hoffentlich muss jetzt kein Koalabär wegen mir hungern«, scherzte ich.

»Wo denken Sie hin!« Die junge Frisörin wirkte aufgebracht. »Es gibt über sechshundert verschiedene Eukalyptussorten, und höchstens dreißig davon sind für Koalas überhaupt genießbar!«

Ich hoffte, dass jeder Koala auch wusste, welcher Baum für seine Verdauung geeignet war, aber ich wagte nicht, diese meine Bedenken mit der jungen Dame zu teilen, ich wollte sie nicht noch mehr erzürnen. Allerdings stieg ich sofort wieder in ihrer Achtung, als ich ihr meine Haarspende antrug.

Die Trennung von meinen langen Haaren wurde fotografisch dokumentiert. Ritsch-ratsch war der Zopf ab. Ich sah ein wenig wie Struwwelliese aus, aber die Frisörin versprach mir, ich würde es nicht bereuen.

Die Kopfmassage versetzte mich in ekstatische Zustände. Selbst beim Auftragen des veganen Färbemittels ließ ich meine Augen geschlossen. Immer wieder tauchten Bilder von angenehm massierenden Händen in meinem Gedächtnis auf. Erst, als mich die Frisörin besorgt fragte, ob es mir gut ginge – anscheinend hatte ich leise gestöhnt –, ließ ich mich in die Gegenwart zurückholen.

Fasziniert verfolgte ich im Spiegel, wie die Frisörin Schnitt für

Schnitt mein Äußeres veränderte. Als sie den Föhn zur Seite legte, waren wir beide begeistert. Mein fade herunterhängendes Haar war einem Bob gewichen, der mein Gesicht nicht nur kürzer, sondern auch viel fröhlicher erscheinen ließ. Das kräftige Kastanienbraun gab den Naturlocken, die sich sanft um die Ohren kräuselten, einen lebendigen Impuls, der meine braunen Augen zum Leuchten brachte. Ich ließ mir gerne noch die Augenbrauen zupfen und Naturschminke auftragen. Als die Frisörin mir den Eukalyptus-Umhang abnahm, war ich rundum zufrieden – zumindest, was mein Gesicht betraf. Das übergroße T-Shirt und meine reizlosen Jeans konterkarierten meine neue Erscheinung. Das schrie förmlich nach Veränderung. Und nun herrschte ja auch in meinem Kleiderschrank keine Platznot mehr.

Ganz gegen meine Gewohnheiten ging ich nicht in eines der größeren Modehäuser, sondern ließ mich in einer kleinen Boutique beraten. Die Verkäuferin war begeistert von meiner Figur. »Ihnen passt auch wirklich alles. Haben Sie kürzlich viel abgenommen?«

Ich verneinte. Ich hatte keine Ahnung, ob ich jemals in meinem Leben zu- oder abgenommen hatte. »Wieso fragen Sie?«

»Ach, nur wegen des weiten T-Shirts.«

Sie zwang mir nicht nur eng anliegende Blusen, sondern auch einen Push-up-BH auf. »Da müssen wir der Natur ein wenig nachhelfen«, sagte sie mit einem Augenzwinkern. Jeans durfte ich auch weiterhin tragen, aber bitte körperbetonter, sagte sie. »Und Röcke auf gar keinen Fall übers Knie – bei Ihren Beinen!«

Die Farbberatung war auch einleuchtend. Rot- und Brauntöne würden mich erden, das hörte sich vernünftig an. Blau an Tagen, die mich kühlen sollten, Grün, wenn ich auf die Hoffnung setzen wollte. »Meiden Sie Pastell, das macht Sie blass. Wenn Ihnen der Sinn nach Abenteuer steht, dann greifen Sie zu leuchtenden Farben, um Ihre positive Ausstrahlung zu betonen.«

So viele Komplimente an einem Tag! Eine gute Stunde später verließ ich das Geschäft mit drei riesigen Tüten voll topmodischer Einzelstücke, die man in alle möglichen Stilrichtungen kombinieren konnte. Mich sollte keiner mehr auf den ersten Blick als »uninteressant« einstufen!

Und wie sah es mit dem zweiten Blick aus? Zufällig führte

mein Weg an einem Dessousgeschäft vorbei. Ich holte tief Luft, und schon war ich drinnen. Zwar war die Ware in diesem Laden garantiert nicht biologisch oder schadstofffrei hergestellt, dafür musste aber sicherlich auch kein Tier weder Hunger noch sonst irgendwie leiden, wenn ich mir ein paar Stücke gönnte. Die Tangas waren überraschend preiswert, war ja auch nicht gerade viel Stoff dran. Ich wählte fürs Erste ein verführerisches rotes Modell mit Spitzenbesatz und ein grünes für die Hoffnung. Die Verkäuferin suchte mir noch passende BHs dazu – selbstredend Push-ups, man ist ja gelehrig. Und somit war mein neues Outfit komplett.

Die Schätze in meinen entrümpelten Schrank einzuordnen machte natürlich überhaupt kein Problem. Es würde auch keine Schwierigkeiten in der Wahl geben, alles passte irgendwie zusammen, ohne langweilig zu sein.

Unterwegs hatte ich mir einen Fertigsalat gekauft. Ich kochte mir ein paar Kartoffeln, wärmte mir vorgegarte Gemüsebällchen ohne Farb- und Konservierungsstoffe in der Mikrowelle auf und genoss mein Mahl im Wohnzimmer. Allerdings hatte ich den Couchtisch vorher ordentlich gedeckt, und der Fernseher blieb ausgeschaltet. In aller Stille genoss ich das Essen, dann schenkte ich mir noch ein Glas von dem Sekt ein, den Lore und ich am Vortag übrig gelassen hatten, bevor ich den Mut fand, seine Nummer zu wählen.

»Calling Colin?«

Mein Herz schlug wie wild.

»Hallo, Minnerl hier!«, sagte ich mit belegter Stimme.

»Baby! Wie geht es dir? Hast du gestern die Nachrichten geguckt?«

»Hab ich, hab ich. Lore und ich haben schon gefeiert.«

»Da haben wir Glück gehabt, was?«

»Stimmt«, sagte ich und holte noch einmal tief Atem. »Sag, Colin. Hast du am Wochenende schon etwas vor?«

»Hm«, sagte er. »Zumindest nichts Dienstliches. Was gibt's? Hast du wieder einmal eine Leiche zu entsorgen?«

»Das nicht«, lachte ich. »Ich wollte dich fragen, ob du Lust hast, mit mir nach Krumau zu fahren. Es soll sehr romantisch sein dort!«

»Oh ja!«, rief er. »Wollten wir da nicht schon einmal hin?«

Ich wählte einen grünen Overall, mit einem braunen Gürtel, der leger um die Taille hing. Auf Schminke verzichtete ich. Das kastanienbraune Haar und meine großen Ohrringe mit dem passenden Grün verliehen mir Farbe genug.

»Gut siehst du aus!«, flüsterte er in mein Ohr, nachdem er mich ordentlich weichgeküsst hatte. »Mindestens zehn Jahre jünger als zuletzt.«

»Kein Wunder«, sagte ich mit Blick auf den Vorhang des Nachbarn, »ich hab mich auch von einigen Altlasten befreit.«

## Epilog

Erinnern Sie sich noch an den Anfang der Geschichte? Ich hatte Ihnen geraten, sich keinen bösen Entsorgungsphantasien für unliebsame Vorgesetzte hinzugeben. An diesem Rat möchte ich unbedingt festhalten. Da halte ich es mit Edward A. Murphy: »Alles, was schiefgehen kann, wird auch schiefgehen.« Was ich ja einwandfrei bewiesen habe.

Meine Lebensmaxime, dass jede Veränderung eine Verschlechterung mit sich bringt, hab ich allerdings kräftig revidiert.

Ich komme gerade von der Weihnachtsfeier der Schule, wo ich als ehemalige Kollegin geladen war. Es ist jetzt genau zwei Jahre her, dass dieses Zimtschneckenfiasko seinen Anfang nahm. Seitdem ist kaum ein Stein auf dem anderen geblieben.

So hat zum Beispiel Wilfried schon vor einem Jahr den Hut genommen. Eigenartigerweise ist es zu einer Reihe von direktoralen Rücktritten im Land gekommen, obwohl niemals ein Artikel in einer Zeitung erschienen ist. Lore schweigt sich dazu aus, und mir ist es eigentlich ziemlich egal. Es hat mich jedoch gefreut, zu hören, dass die von Vladtka gemobbte Kollegin wieder gesundet ist und völlig rehabilitiert wurde. Auf den Direktorinnenposten hat sie allerdings verzichtet.

Wilfrieds Nachfolger wurde – wie könnte es anders sein bei *der* Personalbeschreibung – Wolfram. Endlich kann sein Vater stolz auf ihn sein. Auch seine Mutter darf wieder hoffen, denn seit einigen Monaten ist er mit Klaudia liiert. Ich bin überzeugt, dass Lore auch hier die Hand im Spiel hatte. Bei der vorjährigen Weihnachtsfeier war es ja schon offensichtlich gewesen, dass Klaudia sich um den designierten Direktor bemühte, was Lore und mich zu ätzenden Bemerkungen veranlasste, dass dann beide ihre gerechte Strafe erhielten. Jetzt gehen sie auf lebenslänglich zu.

Apropos Strafe: Der kleine Igor ist mittlerweile der Mittelpunkt im Leben meiner Ex-Schwiegermutter geworden. Das bekommt ihr vielleicht ganz gut, dem Hund weniger. Er ist auf das Doppelte seines ursprünglichen Volumens angewachsen. Von wegen Diät und mehr Bewegung!

Lucy war heute übrigens nicht hier. Sie hatte dafür im Vorjahr für Furore gesorgt, als sie ankündigte, nach ihrer Karenzzeit nicht mehr wiederzukehren. Stattdessen zog sie zu Heiners Adoptiveltern in die Steiermark, wo diese eine kleine Gastwirtschaft betreiben.

Ja, Sie haben richtig gelesen. Bereits zum Schulschluss hatte Lucy uns mit der Nachricht geschockt, dass sie schwanger war.

»Von wem, um Gottes willen?«, hatte ich ausgerufen und mich gefragt, ob Wolfram es doch noch zu einer Vaterschaft gebracht hatte.

»Ich muss es mir wegmachen lassen«, heulte sie. »Es ist von Heiner. Was, wenn das Kind genauso verrückt ist wie er?«

»Heiner war zwar krank, aber sein Geisteszustand war eher den Umständen geschuldet als seiner genetischen Disposition«, meinte Lore. Sie wusste wohl, wovon sie sprach.

»Zur Adoption freigeben?«, schlug ich vor.

»Du hast doch gesehen, wozu das führt!«, herrschte sie mich an.

Lucys Entscheidung fiel, als sie Kontakt mit Heiners Adoptiveltern aufnahm.

»Die Leutchen waren so süß!«, schwärmte sie. »Die Mutter hätte am liebsten sofort mit dem Häubchenstricken angefangen, und ihr Kuchen war einfach himmlisch! Ich konnte nicht mehr zurück.«

Gut, dass sie das Kind bekommen hat. Carmilla ist ein entzückendes Mädchen, hübsch wie die Mama. Ihre Augen wirken allerdings etwas nachdenklicher als Lucys.

Und dann bekam Lucy diesen Brief vom Notar und bat mich, mit ihr zur Testamentseröffnung zu gehen.

Im Prinzip ging es gleich um zwei Nachlässe, Vladtkas und Heiners.

Der Erbmasseverwalter hatte überall, vor allem in der Slowakei und in der Ukraine, nach möglichen Verwandten von Vladtka forschen lassen, aber ohne Ergebnis. Vladtka hatte ihre Spuren gekonnt verwischt, indem sie ihre Papiere gefälscht hatte, warum, konnte nicht herausgefunden werden. Offiziell war sie Dolmetscherin gewesen, erst in der Tschechoslowakei, dann in der Ukraine, wo sie Heiners Vater an der Uni kennengelernt hatte.

Den konnte man zwar ausmachen, es war ein gewisser Horváth, der auch schon verstorben – oder verschollen – war. Aus seiner Familie wollte jedenfalls keiner von einem Kind gewusst haben. Pech für sie.

Die teure Verwandtschaftssuche konnte dann sofort eingestellt werden, als Heiners Adoptiveltern sich beim Amt schlaumachten, ob sie das Erbe ihres Sohnes nicht gleich dessen Kind vermachen könnten. Somit gab es auch amtlich eine nahe Verwandte und daher gerichtliche Erbin für Vladtka. Nachdem anzunehmen war, dass keine anderen Verwandten von Vladtka Anspruch erheben würden und Heiner als leiblicher Sohn ohnehin der alleinige Erbe gewesen wäre, fiel auch diese Nachlassenschaft an das Kind.

Die kleine Carmilla wird also sowohl Vladtkas als auch Heiners Erbe antreten, sobald sie großjährig ist. Bis dahin wird Lucy ihr Vermögen verwalten. Es ist zu hoffen, dass man ihr da ordentlich die Hände gebunden hat, es ist nämlich gar nicht so wenig. Allein der Erlös der beiden Häuser ist beträchtlich. Lucy wollte in keinem davon wohnen, daher hatte sie die Immobilien im Sinne der Tochter so schnell wie möglich verkauft – das kann ich nachvollziehen. Darüber hinaus hat man bei Vladtka eine erkleckliche Menge Bargeld und Schmuck gefunden. Der Notar hinterfragte nicht, woher das Geld kam, auch Lucy verschwendete keinen Gedanken daran. Lore und ich hatten da schon unsere Theorien, aber man soll über Tote ja bekanntlich nicht schlecht reden.

Und ich?

Tja, mit meinen Gewohnheiten hab ich radikal gebrochen, wie man so sagt.

Wolfram hatte die Scheidung und Wilfried die Kündigung auf dem Tisch, bevor beide auch nur »A« sagen konnten. Von Wolfram bekam ich den Wert des halben Hauses ausbezahlt, vom Arbeitgeber eine schöne Abfindung. Nach dreizehn Jahren kommt dann doch so einiges zusammen.

Ich wohne jetzt in einer kleinen Mietwohnung mit Balkon am Stadtrand von Wien und lebe vom Schreiben. Übers Internet biete ich Reden oder Briefe für verschiedene Anlässe an. Auf die Geschäftsidee kam ich, als Wolfram mich förmlich auf Knien anflehte, ihm dabei zu helfen, eine Grabrede für Vladtka und Heiner zu schreiben. Als Gewerkschafts- und Personalvertreter war ihm diese Aufgabe übertragen worden. Es bereitete mir großes Vergnügen zuzusehen, wie die Trauergemeinde bei seiner Rede zum Abgang der Inspektorin kollektiv schmunzeln musste, während bei Heiners Nachruf kein Auge trocken blieb. Wolfram wurde von vielen Kollegen auf die wunderbare Rede angesprochen, und er sonnte sich auch ordentlich in dem Lob. Lore verstand nicht, warum ich ihn nicht öffentlich zur Rede stellte, aber mir gefiel die Position des Ghostwriters – und ich hatte gleich das Gefühl, dass das etwas für mich wäre.

Das Geschäft geht nicht schlecht. Natürlich ist es noch nicht genug zum Leben, aber ich stehe ja am Anfang und habe auch noch meine Ersparnisse. Nebenbei kann ich jetzt endlich ungestört meiner wirklichen Leidenschaft, dem Romanschreiben, frönen.

Vom Krimischreiben hatte ich erst einmal die Nase voll, das werden Sie nachvollziehen können. Aber Sie kennen Lore nicht, sie ist hartnäckiger als ein Maulesel. Und sie wurde nicht müde, mich immer wieder dazu zu drängen, meine persönlichen Erlebnisse in einen Krimi zu packen.

»Authentischer geht's nun wirklich nicht mehr, Minnerl!«, hatte sie gemeint.

»Das ist unmöglich, Lore«, hatte ich eingewandt. »Selbst wenn ich unter Pseudonym schreibe, wird jemand den Fall wiedererkennen. Stell dir vor, er würde wieder aufgerollt! Wir wären alle dran!«

»Dann verändere eben das Umfeld, den Vorgesetzten, die Kollegen, die Gefährten. Die Sache mit dem Abhören und dem Nembutal musst du natürlich beibehalten, aber dann bring noch ein verfremdendes Element hinein, und die Sache ist unkenntlich.«

Genau das habe ich dann auch getan. Aus dem Großraumbüro unseres Konzerns hab ich ein Lehrerzimmer gemacht, und aus der karrieregeilen Abteilungschefin, die sich Sprosse für Sprosse in der Firma hochgebumst hat, sind gleich zwei Charaktere entstanden: Wolfram und Wilfried, die beiden Direktoren. Der allseits verhasste Bereichsmanager wurde zur Inspektorin umfunktioniert.

Die Umfeldrecherche hab ich sehr ernst genommen und dafür sogar mehrere Wochen an verschiedenen Schulen verbracht. Ich bin mit Lehrern in den Unterricht mitgegangen, habe Freistunden genossen, mir den Lehrerjargon angeeignet und sogar Hefte korrigiert. Ich glaube, das Milieu hab ich recht glaubhaft rüberbekommen. Zur Verfremdung hab ich die kleine Episode mit dem Vampirismus erfunden. Vampire haben schließlich wieder einmal Saison, und sie verkaufen sich kolossal gut. Warum also nicht einen Trend nutzen, wenn es gerade so gut passt? Also, ehrlicherweise muss ich zugeben, ganz erfunden hab ich selbst das nicht. Die Bemerkung einer Kollegin über den Energievampirismus unseres Bereichsmanagers hat mich zu dieser Idee inspiriert, und den Dokumentarfilm über die Vampirprinzessin gibt es ja wirklich.

Sorgen machte mir nur eine Geschichte – meines Erachtens der einzige wunde Punkt beim Wechsel des Hintergrunds vom Wirtschaftskonzern zur Schule –, nämlich diese Bespitzelungsaffäre. Was in einem Großraumbüro natürlich gang und gäbe ist, vor allem, wenn es um Wirtschaftsspionage geht, würde im Schulwesen wohl nicht so leicht funktionieren. Überdies bin ich mir nicht sicher, wer in der Schulpolitik von so einer Bespitzelung überhaupt einen Vorteil haben könnte. Abgesehen davon – können Sie sich vorstellen, eine Inspektorin würde ihre Untergebenen mobben, aus welchen Motiven auch immer? Eben!

»In der Fiktion ist alles möglich«, meint Lore.

Was soll ich sagen. Der Lektor hat es geschluckt. Mein Krimi verkauft sich gut, und es hat sich noch niemand beschwert, dass er nicht authentisch sei. Oder haben Sie die Geschichte unglaubwürdig gefunden?

Unglaubwürdig wäre es wahrscheinlich, wenn ich Ihnen erzählte, dass Colin und ich ein Paar geworden sind. Das kann ich Ihnen ersparen. Ich sehe ihn allerdings noch gelegentlich. Ich miete ihn. Jawohl! Ich bezahle ihn für schöne Stunden. Auch ein paar seiner Kollegen habe ich schon probiert, aber mit Colin ist es immer etwas Besonderes.

Zugegeben, zunächst hatte ich mächtig Liebeskummer, doch letztlich habe ich begriffen, dass ich ihn nicht halten könnte. Wir haben ein Geschäftsverhältnis, jeder hält sich an die Regeln, keiner ist dem anderen darüber hinaus verpflichtet. Das beugt Verletzungen und Demütigungen vor, und ich kann damit gut leben. Besser als mit der Lebenslüge meiner Ehe. Und sollte wider Erwarten doch noch mein Mr. Right vor der Tür stehen, dann bin ich Colin auch keine Erklärung schuldig.

Wir haben auch noch eine andere Gemeinsamkeit entdeckt und sind dabei, das aufzuarbeiten: unseren Mutterkomplex. Ich habe mich überwunden und meine Mutter besucht. Sie habe es mit Papa einfach nicht mehr ausgehalten, sich so eingeengt gefühlt. Der andere sei dabei gar nicht so wichtig gewesen, er habe ihr einfach die Chance für einen Ausstieg geboten. Sie war auch gar nicht so lange mit ihm zusammen.

»Und mich hast du dafür geopfert?«, hatte ich sie gekränkt gefragt.

»Ich sehe das anders«, verteidigte sie sich. »Ich habe es nicht übers Herz gebracht, dich einem schrecklichen Rosenkrieg über das Sorgerecht auszusetzen. Dein Vater hätte dich nie und nimmer geteilt.«

Der kaukasische Kreidekreis also? Die Mutter, die ihr Kind lieber hergibt, als es zu zerreißen? Oder doch nur eine hübsche Ausrede für ihren Egoismus? Die Wahrheit wird wohl irgendwo dazwischen liegen. Ihr Gewissen hat sie jedenfalls über all die Jahre hinweg gedrückt, das hat sie mir glaubhaft vermittelt. Daher werden wir uns wiedertreffen, das habe ich ihr versprochen.

Colin hatte nicht so viel Glück wie ich. Seine Nachforschungen haben bloß ergeben, dass seine Mutter vor einigen Jahren in eine geschlossene Anstalt eingeliefert wurde, von dort ausbüxte und schließlich an einer Überdosis Heroin starb. Er wird damit leben müssen, sich nie mit ihr ausgesöhnt zu haben, aber wie ich Colin kenne, wird sein positives Gemüt ihm dabei helfen.

Mein nächstes Projekt? Kein Krimi. Ein weiteres Mal lass ich mich nicht auf Live-Recherchen ein, das ist mir zu gefährlich. Ich habe das Genre gewechselt und schreibe jetzt Kinderbücher. Zu Recherchezwecken helfe ich in einer Kindertagesstätte aus. Es gibt so viele Kinder, die familiär gesehen nicht das große Los gezogen haben. Dort gebe ich gratis Nachhilfe und helfe auch sonst, wo es geht. Ich erzähle den Kindern Geschichten, und die, die gut ankommen, schreibe ich nieder. Es wird schon klappen. Und wenn es mit dem großen Verdienst nichts wird?

Kommt Zeit, komm Rat, sag ich mir dann. Allerdings nicht

mehr von fremden Ratgebern, die ihre phantastischen Lebensmodelle propagieren. Es gibt kein Patentrezept fürs Glück. Jeder Mensch ist anders und braucht individuelle Lösungsstrategien. Entscheidungen muss man letztlich immer selbst treffen. Selbst wenn man dabei auf die Nase fallen könnte – besser eine authentische Lösung, bei der man sich treu bleibt, als sein ganzes Leben lang auf unreflektiertes Nachahmen zu setzen. Sonst muss man am Ende feststellen, dass man das Leben eines anderen nachgelebt und dabei sein eigenes versäumt hat.

## Danksagung

Mein größter Dank geht an meine Familie, die alle meine Launen – vom Schreibblockadengrant bis zur Abgabehysterie – geduldig ertragen hat und sogar einen Weihnachtsausfall ohne Murren hingenommen hätte.

Vielen Dank auch an alle meine Informanten in Sachfragen:

Frau Irene Vasik vom Amt der Landesregierung Niederösterreich. Danke für Ihre unbürokratische und ausführliche Auskunft betreffend Adoptionen in Niederösterreich. Das ist nicht selbstverständlich.

Univ. Prof. Dr. Herwig Kollaritsch vom Tropeninstitut. Danke nicht nur für die fachliche Information, ich habe auch Ihren Tipp, meinem Opfer eine Immunschwäche anzudichten, gerne angenommen.

Dr. med. vet Heiner Prantl und Ewald Schmid: Eure Beratung in tierischen Sachen wie Tollwutimpfstoff oder -köder waren mir neben der sachlichen Hilfe auch eine Quelle der Inspiration.

Ein besonderer Dank geht an meine Schwägerin Bärbel für ihre unermüdliche Bereitschaft, mich in Sachen Anästhesie und Gift zu belehren. Ich hoffe, man wird uns beim nächsten Kaffeehausbesuch nicht sofort hopsnehmen.

Ich danke meinem Schwiegersohn in spe für seine Unterstützung in allen technischen Dingen. Getsch, du gibst mir trotzdem nie das Gefühl, eine totale Dumpfbacke zu sein. THX!

Ein großes Danke geht an meine wunderbaren TestleserInnen: Dorli, Lisi, Irmi, Julia, Elisabeth, Mitzi, Lisa, Lorenz und Werner. Was tät ich ohne eure konstruktive Kritik und eure wohlwollenden Worte!

Vielen Dank auch an meine phantastischen Brüder Christoph und Jö (die Eckel-Buam!) für die moralische und musikalische Unterstützung bei meinen Lesungen.

Allen meinen Eventbäckerinnen: Evi, Johanna, Mama, Omi, Lisi, Werner und das engagierte Team der Buchhandlung Widhalm in Scheibbs. Ich weiß, eure Zimtschnecken werden genauso hervorragend schmecken wie eure Nussstrudel.

Ich bedanke mich bei meiner Agentin Lianne Kolf und ihrem Team sowie allen Mitarbeitern des Emons Verlags für Ihre Unterstützung. Mein besonderer Dank geht an meine geduldige Lektorin Uta Rupprecht, die nicht nur meiner Sprache den letzten Schliff gibt, sondern der auch das Kunststück gelingt, die Sprachbarriere zwischen Ösis und Germanen zu durchbrechen.

Nicht zuletzt sei all meinen Leserinnen und Lesern für die positiven Rückmeldungen gedankt. Immerhin habt ihr mich dazu motiviert, einen zweiten Roman zu fabrizieren. Bitte weiter so, ich würde nämlich gerne noch einen weiteren schreiben und vielleicht noch einen und …

Beate Ferchländer
**DAS NUSSSTRUDELKOMPLOTT**
Broschur, 256 Seiten
ISBN 978-3-95451-802-9

»Allergietod durch Nuss-Kuss« – ist es Zufall, dass Helene diese Schlagzeile genau dann entdeckt, als ihr Mann sie wieder einmal betrügt? Mit einem einzigen Kuss wäre sie ihn los, denn auch er leidet an dieser ungünstigen Allergie. Doch wie verführt man einen ignoranten Gatten? Als sich Helene daranmacht, ihren Mordplan in die Tat umzusetzen, muss sie feststellen, dass sie nicht die Einzige ist, die ihrem Mann ans Leder will …

www.emons-verlag.de